Best Time

白 马 时 光

蓝桥几顾

七星 / 著

百花洲文艺出版社
BAIHUAZHOU LITERATURE AND ART PRESS

图书在版编目（CIP）数据

蓝桥几顾 / 七星著. — 南昌：百花洲文艺出版社，
2017.5（2018.6重印）
ISBN 978-7-5500-2148-8

Ⅰ.①蓝… Ⅱ.①七… Ⅲ.①长篇小说—中国—当代
Ⅳ.①I247.5

中国版本图书馆CIP数据核字（2017）第052504号

出版者　百花洲文艺出版社
社　　址　江西省南昌市红谷滩世贸路898号博能中心Ⅰ期A座20楼　　　邮编：330038
电　　话　0791-86895108（发行热线）0791-86894790（编辑热线）
网　　址　http://www.bhzwy.com
E-mail　　bhzwy0791@163.com

书　　名　蓝桥几顾
作　　者　七　星
出版人　姚雪雪
出品人　李国靖
特约监制　燕　兮
责任编辑　黎紫薇
特约策划　燕　兮
特约编辑　朱明迪
封面设计　46 设计
封面绘图　舒泳之
版式设计　王雨晨
经　　销　全国新华书店
印　　刷　三河市金元印装有限公司
开　　本　880mm×1230mm　1/32
印　　张　11
字　　数　320 千字
版　　次　2017 年 5 月第 1 版
印　　次　2018 年 6 月第 2 次印刷
书　　号　ISBN 978-7-5500-2148-8
定　　价　32.00 元

赣版权登字：05-2017-66

目 录
Contents

目 录
C o n t e n t s

目 录

Contents

目 录

Contents

第一章

刚刚 来自 蓝桥几顾的 iPhone

假如时光倒流，我能做什么，找你没说的，却想要的。
假如我不放手，你多年以后，会怪我、恨我，或感动？

近日来"# 二女争夫 #"这个话题盘踞微博热门第一不下，两位女主角一个是当红实力歌星贺舒，另一个则是普纳公关公司大中华区第一把交椅蓝桥。贺舒有几千万歌迷粉丝，蓝桥手握微博百分之五十的营销账号，两边掐架掐得天昏地暗。

事件的男主角叫顾庭岸，是青山制药有限公司的创始人和最大股东，青山制药的拳头产品"睿博口服液"今年上半年全球销售业绩十五个亿，顾庭岸的身家由此可见一斑。当然，光有钱是不够当红女星与传奇女魔头抢破头的，微博话题里顾先生的一张照片被转发了几十万次——一个慈善焰火晚会上，背景是灯火辉煌、人影憧憧，碧波粼粼的泳池旁，一个男人侧着身站着，挽着正装外套的左手插在裤子口袋里，右手握着一支细长焰火，一团明亮焰火正冲往空中，却因经过他表情淡淡的侧颜而生生失了光彩。

多少路人，一眼转粉。

普纳公关大中华区的江山是蓝桥一手打下来的，主要业务之一就是微博营销，她旗下那帮人既骁勇又忠心，如今战场是自家地盘，女主是自家 Boss，一干人等热血沸腾，简直要肝脑涂地，往常中午趴成一片的办公室，今天中午热火朝天。

助理小妹正吮喝着点外卖，门口人影一晃，出现了他们家 Boss 大人——晴空蓝的风衣衬得蓝桥肤色如雪，白色 V 领衬衫配黑色紧身牛仔裤，时尚利落又妩媚异常。又美又酷的 Boss 大人身后跟着五六个咖啡店的员工，两人一组抬着桶装的咖啡和甜点、三明治——办公室里欢呼声、口哨声热烈爆发。

蓝桥笑着挥手，在有节奏的"女神、女神、女神"起哄声中经过办公区。她高大英俊的男助理 Andrew 赶上来，有条不紊地接过风衣外套，递上 iPad 和咖啡，向蓝桥汇报："到今天上午十点为止，我们本季度的接单量已爆满。这场仗从打响普纳公司知名度的角度来说，我们赢得盆满钵满。"

蓝桥挑眉看他一眼，"成语用得很不错嘛！"

"谢 Boss 大人夸奖。"Andrew 一本正经，"强将底下无弱兵。"

蓝桥笑喷，"去向总部打个报告，这一笔省了我们几千万宣传费，我们要求扣五成奖金瓜分。"

"OK ！"Andrew 记下，"另外，昨晚贺舒发长微博了，讲了几个她和顾庭岸一起长大的温馨故事，大意是说其实她从小的梦想就是当歌手，考大学时为了和顾庭岸同校而放弃了唱歌，幸好后来在顾庭岸的鼓舞下参加了歌手选秀节目……她提到了你，原文是'我怀揣着少女最美好的幻想终于考上了大学，却发现他身边已经有了蓝桥'，就这一句。但是所谓青梅竹马的感情很能唬小女生，她这篇长微博反响比前两篇大很多，粉丝反应相当激烈，有几个疯狂粉丝发表了一些过激言论，我们已经向微博方面提出交涉……这是贺舒出道前后照片对比，配合今天下午我们行动的主题路线，你过目一下。"

蓝桥纤细白皙的手指在屏幕划过去，不屑轻笑，"她没整容。妆前照和妆后照本来就相差甚远，更何况后面这些照片都是 PS 过的宣传照。"

"Boss，我们现在是在法庭上吗？还带讲证据的？她让粉丝攻击你大学时代放浪形骸，什么自杀堕胎要多难听有多难听，她讲证据了吗？"Andrew 眉头紧皱。

贺舒人前扮无辜隐忍，背地里将蓝桥的负面消息递给记者，有些没根据的污蔑言辞连八卦记者都不信，她就指使她的粉丝在微博上满天造谣。比起她，Andrew 觉得他家 Boss 简直光明磊落得亮瞎人眼。

可蓝桥坚定得很，一票否决了他，"别人的行为不是我们的准则。"说完又问，"况且你怎么知道我大学时代没有放浪形骸？哈哈！"

Andrew 没心情和她开玩笑，据理力争，"那这样，我们只放照片，提出质疑，行不行？"

"那不叫提出质疑，那叫有意引导。我们没必要搞这套，贺舒身上确凿的黑点一抓一大把。"蓝桥微微冷笑的时候有一种冰冰凉凉的得意与傲气，"只要剥下她的白莲花外衣，就够她痛不欲生、羞愤欲死了。"

Andrew 跟了蓝桥这么久，至今偶尔还会为他家老板的美色失神片刻，不过片刻之后他板着脸说："容我提醒你，她连你过世的父亲都泼脏水，你与这种东西讲道德底线、良心批判，你不觉得自己也有点白莲花吗？"

真是平时太宠他了啊，蓝桥一边推开办公室门，一边敲助理的头教训他，"我问你，如果明天贺舒微博直播吃大便，我难道要吃一个更恶心的？况且她那张大脸，你说那是整容，整容医生都能集体上我们公司抗议来。"

Andrew 笑着哀叫，握着蓝桥的手腕挡她，这时办公室门一开，迎面沙发上坐着两个男人，其中一个正目光冷得往下掉冰碴。Andrew 脸上的笑顿时僵住，小声对停住脚步的蓝桥解释："总部派 P.C 亲自带顾先生过来，上午你不在，他们坚持在这里等到你回来，我刚才一见你就想说的，后来给忘了……"

蓝桥简直想跳起来打他的下巴——什么记性啊你？！

办公室的门薄薄一层，她嘲笑贺舒的话肯定被听得清清楚楚……这恶毒女配陷害纯良女主的角色，她怎么就演得那么浑然天成呢？

Andrew 灰溜溜地退走，蓝桥打起精神，昂首挺胸走进去，沙发里坐着的两个男人一个迅速站起来迎接她，另一个却低头喝茶，连微微抬一抬眼的动作都没有。

蓝桥对普纳总部特派员 P.C 友善地微笑点头。美人如下，可惜大中华区女魔头名声在外，年轻的德裔特派员丝毫没有放松面部表情，"桥，大总裁派我带客户给你。这位是顾庭岸顾先生。"

"我知道，顾先生也是我们的大客户，青山制药有几个推广项目是我们做的。"蓝桥笑吟吟的。

P.C摸了摸自己英挺的鼻子，声音也低下去两分，"可是，这次顾先生委托的案子不是青山制药，是贺舒小姐。"

明明是蓝桥自己在和贺舒对战，强迫她接下贺舒的危机公关案子，不就是叫她自己打自己的脸？连P.C都觉得不太好意思说出口。

蓝桥倒并没有翻脸，态度还挺好的，"这样啊？可是真不巧，我们手头单子接得很满。你知道的，我们最近宣传攻势非常猛，收效十分好。"

P.C连忙说："你可以推掉其他单子。大总裁说了，你只要做好顾先生的这个委托案，今年业绩第一的位置就是你们大中华区的，下半年你们不用再接任何单子。"

蓝桥一秒钟冷了脸，"大中华区第一个季度的业务量甩开第二名足足两倍，第一的位置本来就是我们的。"

德国佬立刻道歉，懊恼自己的疏忽，不敢再在女魔头面前提及业务量，只说："顾先生的委托案是大总裁亲自签署的，已经生效，你必须得接。我也很抱歉，桥，请你体谅。"

知道没道理，索性不讲道理了，派一个嫩生生的小鲜肉来做复读机，眨着碧蓝色的漂亮眼睛无辜地看着她，大总裁是料准了她吃软不吃硬，而委托人则是料准了大总裁有招对付她，所以才绕开她直接找上了总部。

那就如他所愿好了，既然他非要把他的心肝宝贝硬塞到她手里，她就捏个稀巴烂再甩回他脸上！

蓝桥心里冷笑连连，面上神情却截然相反，叹着气柔声说："那好，我接。但是你知道的，为了这件事我的同事们连日奋战，我不能不顾他们的感受，令他们白忙一场。"

P.C点头，说："你有什么要求，尽管提出来。"

"我要提交一份奖金分配报告，只要大总裁签字生效，我这边立刻停止手头一切业务，为贺舒小姐服务。"

最后一句话，蓝桥说得咬牙切齿。

P.C答应得毫不犹豫，然后迅速撤离了这个危险地带。

一直坐在那里悠然品茶的人这时发出了一声嗤笑，蓝桥回头看向他，一本正经道："差点忘了顾先生还在这里呢。"

顾庭岸放下茶杯，垂着眼掸了掸身上根本不存在的灰尘，语带戏谑，"你看看你把人给吓得，他像是怕你吃掉他似的。"

蓝桥在他对面落座，摸着下巴仿佛意犹未尽地说："我倒是有心有力呢。"

这话听着实在是暧昧，顾庭岸冷声说："去洗手间补个妆吧，顺便照照镜子，看看你自己现在是副什么德行。"

蓝桥也是一声嗤笑，"管得着吗你？咸吃萝卜淡操的哪门子心？"

顾庭岸从沙发里站起来，她警惕地看向他，"干吗？你还想动手不成？这是在我的地盘上。"

"我知道。我哪敢？"顾庭岸微笑起来比面无表情时更加迷人，"你蓝桥一声令下，我恐怕就要成网上千人所指的浑蛋了，你势力惊人，我可害怕得很。"

蓝桥被他刺得心头火起，强自按捺着，笑说："不怕！顾先生有钱又有势，分分钟逼得我掉转矛头自扇耳光，我吃了这次亏，下次哪还敢动顾先生的人？"

"你能这样想就最好。"

他说完就冷着脸往外走，蓝桥随手抄起桌上一本书扔向他，咚一下砸在他肩膀上。他回头看她，目光冷冷。

蓝桥一字一顿地对他说："有本事你就把贺舒娶回家，别让她再抛头露面，否则我一定不会善罢甘休，我看你挡得住我几次！"

顾庭岸嘴唇动了动，最终紧抿，眼睛盯着她，冷冷地开口说："究竟要吃多少亏，你这张狂肤浅的性子才能改一改？得势不饶人，总是当全天下就你最厉害，别人随便你欺负……最后呢？最后到底是谁倒霉？蓝桥，你无非仗着你手上那点资源和人手，但成也萧何败也萧何，外面那么多人的饭碗，贺舒保住他们就保住，否则我半点也不会手软，你自己掂量着，别砸了以后再来后悔。"

顾庭岸刷了一把冷酷总裁的邪魅范儿，头也不回地走了。

蓝桥气得要命，在办公室里抖着手走来走去，突然抄起桌上车钥匙往外走去。守在门口的 Andrew 惊慌失措地拦她，"Boss！你去哪儿？！"

蓝桥不耐烦地隔开他的手，杀气汹涌得像个剑客。Andrew 看着她冲出门外，连忙给顾庭岸打电话，"喂？顾总！我们 Boss 好像要去杀你！"

快点躲起来啊喂！

顾庭岸对别人说话时语气总是谦和冷淡的，"知道了，谢谢你。"

电话挂断，同事们都凑过来问 Andrew 什么情况，Andrew 忧愁地叹气，"Boss 好可怜，所爱非人。"

"别这么说。"同事们纷纷自谦，"咱们 Boss 可不是什么善茬，顾总日子也是不好过。"

地下停车场这个时间几乎没有人，蓝桥气势汹汹地走着，高跟鞋底叩在地面上，吧嗒吧嗒的清脆声音回荡在整个空间里，她挺直腰背，走得步步生风。

女人嘛，最重要的是姿态好看，不要去想旁人怎么看待你，你只顾悦己，自然而然会有被你吸引的人来爱你。

这样得意又悲哀地想着，蓝桥忽然感觉自己脚步声里夹杂别的声音，并且越来越近了……蓝桥心中有不妙预感，她疑惑地回头看去，果然有一个戴鸭舌帽的青年在她身后两米左右，见她突然回头，那人也是愣了一下，蓝桥看他右手朝鼓鼓囊囊的腰间按去，心知不好，强装镇定地冷冷看着他，"你找谁啊？"

青年一双窄窄的眼睛阴沉地盯着她，声音嘶哑，"你是叫蓝桥吧？"

蓝桥面不改色，"我不是。"

青年又是一愣，随即目光盯在她胸口挂的感应式工作牌上，"那上面写着呢！"他手一指，神情变得恼怒，"你明明就是！"

"我叫蓝桥，不叫'蓝桥吧'，有什么问题？"蓝桥藏在外套里的手暗暗地按下车钥匙，听到身后敞篷车打开车顶的声音，她内心沸腾，神情依然装得云淡风轻，"你有什么事吗？你说，我听着。"

"你现在立刻跪在地上自拍，发微博给贺舒道歉！"青年狰狞的脸涨红，"否则我就对你不客气了……"

"哦……"蓝桥点点头，突然目光看向他身后，"喂！贺舒！这里！"

青年那双细窄的眼睛蓦然睁大！他不敢置信又狂喜莫名地转头向身后看去……什么也没有啊！他反应了几秒才意识到被蓝桥耍了，顿时怒火冲天！

蓝桥趁他转头时已经飞快地跑向自己的敞篷小跑车了，太慌张了，开车门时卡了一下，等她抖着手发动车子，红了眼睛的青年挥舞着藏在腰间的铁棒追到了车旁！蓝桥感觉自己头发根根孝立，控制不住地尖叫，脚下下意识猛踩油门，车蹿了出去，一瞬间就把挥舞铁棒的人甩开好几米。

"啊啊啊啊啊……哈哈哈哈哈哈！"肾上腺素狂飙，刺激过后，蓝桥兴奋不已，竟然开着车一边疯狂往外冲，一边大笑起来！

好刺激！好佩服自己！临危不乱，有勇有谋！还有还有——粉随爱豆啊！贺白莲的粉丝跟她一样又丑又蠢又神经病啊！

车从负三层拐往负二层，正笑得停不下来的蓝桥看到拐弯处墙壁上印着一片雪白灯光，什么车会大白天的等在这里不动？她心头一突，敞篷小跑这时已拐过弯，迎面果然有一辆高大的越野车等在那里，一见蓝桥的车便发动了向她撞来！

蓝桥又尖叫出声，猛打方向盘，还好车小，擦着那车头斜冲了出去，猛地撞上了墙壁！

强烈的撞击令人瞬间晕眩，蓝桥趴在方向盘上，人晕晕乎乎的，耳边听到越野车轮胎摩擦地面的刺耳声音，她哆哆嗦嗦地扳动方向盘，心里却知道逃不过去了……顾庭岸，蓝桥默念他的名字：你会不会很难过啊？

越野车咆哮着油门向蓝桥再次撞来！

砰一声巨响！

蓝桥缓缓睁开眼睛，她不敢置信地扭头看去，只见一辆银灰色的卡宴挡在她车外，将原本冲向她的越野车撞开了。一击得中，卡宴急速地倒挡向后，然后再次狠狠地撞向了越野车！

巨大的撞击声像是天崩地裂一般，越野车被狠狠挤到墙壁上，卡宴的车头也全毁了。蓝桥无意识地连声尖叫，那边从卡宴上跳下来一个人，绕过车尾奔到她面前，一把将她提了起来。

是顾庭岸，额上被割了一个很深的伤口，正汨汨地往下淌着血，将他半边俊脸都染红了，可他眼睛亮得吓人，目光灼灼地盯在蓝桥脸上。蓝桥呆呆地看着他，目不转睛。

顾庭岸也在看她，将她上上下下看了一遍，确定全须全尾没什么大事，蓝桥看到他眼神一松。

挥舞着铁棒的鸭舌帽青年这时追了上来，嘴里咆哮着叫蓝桥的名字，叫嚣着诅咒她。半边脸淌着血的顾庭岸眼里暴戾之意肆虐，伸手捡起车里蓝桥的香奈儿小包，将两根细细的金属包链握成一束，猛回身朝那人脸上狠狠抽去！

他下手又狠又准，眼都不眨，一记就抽在人眼睛上，鸭舌帽青年丢了铁棍，捂着眼睛满地打滚，惨叫声在空旷的墙壁间回荡着，瘆人无比。

越野车里的司机好不容易脱身出来，从车里下来想逃跑，却被赶来的保安逮个正着。

顾庭岸的司机小李跑了过来。他本来已经离开了，顾庭岸接了个电话突然又叫他掉头回来，开进地下车库后顾庭岸问他有没有听到什么声音，然后就叫他开着车逐层地转，最后还把他赶下来亲自开车去找，他听到撞车声连忙赶过来，被顾庭岸半脸鲜血的样子吓傻了眼，"顾总。"小李哆哆嗦嗦的，"快去医院吧！"

顾庭岸恍若未闻，俯身去抱卡在座位里的蓝桥。蓝桥也真是不懂事，像是没看到他伤得那么重一样，张着手主动要他抱，抱上去了就静静搂着他的脖子，起先是啜泣，哽哽咽咽得像细细的针扎在人心头，后来被顾庭岸按着脑袋说了句"草包"，突然就哭得泪如雨下。

"你会不会很难过啊？"蓝桥抱着他的脖子，哭得肝肠寸断，"我一想到我死了你孤单一个人，就怕你会很难过！"

伤口的血流进眼睛里，顾庭岸眼睛里血红一片，手上用力按住哇哇大哭的她，咬牙切齿道："多管闲事！你死了也是埋进沈家祖坟，跟我有什么关系，沈太太？"

蓝桥哭着去亲他，却发现血流得到处都是，没处下嘴，她只能掉着眼泪望着他，哭哭啼啼地发誓："我明天就跟沈再离婚，嫁给你！"

"……"顾庭岸嫌弃地看着她，"谁说要娶你？我求婚了吗？"

蓝桥哭着给了他一巴掌，轻轻落在他下巴上。顾庭岸无奈又嫌弃地瞪她，手臂一用力，将她从车里抱了出来。

离出口处还有很远，他伤口一直在流血，蓝桥身上的衣服都被染红了好几块，她吸着鼻子担心地对他说："放我下来，我自己走。"

顾庭岸不回答，被她催急了，不耐烦地说："没事。"

"你流了好多血！"蓝桥心疼又痴迷地看着他。

满脸满脖子血的人，居然露出按捺不住的得意笑意，虽然细微，虽然语气依然不耐，却掩饰不住眼角眉梢的飞扬神采，"不入虎穴焉得虎子？像我这种人，娶媳妇本来就不容易，这点代价还算轻的。"

他难得说句好听的，蓝桥感动得不行，都不嫌弃他了，噘着嘴在他唇上轻轻亲了一下。顾庭岸垂眸看她，滴着血那么恐怖的样子，却英俊得闪闪发光。

警察和急救车陆续赶到，长枪短炮的记者也来了，顾庭岸抱蓝桥上急救车，被他们拍了个正着，好事的记者涌上来向他发问："顾先生，听说刚才是您奋不顾身地救了蓝小姐，请问她是您的真爱吗？那贺舒呢？"

顾庭岸侧身挡住怀里人的脸，皱着眉一言不发，蓝桥微微一动，他不耐烦地低喝："你再动！"

蓝桥肩膀缩了一下，小声对他说："都这样了，你就承认一下呗！"

顾庭岸低头瞪她，她却讨好地朝他笑，表情贼兮兮的，"你承认，我也承认。"

顾庭岸想说有什么好承认的？你一直是我的小桥。

我可能会一生孤苦悲惨，我也许空度年华至死，或者因寂寞了无生趣匆匆逝去，你可以永远是别人的妻子，但我的爱只给过你，你一直是我的小桥！我可以与你一生不相见，但没有任何人与事能改变这一点。

眼前她的脸越来越模糊，天色也仿佛暗了下来，顾庭岸迟钝地觉得似乎不对劲，张嘴想叫她一声小桥，下一秒却蓦然失去了意识，抱着她一起倒了下去。

蓝桥前一刻花团锦簇，突然一阵天旋地转，等医护人员一拥而上把她扶起来，把昏迷的顾庭岸抬上车，她还木着脸不知道发生了什么事。

记者挤在救护车门边咔嚓咔嚓地拍照，闪光灯如海，躺在那里的顾庭岸正接受急救，蓝桥从模糊的视线里看到他的脸，那么平静地闭着眼睛，毫无表情。她眼前白茫茫一片，心中亦然。

这是怎么回事？他怎么了？

顾庭岸……她叫他，张着嘴却没能叫出声音来，耳边嗡嗡嗡嗡的，似乎是他在说话："……得势不饶人，总是当全天下就你最厉害，别人随便你欺负……结果呢？到底是谁倒霉？"

"顾庭岸！"蓝桥突然尖叫出声，向他扑去，被医护人员一边一个按住，她疯狂地挣扎，却眼睁睁地看着躺在那里的人口鼻都喷出血来！蓝桥心里涌起巨大的恐慌和疼痛，像是令人窒息的海水淹没了她，她眼睛瞪得很疼，浑身都疼，这糟糕的时刻令她几欲立即死去，却又令她倍觉似曾相识……

第二章

> 2 分钟前 来自 蓝桥几顾的 iPhone
>
> 有时候我觉得"用尽一生才能忘记你"是我这辈子最痛苦的事，但再仔细想想，或许"忘记你"能够赢过它。

一年前。

沈再匆匆赶到机场却还是迟到了，坐在黑色行李箱上的人两手抄在帽衫兜里，巴掌大的脸被大墨镜遮了一半，另一半看得出来表情很不善。

沈再从停车场一路飞奔过来，跑得一头是汗，一迭声地向她道歉："对不起对不起！真的对不起！会议临时延长了一小时……你等很久了吧？"

蓝桥嫣然一笑，"没关系，老公赚钱养家辛苦啦！"

沈再是蓝桥父亲蓝教授的得意门生，蓝桥喊了他多年的大师兄，只有她生气时才会喊他老公。沈再语气越发声下气，"不辛苦不辛苦……哎呀，怎么穿这么少？今天外面可冷了！"说着脱下自己的羽绒服外套披在她肩上。

蓝桥冷着脸一动不动，沈再无奈祭出摸头杀，温柔地轻轻揉她的头发，宠溺又讨好地轻声哄："好啦，我知道错了，小师妹大人有大量，吃了火锅再跟我算账好不好？"

火锅是蓝桥的最爱，为了涮羊肉、肥牛、毛肚和粉条，她可以原谅别人迟到半小时以内，如果加手打虾丸和老油条，一小时也可以。蓝桥从墨镜后斜了沈再一眼，"什么破公司！一年三百六十五天无休，请个假难如登天，你怎么还没辞职?"

她语气呛人,沈再却松了一口气,推着行李箱和上头的人缓缓往前,儒雅英俊的脸上笑逐颜开,"今年开始会好一点,睿博口服液上市,大家都能放松些。前两年公司正是上升阶段、要紧时期,别说我全年无休了,顾庭岸……哦对了,今年我有十天的年假,忙完了手头的项目我带你出去玩。"沈再差点咬了舌头。

蓝桥的生气来得快去得也快,这会儿工夫已经好了,也假装没听出来他差一点口误,晃着腿愉快地说:"那等办完我爸五周年的祭日,我们去欧洲玩一圈吧?我想去瑞士滑雪!"

"好啊,你说去哪儿就去哪儿。"沈再扶了扶她肩上的羽绒服,正要再说什么,却骤然停下了脚步。蓝桥因为惯性摔了出去,脸朝下趴倒在地上,好大的一声响。

沈再收回目光往地上一看,完了!今晚被涮火锅的可得是他的肉了!

蓝桥感觉眼睛都被墨镜戳瞎了!脸还磕地上了……还好不是整容脸,要不鼻子也扁了,下巴也歪了……她一边爬起来一边呻吟:"沈再……今晚你是死定了!"

却听沈再说:"顾总?你怎么在这儿?!"

蓝桥火速从地上爬起来,扯着沈再的腿,差点没把他裤子扯下来!

顾庭岸的声音离得很近,清清冷冷的,"我来接人。难怪刚才散会你着急走,蓝桥回来了。"

他这话语气多么寻常,蓝桥心头千般滋味,却先扶好了墨镜才看向他。

五年未见的人容颜未改,依然是当年风靡全校的丰神俊朗,只是如今气质风范更盛,站在千千万万的人里面也只有他一个入眼。

"嗨,好久不见了。"蓝桥退回去,挽着沈再的胳膊,声音软软的,"一直听沈再说你们一起创业的事,还没恭喜你哪,事业有成!"

"谢谢。"顾庭岸微微笑,"专程回来过年的吗?这几年过年假期沈再都奉献给公司了,难得今年你肯回来。"

蓝桥耸耸肩,笑着望向沈再。沈再顿了两秒才发觉该自己发言,哈哈干笑了两声,"是啊,难得她肯回来了……顾总是来接谁?小李他们人呢?"

能让顾庭岸亲自到机场来接的人，沈再想不出来是谁，况且既不见司机也不见助理跟着，好奇怪。

更奇怪的是顾庭岸身上薄薄的西装外套，连件大衣都没披，和刚才开会时一样的打扮，怎么好像是直接从会议室赶过来似的？

沈再一脸疑问，顾庭岸却笑得浑若无事，语气淡淡的，只说："一个朋友，你不认识。"

这时蓝桥恰到好处地拍拍沈再，"老公，我们走吧。"

沈再说好，推着行李箱挽着她往外走。

逐渐远去的对话里，沈再轻声问"摔疼了吗？对不起"，蓝桥的回答太轻柔了听不清，只是那侧颜之上笑靥如花，刺得人眼中和心中都要滴下血来。

连行李都不放，从机场出来直接就去吃火锅，蓝桥简直迫不及待。可到了火锅店，包厢里却已经坐了半桌的人，蓝桥进门时正眉飞色舞地讲今天飞机上的艳遇，一抬头，脸上的笑模样全没了。

沈再本来就提心吊胆，见她果然不高兴了，在旁轻声向她解释："吃火锅嘛，人多了热闹点。"

蓝桥瞪了他一眼，倒是没有像从前那样当场甩脸子了，还不咸不淡地叫了人，"李叔叔，妈。"

李彦生夫妇彼此对望了一眼，皆是喜出望外。

剩下李倾周乖巧可爱地坐在那里，安静地望着蓝桥。蓝桥在她身边坐下，顺手揉揉她的头发。李倾周冲蓝桥笑，一颗小虎牙一闪，别提多么可爱了！

"给你带了礼物，一会儿吃完去车上拿！"蓝桥说。

"小桥可算回来了。"李彦生慈祥地笑着望向蓝桥，"你妈妈没有一天不念叨你的。"

秦湖从女儿进门起就目不转睛地盯着看，这时柔声急切地问道："小桥你脸上怎么啦？碰着哪儿了吗？"

是刚才在机场摔的，蓝桥五官像足了秦湖，皮肤则更白更细腻，轻轻碰一下都能留个印子，蓝桥执拗地认为这是遗传了她爸蓝教授的。眼看秦湖倾身过来要摸她的脸，蓝桥朝沈再指指，"他刚才害我摔了一跤，我脸朝下磕着地了。"

李彦生夫妇顿时都看向沈再，沈再呆了，摇着手却不知道怎么解释。还是李彦生解了围，"以后小心点，女孩子的脸怎么磕得起？"

秦湖却笑说："我看是小桥自己调皮吧，沈再多么老实，总是小桥欺负他的。"

当初关于女婿人选，李彦生倾向于顾庭岸，说顾庭岸这个年轻人绝非池中之物。而秦湖却喜欢沈再，沈再老实本分，能包容小桥的任性，妥帖照顾她一辈子。

后来顾庭岸坚持不肯娶蓝桥，果然是沈再二话不说就与蓝桥办了婚礼，那时要不是他，蓝桥的情绪可能真的就崩溃了。

想到这里，秦湖越发感激这个女婿，她和气地问他："我听说青山制药推出了一个保健品，是你负责的？"

沈再说："是的，睿博口服液的主要成分是从大豆中提取的卵磷脂，可以有效增进血液循环、清除过氧化物、改善血清脂质，你看这好比是人类的血管……然后人脑是能够直接从血液中摄取磷脂及胆碱的，并且很快将之转化为乙酰胆碱，所以长期补充卵磷脂是可以减缓记忆力衰退进程的，从而预防和有效地推迟老年痴呆的发生……"

沈再从小到大都是学神，说起他的专业知识他绝对滔滔不绝，可惜人情世故方面就差点。比如他家岳母其实是在岳父大人面前替他邀功，他却认真推销起预防老年痴呆的口服液来了，也不看看他家岳母大人能迷得蓝教授和李彦生都对她念念不忘一生，那是何等风姿绰约的美人？哪怕是如今快五十的人了，依然明艳动人仿佛三十五六七八。

热爱着书呆子女婿的秦湖面带微笑听着，李彦生也目露无奈，蓝桥涮着嫩嫩的羊肉卷大快朵颐，李倾周凑到她耳边小声道："小桥姐，你变得更漂亮了。"

"乖！"整个李家，蓝桥只喜欢她一个，"来！吃肉！"

晚上回去的路上，沈再问蓝桥："我刚才是不是表现得不好？"

"还好啦。"蓝桥安慰他,"我咖啡喝多了的时候也那样。"

沈再表情更加失落了,蓝桥吃饱喝足了瘫在那里很舒服,懒洋洋地拍拍他肩膀说:"糟糠妻,不忍弃,我不会因此休弃你的,别担心。"

他们之间拿这件事开玩笑也是寻常,只是想到今天在机场遇到的顾庭岸,沈再心里难免难过,试探着说:"今年你肯回来过年,是放下了吗?"

蓝桥斜眼看他,"放下什么?"

"……顾庭岸这些年,很不好过。"

"亲爱的。"蓝桥打断他,表情带着戏谑,"你和我的前男友日久生情了?"

沈再表情一窒,闭紧了嘴巴不再说话。

"我读的是公共媒体关系,中国市场是我最主要的研究范围,不管在意不在意,贺舒成名的一路我都看在眼里,谁砸了多少钱、动了多少关系捧红了她,我比贺舒自己还清楚。"蓝桥抬手掩在眼睛上,"大师兄,以前那些事情让我觉得很难过,顾庭岸、贺舒、萧尹……我的青春已经毁了,我好不容易才活了下来,你就让我活得容易一些吧,别再提醒我了。"

蓝桥一直是个极富魅力的女孩子,从她张牙舞爪的青春到沉淀过后的现在,她总是洒脱诚恳的,尤其容易打动别人。眼下沈再就被她打动了,轻易就答应了她,还张臂虚虚抱了抱她。

此时车已经停下来了,沈再和蓝桥下车,迎面十米不到的距离顾庭岸站在路边,正静静看着他们。

路灯的光是白色的,他五官轮廓深邃,眉骨的阴影遮住他的眼睛,令蓝桥看不清楚他此刻的神情。

顾庭岸先开口,微笑说:"又这么巧。我刚回来,醒醒酒再上去。"

沈再在一旁向蓝桥解释:"这一片拿地的时候顾总帮了些忙,开发商为了感谢就给了我们很好的折扣,所以我们都买了一套……顾总住我们隔壁。"

蓝桥说:"这么好啊,远亲不如近邻。"

她莞尔一笑,顾庭岸垂着眼睛看向地上。可能是真的喝了挺多酒,他脸色有些不好,肩头披着一件双排银扣黑色大衣,肃杀之色更衬得他一脸淡漠无情。

　　蓝桥小小地打了个哈欠，沈再只得说："那我们先上去了，顾总，你也早点休息。"

　　顾庭岸抬头对他们笑笑，"谢谢，你们也是。"

　　蓝桥认床，知道这第一夜八成是睡不好的，上床前特意吞了一颗安眠药，就这样还睡得虚虚实实，刚要沉睡过去，外间客厅传来一阵响动，蓝桥暴躁地清醒过来，卷着被子在床上喊："沈再！沈再！"

　　房门被推开一线，沈再的声音急急地探进来，"楼下保安给我打电话，说把顾总送上来了……我得去看一下。"

　　说完人就跑了。

　　蓝桥两手插进长发里一顿揉，怒气冲冲地跳下床，裹上外套追了出去。

　　隔壁的门开着，蓝桥走进去就见客厅沙发里躺着一个人，长长的腿，长长的手臂，一只手遮在脸上，脸微微朝里面侧着。

　　大概是听到她的脚步声，他转过头睁开眼睛。

　　该怎么去形容这一眼的神情呢？蓝桥实在想不出确切的词句。只是突然想起了小时候，她问爸爸为什么叫她蓝桥，蓝教授轻声说："浆向蓝桥易乞，药成碧海难奔。裴航于蓝桥乞药而得妻，可惜嫦娥终究奔了月，一生不得见。"

　　父亲当时的表情那么惆怅，蓝桥记得清楚极了。没想到多年以后，还能在别人的眼里看到如此类似的神情。

　　她静静站在那里，心里万丈高楼起。

　　沈再端着杯牛奶从厨房出来，见蓝桥来了说："正好，帮我扶一下他，把这杯热牛奶给他喝下去。"

　　蓝桥才不要扶他，她刚起床没穿内衣。双手抱在胸口，她一边围观一边好奇地问："他是嗑药了吗？"家庭急救中热牛奶可以解毒。

　　"别胡说。他喝多了，胃病犯了。热牛奶和酒精可以使蛋白质凝固，缓解酒精在胃部的吸收，也能保护胃黏膜……你倒是帮我扶一把啊！"沈再催她。

　　"顾庭岸！"蓝桥居高临下地叫躺着的人，"听得到吗？"见顾庭岸不回答，她对沈再说："他昏迷了，我们打 120 吧。"

沈再叫她别胡闹，把牛奶任务交给她，他去房间里找胃药。蓝桥只好俯身去搬顾庭岸的头，可是他突然之间睁开了眼睛，蓝桥吓了一跳，往后退，下一秒却是天旋地转，不知怎么就栽到他身上了，手里的牛奶也打翻，泼了他一脸！

蓝桥扑腾着想站起来，顾庭岸却伸手紧紧抱住了她。

蓝桥一瞬间就被逼得几欲发疯！

"顾庭岸！"她压低声音在他耳边狠声说，"想死你就别松手！"

这就是蓝桥，别人只会说"快放开"或者"趁我没翻脸松开你的手"，她却没有那样妥协的一面，她的强烈使她炫丽明艳，令人对她无法忘怀。

尤其是在酒醉之后。

"我是想死来着。"顾庭岸吐字如火，在她耳边低低重重地说。

蓝桥此刻明明很愤怒，却因为他这句话差点落下泪来！

"那你就去死好了……"她挣扎着低声诅咒他。

箍着她腰的手力道更大了，另一只手压着她的背使得两人更加亲密无间，匆匆跑出来而没穿内衣的人急眼了，张嘴在他肩膀上重重咬了一口，趁他一瞬间松懈的机会撑起身，劈头盖脸地抽他！

沈再拿了胃药匆匆出来，见蓝桥骑在顾庭岸身上发疯打人，他跑过去把蓝桥拖下来，惊讶地问："蓝桥你干吗呢？！"

蓝桥张牙舞爪一副彪悍样子，顾庭岸却是一身狼藉地躺在那里，刚被踩踏过的意味非常明显。沈再看着这一幕，生气地训斥蓝桥，"你太过分了！"

蓝桥是打死也不会说刚才被占了便宜的，反而不屑地扭过了脸。顾庭岸慢慢地坐起来，喘了口气才声音低低地说："沈再，你放开她。"

沈再放开抱着蓝桥的手，叹了口气说："……不许再打架了。"

这话真耳熟。从前上大学的时候，顾庭岸和蓝桥不是好得黏成一个人就是在激烈地对掐，为汉代墓室壁画的二十八星宿图都能吵起来——拜托，沈再才是学考古的那一个，他们一个制药工程的，一个计算机系的，拿着他的期末论题在那儿掐成了乌眼鸡是怎么一回事？

那时候沈再经常颤颤地劝架："吵归吵，动手是不对的，蓝桥你放开他……不许再打架了。"

如此久别重逢后的深夜里，演起曾经最美好的时候，任谁都忍不住要动容。蓝桥垂下了眼眸，巴掌大的脸被阴影遮住了一大半，分外可怜可爱。顾庭岸默默地喝水吃了药，摇摇晃晃站起来往浴室走去，"我没事了，你们也早点回去休息吧。"

沈再说："明天上午的会议我来主持，你放一天假好好休息。还有你这胃，真不能这么喝下去了。"

顾庭岸头也不回地摆摆手，"死不了的。"

"你再这么下去真说不准。"沈再叹气，"今晚是和谁，怎么喝成了这样？"

"……Andrew他们请了一家外包公司做睿博的方案，我正好在附近，被逮到了。"顾庭岸在浴室门口停住，"明天公司见面再细谈吧，成立公关部的事势在必行，外包的公司很难沟通，发挥得也不稳定。"

"公关部？"沈再被提醒了，忽然想起一个主意来，"那不如让小桥试试？她在国外念的是公共媒体关系，这是她的专长，而且她也更能明白我们要的东西是什么样的。"

蓝桥正低头腹诽臭流氓，闻言大吃一惊，下意识地看向顾庭岸，结果顾庭岸那个臭不要脸的，居然站在浴室门口就解扣子脱衬衫。他是打算兼职脱衣舞郎吧，腹肌练得一块一块的。

蓝桥抬手遮眼睛，掉头就走。耳朵里听到身后脱衣舞郎语气很随意地说："行啊，试试看吧。"

蓝桥对于顾庭岸那句"试试看吧"非常介怀——顾庭岸他摆明了瞧不起她的能力。

蓝桥最受不了别人的怀疑，激将法对她来说百试百灵。

沈再很高兴蓝桥能加入睿博，哪怕她只是来实习。他亲自送蓝桥去七楼的睿博项目宣传组，刚成立不久的宣传组只有七个人，暂时的负责人叫

Andrew，是顾庭岸的学弟，去年刚刚毕业，还没穿习惯正装，白衬衫的袖子卷到手肘处，笑起来帅气迷人。

"这是蓝桥，刚刚从国外回来，接下来这段时间由她带领你们负责睿博的宣传。"沈再的介绍很简洁，没有提他和蓝桥的关系，只说，"她是顾总和我特意请回来的，大家要全力配合她。另外，今晚在楼下日本料理店为蓝桥接风，公司买单，可带家眷。"

说到这里，这群年轻人才欢呼起来。

"我的办公室在十二楼，内线号码是96609，有事你随时找我。"沈再临走叮嘱蓝桥。

蓝桥说："知道啦，你别担心，小师妹我一向讨人喜欢。"

沈再一想也是，揉了揉她的脑袋，转身走了。

蓝桥转回办公室去，队伍里两个小女生凑上来八卦，"蓝总，您和沈总很熟哦？"

"挺熟的。"蓝桥笑，"你们叫我蓝桥吧，蓝总听着别扭。"

"呃，听说就快成立公关部了，估计您就是未来的公关部总经理，我们先叫着顺顺口。"两个小女生很可爱，"有人说沈总已经结婚了！但是我们从来没见过他太太，您和他这么熟，见过没有？"

蓝桥心里爆笑，面上一派正经，"嗯，今天早上还见到了呢。"洗脸的时候照镜子了。

沈再是青山制药最佳人气王，虽然长相不如顾庭岸那般惊为天人，但他的脾气可比顾庭岸好接近多啦！公司里暗恋沈再的女孩子很多，所以他的八卦一向非常吸引人。

女孩子们的动静很快把人都吸引过来了，Andrew也神秘兮兮地爆料："我在学校的时候曾经听师兄们说起过，据说沈总的太太是我们学校当时的校花，长得非常美！据说当时沈总他力战群雄才娶得美人归。有一个人也被沈总击败了，就在我们公司，你们猜猜是谁？"

蓝桥心里已经笑不出来了，面上尚且维持着笑意，听着学弟讲述道听途说的她的传奇："大 Boss！"

"这不可能吧？"女孩子们不相信，"谁不知道顾总的女朋友是贺舒，上周我还看到贺舒去顾总办公室了，戴着副大墨镜，大冬天的光着腿。"

"光着腿？进去的时候还是出来的时候？"蓝桥问。

众人静了静，随即哄堂大笑……

晚上聚餐的时候，蓝桥把这一天听来的八卦汇集给沈再，"听说你把顾庭岸打得住院了才娶到我，所以藏在家里不肯给别人看。然后上周贺舒刚刚整完下巴就迫不及待去见顾庭岸，一顿热吻，她的硅胶下巴没扛得住，歪了。"

沈再是正经人，很不喜欢这种谣言，"三人成虎。"他皱眉说，"贺舒上周刚从香港演唱会回来，她来看顾总的时候我也在，她为了演唱会瘦了整整十斤，不是整容。"

"瘦了更显头大，想必上镜会更加难看。"蓝桥喝了点酒，笑起来眼睛亮亮的，沈再提醒她注意积口德，她晃晃杯子，装可怜，"我喝多了嘛！"

周围年轻人玩得欢，有人大笑，有人抽烟，沈再看她确实也是一副昏昏的样子，便领她出去透透气。

一走出去，外头正在下雪。无边的暗夜里，远处路灯的光冷漠又无情，雪花静静地从空中落下，是一场无声盛宴与告别。

蓝桥仰头看空中的雪，目光茫茫的。一片雪花落在她的睫毛上，她眨了眨眼，声音轻轻的，"下雪了呀。"

今年的初雪。

沈再说："是啊。"又说，"蓝桥，顾总……"

蓝桥懒洋洋地打断他，"拜托你，这么美好的时刻能不能不提那个人？"

然后便有人的声音比这初雪还清冷，说："抱歉，打扰了你的美好心情。"

蓝桥一震，回头看去，居然真的是顾庭岸出现了！在这初雪的夜里。

不过她也没什么好愧疚的，因为他身边站着贺舒——果然大冬天的还光着两条腿，也不怕老了得风湿关节炎。

第三章

为什么没人研制一种药物让人丧失记忆呢？我好讨厌无法忘却的感觉，我讨厌这一生都必须记着我爱你。

　　蓝桥一向是不愿意了就不给人好脸色，哪怕是背后说人被逮住了呢，她不想理他们，便抬眼继续看雪，连眼睫毛都不带眨一下的。

　　倒是贺舒好风度，言笑晏晏地说："嗨，沈再！蓝桥，我们好久不见了哦？你还跟从前一样呢。"

　　蓝桥站在酒店门口的台阶上，居高临下地看向贺舒，夜色雪光里她的小白牙显得分外锋利，"你也是啊。"

　　贺舒一笑，其实要不是蓝桥一路比着，她的相貌也算美人，这几年在娱乐圈珠光宝气、霓虹闪烁地熏陶着，气质更上一层楼，这样刻意浅浅一笑，当真动人。她转目看向身旁的顾庭岸，那眼神既熟稔又深情，看得人毫不怀疑她与顾庭岸之间的感情。"你看，连蓝桥都说我没变，只有你，每天都念我瘦了瘦了。"她娇嗔地抱怨，"我真的每天都吃很多好不好……"

　　蓝桥心想地狱无门你偏闯进来，是不是傻？"该吃还是得吃，下盘稳了，唱歌发声底气足。"蓝桥笑吟吟的，"别为了芝麻丢了西瓜。"

　　贺舒脸上的笑僵在那里，渐渐神情变冷，"听说你以后要在青山制药上班了？"贺舒眼里写满了鄙夷，"这就好了，以后我们还会经常遇见的。"

蓝桥冷笑，"你坐你的总裁直达电梯，我待在我的办公室，谁跟你经常遇见？除非你在顾总那里忙活完了还特意下来遛弯，那就是你故意恶心我了。"

蓝桥的嘴上功夫无人能敌，贺舒从大学起就从不是她对手。收了笑意，贺舒静静依偎在顾庭岸身边。

顾庭岸一直沉默着，肩上披了薄薄一层初雪，他遥遥望向高处站着的人，面无表情地轻声说："走吧。"

走上去与蓝桥擦肩而过时，顾庭岸顿了顿脚步，一旁贺舒站住等他，他却只看向蓝桥。蓝桥毫不畏惧地与他对视，顾庭岸极慢地勾了勾嘴角，威慑之意赫然。

蓝桥向他回以漫不经心的冷笑。

这之后蓝桥又站了一会儿，等到地上的雪都积了一层，沈再终于把她劝了进去。

"贺舒忙自己的事业，我们一年到头见不到她几次的。"沈再看着她惨白的脸色直叹气，"你要是觉得心烦就算了，没必要为了实习弄得心情这么糟糕。"

"没事，该来的躲不掉。"蓝桥勉强笑笑。

"你是不是刚才冻着了？脸都僵了。"沈再担心地说。

蓝桥是觉得不舒服，浑身都在细细战栗，但她分不清楚是因为天气冷还是心情使然。沈再将手背贴在她额头上，她正想说进去喝杯酒就暖和了，忽然沈再向旁边一个趔趄，砰一下撞在墙上，而她落进了另一个怀抱里。

"顾庭岸！"蓝桥简直暴怒，"你疯了吧你……唔！唔唔！"

顾庭岸一手轻松勒得她双脚离地，另一手捂住她的嘴巴，转头对沈再说："我有几句话跟她说，一会儿放她回来。"

沈再慢了一拍才说"好"，向蓝桥使了一个"好好谈"的眼色，然后头也不回地走了。

"我们是坐我的总裁直达电梯，还是去你的办公室聊会儿天？"顾庭岸贴着怀里人的耳边问，声音轻得仿佛温柔，但每个字都像一把冰凌，能扎死个人。

顾庭岸问归问，完全没有要蓝桥回答的意思。当然蓝桥也没好好用语言回答人家，肢体语言倒是相当强烈。

她打他一向不遗余力，疼得很，顾庭岸把她拖进走廊最里面的空包间，扬手把她扔到榻榻米上，他关个门的工夫，一转身她已经跳到他面前了，张牙舞爪。

顾庭岸把她甩到门上，上前一步欺身压制住她，近在咫尺地对着她冷笑说："你怎么不扯嗓子喊救命呢？我等着呢。"

"你不在乎你的贺舒，我却在乎我丈夫的面子！"蓝桥眼里就快喷出火来，什么话狠说什么，"与下属的妻子在几墙之隔的地方偷情，顾总你是有人妻癖吗？"

"这话我倒是等到了。"话音刚落，一个强势的吻便压下去，蓝桥张嘴就咬，可他该死地早有防备，捏着她下巴微一用力，蓝桥下半张脸都麻了，张着唇舌任他为所欲为。

"……偷情才刚刚拉开序幕，沈太太请保持期待，我还有更激烈的呢。"顾庭岸辗转碾压着她的唇瓣，残忍地呵着气咬牙切齿地说。

蓝桥打不过他，他不是以前任她凌虐的顾庭岸了，如今他压制着她动弹不得，说着残忍的话，做着羞辱她的事，仿佛完全不记得她曾是他的小桥。

他曾对她那样温柔。

蓝桥眼里浮出泪光，顾庭岸眼中的暴虐之意却更盛：她知道难过了吗？受伤了？那她往别人心上捅刀子的时候怎么笑得那么轻松、那么漂亮呢？

他开口，嗓子都已经哑了，"蓝桥，我多想放过你，这样我自己也能被放过了……真可笑，我生产促进记忆力的东西，却一直想着怎么忘记自己的回忆。"

蓝桥的心脏疼得都不会跳了，她恨死他了，"那你可真不如我厉害，我已经忘得七七八八了。"

"是吗？那么自从你回来，我们已经是第三次见面了，为什么连我酒后轻薄你那次你都能忍，今天却没有？"顾庭岸声音很轻，"今天是初雪……你刚才站在酒店门口看雪，手为什么一直按在胸口？"

蓝桥突然剧烈地挣扎起来，但被他单手牢牢压制住，他手指在她颈间一勾，细细的铂金链子光芒一闪，一枚素面戒指被勾得跳出来，在顾庭岸手指间天真无邪地微微晃动着。

"谁是你丈夫？小桥，你向他许下一辈子承诺的人到底是谁？"顾庭岸厉声喝问，"你说！"

他攥着链子的左手，无名指上戴着一枚一模一样的素戒。

那是二十一岁的顾庭岸用了当时所有的积蓄买的，他很小时失去了父母，内心深处极度渴望组建家庭，但是蓝桥当时才十九岁，按照法律他们不能登记结婚，蓝桥对他说："一张证书有什么要紧的？我的承诺可比律法天长地久。顾庭岸你听着，我愿意嫁给你，做你的妻子，与你相伴一生，我们同生死、共富贵。"

顾庭岸当然很感动，但是依然逻辑严谨，"应该是'无论祸福、贵贱、疾病还是健康，都爱我、珍视我，直至死亡'。你只说共富贵，是故意漏掉共患难的情况吗？"

蓝桥最讨厌他时刻一副冷静理智的样子，故意气他说："夫妻本是同林鸟，大难临头各自飞。若是真的有难，我们还是各自珍重的好。"

顾庭岸不高兴，板着脸说她是乌鸦嘴。

谁能想到后来那些事，蓝桥竟真的是乌鸦嘴，一语成谶。

六年前他们戴上戒指的那天，下了那年冬天的第一场雪，纯净美好的初雪是他们这场白首之约的鉴证。

六年后他们在关着灯的房间里抵死争斗，戒指还在，她却说她是别人的妻子、沈太太。

顾庭岸恨她！

"顾庭岸……"蓝桥的嗓子也全然哑了，一字一句都说得慢而辛苦，"我哀求你娶我的时候，你为什么没有这样掷地有声地说这些话呢……是你拒绝了我啊，为什么现在你还能这么理直气壮地……责怪我。"

顾庭岸松开了手。蓝桥却已经没有力气反抗甚至是站着，她背靠着门滑坐在地上，光线隔着门，她整张脸都在黑影里看不清表情。

她喃喃地继续说："你讨厌我张扬跋扈，你怪我，可我已经为此付出代价了。你不肯原谅我，我跪在你面前求你……你还是不肯原谅我，我只好离开你。现在你怪我嫁给别人，可是当时如果不是沈再娶了我，我已经死了。你宁愿对着我的坟哀悼我，也不愿意我在别人身边活着，是吗？"

顾庭岸蹲下身，与她四目相对，语气慢慢地说："你和沈再是怎么回事，你自己知道的未必有我清楚，别再在我面前打肿脸充胖子。小桥，你炫耀沈再是你老公的时候，简直就像个笑话。"

他的毒舌令蓝桥失去理智，怨毒的话脱口而出，"是，我和沈再戏假，你和贺舒情真，你赢了！恭喜你！"

"谁跟你比？！"顾庭岸挥开她用力甩过来的巴掌。

门上这时突然响起三声敲门声，随后贺舒的声音温和而克制，"庭岸，你这边结束没有？舅舅、舅妈从新加坡打来视频电话，你要不要过来一下？"

蓝桥几乎跳起来！她愤怒地用力推开顾庭岸，顾庭岸却不让她走，强行把她抱住。

门被贺舒拉开，外面过道上的灯光静静铺在门口一块，贺舒站在光亮处望着里面紧紧抱在一起的人，面上的表情难以用言语形容。

顾庭岸把蓝桥用力压在怀里，转头对门口静静站着的贺舒说："叫司机送你回家。把门关上。"

贺舒深感屈辱，但对他无可奈何。他脸上一闪而过许多痛楚表情，想必他怀里的那个人正想尽办法弄疼他。蓝桥，蓝桥！这个名字本身就是一把利器，害人害己。

贺舒听话地关门离去，顾庭岸放开正撕咬他的人，她一得自由就气咻咻地往外跑，被他拉回来，她一偏头又在他手上"啊呜"咬了一口。

"嘶……"手指疼得钻心，顾庭岸气得都笑了，"你属狗的？松口！"

蓝桥恨恨地松开嘴，他却没有及时松手，被蓝桥狠狠地打开。

"你确定要这样出去？"顾庭岸提醒她胸前的扣子开了。

蓝桥抖着手扣上，不忘嘲讽他，"你倒还知道不能被人看出来？真没想到顾总还是要脸面的呢！"

"我无所谓。但是你，可得当好你的沈太太。"顾庭岸似笑非笑地说。

蓝桥呵呵呵呵。

"离贺舒远远的，不要再与她起争执。你们会有各自无交集的人生。"顾庭岸又说。

这下蓝桥连呵呵都没有了，扔了个鄙夷的眼神就转身往外走。

蓝桥回到沈再他们的包间里，脸上明显哭过了，嘴唇红得像要滴血，沈再惊讶地看着她。

他刚才任由她被人掳走，蓝桥恨不得在他身上盯出一个洞，磨着牙轻声在他耳边说："你敢对我见死不救，我今晚就托梦给我爸，叫他来找你算账！"

蓝教授生前是考古系教授，沈再是他的得意门生，古墓派传人，鬼神之说他信得很，顿时恐惧地看向蓝桥。

蓝桥不假辞色，咬牙切齿地问："他知道我跟你的事情了，是不是你告诉他的？"

"谁知道了？顾庭岸吗？！"沈再头摇得像拨浪鼓，"不是我，不是我！我怎么会告诉他呢！"

蓝桥料他也没这个狗胆，冷哼一声，拿了瓶清酒一杯一杯地喝。

沈再劝她少喝点，"你就算喝醉了也是无济于事，倒不如清醒面对。"

蓝桥怒了，酒后面如桃花的漂亮脸蛋，怒色也是撩人的，"别一个两个都话里有话、夹枪带棒的！我是老鼠吗？两头受你们这风箱的气！"

沈再被她欺负惯了，不以为意，继续劝说："既然他已经知道了，你就跟他开诚布公地谈一谈。像现在这样……何必呢？小桥，你打算这样到什么时候？三十岁，四十岁？"

"你闭嘴！"蓝桥吼他。

周围已经有同事向他们看了过来，沈再乖乖闭上了嘴。蓝桥很快喝掉了一小瓶清酒，捡了只筷子敲酒杯，声音清脆好听得很，她昏昏然地笑，曼声说："有什么好说的。时光一去不回头。"

是啊，她依然爱他。因为爱是天上的星星，并不会因为人死而陨落。她和顾庭岸都保留着当年的戒指，或许这么些年从未忘记过彼此。

可又有什么用呢？世事无情变迁，她爸爸去世了，沈再不挖坟改制药了，连贺舒那朵白莲花都升级成了心机婊。当初戴上那对素戒的小情侣早就死了，是与萧尹一起下的葬。

萧尹……蓝桥心中大恸，忍耐地闭上了眼睛。

如果萧尹没死，凭他的天赋，青山制药的科技水准应该会比眼下的超前三到五年。

"小桥？小桥？"沈再的声音时近时远，蓝桥闭着眼睛趴在那里，分不清是醒是梦。

反正痛苦无时无刻不追着她，清醒和梦境都是一样。

睿博口服液初上市，销量并不理想。市面上促进记忆功效的保健品不胜枚举，睿博口服液无法脱颖而出。而且因为不添加防腐剂，睿博口服液的保质期大大短于同类型保健品，承销商不敢大批量入货，市面打不开，产品积压日益严重，形成了一个恶性循环。

亏得顾庭岸创办青山制药时是以生产常规药物起家的，睿博口服液是唯一一个只烧钱不盈利的项目，目前为止青山制药还烧得起。

蓝桥带领 Andrew 他们日夜奋战、反复论证，为睿博口服液制订全面宣传计划。到了做报告定案那天，沈再却并不完全满意，不解地问："为什么电视和报纸杂志广告才占了宣传费的三分之一？那不应该是最主要的投放市场吗？"

蓝桥解释说："不是，与同类型产品相比，除了产品质量与功效，我们并没有其他显著的优势，既然这样，我们不如彻底与同类型产品区别开。我们不做大量重复的洗脑式广告，我们讲我们的故事，睿博首先是一个充满温情的传奇故事，然后才是一种增强记忆力的产品。"

"这似乎有些旁门左道？产品功效才是睿博的核心，将其他东西当作卖点大肆宣传，我担心不够稳妥。"沈再果然拿睿博当自己孩子，连蓝桥的话都一视同仁、照驳不误。

这个问题蓝桥也是再三考虑过的，她示意 Andrew 分发调研数据资料，继续解释："并不是选择卖点，而是抛砖引玉，先令睿博成为一个话题，使得更多的人有兴趣了解。就像我们并不是打算放弃哪一个平台，只是在初级阶段有所侧重。微博是时下最热门的平台，只要做得足够好，传统媒体会自觉自发地跟上热点。"

蓝桥写了一个睿博口服液背后的故事：二十世纪八十年代，一名药学博士从海外荣归故里，他守寡四十多年的母亲却不认识他了，起初他以为是因为太长久的分离，后来母亲抱着他新出生的儿子念叨他小时候的事情，他才发现母亲病了——阿尔茨海默病，俗称的老年痴呆。那正是药学博士的研究范畴，可面对活在回忆里的老母亲，他却一筹莫展。自此以后他发誓研制提高记忆力的药物，后来他和他的妻子果然从大豆中提取了一种卵磷脂，研制出了睿博口服液的最初配方。

"以亲情和传承打动人心，引发大众的共鸣，进一步引发他们对睿博的关注，从而一举树立睿博的品牌形象，从众多的同类产品里脱颖而出！"蓝桥总结道。

沈再很满意，但显然也还有所保留，略略思索后他说："那就先进行起来吧，我先签一半预算给你们，等到顾总回来后我再向他请示一下。"

宣传案通过，大家心头都是一松，有人开始有闲心八卦，"话说大 Boss 这回是什么事啊出差这么久？今天我去总裁办拿文件，那边都在嘀嘀咕咕呢，说其实没出差，不知道为什么躲着不见人，好多事等着他回来，可他不知怎么就是不露面。"

当然是因为面上有伤，不宜露啊……沈再意味深长地看了蓝桥一眼，被蓝桥凶狠地瞪了回来。

蓝桥的文笔实在是极有天赋，故事写得温情脉脉、余韵盎然，令人五内铭感、潸然泪下。阿尔茨海默病本就是个大众泪点，多少家庭里的老人们渐渐丧失了对今日的清醒，开始活在遥远的回忆里，说起这病来，几乎人人都有温馨或者难过的故事，"睿博背后的故事"火速位列微博热门讨论事件。

蓝桥当然挺得意的，从前她得意起来是恨不得诏告全天下，如今却已略懂"收敛"二字，只在办公室里开了瓶香槟，叫了一顿丰盛的外卖，宣传部几个人关着门热闹一下，就算是庆祝首战告捷了。

还好蓝桥低调，否则第二天的事就直接啪啪啪扇她耳光了：贺舒在一档慈善节目直播里向老人们派发睿博口服液，并且擅自占用节目时间讲解睿博的功效。节目一播出，各方媒体都炸了，微博上骂得尤其凶，说贺舒这是挂羊头卖狗肉，打着做慈善的幌子卖药呢！

又有圈内的人士继续深扒：睿博口服液是青山制药出品的，而青山制药的老总正是传说中捧红贺舒的金主，据说当初砸了八位数买贺舒赢得选秀冠军的头衔。

贺舒上了微博热门词排行榜，被几千万人骂心机婊、白莲花。青山制药和睿博口服液也被牵连，连之前的温情故事也被许多人骂炒作。

沈再听到消息的时候正在车间里跟进新流水线的事情，乍一听说是贺舒惹了祸，毁了蓝桥的一盘好棋，顿时丢下所有人就跑！

要出人命了！

一路赶到宣传部，那里气氛却没有他想象的可怕，蓝桥甚至心情不错的样子，站在 Andrew 身后指着电脑屏幕正笑着说什么。

见沈再跑得上气不接下气，蓝桥歪着头不解地看他，"沈总，你这是怎么了？"

沈再不敢说"怕你提刀去杀贺舒"，气喘吁吁的，还要装镇定，"微博上的事……我听说了，现在进展如何？"

"被骂得很惨呗。"蓝桥语气轻松地说，"你来了正好就开个会吧，看看下面计划该怎么调整。"

她的表现令沈再颇为吃惊，将信将疑地跟着她进了会议室。

"现在的情势，我们之前为睿博量身定制的宣传计划已经毁了。明星在慈善节目中推销保健药品，这个行为令我们之前的工作全都变成了一场作秀。所以我的建议是全面停止目前的造势，另辟蹊径。"蓝桥说完，转向一脸梦幻的沈再，"沈总?"

沈再被她提醒，连忙说："你继续！你继续！"

小桥真的长大了啊！这么的专业、冷静，好样的！沈再换掉了梦幻脸，换上了一脸"吾家有女初长成"的骄傲。

蓝桥继续说道："我打算邀请贺舒担任睿博口服液的代言人，反正这锅背定了，索性把这次推销事件定义为炒作，索性砸钱做一个大众、强势的宣传，反而也能体现出我们青山制药的实力。"

这种循规蹈矩的方案沈再本来就喜欢，更兼蓝桥能推荐贺舒，使他更感蓝桥的今时不同往日，当即愉快地拍板做了决定。

蓝桥拿了沈再签字的合同，转身交付手下人去接洽贺舒那边。人都散尽，她站在会议室中央，神情一分一分地变得邪恶。

第四章

10 分钟前 来自 蓝桥几顾的 iPhone

今天搏击教练夸我组合拳打得很漂亮。顾庭岸，你要惨了……如果我们还会再见的话。

贺舒担任睿博口服液代言人的消息传出，坐实了她以慈善炒作的事实，被网友们骂得那叫一个惨。

贺舒发了一条微博："是我不好，与其他人无关，请都来骂我，我一力承担。"

这下贺舒的粉丝炸锅了，大批大批地涌上来支持她、人肉骂贺舒的网友，有一些很过分的，又被其他网友反人肉……

贺舒连发了几条微博，劝慰粉丝别做过激的事情，最后一条放了一张自己的"素颜照"，那灯光那角度，再加上 PS，鼻子都 P 得融化了……

一出一出的，蓝桥看得又乐又恶心。

很快人就恶心到她面前来了，活生生的，因为代言人广告开拍了。

蓝桥是负责人，总得到场意思一下，她特意晚到，拍摄正在进行，贺舒在背景板前笑吟吟地说着广告词。

——蓝桥花费了无数脑细胞写就的广告词。

想想太讽刺，蓝桥自嘲地笑笑，转身准备走，贺舒那里却喊了暂停，紧接着贺舒又假又温柔的声音响起："蓝桥！你来看我啦！"

蓝桥起了一身鸡皮疙瘩，贺舒提着裙角走了过来，像是多么亲密的旧友似的挽住了蓝桥的胳膊，娇嗔又欢喜地问："听说是你建议由我担任代言人的？"

蓝桥拿开她挽上来的手，"你听谁说的？叫他来跟我对质。"

贺舒精致描摹的眉眼一跳，笑容未改，声音压得低低的，只在两人之间，"你真是一点都没变，还是像以前一样那么讨人厌。"她嘴里说着这些，面上却微微笑着，"蓝桥，我知道你提议我当代言人是为了什么，你不就想看我像现在这样被人骂吗？可是你知道吗？为了这个代言人，多少人骂我我都不在乎，所以我设计了你，你果然亲自邀请我担任代言人，我有多开心啊！你也知道的，睿博口服液对庭岸来说意味着什么……他生命里最重要的时光、最重要的事情，都与我有关。蓝桥，你死了心吧！"

"这么说，你早就有当代言人的心，但顾庭岸瞧不上你，不答应，所以逼得你只能使这种苦肉计了？"蓝桥看她的眼神跟看低等生物似的，"贱不贱啊你？倒贴的姿势丑成这样，大学里狗皮膏药专业吧？"

蓝桥嘴巴太毒，贺舒笑不出来了，微微眯着眼睛冷而狠地看着她。这时Andrew过来找蓝桥请示一件事情，贺舒立刻又变回温柔无害的白莲花，甜蜜蜜地对他笑，还说有什么拍摄意见只管提，别不好意思。

这副自封当家老板娘的姿态当然是做给蓝桥看，刺她心的，连Andrew都感觉到这两人之间不对劲，一个劲地拿眼神请示蓝桥。蓝桥像是没看见，签完了文件交还Andrew，忽然说："睿博的官方微博开通了吗？"

"开通了，今天正好贺舒来，我想拍点拍摄花絮发微博。"Andrew笑得阳光灿烂，一点破绽都无，蓝桥心里激赏了一把他的演技。

贺舒不知情，还柔声说："好呀，现在拍吗？"

Andrew说"好"，掏出手机对着她和蓝桥。蓝桥伸手挽住贺舒，转头在她耳边轻声地说："贱婢，叫你声白莲花你敢答应吗？"

贺舒脸上的表情瞬间扭曲，Andrew早有准备，准确捕捉，然后将照片飞快上传微博！

这张照片使得睿博的官方微博粉丝两小时内涨了十万……

贺舒是以实力歌者身份出道的，但是她长得美，顾庭岸又毫不吝啬地在她身上砸钱，她走出来一向是闪亮亮的大明星，美貌值在同等实力的歌手中数一数二。可这张照片上她表情僵硬而扭曲，与平时判若两人。更要命的是身边的人是蓝桥，蓝桥的容貌远在她之上，笑吟吟的侧脸神秘又美丽，衬得贺舒更丑了。

连贺舒的粉丝都在评论里好奇地问他们家爱豆身边的美人儿是谁，更别提那些本就在使劲黑贺舒慈善事件的网友了，把贺舒嘲笑得体无完肤。

广告还在继续拍摄，贺舒的经纪人和助理却顾不上她了，皱着眉头在场边低头刷微博。贺舒心里焦急又愤怒，状态越来越糟糕。导演多番喊停，最后严正提出了交涉。

蓝桥派 Andrew 去与导演周旋，她抱着手站在场边气定神闲地看着贺舒发疯。突然门口一阵脚步声，贺舒的经纪人低低欢呼一声，背景板前的贺舒却突然潸然泪下。

蓝桥心想这演技，你不去演电视剧、大电影，唱什么歌啊！

虽然一看这场景就知是顾庭岸来了，可蓝桥转目看去，见他那样径直地朝贺舒走去，她心里还是瞬间失了滋味。

顾庭岸脸上已经看不出伤，英俊如常，低头跟贺舒说话时神情很温和。青梅竹马、相依为命的情分，对他而言只有贺舒一个人啊。

顾庭岸两个助理一个绕场一周将人都请出去，另一个过去说化妆间安排好了，请贺小姐过去休息一下。

贺舒满眼泪光，像个委屈的小女孩一样看着顾庭岸，伤心又愤慨。

"你先过去，我一会儿过来找你。"顾庭岸对她说。

贺舒这才抹着眼泪跟着助理走了。

顾庭岸站在原地深呼吸，叹了口气，然后才转身走向蓝桥。蓝桥一直站在那里看着他，看着他走向自己，她脸上浮现出讽刺笑意。

顾庭岸对她皱眉，话也很不客气，"设立公关部的事情已经定下来了，聘请你正式入职担任公关部总经理的文件已经交到我办公桌上，这个字你是想我签，还是不想？"

蓝桥的工作能力非常棒，睿博口服液的销量是她的策划案奏效拉起来的，顾庭岸已经签了字要办庆功宴了，但随后就出了贺舒的事，令外人看来销量上涨都是贺舒的明星效应带动。但蓝桥随即能做出正确应对，不管有没有私心在这里头，顾庭岸都认可她作为一位公关人员的能力。

蓝桥觉得顾庭岸与她分开太久，都忘了她的脾气，受委屈和被威胁，是她蓝桥最讨厌的两件事。

她耸耸肩，"如果我想待下去，就不能再惹贺舒，是不是？"她颇有兴味地盯着顾庭岸，声音轻轻的，"如果我再欺负她，就得滚蛋，是不是？"

顾庭岸无甚表情地点点头。

蓝桥一笑，玩味又洒脱，"那我求求你了，千万别签那文件！"她笑得邪恶又漂亮，"我才不会为你和贺舒打工呢，做梦去吧！"

说完，她昂着头从他身边走过，被顾庭岸握住手腕扯了回来，蓝桥反手就是一巴掌。顾庭岸挡得更快，后退一步怒目瞪她，"你再动手试试看！"

蓝桥轻蔑地嗤笑，将手包用力往他脸上甩去。顾庭岸愤怒地挥手打开那只包，不防蓝桥已经趁机蹿到了他面前，当胸口就是一拳。

砰！

顾庭岸觉得自己心肺都被震伤了……她要是再胖一点，估计这拳能直接把他打得喷血……虽然他一直觉得她胖些会更漂亮。

蓝桥鄙夷地看着被她打得说不出话的人，"下次能不能换一种威胁方式？比如你敢杀了贺舒试试看，你敢再把贺舒推下楼一次试试看……"

"闭嘴！"顾庭岸恨恨抬眼，眼里燃着冲天怒火。

蓝桥心里又痛又快乐，歪着头冲他一笑，转身吹着口哨离开。

"你去哪儿？！"顾庭岸忍过那阵心口欲裂的疼，冲她的背影发怒。

她连背影都对他不屑一顾，"管得着吗你！滚去当你的护舒宝吧，贱人！"

顾庭岸被她气得嗓子口直发甜，真的是快吐血了。站在原地缓了好一会儿，他往外走，没走几步却又站住，与自己僵持了片刻，咬着牙还是转身捡起了她的手包。

爱能令人记得多久，就能令人卑微多久。与容貌、身家、才华都无关，爱是记忆暗河中闪耀的明珠，是光，他可以克制一切，却无法克制自己在暗夜之中循光而去。

爱是无奈。

蓝桥走出摄影棚，迎面看到贺舒神情疲惫地靠在角落里。见她出来，贺舒脸上失落的神情立刻收起，武装出一副云淡风轻的表情。

蓝桥懒得理这种战斗值为负的渣渣，把她当空气，从她面前径直走过去。

"我和沈再好过。"贺舒在她经过时轻声地说。

蓝桥停下脚步，差点笑喷了，鄙夷的目光在贺舒脸上游走。贺舒却不像平时那样扛不住，反而笑得像个打开了潘多拉魔盒的巫婆。

"你没听错，就是沈再。你为了萧尹动手打我那次，是沈再送我去医院的……蓝桥，沈再喜欢过我，如果我愿意嫁给他，根本轮不到你。也是因为我看不上他，不愿意嫁给他，所以他才会随随便便将婚姻当作同情，娶了你。"贺舒靠在那里，声音又低又平缓，望着蓝桥的眼神里充满了讽刺之意。

蓝桥脸上笑意全无，但听她说完还是嗤笑了一声，"癞蛤蟆。"

顾庭岸从摄影棚走出来，看到剑拔弩张的两个女孩子，顿时胸口又痛起来，根本不想走过去，站在摄影棚门口远远地喊贺舒，"过来，我有话跟你说。"

贺舒僵着脸转身走向他，身后的蓝桥声调愉悦又轻慢，"别人说没吃过猪肉总见过猪跑，你这大学时期谈个恋爱还要当核武器藏着，等在这里攻击我。就你这浅薄的眼皮子，你庭岸哥哥这种见识过大场面的人，怎么可能看得上你呢？"

顾庭岸看着向他走来的贺舒脸色发白，他无奈至极地瞪那边的蓝桥。蓝桥怎么可能怕他？白了他一眼，趾高气扬地转身离开。

贺舒走到顾庭岸面前，这下是真的委屈得不行，咬着牙忍，眼泪还是不断落下来。

顾庭岸于心不忍，但也只能怪她，"叫你去化妆间休息，你跑来这里惹她干什么？沈再又没得罪你，你拿他做伐子，你忍心吗？"

"我只是说出了事实，她对沈再要打要杀是她的事，你们不怪她，怪我了？"贺舒恨得咬牙切齿，"你们都瞎了吗？她那种没家教的神经病，出口成'脏'，你们到底喜欢她什么？喜欢看我被她欺负吗？！"

"是你自找的。"顾庭岸也生气了。

贺舒哭得说不出话，她就是恨蓝桥！从大一时第一次见到蓝桥就恨她了。恨到希望蓝桥把她推下楼，这样大家就都会知道蓝桥的真面目。可是后来蓝桥真的把她从楼梯上推了下去，她伤得那么重，却没有一个人怪罪蓝桥，哪怕是与她相依为命十年的顾庭岸，也只不过是与蓝桥分手而已。

他们分手之后，顾庭岸的心变成了一片深深的湖，无论贺舒怎么往里面跳，他都不起任何波澜。贺舒以为他从此会是死水一片，她都差点要对他死心了，可蓝桥一回来，整个湖面都着了火！

贺舒不服！

"你会去跟她和好吗？"贺舒哭得伤心，仿佛他一点头，她扭头就会去自尽。

顾庭岸说"不会"，他望着走廊尽处，那里已经没有了蓝桥的身影，"她不会原谅我的。"

沈再今天下班早，没等蓝桥一起走，提前去超市买菜回家做饭了。

晚餐吃蓝桥喜欢的红烧排骨、蓝桥喜欢的清蒸鳜鱼、蓝桥喜欢的白灼芥蓝、蓝桥喜欢的日式蒸蛋、蓝桥喜欢的蔬菜什锦汤。

蓝桥回来时神情如常，吃晚饭的时候也挺高兴，只在沈再问"要不要喊顾庭岸过来一起吃"时翻了个白眼，"你吃完给他上炷香就好了。"

沈再愣了片刻后笑了，"吵架了？你是不是又动手打他了？"

"呵呵！他威胁我，说再欺负贺舒就让我滚蛋。"

"你肯定也没说什么好话。"沈再了解这两个人，都是对外人冷清礼貌，只对彼此无理蛮横，"不要跟贺舒多来往，你吃过一次亏了，学聪明点，绕开她走。"

日式蒸蛋的碗有点深，蓝桥勺子下去只能捞半勺，沈再把碗推得侧向她，他身上系着红格子黑底的围裙，照顾人的居家样子温暖得令人心折。

蓝桥"啊呜啊呜"吃着蒸蛋，"只有你相信我没推她，也只有你会觉得我跟她之间是我吃了她的亏。"

沈再抬眼对她笑笑，温柔又包容。

其实沈再总是生不逢时啊，他身边总有闪闪发光的顶级人物，把他生生地对比成了男二号，从前是萧尹，现在是顾庭岸，他们都太过出色耀眼，沈再的光芒是温润如玉的，总不及他们璀璨。

蓝桥咽下最后一口香软的蒸鸡蛋，神情闲闲的，"睿博口服液的案子我算做完一个阶段了，开完庆功宴我就离开青山制药。"

沈再惊讶地看向她，她也笑笑地看着沈再，"师兄。"蓝桥的声音很温柔，"你也辞职吧，不要留在那里，不要跟顾庭岸和贺舒朝夕相处。"

沈再更惊讶了，问她："是不是发生什么事了？"

蓝桥说："没有啊，你又不是学医药的，你的天赋和兴趣都不在那里，耽误了这几年已经够了。现在睿博口服液也上市了，你也该放下了。再放不下的话，不觉得对不起你自己吗？你念了那么多年的考古学，你那么喜欢！"蓝桥看他垂着眸默默、难得的伤神样子，她心中也是难过，"师兄？"

沈再抬眼看她，苦涩地一笑，"我有我的打算。"

"那你告诉我，你打算什么时候离开青山制药？"蓝桥追问。

沈再挠挠头，"我是开山元老，我有很多股份的，这是我的事业，你就别逼我了。"

他一向给人温柔的印象，对蓝桥时更甚，宠她如妹。但蓝桥一直知道沈再并不是一个懦弱的人，当年她站在楼顶生死一线，他在她身后的风里大声哭着说"我娶你啊"，还有此刻他无奈却坚持地说那是他的事业，蓝桥一直知道沈再是一个多么有担当的男人。

所以就更加可恨！

"好吧。"蓝桥低头慢慢地扒饭，将眼里的神情全都掩盖住。

吃过晚饭，沈再洗碗，沈再收拾厨房，沈再准备明天的早餐，沈再拖地。

蓝桥趴在沙发里用平板电脑看《甄嬛传》，手边摆着一盘沈再切好送来的水果，苹果和香梨都切成一口大小的块，哈密瓜只取最香甜脆爽的那一圈，去了皮和瓤，仔细切成片。

"小桥。"沈再将叠好的衣服送到她房间，一边走出来一边喊她，"你还要什么吗？不要我洗澡睡觉了。"

"哦。"蓝桥如常地回答，一丝异样都无。

"你也早点睡，最近你熬夜脸色很不好，明天我给你炖点虫草吃。"

蓝桥眼睛盯着平板，嘴里说"知道了"。沈再给她热了一杯牛奶放在桌上，便真的如往常一般回他房间洗澡，准备睡觉去了。谁知他刚站到花洒下面，突然浴室门被捶得震天响，"师兄！师兄！"

蓝桥声音急迫恐惧，还带着哭腔。沈再吓得魂飞魄散，拎一块浴巾匆匆往腰间一围，赶紧开门找她，"怎么了？！"

可他刚打开浴室门的锁，门就被人从外面一脚踹开。沈再躲得快没伤着，但随即冲进来面沉如水的蓝桥，令他傻眼了。

"……"沈再傻乎乎地往她身后张望，"怎么了？"他费解万分。

蓝桥用脚把浴室门踢得关上，好大一声，砰！震得沈再尾椎一紧，心生不妙的感觉，他双手立刻揪住腰间的浴巾，警惕地看着蓝桥，"怎……怎么了啊……"

"老公。"蓝桥露出天真无邪的神情，甜蜜地叫他，"今天在摄影棚，我遇到你的前女友啦！"

沈再脑袋嗡一下，睁着一双无辜的小鹿眼看着蓝桥，慌乱无措。

蓝桥微微歪着头，眼神像刀一样片着沈再赤裸的胸膛、手臂、脖子……沈再腾出一只手横在胸前抱着自己，他耳朵爆红，尴尬地恳求："你先出去等我，我穿好衣服过来，你问什么我都回答你！"

"我没什么想问你的。"蓝桥冷笑，"有什么好问的呢？必然是你俩王八绿豆看对了眼，背着我勾搭成奸。难不成是她对你用强了？那我倒是能原谅你！"

沈再吓了一跳，忙不迭地澄清："没有没有！我跟贺舒根本没到那一步！"

"那到哪一步了？"蓝桥问一句就逼近他一步，"亲亲了吗？牵手了吗？一起看过电影没有？她有没有在你耳边为你唱过情歌？"

沈再步步后退，最终背抵着洗手台退无可退。蓝桥欺身逼近他，笑得又冷又暴戾，"我家大师兄居然也是一片护舒宝，难怪你不肯离开青山制药，做药不是你的专业，生产护舒宝是你和顾庭岸共同的爱好是吧？"

沈再艰难地仰着头避让她的呼吸，额头渗出了细密的汗，他恨不得手臂上能有颗守宫砂证明他的清白。

"我错了……我知道错了！"沈再僵着身体，眼睛望着天花板，"放过我吧，求求你了……"

"你做梦！"蓝桥忽然大吼一声，吓得沈再腰一软，后脑勺砰地撞在镜子上。她双手扭住他耳朵将他扯起来，"你是狗吗？连她那堆屎都吃！"

"疼疼疼疼疼，小桥，疼疼疼……"

顾庭岸就是在蓝桥大吼大叫和沈再哎呀哎呀喊疼的时候闯进来的，一进来看到蓝桥把半裸的沈再压在洗手台上。他脸一下子绿了，上前把蓝桥从沈再身上提起来，一扯一勾拖进自己怀里，冷着脸任她挣扎叫骂，就是不松手。

"你有病吧？这是我们家！你怎么进来的？！"蓝桥被他从背后抱着，他单手就勒得她动弹不得，她气疯了，"放开我！我要报警告你非法入侵！"

顾庭岸用另一只手拍开她挠来挠去的爪子，冷声说："你才有病！我才应该报警，家暴犯法的你知道吗？"

"你哪只眼睛看到我家暴他了？"蓝桥在他怀里上蹿下跳，"我们夫妻之间的情趣要你这个外人管！"

说到"夫妻"，她的丈夫正捂着他备受伤害的小心灵和腰间的浴巾贴着墙壁往外逃，蓝桥张牙舞爪要逮他，而顾庭岸被那几个关键词刺激得快发狂，蛮横地将她提起来扛在肩膀上，头朝下。

"啊啊啊啊啊啊啊！"蓝桥挥手打他腰背。

顾庭岸冷着脸抬手，在她屁股上用力扇了两下，打得蓝桥嗷嗷叫，他心头恨意稍减，一路啪啪啪从浴室打到客厅，把她扔进沙发里，看她披头散发、泪流满面地捂着屁股喊疼，他才心情好了一点。

"你的青春叛逆期是要二十年才能过去吗？快奔三的人了，还这么张狂肤浅，沈再是你的什么禁脔吗？他的恋爱旧事触犯了你的什么法律法规吗？你刚才那样想把他怎么样？"顾庭岸一句一句质问她，心里生气，又很疼，看她在乎得发疯，也不知道是为了沈再多一点，还是为了贺舒多一点。

"关你什么事？你凭什么管？凭什么打我？！"蓝桥哭着朝他喊，"你们两只贺舒的走狗！"

顾庭岸冷笑，"就因为你讨厌贺舒，所以跟贺舒好的都是你的敌人吗？我就算了，我认了，沈再是有恋爱自由的，他一没出轨二没当第三者，他做错什么了？为什么他必须讨厌你讨厌的人？你讨厌的人都该去死吗？！"

蓝桥披头散发地坐起来，像个疯子，但她眼睛那么亮，愤恨倔强的表情使她更加楚楚动人。顾庭岸悄悄用手按住自己心口，心里唾弃着自己的审美之怪异奇葩。

蓝桥将牙咬得咯吱咯吱响，一字一句地对他说："别人可以不用，贺舒必须死！我一定会害死她！"

"你挨打不计数是不是？！"顾庭岸脸色阴沉似电闪雷鸣，双手握着拳头向她走去。

蓝桥到底是怕他的，尖叫起来，双腿乱踢着不让他靠近。这种按上去强吻就能解决一切的时刻里，偏偏沈再换好了衣服跑出来，慌慌张张地循声而来。

"怎么了，怎么了？"沈再跑向蓝桥，蓝桥见他来了就不怕了，抱枕砸了一地，哭着捶沙发。

"你们两个……都给我滚！"

奇耻大辱！不可原谅！沈再与顾庭岸都是！

沈再赔着小心道着歉，顾庭岸却很不耐烦地吼她："回你房间睡觉去！大半夜的在这儿发什么疯！"

蓝桥朝他脸上砸了一个抱枕，顾庭岸伸手用力挥开，她还要再扔，他对她冷笑，"你敢！我立马再抽你一顿！"

天上地下有一个算一个，只有顾庭岸治得住她。蓝桥臀上痛得火辣一片，心里知道这个王八蛋真的能再按着她下黑手，再恨也没办法，全都化成了委屈，此时半点手段都施展不开，只能哭着回房间。

沈再喃喃地叫"小桥"，却被她经过时用力撞了一下，差点摔个跟头。

"把门上密码换掉！不许他再进来！"蓝桥朝他吼，"要不你就把户口本上换成他，你俩结婚吧！"

顾庭岸沉着脸向她走去，蓝桥眼角余光扫到，飞快跑回了房间。

"……"顾庭岸站在原地深呼吸，太阳穴一鼓一鼓地跳，气得肝都疼了！

沈再看着蓝桥回房，挠挠头，为难地小声问顾庭岸："怎么办啊？"

顾庭岸沉着脸，半晌，咬牙切齿地对他说："洗澡的时候把门反锁，要我教你吗？"

沈再愣了，简直瞠目结舌，"你这醋吃得也太强行了吧？我才是受害者啊！"

"苍蝇不叮无缝的蛋。"顾庭岸冷冷丢下这句话，沉着脸向蓝桥房间走去。

第五章

哪里都没有我的祖国好，祖国有火锅、小龙虾、烤串、麻辣香锅、凉面、春卷、东坡肉……还有你。

蓝桥趴在床上哭，声音已经没有了，眼泪却不断涌出来，甚至不由她自己做主。

她知道是贺舒故意告诉她的，就想看她像现在这样发疯难过，但她真的控制不住。

贺舒从大一入校就和她不对付，沈再明明知道，为什么还会跟贺舒产生一段感情？

对她而言亦父亦兄的人，瞒着她与贺舒交往，还能面不改色地对她说相信她没有推贺舒下楼……蓝桥哭得涕泪俱下，心脏窒息一般地疯狂思念父亲，全世界的人都是骗子，只有她的蓝教授从不骗她。

顾庭岸轻轻推门进来，房间里只有一盏昏黄夜灯亮着，床上趴着的人无声无息，他却知道她在流眼泪。

我爱的人一哭，天气预报就会告诉我全世界都下大雨。

顾庭岸将手里的东西丢在她床头柜上，不轻不重的一声响，蓝桥置若罔闻。

"我刚下手重了，还疼吗？"顾庭岸问。

"……"蓝桥终于哭出了声。

"好了……真是孩子气。"顾庭岸在她床边坐下，他嗓子也哑了，"我也是无意间知道沈再和小舒……是好事啊，抛开你对贺舒的情感，你那么信任沈再，怎么会不信任他爱人的能力呢？"

蓝桥不想跟他说话，脸埋在被子里，装尸体。

顾庭岸静静坐在她的闺房里，虽然黑暗里深深浅浅的只有大概轮廓，但她在他身侧这么近的地方，他心安得仿佛已是暮年垂死静好之时，"别哭了，明天庆功宴，你肿着眼睛去，会被人笑话的。"

蓝桥吸了吸鼻子，有气无力的，"就因为我讨厌贺舒，所以跟贺舒好的就都是我的敌人，就是这样……我不强迫谁接受我这样，但接受了我，就必须不跟贺舒好，没得商量！"

"……"顾庭岸想把她揪起来辩论五百回合，狠狠鞭打扭正她的三观，但又实在无法抵御自己内心觉得这样的她太可爱。

这话从前她说过一次，那时候不是因为沈再，是因为他顾庭岸，那时候她还是他的女朋友，有天理直气壮地站在他面前，要求他立即跟贺舒断绝往来。

"你不要活得这么放肆好不好？人的喜恶固然重要，但我对她有责任。"顾庭岸那时候远没有现在喜怒不形于色，对蓝桥说这话时怒容满面。

蓝桥那时比现在张牙舞爪十倍，"她就算是你顾庭岸亲生的，满了十八岁也该成人了吧？她弱智啊还是植物人，赖着你负责一辈子啊！我不管，我讨厌她！你要是不跟我一起讨厌她，就从我身边滚走！"

他的小桥，一直是这样鲜活可爱的，喜欢就与你分享她爱的一切美好事物，不喜欢就不跟你玩。

顾庭岸心里回忆涨潮，人却静静的一句话也不说，闺房静谧，他的呼吸与气息令蓝桥眼皮子发重，瞌睡的时候她更蛮横，扫腿飞踢坐在她床边的那个人，没好气地赶他走，"滚蛋！老子要睡觉了！"

顾庭岸心里的喜欢一瞬被冲刷干净，恨不得把她拖起来再打一顿。他站起来恨恨地往外走，走到门口却又忍不住回头，"你还闹不闹了，今晚？"

蓝桥说："关你屁事啊！"他提高声音再问了一遍，蓝桥知道事不过三的道理，嫌他烦，也怕真的被他再揍一顿，心不甘情不愿地哼唧了一声。谁知顾庭岸这个浑蛋吃定她了，语带威胁地又重复了一遍问题，非要得到明确回答不可。

"不闹了！不闹了不闹了不闹了！"蓝桥气疯了，在床上扭得跟下了油锅的鱼似的，"行了吧？！烦人！"

顾庭岸接住她摔过来的枕头，走回去给她放好。她扯着被子埋着头不理他，他忍着笑，说："那好，我走了，你起来洗个澡再睡，嗯？"

最后那个"嗯"尾音上挑，更兼有他低哑声线加持，勾人程度满分。

蓝桥浑身热热地一酥，好像变得没那么生气了。

话说，是不是这个人的阴谋啊？降低了沈再在她心目中的地位，就显得他没有那么可恶啦！

睿博口服液销量突破一百万瓶的庆功宴由蓝桥一手策划举办，Andrew 担任主持人串场，对宾客名单时他百思不得其解地问蓝桥："李彦生这种神话级别的，为什么会派人来主动要邀请函啊？"

"闲的呗。"蓝桥凉凉地说。

"他夫人也要来——你知道李彦生夫人的传说吗？"Andrew 兴致勃勃地八卦，"李夫人是李先生的初恋，据说当年李先生家里棒打鸳鸯，两人忍痛分手，但彼此都不能忘怀。也是天意，过了十几年后两人分别丧偶，又重逢，李先生求婚时在外滩放了整夜的烟火！李夫人看照片简直是二八佳人，不知道真人什么样。"

蓝桥冷笑连连，"西施再世呗！亡了吴国，还能回到范蠡身边，泛舟湖上。"

Andrew 察觉她不高兴，这位上司工作尽心负责，人美且讲义气，他很喜欢，连忙翻篇说起别的，"顾总把他赞助的那家养老院里的老人们都请过来了，咱们要不要去看看啊？"

蓝桥一愣，问："他赞助了哪家养老院？"

"青山制药有专门的慈善基金，本市的养老院基本都赞助了，但顾总私人赞助了一家，好像是有个长辈曾经住在那里过，叫……哦，南山敬老院！"

蓝桥心口一窒。

沈再这时推门进来，身着正装玉树临风，手里却提着两大纸袋的咖啡。公关部的小女孩们像围向糖块的蚂蚁一样涌上去，沈再应付着她们，眼神不住瞟向蓝桥，愧疚又害怕的样子。

蓝桥怕他演技差露了马脚，主动走过去拿了一杯咖啡。

"这杯是你的！一下糖、脱脂奶、多加奶油的！"沈再双手递过来一杯摩卡，殷勤小心的样子惹得小女生们眉来眼去地互相提示。

蓝桥心里骂他是猪，表情淡淡地接过摩卡，扫一眼众人，说："我先去会场，你们彩排好了就抓紧时间过来，时间不多了。"

众人立刻散开。沈再屁颠颠跟上蓝桥，压低声音讨好她，"我的小师妹，早上怎么不吃早饭就走了？午饭吃什么了？晚上少喝点酒哦，回家我给你做消夜，煮辛拉面给你吃好不好呀？"

"你不是说辛拉面吃着不好，家里都不买了吗？"蓝桥问。

沈再连忙表示今晚立刻去超市买！买一箱！

"那顺便给我带样东西吧。"蓝桥笑吟吟地说。

沈再说："好啊好啊，你要什么？"

"买包护舒宝回来。"蓝桥微笑着说，"我擦马桶用。"

沈再："……"

蓝桥从楼上下到庆功宴所设的十二层，刚出电梯就看到老人家们在走廊上溜达，都是熟悉的面孔，五六年没见，爷爷奶奶们都更老了。她心里一暖，脚下走过去，像踩进时光机。

李奶奶眼神好，看到蓝桥走过来，她收起手里的二人转手帕，捅捅身边的王爷爷，怀疑又惊喜地说："你看那边！那是不是老顾的孙媳妇儿啊？"

王爷爷眯着眼睛使劲看，蓝桥已经走到了他们面前，她大声叫人，拍拍自己说："还认得我吗？我是蓝桥！"

"我说吧！就是她！"李奶奶眉飞色舞地拉住蓝桥的手，蓝桥拥抱她，她就拍拍蓝桥的背，笑声和从前一样爽朗。

"听小顾说，你出国念书去了？"王爷爷欣慰地看着蓝桥，"这趟是回来给小顾生孩子的吗？"

蓝桥只能继续笑，假装太开心了没听到，搀扶着他往大厅走，"院长阿姨来了吗？还是院长阿姨呢？没换人吧？"

"没换！"李奶奶高声说，"我们一个都没少，好着呢——哎！成院长！"蓝桥阻止不及，李奶奶已经喊得成院长与身边那人都转过身来。

成院长见到蓝桥，亦是高兴不已，抱了又抱，夸蓝桥长开了，更漂亮了，"怎么这么久都不回来？过年也不回来，小顾年年过年来，总是从他手机上才能看到你的照片。"

蓝桥眉心一跳，眯眼看向成院长身边的人。

顾庭岸神情不慌不忙，伸手从她手里拿过她的咖啡，动作和表情都十分自然地喝，"宾客名单都确认过了吗？别出岔子。"

蓝桥"嗯"了一声算作回答。

成院长来回看两个人，惊喜地问："小桥回来工作了？也在这儿？"

顾庭岸说"是"，笑得毫不谦虚。

"真好！"李奶奶他们都高兴，"就该这样，夫唱妇随！再抓紧生个小孩，老顾躺棺材里都笑得合不拢嘴！"

蓝桥呵呵呵呵，顾庭岸却笑意温柔地看着她，还把喝了一半的咖啡又还给她，说："怎么这么苦？"

蓝桥眨着眼睛说："不知道啊，是沈再喝的，我给他拿过来，你见到他了吗？"

顾庭岸脸上的笑一下子僵了，蓝桥又得意又怵，成院长带着李奶奶他们去排练待会儿要表演的节目，她试图跟着溜，被顾庭岸长手一伸给拽了回来。

"皮又痒了，是吧？"他在她耳边低声吓唬。

蓝桥对他莞尔一笑，把咖啡往他手里一塞，顺便从他兜里掏出他的手机。

密码输入他父母的祭日，提示不对。

"拿来！"顾庭岸伸手来抢手机，蓝桥一记肘击打得他说不出话来，背过身去躲开他的手，第二次输入密码，她的生日也不对，最后一次输入他们戴上戒指那天的日期，手机悄无声息地打开了。

点开照片，相簿里一千多张，分成五个相集，每一个封面都是蓝桥这些年不同时期的照片。

顾庭岸缓过来，一手夹住她，一手抢回了手机，但他神情毫无害羞之意，冷冷瞥她一眼，将手机收好，若无其事。

蓝桥四顾无人，飞快抬脚踢他的小腿。

顾庭岸被她踢得感觉要瘸了，瞪她，她却理直气壮，"你找人偷拍我？死变态！"

"沈再发给我的。"顾庭岸冷静地说。

"他被你奴役得连过年都不能来陪我，哪有时间给我拍这些照片？！"蓝桥质问他。

顾庭岸呵呵了，"那他神经衰弱，从来不碰任何含咖啡因的东西，今天怎么喝起加两个浓度的摩卡来了？"

蓝桥："……"

两人眼神过招，刀光剑影，最后是蓝桥不敌他脸皮厚，白了他一眼，先退的场。

李彦生因为秦湖喜爱沈再的缘故，对青山制药一向有所关注，但他以铁血手腕叱咤商场半辈子，从不以人情干涉生意。谁知蓝桥回来了，还去青山制药实习，李彦生的原则立刻倒着写。青山制药举办庆功宴，他与青山制药没有生意往来，就叫助理登门讨要请柬。

其实挺丢人的，但李彦生是商界传奇大鳄，做丢人的事别人也当他赤子之心难得。

秦湖不知道请柬是李彦生讨来的，她以为是她的呆女婿开窍，邀请了他们，李彦生不忍心戳破她的幻想，微笑着任由她上上下下地夸赞沈再。

沈再今天多心虚啊，被秦湖夸穿着正装英俊，其实背上全是汗。

"小桥今晚穿了什么？"秦湖期待地问沈再，"我给你的那几家店，你怎么没带她去？我都给设计师打过招呼了，回头你记得，至少每一次换季前都带她去几次，签单的时候避着她一些，别让她知道是我，要不然又要不高兴。"

沈再解释说他向蓝桥提了，"她说她有自己常穿的品牌，我就没多说。"

"成衣和高定又不冲突。"秦湖说着，突然看见蓝桥从舞台后侧走出来，一袭蓝色小礼服虽然款式简单，却衬得她肌肤如雪、眉目如画。秦湖一时满足得不知道说什么好，幸福地看着女儿。

可顾庭岸突然走向蓝桥，不知道说了句什么，蓝桥背着人群瞪了他一眼，顾庭岸也回以冷冷的眼神，看似两人不和，但秦湖是过来人，怎么会看不出这其中的门道？

李彦生看秦湖脸色一下子变得不好，顺着她的眼神望去，他也是内心了然，低声劝秦湖，"她才刚回来，别惹她不高兴。"

秦湖抿着唇，忍耐又伤心的样子，李彦生心疼，伸手轻轻扶在她腰间，两人相视一眼，俱都滋味难言。

顾庭岸穿正装，宝蓝色的领带与蓝桥的礼服相映生辉，那样一对璧人双双迎面而来，只有沈再不觉得刺眼，还觉得有顾庭岸在，他很安全，放松地朝蓝桥笑，给她递去一杯橙汁，"你刚在后头干吗了？Andrew说你表演翻跟头？"

蓝桥虽在人前给他留面子，却也不想就这么冰释前嫌，横他一眼，不回答。

顾庭岸浅笑着答："南山敬老院的老人家们在排晚上要演的节目，逗她扮武丑，她还真的翻跟头。"看了蓝桥一眼，他笑容更深，"不过，身手确实不错。"

不错还训我？！蓝桥愤愤看他，顾庭岸笑起来，眉目生春。

秦湖看看这两个人眉来眼去，再看看沈再一脸骄傲，她简直要气晕！

"小桥。"秦湖忍着气，和颜悦色地叫女儿，"过几天就是清明节了，你和沈再是怎么打算的？妈妈能不能跟你们一起去？"

蓝桥的脸色像是有冰一层一层罩上来，最终变得冰冷，"你想去就自己去呗，给我爸上坟又不是约吃饭、看电影，非要凑一起，人多热闹好玩吗？"

气氛骤降，场面一下子变得尴尬。沈再摸摸鼻子，并不敢说话。顾庭岸神色专注地研究着不远处的香槟塔。只剩一个李彦生不得不圆场，尽管他也觉得秦湖情急之下突兀了，但爱妻之心拳拳，他温和地对蓝桥说："这几年你不在家，蓝教授的生祭、清明、过年，都是你妈跟沈再两个人去。今年你回来了，蓝教授五周年祭日好好办一办吧，他看到你现在这样，会很高兴的。"

蓝桥心里冷笑，语气亦是不客气，"我爸不爱热闹。还有……"她看看李彦生和秦湖，"好好过你们神仙眷侣的好日子，别那么贪心，我爸生前被你们打扰，死后就请放过他吧！"

李彦生半辈子煊赫，从来只拿蓝桥没办法，被这样当面下脸也没有应对之策，只能无奈地望着她。秦湖则脸色都发白了，她是关心则乱，一时不慎捅了马蜂窝。

顾庭岸看差不多了，轻咳一声，说："蓝桥，我的开场词写好了吗？"

蓝桥冷着脸去拿开场词。她一走，警报解除，沈再投给顾庭岸一个感激的眼神，连李彦生都向顾庭岸微微点头致意，顾庭岸不骄不躁地收下，轻声对秦湖说："师母，待会儿我能邀请您跳开场舞吗？"

秦湖抬眸对顾庭岸浅笑，点点头。

顾庭岸又陪着说了几句，蓝桥拿了开场词过来，他才谦和又温柔地跟着走了。

李彦生看着顾庭岸与蓝桥离去的背影，再看看身边神色已恢复从容的爱妻，最后将目光投在一脸庆幸神情的沈再身上……卤水点豆腐，一物降一物啊！

顾庭岸创立青山制药到现在，大大小小的场面经历过不计其数，就算是庆功宴，比今天规模大几倍的也有过十几场了，却是第一次连开场词都要别人写给他念。

蓝桥并不知，她的聪明勇敢是不考虑别人的，也没想一想身旁这位曾是 S 大辩论队的队长，口才如何了得，她把写好的开场词给他，还正经地让他排练一遍，别到时候忘词丢人。

顾庭岸两手背身后，一本正经地背给她听。

贺舒来时，迎面就看到这个场景，那两人明明没有如何亲昵，都是正经神情，但相对站着就像婚礼蛋糕上的漂亮人偶，令贺舒看得几乎咬碎满口银牙。

"庭岸。"贺舒缓过那阵恨意，调整好表情，站在原地温柔地喊顾庭岸。

顾庭岸转头看到贺舒，向她笑着点点头，贺舒知道这难得的笑颜是因为谁才有的，心里更是油煎一样难受。她一步一步走向他，看着蓝桥似笑非笑地拿眼神割她，觉得自己像上了岸的人鱼公主，每一步都走在刀尖上，却还要笑得好看。

"我今天怎么样？"贺舒向顾庭岸摊开手，笑意盈盈，"跳开场舞失礼吗？"

先发制人。贺舒为了赢，向来兵法精通。

顾庭岸却说："抱歉，我已经邀请了师母。"

贺舒一愣，本来只是小小尴尬，蓝桥却在此时笑出了声，贺舒脸上就挂不住了，顾庭岸皱眉瞪蓝桥，蓝桥一脸无辜，"怎么了？顾总有什么指示吗？需要我为贺小姐寻一位舞伴吗？"

顾庭岸真是要被她气得短命，正想说她，却有男声清越而来，"贺小姐缺舞伴吗？我先到先得！"

一个身穿宝蓝色西装的年轻男人招摇而来，竟然是比顾庭岸更出众的一张脸，喜怒形于色的富家公子相，叫人一看就知不稳重，却又无法讨厌他。他停在贺舒身边，眼睛却盯着蓝桥，毫不掩饰目光里的惊艳之色。

顾庭岸目光一沉，贺舒却笑得灿烂，迫不及待地为那人介绍，"周少，这是我们新任的公关部经理蓝桥，认识一下吧！"

"小桥，这是北横娱乐的周北董事长。"贺舒对蓝桥眨眨眼睛，很亲昵的样子。

"小桥？"周北欣赏地看着蓝桥，笑得更加玩味，"铜雀春深锁住的那位吗？"

蓝桥在他伸过来的手上轻轻一握，"不是，是门前大桥下的桥。"

周北哈哈哈笑，蓝桥抽回手，顾庭岸一秒没耽搁地对她说："走吧，该去准备了。"说完对周北和贺舒潦草点头，转身便走。

"哎……"周北怅然若失，转头向贺舒抱怨，"还没加微信呢！"

贺舒笑吟吟的，"不急，等他们忙完，有的是时间啊。"

"蓝……桥。"周北品味这名字，挑眉问贺舒，"她有男朋友吗？"

贺舒笑眯眯地摇头——丈夫有，男朋友是的确没有。

周北那双桃花眼，越发眼神风流。

北横娱乐是周北自己的生意，但他有个更出名的身份：周氏企业独子。

周氏企业当权的正是周北的亲爹，那是李彦生几十年的老对手、老朋友，周北是李彦生看着长大的，见李氏夫妇在场，他惊讶不已，"李叔，你们怎么也来了？"

李彦生将沈再引荐给周北，"这是我女婿沈再，青山制药的总经理。"

双方一通握手交换名片，沈再没什么想法，周北却暗自反复打量他，心里嘀咕：李倾周那个小戻包，嫁人了？！

他们这里寒暄，舞台上南山敬老院的老人们演出完毕，谢幕时满场都为老人家们鼓掌，有人乘兴喊安可，老人们笑着商量了一阵，将两个人从台下拖了上来，一个是蓝桥，一个是顾庭岸。

刚才开场舞时顾庭岸与秦湖翩翩起舞，技惊四座，此时顾庭岸亮相，更是掌声雷动，蓝桥稍稍有些怯场，面上云淡风轻地微笑，背却僵了。

肩上忽一暖，耳边有人低沉沉地柔声说："出息！"

蓝桥转眼不满地看他，他却对她笑。头顶舞台的灯光明亮，他的眉眼清晰动人，过了这么多年，已经不再是恋人，但她仍然会在这样的时刻被他打动心房。

真好。

蓝桥忽然收了不满的神色，浅浅笑起来，顾庭岸放心地走向乐手席，从王爷爷手里接过一管班笛。蓝桥扭头看他，他点点头，蓝桥转身，吸了长长一口气，开口唱道："梦回莺转，乱煞年光遍，人一立小庭深院。"

班笛声起，悠扬委婉，一音三韵。

蓝桥的唱腔并无深厚功力，只胜在声音干净，又只有一味班笛声佐着，清新脱俗得令人屏住呼吸听她唱，"注尽沉烟，抛残绣线，恁今春关情似去年？"

是昆曲《牡丹亭》。

写歌的人最无情，听歌的人假正经，牡丹亭外雨纷纷，谁是归人说不准。

班笛声越发缠绵动情，衬得蓝桥的唱腔更加动听。这两个人，明明华服美裳站在舞台上，却硬生生将全场拖进江南三月烟雨的亭台楼阁里。

一曲唱罢，台下处处有人在问："这女孩子是谁？顾庭岸的女朋友不是一个小明星吗？换啦？"

贺舒站在舞台旁的阴影里，脸色如白纸一般。

秦湖神情亦不佳，李彦生倒是心情不错，因为周北一直两眼冒着星星赞美蓝桥，"太美了！像西湖和西施一样，浓妆淡抹都相宜！宜古宜今！太出众了！"

沈再一脸骄傲，"她唱京剧也好，她还会踢花枪呢！"

李彦生的骄傲脸与沈再一致，"现在那些小歌星，半点文化底蕴都没有，跟只小鸟一样叫两声，也敢登台称自己明星。"

周北鼓着掌说："是啊是啊是啊！"他身边的贺舒再也站不住了，转身跌跌撞撞地匆匆退场。

2011-9-2 23:50 来自 蓝桥几顾的 iPhone

在 UCLA 遇到中学时的同学，聊了整个下午，她妈妈改嫁香港豪门，她有了一个异父异母的哥哥，是个摄影师，看照片超 nice 的！等他来，我要去跟他相亲。从今天起做一个幸福的人，喂猫，练拳，想尽办法忘记你。

蓝桥唱昆曲是跟蓝教授学的。蓝教授出身书香世家，祖上出过十几位状元郎，蓝桥的爷爷是知名地质学家，蓝教授幼承庭训，国学功底扎实，但传到蓝桥，蓝桥只肯学些花哨好玩的，养蝈蝈、斗蟋蟀、捏泥巴、学雕塑，京剧她会翻跟头，乐器她最棒的是架子鼓。

蓝教授从不限制女儿，爱妻如命的他一生之中屈指可数与秦湖争执，几乎都是为了蓝桥。

记忆最深的是有一次，蓝桥在国画比赛时画了一整幅的夜礼服假面阁下，回去后学校老师气得非要她写检查，秦湖押着蓝桥写，蓝教授就带女儿离家出走抗议。父女两个在大冬天的野湖边吃烤红薯，又冷又烫又香，吃完回去一起挨秦湖的骂，在她背后交换眼神，好开心。

蓝教授喜欢《牡丹亭》，茶余饭后，时常清唱。蓝桥上大学时喜欢刘若英，爱屋及乌地喜欢上了陈升，陈升也写过一首《牡丹亭》，蓝桥唱给蓝教授听："你问我，怕什么，怕不能遇见你，这世界，有点假，可我莫名爱上它……"

蓝教授听她说话总是很认真，微微侧过耳，听完静默了片刻，笑说："有点悲伤。"

蓝桥兴致勃勃地向他科普陈升，"他曾经提前一年预售演唱会的门票，只限情侣购买，一个人的价格可以买两张票，分男生券和女生券，情侣双方各自保存一张，一年后两张合在一起才奏效。演唱会的名字叫明年你还爱我吗——是不是很煽情？！"

蓝教授笑着将目光回到手里的书卷上，却久久没有翻过一页。

蓝桥逼问旁边她的两位补习家教，沈再一脸呆萌地考据，"只分男生女生券吗？那别的性取向的情侣会不高兴的吧？"

蓝桥对他翻了一个白眼，转头问顾庭岸，顾庭岸非常不屑地评价了两个字："噱头。"

"喊……"蓝桥与他抬杠，"你是对你的爱情没有信心吧？像你这种人，又闷骚又冷情还毒舌，连女朋友都找不到吧！"

顾庭岸把写了一大半的她的高三寒假作业扔给她，"你这么有信心，你自己写作业吧。"

"……"蓝桥傻眼，一路追着他道歉讨好而去。

现在想想，那真是最好的时光。

"怎么了？"顾庭岸看蓝桥发呆，走到她身边低声问，"唱得太好，自己都为自己倾倒了？"

"你说我爸要是还在，那该多好啊？"蓝桥神情怔怔地感慨，"他最喜欢《牡丹亭》。"

顾庭岸神情里的笑意淡去，望着她半晌也不知道怎么才好，周遭人来人往灯火辉煌，他的心又空又满，想拥面前的人入怀，又想拉着她立即到天涯海角。

"你也有长进啊。"蓝桥突然笑笑地夸他，顾庭岸受宠若惊，她接着说，"以后万一落魄了，你就去地铁口蹲着卖艺，吹吹笛子拉拉二胡，糊口不成问题！色艺双绝呢！"

"……"顾庭岸呵呵了，"那我还是卖色吧，来钱快。"

蓝桥挑眉看他，突然在他臀上拍了一下，顾庭岸瞪她，她就拿出手机用微信给他发了个一块钱的红包，然后一脸妈妈桑的表情，色眯眯地朝他挑眉。

顾庭岸真的真的很想把这家伙拖出去左右开弓地教训一顿啊……

服务生端着香槟经过，蓝桥拿了两杯，顾庭岸以为有他一杯，可刚伸出手，她就左右开弓每一杯都喝了一口，然后神情舒畅地叹了一口气，笑眯眯地说："这酒好喝哎！我要拿两瓶带去跟我爸喝，他也喜欢香槟。"

"老师只喜欢红酒和老白干。"顾庭岸从她手里拿走一杯香槟，淡定自如地喝一口，鄙视地看着她。

蓝桥一笑，亮出一口小银牙，"我爸最喜欢的是什么你知道吗？"

顾庭岸愣了一下，怀疑地看着她。

"我。"蓝桥指指自己，然后趾高气扬地走开。

顾庭岸静默了两秒，抬手喝酒，心里想：谁不是呢？

蓝桥一曲成名，走在会场里到处都是打量她的眼神，她端着香槟躲去露台，外边空气冷而清新，她刚享受地叹了一口气，突然就听一个幽怨的声音从角落里传来，"你很得意吧？"

蓝桥吓了一跳！瞪大眼睛望去，没好气地骂："你有毛病啊？躲在那里吓人！"

贺舒从阴暗角落里走出来，脸色白里透着青，估计在这里冻了很久。蓝桥提防地看着她，她惨淡地对蓝桥笑，"你到底是哪里好？没礼貌没家教，粗暴肤浅，你连女人都算不上啊……"

蓝桥抬手一撩头发，嚣张又自然，理直气壮，"我长得美呀！"

周北隔着露台的玻璃门看到蓝桥和贺舒，连忙过来，推开门时正好听到这句，他没忍住，笑出了声。蓝桥和贺舒都看向他，他连忙对蓝桥解释，"别误会，我不是笑你，只是第一次遇到这么美又这么实诚的女孩子，我有点喜不自胜。"

蓝桥莞尔一笑收下恭维，周北的心都被她笑软了，才两面而已，周家名声在外的小公子就一脸已沦陷的表情，贺舒旁观着这一切，虽然心里希望促成他们，却也因此更加痛恨蓝桥狐媚。

"你们慢慢聊。"贺舒勉强地堆出一脸笑，"我先进去了。"

周北是浑然不在意她了，蓝桥却有些起疑心，贺舒感觉到她的探究目光，脚步走得更急，迎面沈再推开露台门走过来，贺舒怕他坏事，打定主意要引开他，走近时白着脸装作体力不支，向他倒去。

可沈再经过了昨晚，现在又是面朝着蓝桥的，心里本就忌惮贺舒万分，擦身而过时她突然一声不吭地向他扑过来，不知何意的沈再下意识避让了一步。

啪！贺舒摔在了地上，结结实实的一跤，好大一声响！

这下是真倒了，又疼又丢脸，爬都爬不起来。

沈再傻眼了，连忙去扶她，贺舒真的摔惨了，手臂上磨得一片血肉模糊，沈再问她："没事吧？"她牙齿咬着嘴唇，眼泪啪啪啪地砸下来。

蓝桥也有点傻眼，想过去看看，可刚走到她身边，顾庭岸突然冲了过来，一看贺舒的伤和眼泪，他立刻皱眉看向蓝桥。

"看什么看！我下手能有这么轻吗？！"蓝桥恶狠狠的，"她自己摔的！"

顾庭岸其实是以为双方起了冲突，怕蓝桥也受了伤。但她恶意揣测他也就罢了，说话还这么横，顾庭岸不高兴地质问她："我说什么了你就这么大脾气？"

"你刚刚那眼神不就是问我罪吗？！那么心疼，你捧手心，含嘴里呀，放出来恶心人干吗？！"

"你说话非得这么难听是不是？！"

"那我唱个歌给你听好不好啊？美得你！"

贺舒不说话，一直默默哭，沈再劝和招架的那两位，"好了，你俩就别吵了。贺舒是突然摔下去的，是不是身体本来就有什么不舒服？赶紧去医院看看吧，手上这伤也得清洗包扎。"

顾庭岸脱下外套披在贺舒肩头，说："走吧，我叫人送你去医院。"

贺舒扶着沈再的手不肯，眼泪涟涟地对顾庭岸说："小红和司机都回去了，你的助理都要应酬客人，别说麻烦了，我自己一个人去医院看一下就行了。"

顾庭岸说："不行，被记者发现追过来拍你怎么办？太不安全了。"

蓝桥心里吐槽了一万句，终究面上顾忌某人，只敢冷冷在一旁看白莲花飙演技。

谁知白莲花居然找她家沈再搭戏！泪眼蒙眬地看向沈再，说："那沈再送我去，你总放心吧？"

沈再顿时吓得一个激灵，目光直往蓝桥那里瞟。顾庭岸也是看向蓝桥，蓝桥冷笑连连地冲两个男人说："要我说啊，你们两个都去吧！一左一右抬轿子才稳当呢。这里就交给我，我一定给三位应酬好了！"

周北围观了这么半天，基本确定蓝桥和贺舒不对盘，原因不详不要紧，趁早站队才是明智之举啊！他当即上前一步站到蓝桥身边，"是啊，你们别担心，还有我呢，小桥万一有照顾不周的，我给兜着！这里人我都熟！"

有人助攻真棒，蓝桥更加笑盈盈地说："是啊，你们就放心吧！快走，再晚贺舒该截肢了！"

周北笑喷了……这姑娘太有趣了！而且这么美！好想睡一睡啊！

顾庭岸面无表情地看了蓝桥一眼，转身拢好贺舒肩头的外套，他对沈再说："那就麻烦你了，去医院时小心些，好了给我打个电话。"

沈再心里喊着"不要不要不要啊"，但情势所逼，顾庭岸不能走，只能他去了。

顾庭岸交代好了贺舒和沈再，转身走向蓝桥，他面无表情，蓝桥心头却警铃大作，果然他毫不顾忌地抓住她的手腕，把她从周北身边拖走。

"走吧，蓝总，去应酬一下我们的客人们。"顾庭岸似笑非笑地盯着蓝桥。

周北试图英雄救美，"顾总，我可也是你的客人！"

顾庭岸才不买他的账，微笑着字正腔圆哦了一声，然后若无其事地带走了蓝桥。

顾庭岸带着蓝桥满场敬酒，介绍说"这是我们青山制药新任的公关部经理"。

平时对着蓝桥的时候他毒舌傲娇、脾气古怪、毫无风度、翻脸比翻书快，但对着别人却那么温和有礼、风度翩翩，将每个人都应酬得极好，蓝桥冷眼看着好几位女士与他互留联系方式，转身后咬牙切齿地在他耳边说："我已经交了实习期自我鉴定，流程走完我就走！"

"流程什么时候走完，我说了算。"顾庭岸面上在笑，语气淡定。

"你这是公报私仇？"蓝桥鄙夷，"这笔账你可要仔细算清楚哦，多留我一天，像刚才那种不愉快就随时加演好几场。"

顾庭岸终于将目光回到她脸上，他神情有些复杂难言，"贺舒忙得很，没空跟你打打闹闹。"

"你也太高看你家小舒的事业心了！"蓝桥简直要发笑，"她心里满满都是你，忙什么都没忙你要紧啊！"

她说风凉话时有种快活的神情，令人恨得牙痒痒。顾庭岸咬着牙低声说："那你呢？你的心里都是些什么？"

"那可多了去了，吃、喝、玩、乐。"蓝桥掰着手指头数，"我是谁？我存在的意义是什么？宇宙之中只有一个我吗？我也不小了，什么时候生个孩子传宗接代？还有天道好轮回，贱人何时死？"

顾庭岸同时忍着笑意和怒气，一面觉得她好可爱，一面愤怒她时时刻刻不肯放过贺舒。

有时候觉得蓝桥这个人，是生来克他的，她说话做事与他大部分的做人原则背道而驰，可他又那么喜欢她，她做任何事他都觉得她可爱，这激烈的矛盾令他总是自己与自己争论生气，快要精神分裂了。

"人都走得差不多了，我可以回去了吧？"蓝桥打断他神情不定的沉默，不耐烦地说，"我累了。"

顾庭岸拿过她手里的酒杯放到一旁，说："我也差不多了，一起走吧。"

蓝桥有些意外地看向他，"你不去医院看贺舒吗？"

"沈再打过电话来了，没什么事，他送贺舒回家了。"说完顾庭岸想到了什么，突然皱眉看她，"是我拜托他的，他不送我就得过去一趟，你今晚回家了别跟他闹！"

"闹不闹是我的事。"蓝桥语气凉凉的，"听不听墙脚是你的事。"

这大实话把顾庭岸给气的……迟了她两步出门，门童一脸尴尬地看着他，手里捧着一件黑色女式大衣对他说："蓝小姐拿走了您的大衣，这是她的……"

顾庭岸的西装外套给了贺舒，现在身上就一件衬衫，虽已是春天，但早春的夜里寒凉不输冬夜，他拿着蓝桥的大衣，心里又气又甜又好笑。

贺舒住在城东一个高级公寓里，不少娱乐明星都住在这里，小区的安保措施很专业。

顾庭岸与沈再买现在住的房子时，贺舒极力想要搬过来，但不管她怎么缠，顾庭岸都不同意，后来她自己托人，想悄悄在顾庭岸楼下买一套，但办房产证的时候别人很抱歉地告诉她：有人出了高价连夜买走了。

贺舒对顾庭岸虽有任性，但到底还是怕他的，就这样收了手，不再打主意。

但像今夜这样委屈孤苦得快要死掉的心情里，她真的好后悔，当时就应该不顾他不高兴，哪怕在隔壁栋买一间也好，现在至少可以去他家门口坐着，看看他是不是没时间送她去医院，却有时间与那个该死的蓝桥嬉笑打闹。

贺舒一直恍恍惚惚的样子，沈再一时不敢走，但心里牵挂着蓝桥该到家了，一定很累，不知道喝了多少酒，肚子饿了吗，会不会又跟顾庭岸打架啊？他控制不住地频繁看手表。

"她为难你了吧？"贺舒窝在沙发里，人瘦小得像只猫，神情恍惚地笑，"有没有打你？她经常打庭岸，有的时候认真打，有的时候开玩笑……她打你的时候，你心里是怎么想的？很喜欢吗？"

沈再笑说："别这么说，小桥也不是真的暴力，她对喜欢的人才这样，对外人很客气很礼貌的。"

"哦？"贺舒冷冷的，"那她把我从楼梯上推下去，是因为她很喜欢我了？"

沈再收了笑意，静静地望着贺舒说："不。但也就是因为这一点，我确信小桥没有推你。你又是个女孩子，她根本不可能跟你动手，除非是为了防卫，否则她绝不会跟人打架的。"

沈再从来都是个毫无攻击性的人，哪怕现在说着这样的话，他的语气和眼神也并不是不喜贺舒的意思。贺舒望着如此平和中正的他，心里不是不遗憾的，但是这遗憾更令心上的伤口痛得要命。她揪着自己心口的衣服，惨淡地笑，"你别忘了，在那之前，她就为了萧尹把我打得进了医院，是你送我去的，你不记得了吗？"

当时是因为奖学金的事，书呆子沈再以零点五分的微弱优势压住了第二名的学神萧尹，两个当事人都很友好，还因为英雄惜英雄而成了挚友。但是萧尹是顾庭岸的室友，与贺舒相熟，贺舒那时已经与蓝桥势不两立了，她将提供奖学金的李氏企业夫人，也就是蓝教授前妻的消息爆料在学校论坛上，顿时沈再拿奖学金的事被全校议论成是暗箱操作。

传说中蓝教授的前妻美若天仙，为了嫁入豪门抛夫弃女，但没人能想到那个豪门的级别居然有李氏企业这么高。蓝教授、蓝桥、沈再，三个人一时之间成了全校师生茶余饭后的谈资。

蓝桥也不跟围观群众废话，她是学计算机专业的，虽然才大二，但干净利落地把学校论坛给黑了，找到发帖人的IP发现是贺舒，她溜进监控室截图贺舒发帖时的监控画面，印了一百份张贴在学校各处。

"我没有栽赃她啊，她妈妈改嫁、李氏企业提供奖学金，都是真的！"贺舒现在想起当时的情况，都脸色发白，"我匿名爆料怎么了？我就算实名举报，都是合法的！"

沈再认真想了想这个问题，给她解惑说："中国社会几千年道德伦理传承，很多事，大家心中都会用'道德'而不是'法律'去衡量，你做了一件合法的事，不代表你就做了一件有道德的事。"

尤其是在贺舒一向扮演无辜善良的角色的情况下，蓝桥用那一百份监控画面狠狠撕下了她白莲花的外皮，才会令贺舒感觉有生以来从未如此难堪。

"其实你和小桥挺像的，你们本质都很好，但你有一点不如她，她讨厌就说讨厌，你却自己忍着，想方设法令别人替你讨厌，为此你不惜伤害那个你讨厌的人，甚至伤害你自己。"沈再措辞很温柔，且诚恳，"看重自己是一件好事，每个人都应当自爱，但是每件事都有代价，你要是真的看重自己的形象，索性就不要做伤害形象的事情。你得问心无愧，才会心怀坦荡，这些都会从你的眼神和气质里显现出来，瞒不了人的。"

人面都有五官，为什么人却千差万别呢？我们记得的每一个人，第一想起的都是感觉，那个人大方坦荡，那个人幽默亲切，那个人尖酸刻薄，那个人幼稚，那个人浮躁……你的心是什么样的，你的人看起来就会怎么样，骗不了别人。

贺舒失去父母后一直跟着顾庭岸生活，但顾庭岸不是一个话多的人，他可以同时打五份工给贺舒买一只名牌包，但从来不像沈再这样对她说教。贺舒被沈再这番话说得心里很痛很害怕，后悔又恐惧，捧着包扎好的手臂，泪如雨下。

"哎……"沈再慌了，连忙抽纸巾递给她，"没事的，你别再主动惹小桥，我来想办法劝她，她听我话的。"

说完最后一句，沈再自己愣了一下，有点讪讪，还好贺舒在哭，没有在意。

"没事的，别伤心……"沈再在她身边的沙发里坐下，轻声安慰她。

贺舒突然扑进沈再怀里，单手紧紧搂着他，在他怀里放声大哭！

"对不起……沈再，对不起！"贺舒号啕，"对不起！是我害了你！"

这话沈再是第二次听她说了，萧尹刚去世那会儿，沈再病倒在家，贺舒竟然不顾蓝桥，前来探望他，当时她也是这样泣不成声，反复对他说害了他。

沈再心思单纯，并没有多想，只一个劲地安抚她，直到她入睡才离开。

沈再回到家，蓝桥正在厨房里煎鸡蛋做夜宵，沈再连忙进去把她请出来。

"你看电视去吧，我来。"沈再一边洗手一边说，"要几个蛋？"

蓝桥臭着脸说："一百个！连包泡面都没有！烦死了！"

沈再的作息和口味都是老年人，讲究养生，冰箱里都是新鲜瓜果蔬菜，主食只有谷物类粗粮。但蓝桥心情不好或者很好的时候就只想吃垃圾食品，油炸的、超辣的、满是反式脂肪的……一大口一大口地咬着炸鸡或者比萨，呼啦啦地吃着辛拉面，身体狂欢着"来啊互相伤害啊"……为什么有人能拒绝这种醋畅淋漓？！

"啊啊啊啊啊啊啊！"蓝桥站在厨房门口甩着手疯狂跺脚，"我要吃辛拉面！"

她一脸要哭的沮丧神情，沈再动作帅气地煎着鸡蛋，抽空看了她一眼，奇怪地问："你是不是生理期快到了？"

蓝桥发飙了，"我就想吃我喜欢的！不健康怎么了？！活得健健康康的走路被车撞死的也不少啊！我还活着的时候干吗不给我吃我想吃的！我要搬出去住！我明天就搬出去！我一天吃七顿炸鸡和辛拉面！"

沈再把煎好的鸡蛋盛在盘子里，滴了两滴酱油在上面，和筷子一起递给她，笑着推着她走到客厅餐桌前。蓝桥哭丧着脸坐下来吃鸡蛋，一口咬掉了大半个，嚼着嚼着，却哭了。

沈再这才慌了，弯腰摸着她的脑袋柔声问："怎么了？"

"我……要吃辛拉面！"蓝桥哭得眼睛通红。

沈再想笑，又很发愁，他今晚其实很累了，接连面对两个大哭的女孩子，贺舒又提起从前的事，提起萧尹，他心里也有点乱。

"喂？"沈再拿起手机打电话，"你家里有辛拉面吗……嗯，要辣白菜口味的，你看好再拿过来，有泡菜的话也一起拿来，辣酱我这里有……哦，你过来自己跟她说吧，她哭了。"

第七章

刚刚 来自 蓝桥几顾的 iPhone

一生这么长，不要太忍让。

　　顾庭岸来得很快，一分钟都不到，门上"嘀嘀"几声，他自己输入密码开门进来，好像是刚洗完澡，头发湿湿的，穿着一身黑色的休闲居家服，领口有点大，手里夹着整件辣白菜辛拉面。

　　"这不是吃着呢吗？大半夜的闹什么啊？"顾庭岸有点恼火地走进来，不满地看着餐桌前的人。

　　正吃第二个煎鸡蛋的蓝桥抬起血红的眼睛瞪他，像演鬼片一样。

　　顾庭岸愣了，片刻后嘴唇动了动，"那什么……我去下面给你吃吧？"

　　浑身燃烧着地狱之火的蓝桥："快！点！"

　　慢了可能就要吃人了。

　　顾庭岸一脸正经严肃地往厨房溜。沈再随后也跟了进来，悄声问顾庭岸："我走之后又出什么事了吗？"

　　"没有啊！"顾庭岸也百思不得其解，低声嘟囔，"可能还是不高兴你送贺舒。"

　　"怎么可能？！"沈再自信满满，"这种级别的，一定是跟你有关。"

　　就是说在蓝桥的情感波动之中，沈再承认自己的影响力不如他顾庭岸了？

沈再嫌弃地看着满脸幸福满足的顾庭岸，突然想起贺舒今晚问他的话，于是他问顾庭岸："哎，我问你，一般小桥打你的时候，你心里都在想些什么？"

顾庭岸敲了两个鸡蛋在滚水里，迅速搅散，然后拆开两包面条下下去，盖上锅盖，才缓声回答说："她出拳时总是往上勾，这样拳位不正，很容易伤到自己的手。踢人的时候也不知道转胯借力，就凭她的腿力，复合板都踢不穿……还有肘击，她那身高，还肘击？我抬手她就从我腋下穿过去了——怎么了？"顾庭岸无辜地看着神情变得怪异的沈再。

"你变态啊？！"沈再受不了了！

顾庭岸皱眉，"那她打你的时候，你是在想些什么？"

"当然是：好疼啊！"沈再说。

谁会在挨打的时候还想着怎么教她正确的打人姿势？！变态啊！

吃面。

锅直接端上了沈再精心布置的北欧风餐桌，隔热垫离得远，蓝桥顺手扯了餐旗垫锅，一旁的沈再想阻止已经来不及，蓝桥看着那锅红彤彤的不健康面食的眼神实在可怕，这会儿打扰她，可能会被她把头按进锅里。

顾庭岸也是奇葩，平时应酬吃饭也好，食堂用餐也罢，从来都是用餐礼仪优雅到完美的人，这会儿跟个发育期饿坏了的小青年一样，那么大一口面！呼啦啦送进嘴里！

沈再头疼得更加严重了，捏了捏睛明穴，一脸疲惫地对两个埋头大吃的人说："我有点累，先去睡了，你们吃完放着，我明天早晨收拾。"

蓝桥问他："怎么了，不舒服吗？"

"没有，只是有点头疼，吃颗药睡一觉就没事了。"沈再揉揉她的脑袋，"我热一杯奶放你床头，你睡前要记得喝。"

沈再走了，蓝桥闷不吭声低头吃面，咕嘟咕嘟喝汤，满含鸡蛋花的汤汁辣辣的，真好喝啊……蓝桥满足地放下碗筷，发现对面的人靠在椅子里，正望着她出神。

看什么看啊，她能有他自己好看吗？

顾庭岸的英俊是"美而不自知"的那种，他总令人一望便知是个厉害人物，但那些都出自他卓越的精神与灵魂，与他交往过的人都会深深体会到比起顾庭岸的内在，那副好皮囊是多么无足轻重。可是蓝桥最喜欢他的好皮囊，在国外这些年，一美和抖森她都隔着不远见过几面，当时开心激动也是有的，但哪怕最狂热的时候，都未曾动摇地认为顾庭岸的颜值能赢他们。

我喜欢的人，有着全世界最好的容颜。

蓝桥的眼圈渐渐又泛起红，顾庭岸回神，笑了笑，双手握着放在桌上，他声音低低沉沉的，"王爷爷的儿子和孙子去年意外过世了……孙媳妇当时怀着四个月的身孕，遗腹子，王家的独苗，王爷爷跪下来求她，但她考虑再三之后还是做了流产。"顾庭岸很平静地娓娓道来，"李奶奶这两年记不太清最近发生的事了，好几次她一个人跑出去，去爷爷坟上，说她很后悔，一辈子到头才遇到知心的人，却没在他活着的时候告诉过他。"

南山敬老院，顾庭岸的爷爷在那里住过好多年，那是个豁达有趣的老人家，很喜欢蓝桥，每次逗蓝桥表演翻跟头，整个敬老院的老人们都来围观。蓝桥的侧手翻最漂亮，一连好几个，当时博得满堂彩，过后就会被顾庭岸叫到一边教训。

那个承载过蓝桥肆意幸福的地方，那些慈祥善良、疼爱着蓝桥的老人家，这些年蓝桥时常会想起，但是她回不去，也没脸回去。

所以，顾庭岸是知道她为什么哭的。在这样的深夜里，她这样坚持地要吃一碗辛拉面，只有他明白这其中的痛苦之意，所以他试图将她错过的事一一说给她听。

他口才好，说着说着自己也忍俊不禁，"……成院长看他也有六七十了，蹲在门口哭得稀里哗啦，脸上被打得手指头印子一根一根的，成院长以为又是遗弃家暴的老人，怒得不行，立刻就打电话报警了。警察来了问他他也不说，后来208那个陈爷爷突然扯着拐杖下来，一边抽一边骂：'你还敢打110？老子打儿子，谁也管不着！'"

"哈哈哈哈哈哈哈哈哈哈哈哈……"蓝桥笑得扁桃体都被对面的人看得一清二楚。

顾庭岸看着她笑得前仰后合，一向冷厉的眼角眉梢之间也带上了一丝柔意，"睿博口服液只要销量站稳，我就能分更多的资源研发老年人保健品了，小桥，你留下来帮我，好不好？"

蓝桥收了大笑，但神情已经变得很好，脸颊因为笑变得红润，如此深夜里这样对坐，她笑盈盈地望着他，令顾庭岸犹如梦中。

蓝桥还未回答，桌上她的手机响起微信的提示音，顾庭岸眼神多好啊，哪怕是倒着看也看清楚了是周北的微信，蓝桥没设置隐蔽，锁屏直接亮起周北发来的"睡了吗"。

顾庭岸不动声色，抬起目光看向蓝桥。

蓝桥看了眼手机，没理会，周北又追了几条过来，说他公司明晚有晚宴，他的女伴临时有事，问蓝桥能不能陪同他出席，还特别正经地说也有青山制药的客户在。

多官方多得体啊！

他发微信的习惯是一短句一短句，所以锁屏亮起，每句都被顾庭岸看得清清楚楚，他神情一分一分冷下来，但是也没说什么，接着蓝桥把手机扣在桌上，若无其事。

"你让我考虑一下吧。"蓝桥笑笑的，好像已经事过境迁，"我也希望睿博口服液好，毕竟萧尹未完成的事，我们这些人都有责任，对吧？"

顾庭岸眉眼冷冷，静默了几秒，浅浅扯出一个笑容，站起来说他先回去了。

蓝桥知道他是因为周北的微信变脸，但是他有什么立场不高兴呢？这样摆出冷冷的脸色，当她是贺舒吗，会因为他不高兴而忌惮？

"洗了碗再走。"她冷冷地说他，"我师兄身体不舒服，有点眼力见儿好吗？"

"是我一个人吃的吗？"顾庭岸更不高兴了，"面还是我拿过来煮的，你洗个碗手会断掉吗？"

"我洗个碗，你的手就会断掉了。"蓝桥一根一根握紧手指成拳，威胁地在他面前晃了晃，"这么漂亮的下巴，我一拳过去，你就要去找你家小舒的整容医师了。"

"你除了使用暴力和揭人短处，没别的招数了吗？"

"哦……原来贺舒是你的短处啊？那你的长处是什么呀？"蓝桥挑眉用目光扫他，一寸一寸往下，刚到肚脐眼那里顾庭岸就扛不住，黑着脸挽袖子，一边收拾碗筷一边冷冷拿眼神瞪她。

第二天晨起沈再还是很不舒服的样子，蓝桥劝他休息一天，他不肯，"今晚有个应酬会碰到卓越百货的老总，我们打算攻下卓越的独家，但是估计挺难的，我得去公司开个会，大家想想办法。"

"那我帮你吧！"蓝桥抢过他的车钥匙，又跑来跑去地给他拿包和大衣，"晚上什么应酬？我陪你去！"

"北横娱乐的一个局，你别去了，北横要签贺舒，贺舒会去的。"沈再坐在换鞋凳上看着她忙里忙外，像个真正的小妻子，他宠溺又遗憾地看着她。

蓝桥像个怪力少女，一手两件大衣，一手两只包，昂着下巴哼了一声说："我干吗要躲她？我偏要去，那个周北还特意邀请我了呢！"

"周北？"沈再若有所思，"他在男女关系上名声不太好，你注意一下。"

"放心啦，他打不过我的。"蓝桥练了三年多的自由搏击，对自己的战斗力很有信心。

沈再不赞同地看向她，"女孩子家家的，整天想着打架，难怪别人会觉得你暴力。"

"谁？！谁在你面前说我坏话了？是不是顾庭岸那个浑蛋！"

大清早的嗓门这么大，又是在门口，隔壁门几秒钟之后就打开了，顾庭岸从里面走出来，冷冷看了蓝桥一眼，连电梯都不想跟她一起坐的样子，冷若冰霜地推开安全通道的门走楼梯了。

沈再笑得都咳嗽了，手握拳抵着唇，边咳边笑。

"啧……"蓝桥看着安全通道尚在微微晃动的门，神情遗憾，"昨天你们回来得太晚了，我忘了跟你们说，物业通知这两天地下车库整修，这一侧的安全通道不能用，门口都在铺水泥呢。"

"……"沈再沉默了片刻，拍拍蓝桥肩膀，"走吧，一会儿他再爬上来，看到我们该不好意思了。"

公关部的人都感觉到今天他们家蓝美人心情不太好。

下午茶时间，Andrew 送咖啡给蓝桥时配了一块瑞士卷给她，吃的放桌上，大男孩像只哈士奇一样蹲在她办公桌旁，两手巴着桌边，下巴放手上，可爱巴拉地朝她眨眼睛，"wuli 大桥为什么不开心？"

蓝桥工作时身先士卒，且护下属如护弟妹，向上头请奖要福利的时候又格外凶残霸道，这群刚毕业的小孩子都对她又敬又爱、死心塌地。

蓝桥神情惆怅地叹了一口气，说："我有一件事，只要我去做就能帮到我很在乎的人，但是这件事本身令我不喜欢，好为难。"

"那要看这件事对你在乎的人有多重要，对比令你为难的程度。"Andrew 笑起来像早晨的阳光，"两害相较取其轻，是你一直教我们的原则啊！"

"Wow……"蓝桥很是欣慰，挑挑眉，又叹了口气，"我教得可真好！"

Andrew 嘿嘿嘿笑。

"这个的包装盒呢？帮我装起来带走。我先下班了！"蓝桥下定了决心，变得兴冲冲的，拿起咖啡站起来，一边收拾办公桌一边问，"你刚回来路过会议室了吗？沈总还在开会吗？"

Andrew 说："好像快要结束了。"小文她们几个听到了，就起哄蓝桥："某人对沈总的关心好像不同寻常哦！"

"沈总也是不对劲，每次一进来，跟装了匹配功能似的，第一眼就直勾勾看我们蓝美人。"

"研发部的人说有一天晚上看到你俩逛超市了！大晚上的那种，晚上！"

蓝桥但笑不语，背了包往外走，她穿的天蓝色连衣裙很美，下摆微微撑开，衬得她纤长婀娜的身姿如天鹅一般优雅，她又故意昂着头，一只手动作夸张地撩拨披肩长发，身后那帮熊孩子笑声震天，拍着桌子喊"女神"。

人生啊，面对艰难的方式从低级到高级分别为：逃避、面对、姿态漂亮地面对。

蓝桥逃避过，后来又选择了回国面对，如今该是姿态漂亮地面对并战胜的时刻了。

爱情怎么可能是一个人的全部呢？没有一个人非要另一个人才能过一生，没有。与你感同身受每分每秒的，只有你自己。

所以，漂漂亮亮地照顾好你自己噢！

沈再那边开完了会，与顾庭岸一道回办公室，贺舒已经到了，她穿了一件香槟色的一字肩长袖裙子，手上的伤遮得很好，人也活泛过来了，见沈再进来，她对他温柔笑笑。

顾庭岸进来就按内线电话，"有没有什么吃的？"

"您想吃什么？我立刻叫外卖。"秘书处的人回。

顾庭岸中午应酬喝多了酒，到现在胃里还不舒服，但马上就要出发去周北的晚宴，哪有时间等外卖？他想了想说"不用了"，刚按掉内线，门一开，蓝桥左手拿着咖啡，右手拎着一个糕点盒子走进来。

身无彩凤双飞翼，心有灵犀一点通。顾庭岸脑海里蹦出这两句词来。

可蓝桥听说贺舒来了，进门后压根眼神都不往别处飘，径直走到沈再身边，关切地嘘寒问暖，"还难受吗？头疼吗？比昨晚好点了吗？"她把瑞士卷拿出来，"快吃一口，一会儿忙着说话没空吃东西的。"

沈再有心把蛋糕留给更需要的人，蓝桥却已经一叉子喂到了他嘴边。

小师妹的拳拳爱护之心不可辜负，好友的心理健康……只能暂时当作根本就没有这么个东西了。沈再挪了挪位置，用后脑勺对着顾总，面朝着蓝桥，安静地吃蛋糕。

蓝桥喜欢某人某事时总是满分的热情，关心沈再的身体，就连他吃蛋糕她都要一眼不眨地盯着，就好像是看着他吃什么仙丹一样，他吃完就会好了，那她就开心了。

这两个人之间的感情，即便不是爱情，也令人望之生羡。贺舒看看他们，再看看垂着眸，仿佛手中文件突然特别精彩好看的顾庭岸，她心里油然而生一股抱歉。

于是顾庭岸正眼观鼻、鼻观心，手边突然递来一块指甲盖大小的东西，看包装应该是巧克力。

贺舒自从出道身边就有顾庭岸为她配的助理、司机、各种教练和专业营养师，她体质易胖，所以常年都是吃不饱的状态，偶尔她放纵一次吃消夜或者不在她食谱上的东西，营养师会委婉提醒，教练会默默给她加课。所以献出这样一块指甲盖大小的私藏巧克力，对于贺舒来说是超级大的一件事。

顾庭岸抬头看向贺舒，贺舒也觉得尴尬，视线盯着半空中虚无的一个点。顾庭岸忍住叹气的冲动，把巧克力还到她手里，无奈地对她笑了笑。

这场景有点像富贵人家兄妹俩在吃糖人，穷人家兄妹俩在旁边眼巴巴地拿纸剪一个，还要推来让去地请彼此先舔。

有点凄凉，有点羡慕，还很抱歉。

四人就这么一对粉色友爱、一对迷之凄凉地抵达了晚宴现场。现场排场很大，红地毯旁灯光、摄像、记者熙熙攘攘，工作人员给每位嘉宾贴上写有数字的贴纸，结伴前来的就给情侣号，说是因为最后抽奖环节会有最佳男伴和女伴的奖项。

顾庭岸他们四个人一起到，工作人员将情侣号给了顾庭岸、蓝桥和沈再、贺舒。

四个人表情不一地看着面前的工作人员，工作人员被看得莫名其妙：顾总您的天蓝色领带几乎就是蓝总裙子上裁下来的颜色，沈总您穿香槟色西服真的温文尔雅、玉树临风，与贺小姐的裙子难道不是配对？

贺舒因为记者都在拍她，不得不保持笑容，但话都从牙齿缝里挤出来了，

"你们搞错了，我才是顾总的女伴。"

工作人员连忙道歉，手忙脚乱地不知道要从谁的身上先揭号，顾庭岸与蓝桥不约而同地伸手撕下自己身上的贴纸，又动作一致地交给工作人员。

这样默契，不好吧？蓝桥收回手，转而将贴纸往贺舒后背上一拍，笑容可亲地说："两个都给你吧，中奖概率大一些。"

说完她潇洒地转身往场内去，沈再跟上她，顺手把自己的贴纸撕下来贴在顾庭岸手背上，说："我的也给你吧！"

顾庭岸抿着唇面无表情地问："我看起来很缺奖吗？"

呃……沈再知道他缺的不是奖，是蛋糕，有心安慰他，说："领带颜色挺好看的。"

前方该蓝桥和沈再走红毯了，有工作人员来请沈再，沈再连忙跑了。剩下系着天蓝色领带的顾庭岸站在香槟色的贺舒身边，又是迷之凄凉的感觉。

"你要什么时候才会醒？"贺舒僵着脸轻声说，"自从她回来，你就像跌入了一个梦里，说话做事全都不像你了。"

蓝桥挽着沈再走过长长的红地毯，现在还没有人认识她，红毯两边没有欢呼声也没有闪光灯，但她和沈再走得毫无尴尬紧张之感，两人姿态自然，步伐一致。顾庭岸看着他们走在红毯上，想起当初看着他们举办婚礼的场景，心里一直插着的那把刀仿佛被人缓缓拧动着刀柄。

他望着别人，贺舒望着他，"庭岸，你醒醒吧，蓝桥不是能放下的人。"她再三深呼吸，却还是声音发颤，"她安静不了多久的，她一定有她的计划！"

"走吧。"顾庭岸突然说，他冷峻的侧颜之上眼神淡定，"到我们了。"

蓝桥拒绝了周北的女伴要求，周北也没守身如玉，手臂上挂着新近爆红的女明星July。

那是个名校在读的高知网红，自拍化妆教学视频一夜走红，连蓝桥都很喜欢她，经常晚上守着她的公众号等更新，等到了就一边看一边笑得嘎嘎嘎的。

周北见蓝桥来，满目惊喜，"你来啦？"

一旁的 July 毫无打量的神情，自然又大方地与蓝桥相互自我介绍，蓝桥毫不掩饰欣赏之意地说："我是你的粉丝哦！"

July 有些羞涩地一笑，却立即落落大方又不失俏皮地向蓝桥眨眨眼睛，"我的荣幸。"

说完她就得体地找了个借口走开，留周北与蓝桥单独说话。

蓝桥向周北打听卓越，周北飞扬的眉眼一皱，有些抱怨地说："那老人家，脾气可差！我爸有个老哥们，李彦生你知道吧？"周北比了个大拇指，"本市首富，卓老跟他有交情，我也就晚辈蹭个脸熟，不能给你打包票，只能替你们引荐一下。"

蓝桥本来还指望周北是条路子，没想到也就是个支线，还是得去求那个人。

她笑笑说"知道了"，周北看出她的失望，但无法承诺的事他一向不乱答应，于是云淡风轻地说别的，人绕到吧台后，像模像样地花式调酒。

周北相貌极好，男生女相的那种精致帅气，又那么年轻，故意耍帅，单手将摇酒器上上下下摇得人眼花缭乱，煞是好看。

如花美眷，赏心悦目，蓝桥还真的被他取悦到了。

"玛格丽特。"周北坏笑着将酒推到她面前，"献给有故事的你。"

"谢谢。"蓝桥心情很好地向他笑。

这样富有技术含量的撩妹手法，她给八十分。

周北在这样的场合分给蓝桥这样专注的十分钟，已经算是他的情深，拿了八十分的成绩，他怡怡然去应酬他的客人们了。

顾庭岸和沈再也在应酬，蓝桥望着四面灯火辉煌的富丽场景，忽觉落寞，不知不觉饮尽杯中酒，她轻敲桌面，示意酒保再给她一杯。

"烈酒伤身，这把年纪了，喝点养生的吧。"贺舒讨厌的声音简直无所不在，"嗨，麻烦给我一杯冰水。"

蓝桥酒意已有些上头，一手扶着脸，挑眉看她的手臂，"你就安生点养伤吧，绕着我转能有什么好呢？顾庭岸是挺好的，但身体发肤受之父母，你为个男人这么从里到外地糟蹋自己，不好吧？"

贺舒拿过她的冰水，忽然凑近蓝桥，用一种旁人看去十分亲昵的姿势靠在蓝桥肩头，"蓝桥，我是失去了多少东西才换来一个顾庭岸，你根本无法体会。"她声音压得极低，脸上的笑有多么甜，语气就有多么恨，"你的爱情有多重要？有没有我的命重要？我现在已经不想得到他了，我现在用我全部的生命阻止你得到他。"

一种战栗从蓝桥的内心深处泛起，瞬间传遍四肢百骸。贺舒的恨意那么深，丝毫不逊于她的。她这一生真的值回票价啊，有势均力敌相爱过的人，也有恨意程度相当的对手，真精彩。

"蓝桥！"突然有人语气不悦地叫她。

蓝桥和贺舒都看了过去，却不是顾庭岸，也不是沈再，是李彦生。他穿着一身下高尔夫球场的休闲服，却昂然站在金碧辉煌的夜宴之中也并不显突兀，要不是蓝桥对他多年厌恶，其实她一直承认李彦生是个气质绝佳的中年美大叔。

但此刻美大叔显然心情不好，而且毫不掩饰地都是冲着贺舒。他走到两个女孩子面前，明明没有做出什么表情，却令贺舒顿觉压迫得喘不上气，僵着脸站起来走了。

李彦生看向蓝桥，神情像三月春风拂过他的脸，"你找我啊？"

蓝桥只是给他发了个短信约见面，明天后天都可以的事，没想到他直接就过来了，连衣服都没换，她再怎么样也觉得不好意思，将沈再想搭卓总这条线的事简单讲了，最后说："其实没有那么着急的，他们也只是有合作意向……你吃饭了吗？这儿的东西还挺好吃的。"

李彦生差点以为自己听错了！能说出这样的话，对蓝桥而言已是关切之意，他受宠若惊地看着她。

这个像只天鹅一样漂亮的女孩子，脸像妈妈，气质却更像爸爸，她的背脊永远是挺直的，不管是对他说那些伤他心的话，还是头也不回地离开时。

这孩子有傲骨，年轻时可能会因为这一点而受很多伤，但李彦生觉得挺骄傲的。

"我正好打完一场球，过来吃点东西，见见朋友。"李彦生笑得极有气韵，四周一顾，已经有许多人注意到他来了，都在看他这里，他向卓越点头打了个招呼。

卓越身边坐着顾庭岸和沈再，沈再在看他，顾庭岸的目光却盯着蓝桥的背影。李彦生看得清楚，心里难免叹气。

"那你在这儿，我过去了。"李彦生笑着曲指敲敲桌子，"少喝几杯，你脸都红了。"

他仗着蓝桥今天态度极佳，却也只敢这样笑着劝，蓝桥想起蓝教授……到底是不一样的，她心里的难过无法抑制，深呼吸几次，眼睛仍然发酸。她从高脚椅上下来，落地时脚一软，真的是喝得有点多。

蓝桥出去醒酒，穿过走廊走进一间休息室，进门时人已有些晃，她在门口脱下了高跟鞋，提着裙摆进了洗手间。

从洗手间出来，外间的灯不知被谁给灭了。光线昏暗，蓝桥摸着墙壁往门口走，忽然一阵热热的酒气夹杂着雄性气息扑近，有人拦腰抱住了她，将她紧紧压在墙上迫不及待地吻！

第八章

2010-6-23 02:11 来自 蓝桥几顾的 iPhone

今天校园里发生了枪击案，就在我的隔壁教室。你说要是击中了我该多好啊？师兄就会来看我了。想听有人面对面地说起你的名字和近况。只能从师兄电话里的背景音中辨别你的呼吸，我快发疯了。

陌生的雄性气息，呼吸之间并没有清冽的微凉之意，这令蓝桥慌乱里心生恨意，右腿狠狠抬起去顶他，那人却用手掌轻松抵住她的腿，握住她膝盖一捞一扯，竟然将她的腿扯得往他腰间勾去，他趁机往前一步抵得她身体更紧。

"小心点。"低哑的男声满含着欲望之意，在蓝桥耳边轰炸，末了还张嘴含住了她的耳垂，"弄坏了你玩什么？"

蓝桥浑身发抖，大骂出声却声音颤抖凌乱，"放开我……浑蛋！放开我！"

她用肘击，想用坚硬的肘部敲碎他的太阳穴，却距离太近施展不开，反而被他握住了手腕按在墙上。

"噢……"紧贴着她的人感受着她剧烈挣扎带来的快意，忍不住叹气，手沿着她大腿往裙子里伸去，含着她耳垂的舌尖灵活地作怪，"你真是与众不同，我真的喜欢你……"

"滚开！"蓝桥拼命地挣扎，肾上腺素飙升消耗了过多体力，平时觉得自己体能比一般女孩子好，这种时候还是敌不过男人的身高和力道，她越挣扎叫骂，身上的人越兴奋，动作更大更深入。

蓝桥终于顾不得体面，尖声哭叫起来。

她叫得好惨好凄厉，周北觉得不对劲了，手撑着墙壁起来，茫然地看着她，就在这时门上突然传来一记响亮的踹门声！

休息室的锁虽然美观但也是牢固的，却被外面的人两脚就踹开了，门狠狠地撞在墙壁上，砰的一声。

顾庭岸犹如从天而降的神，满身冰霜雷电地出现，门口廊下亮着灯，暖黄色的光披了他一身，却毫无温馨之调，他向周北和蓝桥走来，背着光的人，眼睛却亮得像兽。

周北已经知道事情不对了，他松开蓝桥，转身面朝顾庭岸，抬起双手摆出友好解释的姿势，"顾总，这事有误……"

他没能把话说完，因为顾庭岸抬脚狠狠蹬在他肚子上，一脚将他踢飞了出去。周北后背撞上墙，才停下来，滚在地上半天也没能痛叫出声。

顾庭岸没有追击，甚至没有再看周北一眼，他蹲下来单膝跪地，将团成一团蹲在那里的蓝桥拥入怀中。

"没事了。"他语气比平常稍稍温柔了一些，"小桥，看看我，没事了。"

蓝桥依旧不肯抬起头来，将自己抱得很紧，顾庭岸的唇落在她额头发际线处，轻轻地安抚地吻，他声音更加柔和，"看到我刚才的动作没？正蹬不是抬腿踢人，你腿要先弹起来，力的方向是向正前方……"

他说话这么有条理，声音却一直在颤，拼命用带着笑的口吻压也没有用，顾庭岸在后怕。

贫穷与咳嗽无法掩盖，爱情也一样啊，一个男人再怎么卓越优秀，心智再如何坚定淡然，也会因为心爱女子而感觉到害怕的情绪。

"猪小妞。"他轻吻她的头发，低低地叫着从前的爱称，"别害怕，我来了。"

"……"蓝桥小声地哭出声，松开抱着自己的手，紧紧揪住他心口的衣服。她闭着眼睛，抬起已泪流满面的脸，顾庭岸的吻轻轻落在她眼睛上，他的鼻息也已经乱了，抱着她的手用力收紧。

门口传来凌乱的脚步声，休息室的灯被啪地打开，满室大亮，沈再、李彦生、贺舒以及一大帮助手和工作人员都来了，眼前的场景令众人惊讶不已。

顾庭岸脱下自己的外套裹好蓝桥，他不理会任何人，周北却要喊冤，捂着肚子摇摇晃晃地站起来，他恨声对走过来的沈再说："你们青山制药是什么诈骗集团吗？跟我玩仙人跳？"他指着蓝桥和顾庭岸，"一个约我到这里，一个随后就来偷袭我！沈总，这件事我……"

周北的话又没能说完，因为沈再狠狠一拳打在了他脸上，鼻血喷出去快一米远，嘴巴里也满是血，滴了一地。

周北捂着脸痛得弯下腰，要是顾庭岸的话，这时一脚能把他脑袋踢飞出去。沈再毕竟斯文惯了，神情狠厉得像要杀人，却先将周北拉得站起来，然后才再向他脸上挥拳。

"都住手！"眼看周北的助理和保镖都涌向沈再，李彦生沉声喝止住混乱的场面。

沈再白着脸被人拉开，周北满脸血，两个人都摇摇晃晃的，顾庭岸嫌这里吵，打横抱起哭得昏昏欲睡的蓝桥，径直往外走。

"站住！"满脸血的周北大吼一声，"事情不说清楚，谁也别想走！"

"这个！"周北从口袋里掏出一条蕾丝丁字裤掷在地上，指着蓝桥厉声质问，"是不是你的？！我跟你说完话，一转身口袋里就发现了这个！你又往这里走，难道不是你勾引我？！"

这种调情手段周北不陌生，只因以为对方是蓝桥，他更加兽血沸腾，所以一开始蓝桥挣扎时他当是情趣，后来感觉到不对时他也及时停下了。但是顾庭岸那个暴力狂，那么狠的一脚，简直是想要他的命啊！

周家小公子撒去万花丛中过的世家子通病，人还是厉害的，事到如今其实也猜到这内裤一定不是蓝桥的，但他必须装蠢追问，把黑锅扣在青山制药头上。否则明天事情传出去，他那帮堂兄弟们能笑话他三年！

"李叔！"周北高声向全场最大的 Boss 求援定调，"您给我做个证，今天这事我绝不能就这么算了！"

这小子真是聪明又厉害，要不是受害的人是小桥，李彦生都要赞赏他了！

"当然！"李彦生怒极反笑，语调慢慢地说，"蓝桥是我的掌上明珠，被欺负成这样，当我李彦生死了吗？！"

满脸血的周北像被一道雷劈在了天灵盖上！

蓝桥是李彦生的女儿？

李蓝桥吗？！

"呃……"不知如何应对的周北，突然眼神放空，人软软地"晕倒"在了地上。

蓝桥刚刚挣扎着想下来与周北对质，但是顾庭岸低声制止她，"无不无聊？"

这种脏事，有什么好反驳的？在场与她有关系的人都知道不可能是她的，她去面对，正中设局那人的下怀。

说到设局那人……

顾庭岸抱着蓝桥走出休息室，廊下昏黄的灯光里，贺舒白着脸站在那里，顾庭岸经过时冷冷看了她一眼，贺舒迎着他的目光对他微笑，露出痛快极了的神色。

北横娱乐的晚宴现场，大 Boss 抱着公关部那位超级蓝美人招摇而去——爆炸性的消息插了翅膀，十五分钟内就通过电话、微信、微博私信等渠道流遍了整个青山制药。

蓝桥被顾庭岸抱上车，她包里的手机响个不停，顾庭岸伸长手从后座拿了她的包，拿出手机来看。

又到了猜密码的环节！

顾庭岸输入他的生日，不对，输入他们各种纪念日，统统不对！他不高兴了，把手机往蓝桥身上一扔，"关机，吵死了！"

蓝桥迟迟地伸手，降下车窗，把手机拿到窗外，手一松……

顾庭岸："……"

他只好下车去捡。

蹲在她车门外，他问她："你休息好了吗？咱们回去再把他打一顿吧？正好拿他做靶，我教你怎么打。"

蓝桥哭得脸都肿了，更显可爱，瞪他的时候一点威慑力都没有，但嗓子哑得令人心疼，"你刚干吗了？错过这村还能有这店吗？现在回去人家保安里三层外三层，够都够不着！"

刚刚啊？刚刚……刚刚我差点魂飞魄散，太害怕了，只想拥紧你。

我有一切从头再来的超级勇气，唯一无法承受的失去，只有一个你。

顾庭岸蹲在车边，脸上是如释重负又心疼难言的笑容。晚宴还没结束，停车场里只有他们，安静得令人怀疑全世界是否就只剩下他们。

如果是，该多好。

"哎，你说你打我的时候，跟少林寺铜人刚下山似的，现在知道自己的真实水准了吧？"顾庭岸挑着眉的样子真是英俊，令人都能原谅他的刻薄毒舌了，"我是让着你，别人没那么好心，你别一天到晚幻想自己武力值爆表。遇到事情要冷静，三十六计走为上，知道吗？"

蓝桥拢起肩头他的外套，揪起领子掩住口鼻，只剩半张脸在外面，眉目之间有种水汽氤氲的可怜。她靠在位置上，筋疲力尽又沮丧灰心的样子，头发乱乱的，可怜至极。

顾庭岸看她这副示弱的小模样，真想拉开车门立刻把她拥入怀里。

"好了我不说了，你睡会儿吧，我带你回去。"他从车窗里伸手进去，手指轻轻触她的脸颊，留恋温存。

贺舒叫他醒醒，顾庭岸也不是不明白眼前这是梦，但这梦里有他的小桥，他愿意长睡不醒。

子非鱼，焉知鱼之乐？临渊羡鱼就很好，饮鸩止渴也挺不错，顾庭岸从不奢求相濡以沫，只愿眼前这个唯独对他狠心的人……不要将他相忘于江湖。

这两个人，爱得丧心病狂、三观沦丧。

周北"昏迷"，被送往医院，休息室里的人群呼啦啦跟着散了个干净，只剩李彦生和沈再。

沈再昨晚头疼得一夜没睡好，今天一天发低烧，刚才那样拼命地动手打人，现在整个人脱了力，不适地埋着头坐在地上休息。

李彦生在靠墙的沙发里坐了下来，静了静暴怒欲杀人的心，扬声说："把她带进来。"

沈再迷惑地抬起头，门口李彦生的保镖押着一个人走进来，是贺舒。

"你这个女孩子，虽说可恨之人必有可怜之处，但你也太过了，仗着自己身世可怜肆意伤害别人，你到底有什么道理，说出来让我听听吧。"李彦生的神情很平静，到了他的地位和年纪，能触动他的人和事已经很少了，但是贺舒那种病态的丧心病狂，令他都觉得费解，"用这种下作手段去害一个女孩子，你自己也是女的，你就没有将心比心吗？"

沈再惊得目瞪口呆！往周北口袋里塞那条内裤的人是贺舒？贺舒这样害小桥？！

"李叔……"沈再跟跄着站起来，双颊泛着病态的红。

李彦生竖起手掌示意沈再别说话，"你坐下休息一会儿，听着我问她。"

李彦生的保镖搬来一把椅子给沈再，沈再却不坐，皱着眉，目光投向贺舒。

贺舒松开手里提着的礼服裙摆，手掠了掠鬓角，风度很好地对李彦生一笑，"将心比心？您是觉得我应该也把她从楼梯上推下去吗？然后找个人做伪证，再逼死那个人。"

"蓝桥有没有推你，你心里清楚，我们所有人心里也清楚。你活在自己的妄想里，将蓝桥想象成你的对手，不择手段地加害她。"李彦生笑了一下，"可是我告诉你，如果没有顾庭岸这个人，你这种女孩子，根本不可能与蓝桥有交集。"

贺舒妆容姣好的脸上浮现一种刻骨的恨意，令她表情都微微扭曲了，"蓝桥有什么了不起的？"她咬着牙冷笑，"她妈妈很会改嫁，这令她很了不起吗！她是什么公主殿下吗？！"

李彦生摇头说："并不是这样的。"

"你这种浅薄怨妒，又事事小人之心的性格，蓝桥不可能跟你交往，她看不上你。蓝桥最可贵的是她的品格，坚韧、坚持、坚强，你不明白、不相信，但我告诉你，这世上确实有这样的好姑娘存在，大家都看得懂她与你之间的区别，你能蒙蔽的，只有你自己。"李彦生说得很慢，每一个字都像拳头打向贺舒，他对贺舒除了厌恶还有一份怜悯庆幸，因为她令他更骄傲他家蓝桥的难得。

"沈再。"李彦生平静地说，"你觉得我说得有道理吗？"

如果蓝桥或者顾庭岸在这里，就会立刻明白李彦生这是已经知道沈再与贺舒的旧事，要他表态。

但沈再压根没往自己身上想，反而劝李彦生，"我觉得……等顾庭岸来了再说吧，大家把事情拼凑还原，说清楚了再论道理。"

两个大男人这样审一个女孩子，好像不太好……吧？

看着沈再那一脸温润绅士的平和表情，再想想顾庭岸方才在晚宴上看着小桥喝酒时的眼神，李彦生心里的火一下子又蹿上来，似笑非笑地对他说："怎么？她的父母为顾庭岸丧了命，所以她这辈子不管是杀人还是放火，都由顾庭岸替她偿命吗？"

"不是……"沈再嗫嚅，他看看脸色苍白的贺舒，心里叹着气，面上硬着头皮，迎着李彦生的怒气再劝，"您刚不也说将心比心，我换作顾庭岸想想，要是蓝桥现在一个人站在这里……"

李彦生简直想把他的头也拧下来！他冷声打断了沈再，"好啊！那就让顾庭岸来给我个说法！"他站起来，盛怒之下人越发显得平静，"我也不想被人议论欺压一个女孩子，有你们青山制药出面当然更好，我也能放开手脚。"

沈再差点将自己的舌头吃下去！他不是这个意思啊！

贺舒眼看顾庭岸和青山制药要被迁怒了，她这才慌了，见李彦生往外走，她试图过去拦他，"你想怎么样就冲我来！我跟青山制药没有关系！你们家蓝桥才是青山制药的人！"

保镖像抓小鸡一样揪住贺舒，丝毫不顾忌她的明星身份，为防她乱动还扭住了她的手，贺舒手上的伤被扭得裂开，她疼得跪倒在地。

李彦生目不斜视地往门口走去，离开，根本看都不看贺舒一眼，还是沈再叫保镖放开贺舒。

贺舒跪坐在地上，低着头一动不动，屋子里只剩沈再和她两个人了，她听到自己的心跳，还有沈再失望的叹气声。

全世界七十多个亿的人口，只有沈再一个人还会对她抱有希望吧？贺舒突然笑起来，眼泪往下掉，人却笑得肩膀一耸一耸的。

"别这样了。"沈再走到贺舒身边，语气极为疲惫地说，"起来吧，收拾一下自己，待会儿出去外面肯定等着拍你呢。"

"你为什么不走呢？"贺舒喃喃地问，"小岸哥哥都不管我了，你为什么还要管我？"

"他照顾小桥，我得替他看着你。"沈再心平气和地说，"你别总觉得自己委屈，小桥有我，你有顾庭岸，他甚至因为你放弃了小桥，他对你很好的。"

"我知道啊，他对我仁至义尽了。"贺舒抬起身，转头慢慢地看向沈再，她的悲伤像潮水一样涌向沈再，缠住沈再的脚脖子，"那你呢？你是不是因为蓝桥，才放弃了我？"

沈再回到家中时已是深夜。

客厅沙发上，蓝桥熟睡着，顾庭岸坐在沙发旁的地毯上，手里拿着个平板在看《甄嬛传》，看他的表情，对剧情十分不以为然。

沈再一边换鞋一边张望着看蓝桥，顾庭岸把身上搭着的毯子给蓝桥盖好，走到沈再身边问："怎么样？"

"小红他们送她回去了，我让小红今晚别走陪着她。"沈再顿了顿，皱眉的样子既疲惫又苦恼，"李总封锁了消息，有几个知道的记者也已经处理好了，但都只是为了蓝桥……反正，山雨将至风满楼。"

山雨将至吗？

顾庭岸静静站着，自嘲地笑了笑，低头看平板上熹妃回宫的富丽场景，他现在心里明白蓝桥为什么颠来倒去地看这部剧。

沈再明白他此刻的无奈与灰心，拍拍他的肩对他说："我明天跟小桥谈一谈。李宅那边师母现在还不知道呢，如果师母知道了，李叔的态度就会更强硬。"

李彦生对妻女温柔顺从，但李彦生本身绝不是性子柔和之辈，看他那四个儿子就知道，个个虎狼一般，李彦生能把儿子们教成那样，本人能良善到哪里去？蓝桥对李彦生来说是子女辈里最重要的孩子，而秦湖直接就是李彦生的半条命，如果秦湖因为蓝桥受辱而伤心，李彦生会怎么为她出气呢？

——贺舒，还有一定会保护贺舒的顾庭岸，以及他身后的青山制药。

"难道要叫蓝桥去为贺舒说情吗？"顾庭岸无奈自嘲地笑，"什么都别跟蓝桥提，你知道的吧，她看着张牙舞爪，其实最没用的就是她了。"

沈再……不知道啊！蓝桥没用？蓝桥文能黑掉你所有电脑，武能把你打吐血，斗嘴都能气死你，她是哪里没用了？

顾庭岸内心惆怅与柔情俱是万千，怔怔地站在那里不说话，他穿居家服的样子比穿正装时看起来年轻几岁，微湿的刘海遮下来，轮廓深而挺的眉目就显得没那么凌厉。

但沈再关注的重点是："哎？这衣服是……我的吧？"

顾庭岸穿衣只有黑白灰三色，领带、袖扣那些则都是深深浅浅的蓝，现在这身橘黄色居家服，暖暖的色调令他的高冷气质为之一柔，像一把杀了许多人的宝剑突然套上绣了花的刀鞘，铁骨柔情极为动人心，所以啊，到底为什么顾庭岸会拿他的衣服穿？

沈再怀疑地绕着顾庭岸走了一圈，果然在他后颈那里发现红红的指甲印子，一长条，往下向背部延伸去。

沈再转回他面前，一脸绝望地问他："你们为什么在客厅？你们用了哪个浴室？你拿我衣服穿，有没有顺便使用我的浴室？"

沈再有洁癖。

顾庭岸表情有些不自然地清了清嗓子，随后一脸正经地反问："现在是说这个的时候吗？"

为什么不是？这房子是沈再的，他顾庭岸一身暧昧痕迹，刚洗完澡的样子，穿着沈再的衣服，还不能给沈再问一问了？！

"她！"沈再指着沙发里盖着毛毯的人，严肃地说，"你把她的衣服穿整齐了再走！"

想想觉得还是不行，"你把她抱进房间里去再走！"

顾庭岸："……"

第九章

2013-11-11 22:22 来自 蓝桥几顾的 iPhone

"最痴情的男人像海洋，爱在风暴里成长，苦还是风平浪静的模样，卷起了依恋那么长，挥手目送你起航，我的爱是摘下自己的翅膀，送给你飞翔。"这首歌好适合你和你的贺大头啊……MLGB 的，我为什么要为前男友和他的现女友挑选主题曲。

李彦生远比沈再估计的更在乎蓝桥，第二天刚到上班时间，所有签了贺舒广告合约的厂商都提出取消合约，甚至包括远在美国和英国的两个品牌。

随后贺舒的经纪公司派人来青山制药找顾庭岸，说因为北横娱乐取消承办，贺舒筹备了半年的巡回演唱会被叫停了，演唱会的赞助商们也都找上门来闹事了。

所有这些取消合同的决定都态度十分强势，大家像是约好了似的，都振振有词地说绝不会赔给贺舒一分钱赔偿金，想告的话就奉陪打官司。

贺舒的经纪公司顺便也向贺舒提出了解约并且要求赔偿，因为所有合同取消都是由于贺舒的私人原因，经纪公司表示我们损失了名誉还亏了很多钱，贺舒你得赔我们一部分，不赔就上法庭打官司。

顾庭岸上午有例会，非常忙，坐在办公桌后一边批文件一边听贺舒的经纪人沉痛分析目前的情况有多糟糕，而贺舒坐在一边面无表情地玩着手机，像是事不关己一样。

"不用打官司。"顾庭岸合上最后一本文件，按下内线叫秘书进来拿走，"你说个数字，我开支票。"

经纪人说了一个挺夸张的数字。

顾庭岸说"可以"，贺舒却冷冷打断，"你们想趁火打劫也要有个分寸，从我身上赚走了那么多钱，临了还要敲诈一笔，是想结仇吗？"

"贺舒，话不能这么说，你这次惹的麻烦可是捅破天了，现在是周家在挡着，否则你早被公安带走了！"经纪人斜睨贺舒，"人家现在顾忌着受害者的名誉，投鼠忌器，要不然你名声早完了！"

"你这倒提醒我了。"贺舒微笑，手里盘弄着手机，"我就不信李家能只手遮天，我这就去发微博。"

经纪人脸白了，贺舒要是把事情捅出去，李家弄死贺舒不要紧，他们经纪公司恐怕也会被扫到台风尾的。

"算了！"经纪人沉着脸站起来，面朝一言不发的顾庭岸，"赔偿金我们只要一半就行，但是解约合同必须马上签，从现在起贺舒可就跟我们没关系了！"

顾庭岸已经写好了支票，叫秘书递给贺舒的经纪人。

白着脸的经纪人拿到支票定睛一看，脸瞬间阴转晴，喜出望外地看向顾庭岸，"还是顾总讲道理！"

"应该的。"顾庭岸站起身，扣好西装扣，走出来送客，"这一年多以来贺舒受到你们很多关照，我很感激。以后山高水长，如果有再合作的机会，大家都是朋友。"

经纪人眉开眼笑地拿着比他报的价格更夸张的支票走了。

门关上，一室寂静里，贺舒声音木然地问："你是在打我的脸吗？"

顾庭岸说："不是。他们的损失确实是因为你造成的，当然应该赔偿给他们。"他回到办公桌后坐下，"你选在北横娱乐签约前夕惹这个祸，你自己根本就是不想办那个巡回演唱会，我又何必装作不知道，去跟别人斤斤计较呢？"

贺舒脸上青一阵白一阵的，因为他的语气太平静，她筹谋了多日的精心策划，被他这样云淡风轻地揭开，他没问为什么，也不发脾气，就好像她的精心设计都是三岁孩子的拙劣演技，根本撼动不了他的情绪。

贺舒无望地想：如果是蓝桥，此刻会怎么办？

如果是蓝桥，是不是根本不会沦落到她此刻的境地？沈再说蓝桥坦诚，真可笑，谁天生喜欢遮遮掩掩地说话做事吗？还不是被拒绝得太多，被人不在乎，才变得不敢直言。

"我不想离开你，之前我就说过很多次了，可你坚持要办……全球巡回演唱会，一圈就是三年。"贺舒惨淡地笑着，望着顾庭岸，"你想干什么？把我支开，跟蓝桥三年抱俩吗？"

贺舒尝试向他敞开心扉。

可顾庭岸神情里的失望像一个一个的巨浪，当头打向贺舒，打得她脑袋里嗡嗡作响，不得不扭开脸不看他。

"我没有那么大的奢望，蓝桥也不会肯。我坚持送你去看外面的世界，是因为这几年我一直在反思自己的错误，我想不明白，是我做错了什么，把你害成这样？直到我意识到，问题更多地在你身上，或者说在你心里。"

顾庭岸难得单独对贺舒说这么多的话。

"蓝桥妈妈改嫁，她也很受打击，她当时才多大，为了把抚养权给蓝教授，你知道她经历了什么吗？蓝教授工作那么忙，长年累月不着家，蓝桥的条件其实比你清苦。我自问我对你的关注不比沈再对蓝桥的少，为什么你会变成这样呢？除了泛泛之交，你连个说心里话的朋友也没有，你对我的感情也并不是男女之爱，我知道你自己心里也清楚的。但你却能用伤害你自己的方式来留住我，不……"顾庭岸惨淡地笑着摇头，"不是留住我，是拖住我。小舒，你不幸福，不是蓝桥造成的，是你自己，但你却希望所有人与你一样不幸。"

"不要说了！"贺舒紧紧握着手机，手机壳的棱角扎进她柔软的掌心，"你们所有人都把她当宝贝，对着我就只会说蓝桥如何如何……我为什么要像她一样？我那么恨她！"

"她也不喜欢你，但她从来没有害过你。"

顾庭岸这句话，令贺舒强忍了多时的眼泪滚滚而下。

沈再还会从蓝桥的习惯心性推测她不可能推贺舒，顾庭岸却直接为蓝桥打了包票，甚至没有给出一个理由。

贺舒哭得很伤心，她在顾庭岸面前一向情绪内敛，从未这样抱头痛哭过。

贺舒的父母都是中学老师，一个教数学一个教音乐，夫妻俩为人正直而严谨，贺舒从小就被培养成不苟言笑的三好学生，那天也是因为市里要给贺舒颁发一个市三好学生的奖，一家三口驱车前往，半路经过一个车祸现场，那也是一家三口，父母都伤得很重，一个男孩子头上磕破了一个洞，汩汩地流着血，却眼神清澈镇定。

那就是顾庭岸。

那天大雾，路上能见度很低，贺舒的父母将顾庭岸抱到他们的车上，返身去救顾庭岸的父母，但他们没有经验，未曾第一时间设置警示牌，后方一辆大卡车撞了上来，贺舒的父母与顾庭岸的父母全部遇难。

"小舒。"顾庭岸扶起在沙发里哭成一团的贺舒，递给她纸巾擦眼泪，"我可以为了你散尽全部身家，我可以把我的命给你，我可以为了你，控制我自己不去爱我爱的人。但你不能再伤害蓝桥了，蓝桥她……"

顾庭岸明亮的眼睛里薄雾悄然起，他在微笑，但伤感得不得了，"蓝桥不欠我们什么，你需要人陪你不幸福，我陪你，小桥不可以，我……"他哽咽，笑却更温柔，"我那么爱她，如果连她的安危都护不了……我会死的，小舒。"

"不要说了。"贺舒哭得像个孩子，"我知道错了，哥哥我错了，你不要说了……"

贺舒要向蓝桥道歉——蓝桥还没有表示什么，沈再却吓坏了！

"那个……"趁着贺舒去洗手间洗脸，沈再郑重而为难地拉住顾庭岸，"你确定她身上没带什么危险品吗？"

沈再怕贺舒以道歉做借口，其实去跟蓝桥同归于尽。

顾庭岸将领带扯得松开一些，"你还是确定一下小桥的情绪比较重要。"

"小桥才不会做傻事！"

"我不是那个意思。"顾庭岸叹气，"我是担心她看到贺舒又想起昨晚的事。"

说起昨晚的事，可不止一件……沈再嫌弃地看着顾庭岸。

顾庭岸清了清嗓子，假装咳嗽了两声，一脸正经地说："我先过去看看她。"他们三个不敢直接登蓝桥的门，此刻都在顾庭岸的家里面，"你们等我消息再过来。"

顾庭岸出门走到隔壁，敲门，里面传来越来越近的脚步声，轻盈跳脱，显得心情挺不错，这令顾庭岸虽此刻沉重却也忍不住微笑起来。

"你好，找谁？"开门的人却并不是蓝桥，脸蛋圆圆的小姑娘，看起来不到二十岁。

顾庭岸脸上的微笑瞬间即收，礼貌又温和地说："你好，蓝桥在家吗？"

"在！"李倾周一边让开身放他进门，一边回头对屋里说，"小桥姐姐，有人找你。"

蓝桥走出来，看到顾庭岸，很奇怪地问："怎么了？"

问完突然红了脸，转身打发盯着顾庭岸看的小丫头，"周周，奶茶煮好了吗？"

"煮好了，你们喝吗？"李倾周眨眼睛的样子乖巧可爱，"我去倒出来哦！"

李倾周往厨房去了，顾庭岸声音压得低低地问蓝桥："身上还疼吗？"

臭流氓！蓝桥飞起一脚踢在他小腿上，飞红的脸颊又娇又俏，眼睛里的光像铺满了碎钻一般。

顾庭岸被踢得很疼，却不作声，只目光不赞同地瞧着她，瞧她红着脸却装作老司机很镇定的样子，无比可爱。

想起昨晚她拉他的手按在她身上，幽怨又委屈地哭着撒娇，"他扯我裙子了，这样这样……"接下去全是他的主场，最后她奄奄一息的，却还要嘴硬，夸奖他不输美国好男儿，话里话外都是她这些年没断过男朋友的意思。

草包……最多是很可爱的草包。

"贺舒在我那里，她想跟你道个歉。"顾庭岸观察着蓝桥的神色，"可以吗？"

很意外，蓝桥并没有表现出多大的情绪波澜，只是懒懒地说："去公司再说吧，我不想她踏进我家里。"

她把沈再的地方称作她家，顾庭岸薄唇紧抿。

"那跟我谈一谈吧，昨晚的事。"他眼中光影流转。

这样的顾庭岸令蓝桥偷偷感到心疼，他像穷苦流浪的小孩子，吃到一颗糖，满心欢喜，却要强装镇定平常地向她刺探她的心意。

"谈你的头啊！"蓝桥故意凶他，弹了他一个脑瓜蹦。

好疼……

"你再打我还手了啊！"顾庭岸捂着额头恼怒地威胁。

他话音刚落，李彦生从厨房里走出来，身上系着沈再的红格子围裙，手里端着一盘热气腾腾的红烧排骨，一边走向餐桌，一边神情和煦地望向蓝桥和顾庭岸这边。

"哟，有客人。"李彦生布置着餐桌，"正好，一起尝尝我的手艺。"

顾庭岸愣了，看蓝桥，蓝桥无所谓地耸耸肩，"你吃过午饭了吗？"

"沈再和贺舒还在我那边。"顾庭岸低声说。

蓝桥苦恼地想了想，一挥手，"哎呀算了了，让他们过来吧，快点说完，别耽误我吃饭！"

贺舒和沈再还没来，不知道在磨叽什么。

顾庭岸被李彦生叫去说话。跟沈再不同，顾庭岸与李彦生聊得甚是投机，一向对儿子们不假辞色的李彦生，居然与顾庭岸聊得哈哈大笑。

李倾周捧着奶茶挨到蓝桥身边，眨巴着眼睛八卦，"他长得好帅啊！"

蓝桥斜了顾庭岸一眼，他今天穿着一件黑色毛衣，什么花纹都没有，款式简单却更衬得他气质硬朗凌厉，是帅啊……毛衣底下更帅，肌肉不动声色的薄薄一层，发力时却能令人神魂颠倒，手放在上面，热气腾腾的肌肉随着动作……

"哎，你又脸红了！羞羞！"李倾周指着蓝桥的脸笑。

不远处正与李彦生说话的顾庭岸听到动静，投来关切的目光，蓝桥脸上快着火了!

"可能是昨晚被吓到了。"蓝桥捂着心口,皱眉,一本正经地哀切,"唉……"

"他也喜欢你吧?"李倾周没被糊弄,饶有兴趣地偷偷看顾庭岸,一脸欣赏,"刚我去开门,他可能本来以为是你吧,笑得好温柔,看到是我,就换成一种很有礼貌的笑容,后来你来了,他就又笑得特别……怎么说呢,他看着你的时候,特别特别专注,特别特别温柔,特别特别喜欢。"

蓝桥嗤笑,"他打我的时候你是没看见。"

"他打你你还喜欢他啊?"李倾周惊讶地看着蓝桥。

蓝桥顿了顿,抬手覆在自己额头上,叹气说:"斯人若彩虹,遇见方知有。"

我对别人说起他,任何名词和形容词都不准确。我爱的这个人像彩虹,亲身经历过的人才会懂,一个人为什么会为另一个人那样辗转反侧地受苦忍痛。

门上响起敲门声,蓝桥的叹气更大声了,她拍拍李倾周说:"去开门吧,你沈再哥哥遛鸟回来了。"

李倾周懵懵懂懂地跑去开门,见只有沈再和一个不认识的女孩子,她伸头伸脑,还问沈再:"沈再哥哥,你遛的鸟呢?什么鸟?八哥还是鹦鹉?"

应该是黄鹂,蓝桥看了《甄嬛传》之后说贺舒是安陵容投胎。

沈再对李倾周使眼色,示意她别再问,他身后,贺舒刚有好转的脸色已经又苍白如纸。

贺舒的道歉还是挺诚恳的,原原本本地说那晚她故意举止亲密地与蓝桥搭话,误导周北以为蓝桥对她说了自己爱慕周北,她事先从一个女服务生那里买来蕾丝丁字裤,趁与周北说话的时机塞进周北口袋里……

顾庭岸站在贺舒身后看着她道歉,也看着蓝桥,蓝桥平静的神情令他心中很不安。

"我的事业已经停摆了,但我认了。如果你觉得这个惩罚还不够重,你说吧,你想怎么样,我照做。"贺舒白着脸,话说得很硬气。

蓝桥唔了一声,问:"你看过《一帘幽梦》吗?"

贺舒警惕而不明白地看着她，什么跟什么啊？

"就是一个妹妹，跟姐姐的未婚夫好了，正要摊牌，姐姐出车祸没了一条腿——那个姐姐是舞蹈演员，妹妹一看糟糕了，哭着喊着要姐姐的未婚夫娶姐姐，她自己'委曲求全'地跟着一个超级高帅富去了法国，住古堡、开豪车、睡着高帅富疗伤。"蓝桥简单地解释剧情，"那里面有句台词特别经典，就是那个超级高帅富一脸愤怒地质问那个姐姐。"蓝桥学费云帆慷慨激昂、正义凛然的样子，"你不过是失去了一条腿，紫菱却失去了她全部的爱情！"

"你到底想说什么？！"贺舒不耐烦地打断。

"没什么啊，就是你刚才那副慷慨就义、委曲求全的样子，让我突然想起来了。"蓝桥似笑非笑地看着贺舒，"我不过是差点被人强暴，你却失去了你整个事业，是吗？"

贺舒一时语塞；顾庭岸面无表情地沉默着；李倾周乖乖坐在李彦生身边；只有沈再，迎着蓝桥的炮火艰难前进，"小桥……"

"知道了啦！我不为难她！"蓝桥截断了他的话，她走到贺舒面前，盯着贺舒的脸，轻声说，"贺舒，我可以把你的事业全都还你，顾庭岸我也可以不要。"

这下顾庭岸终于有了表情，冷着脸看向蓝桥。

蓝桥专注地盯着贺舒，不放过贺舒一丝一毫的神情变化，此刻蓝桥对她无比诚恳与包容，几乎是哀求着她，"把萧尹的遗书给我看看，我只要看一看他最后想说的话是什么，就算跟你有利害关系，我可以向你发毒誓，我向我父亲的在天之灵发誓：我绝不追究你！"

萧尹自杀那天确实去医院看望过贺舒，大家都知道，但贺舒坚持说萧尹没有给她任何东西，蓝桥却说她亲眼看到萧尹把一封信给了病床上的贺舒。

那天蓝桥也是去向贺舒道歉的，但在病房外她看到萧尹神态不对。蓝桥放心不下，从医院一路跟着他回到学校，男生宿舍她进不去，正着急，萧尹从宿舍楼顶跳了下来，就摔死在蓝桥的脚边。

这件事当年闹得很大，蓝教授的死与之多多少少也有关系。

　　蓝教授死后，蓝桥就再也不提萧尹遗书这回事，很快她结婚，出国……五年了，大家都以为她已经淡忘了，没想到她会突然这样清晰地提起。

　　只有顾庭岸，神情里没有丝毫的惊讶，只是那样静静地看着蓝桥。

　　而蓝桥死死盯着贺舒，"说话啊！"

　　贺舒脸上像是被冰冻了一层，表情僵硬得像戴着面具，但她并不回避蓝桥的目光，"你的妄想症五年了还没治好吗？没吃药吗？需要我介绍心理医生给你吗？"

　　蓝桥神情里涌起癫狂恨意，像暴风骤起，沈再见势不对，连忙上前去隔在两人中间，"好了好了，先吃饭吧！"

　　"沈再啊。"李彦生突然发话，"她们还在说话，你别打断她们嘛，否则下次见了还要吵架，让她们说说清楚比较好。"

　　"不会有下次了。"蓝桥声音很轻，笑容有些令人毛骨悚然，"贺舒，这是我最后一次给你机会。"

　　"庭岸。"贺舒不屑地看着蓝桥，扬声叫顾庭岸，"我可以走了吗？我道过歉了。"

　　顾庭岸走过来，没什么表情地说："走吧，我送你。"

　　他们兄妹往外走去，蓝桥咬着牙站在原地，沈再走到她身边轻声安慰，李彦生却站起来叫住了顾庭岸，"顾总。"

　　顾庭岸停下脚步，转身昂然面对李彦生，"您还有什么事吩咐？"

　　"没什么，该说的刚才我们已经说过了，贺舒既然知道错了，来向蓝桥道歉，我们做家长的就当女孩子之间恶作剧胡闹，只要事情不再传出去，就过去了。"李彦生温和地说。

　　顾庭岸很诚恳地向李彦生道谢。

　　"顾总。"蓝桥突然也说，"我也还有一件事。"

　　"晚一点我来找你，我们谈一谈。"顾庭岸恳切地望向蓝桥，"我也有话跟你说。"

　　蓝桥缓缓摇头笑的样子很美，令人心悸，她就这样笑着，在顾庭岸心悸的眼神之中说："不用浪费您的时间,之前已经讲好了的,我的实习期满了,我要离开青山制药,从今天起,我不回去上班了。"

"贺小姐被那么多家广告商一夜之间撤了,又跟经纪公司解约,外面的猜测议论声会很大,这样的代言人不适合睿博口服液,所以我建议将拍了一半的广告换人,应急方案 Andrew 正在带队做。"蓝桥坦然的神情,看看顾庭岸又看看沈再,"抱歉,在睿博口服液这件事上,我能为萧尹做的就这么多了,我也要去忙我自己的事了。"

"你为睿博做了很多贡献,如果你出去闯荡之后还想回来,青山制药对你永远虚位以待。"顾庭岸像隔着银河那样望着蓝桥,"留步。"

他带着贺舒离开,蓝桥站在原地看着门被关上,砰的一声,她心里也有一道门,却在这时终于缓缓向外推开。

"周周,下午我们去逛街吧。"蓝桥平静地说,"我需要眼线笔和一支正红色的唇釉。"

"好呀!"李倾周乖巧答应。

李彦生趁蓝桥和沈再去洗手准备吃饭时,低声问李倾周:"眼线笔和唇釉是什么意思?"

"唔……"李倾周组织了一下语言,"像《花千骨》啊,《甄嬛传》啊,女主角一开始都很清纯的,妆就很淡,后来受了很多伤,就会大彻大悟,不再善良,妆也会变得很浓。"

画一个大浓妆,眼线妩媚而凌厉地飞起,红唇似火,然后像那些变身后的女主角一样,绝情辣手,三观喂狗,不管男主角多么帅气迷人,女配必须死。

李彦生明白了,但觉得很想笑,他们家小桥真是很可爱啊,多么认真或者愤怒的时刻,先想着妆容打扮。

这样很好啊。月亮的阴影面越少,光华就越盛,我希望你做超级月亮,心怀坦荡,闪闪发光。

第十章

推荐科莱丽洗脸刷,清洁效果很好。但一定要配合她家的洗脸凝胶使用,我配了一阵平时用的泡沫洗面奶,鼻头洗得脱皮了。姑娘们,爱不爱的是其次,首先都要努力赚钱啊,锻炼和保养不能停,比讨厌的人美,比讨厌的人活得好,就是赢。

蓝桥离开后,青山制药的公关部由 Andrew 带队,开会时原本站着蓝桥的地方站着别人,顾庭岸全程走神,神情呆得令 Andrew 差点讲不完 PPT。

公关部八卦时间曾经点评顾庭岸的颜值,Andrew 说大 Boss 最棒的是气质,冷峻脸时尤其迷人,多看他几眼自己就会湿了的那种超级迷人。

当时蓝桥怎么说来着?哦——"下次你试试逗他,逗得他眼神专注地看着你,你会更湿。"

Andrew 满脑袋不可描述的画面,说到最后都有些结巴了,"广告那边拍摄时间很紧张了,July 留给我们的档期也非常有限,今天中午之前必须拍板签约,紧急召开会议也是为了这个……Boss 们拿个主意吧!"

顾庭岸回神,他没有认真听,但知道谁肯定认真听了,"沈总,你怎么看?"

"分析得很到位,亲切活泼的形象确实适合睿博口服液。"沈再赞同地点头,"我记得昨天有个项目,隐形眼镜和眼药水,代言人候选里也有她,是吧?"

Andrew 说:"是。July 最近人气爆棚,红得不得了。但她的经纪人很挑,广告和剧都不轻易接,路线规划还挺谨慎的。"

沈再点头,转向顾庭岸,说:"我觉得可以。"

"那就抓紧时间吧。"顾庭岸也不反对。

Andrew 立刻就去办了。

紧接着又有好几个会，结束时已经过了午饭的点，助理们去买饭了，沈再与顾庭岸一道走回办公室。顾庭岸把自己摔进办公椅中，闭着眼不适地扯开领带，显得烦躁不安又意兴阑珊。

沈再溜溜达达地泡了杯茶喝，一边在他办公室里散步，一边问他："你这两天状态不太好啊，是不是太久没放假了，休息两天，出去走走吧？"

"没什么地方想去的。"顾庭岸倦怠地歪在椅子里，静默了一下，还是没忍住，"蓝桥她最近在忙什么？"

一墙之隔，却一面都见不到。昨天夜里他在沙发上昏睡，听到高跟鞋停在隔壁门口的声音，连忙抓起门后的垃圾袋走出去，差点崴了脚，却还是没见到人。

沈再这两天其实也不怎么能碰到蓝桥，"你说周北那事，蓝桥真的就这么放过贺舒了吗？"沈再蛮担心的，"总觉得没那么容易啊。"

"贺舒签了新的经纪公司，现在在做一个大 IP 的原创言情小说改编剧，电视剧和电影一起拍，人在剧组要待十八个月，轻易出不来。"顾庭岸睁开眼睛，神情里怔怔的，修长的手指揉着额，过了一会儿，突然说，"清明节没几天了吧？"

"嗯……"沈再勉强地笑笑，目光亦是惆怅。

蓝教授去世那天，恰好是清明节。

五年了。

当时少年，精于学术者却未曾投身学究，浆向蓝桥易乞，可得非所愿；意气风发者如今高居青山制药总裁，却药成碧海难奔，一身无奈。

只有已逝者长居众人记忆里，永葆岁月安宁。

"我有时候真的很羡慕老萧。"顾庭岸笑得很是怀念，"那小子真是心狠，也够洒脱。"

沈再还未来得及说什么，顾庭岸的手机突然响起，他倦怠地接，听着听着，揉着额头的手渐渐停下动作。

沈再看他神情不对，等他挂了电话连忙问："什么事啊？"

"贺舒在片场被副导演打了。"顾庭岸收起手机，握在手里。

"啊？！"沈再很惊讶，"不可能吧？"

贺舒对外人一向亲切周到，工作也算认真刻苦，从没闹出过负面新闻。

"那……你快过去吧！下午的会我来主持！"沈再催促。

"你和我一起去吧。"顾庭岸面无表情地站起来，"那个剧的投资方代表也在那里，副导演就是因为她才打了贺舒。"

沈再不敢置信，"是不是……蓝桥？！"

顾庭岸拿了外套往外走，黑色大衣长度及踝，对折挂在他手臂上，宝蓝色的金属扣子在他行走间碰撞出清脆的小声音。

当然是蓝桥。

几天不见，就能拉着一个多亿的投资去挑事，除了蓝桥还能有谁？

顾庭岸很可悲地想：也好，总算知道她最近到底在忙什么了。

蓝桥今天最忙的是出门前的打扮。

要敷一丝瑕疵都无的粉面，上妆前就一定要先做一个面膜——强推奥伦纳素的冰白面膜，急救面膜类的王者！

富含 Pitera 的 SK-II 青春面膜被称为"前男友面膜"，因为敷完肌肤如玉，可以光彩照人地去见前男友，令他后悔放走肌肤吹弹可破的你。

那冰白面膜可以称为"情敌面膜"了！

蓝桥看着镜子里剥了壳的鸡蛋一般的小脸蛋，自我纠正：清醒一点，哪来的什么情？只有敌。

用蘸了水又死命拧干的葫芦形状海绵上底妆，美术功底好的人，眼线画得分外漂亮，睫毛刷三层，像夜里蝴蝶的翅膀，Louboutin 的 502 是泼醒这夜的血腥玛丽色。

蓝桥忽然觉得此刻有些理解贺舒：故意为之，处心积虑地去打击一个人，是一件挺令人雀跃的事!

难怪小孩子都喜欢恶作剧。

蓝桥选了一条黑色 V 领的羊绒裙子,裙子很贴身,她特意饿了好几顿,使得纤细的腰身几乎盈盈一握,同色的细高跟踝靴显得腿有一米好几长,迈巴赫停在剧组下榻的宾馆门口,她从车上下来,李彦生派给她的保镖们呼啦啦上前开道……剧组的人都以为女一号到了。

"哇……资方来的是个超级大美女!"化妆师走进化妆间,向等待试妆的贺舒八卦,"气场超级强大,一看就是超级白富美!"

贺舒心里有种异样的怪异感觉,但还是和善笑着,"是来参加开机仪式的吗?"

"嗯!"化妆师给贺舒上头套,"咱们得快点,制片让去导演房间开个会呢! Mars 和 Cylin 都提前赶过来了。"

Mars 和 Cylin 是这部剧的男女一号,两个都是超一线国际级巨星,这也是贺舒愿意来演女二号的原因,这么大卡司的 IP 剧,女二号的角色都是抢破了头的,何况她演的这个女二号单纯善良又可爱,很有可能逆袭女一。

贺舒配合地戴上好几公斤重的假发头套,化好戏中定妆,赶去五楼导演的房间,一进门就被副导演埋怨:"怎么这么晚啊? 就等你一个人了!"

语气挺冲的,贺舒不高兴了,淡笑地对他说:"你去化妆间问问我是什么时候到的。试妆弄了这么久,我都还没抱怨呢。"

副导演碰了她一个软钉子,等她刚走过去,翻了个白眼,嘟囔说:"顶个大头还了不起了。"

他指的其实是假发套,古装戏发饰繁复,顶在头上显得很大,但"大头"这个词是贺舒的禁词,她顿时勃然大怒,提高声音说:"你把刚才的话再说一遍!"

副导演被她吓了一跳! 建组的时候确实有人给他打过招呼,说女二号虽然没有作品但有背景。不过明星嘛,有背景的多了去了,进了组还是要按资排辈讲规矩的啊,他一个副导演,嘟囔一句都要被她训斥?

"哟！贺大小姐，您有火别冲我们这些小人物撒，资方和导演、制片都在，您有什么不满尽管提出来。"副导演一边说一边往里走去，不客气地推开了导演会客室的门。

蓝桥就坐在门口正对着的沙发里，黑衣红唇，肌肤胜雪，笑盈盈的，不怀好意但美得令人心惊。她的眼睛实在是很漂亮，那么浓的眼妆也无法盖过她的眸光，那样一个人独居高座，那么漂亮的眸，看着贺舒的目光充满了戏谑。

贺舒在那个瞬间几乎要夺门而出！她身上穿着休闲 T 恤和牛仔裤，头上顶着夸张的古代假发，行走在剧组是寻常风景，面对这样格外心机美丽的蓝桥却像个笑话！

副导演以为贺舒是被他的气势给吓住了，心头痛快，嘲讽地说："请吧，大家都候着您呢！"

蓝桥也扭头对导演说："这位是咱们的演员？怎么到这儿都怯场了？"

资方发话，导演立刻对贺舒的不专业态度很不满，还好贺舒也醒过神来了，自己走了进来，僵着脸与在座的人打招呼。

Mars 和 Cylin 都刚从别的工作过来，架着大墨镜靠在沙发里休息，贺舒这种角色还轮不到他们回以点头问好。

只有新晋爆红的网红女星 July 站起来回应贺舒，"你好，我是 July，我也是第一次拍戏，多多关照。"

贺舒看她就坐在蓝桥身边的位置，心里已有了很不好的预感，果然制片人这时说："好啦，我们继续谈。蓝总的要求，编剧都记下了没？"

女编剧扶着黑框眼镜点点头，"我们工作室马上全体进组，分掉女二的行动线给 July，再加一条感情线，A 组拍完之前 July 的戏份一定能写完了。"

蓝桥满意地点头，嫣然一笑的样子令整间屋子都明亮了一度，所有人都在看着她，连 Mars 这种万年冰山都接她的话，还对她笑了……贺舒深呼吸了三次，还是无法控制自己，虽知一定会吃亏，但此刻不说出来她可能会爆炸，"我是不是错过了什么重要的部分？"

贺舒尽量使得自己的语气听起来不要那么尖厉，"要减掉我的戏份，是不是应该先跟我沟通一下呢？合约里有这一条吧？"

"哦，没有减掉啊，你戏份还多了呢！"女编剧抢答，"你提前到第一集出场了，还加了不少打斗戏，更出彩了哦！"

"是啊，我刚听完大家的讨论，也觉得虽然 July 加进来平行女二号，但贺舒这个角色更精彩了。"蓝桥一本正经地看着贺舒，满脸关切，"就是打戏加得挺多，拍到打戏的时候天气估计有点热，吊威亚的时候可能会辛苦。"

除了辛苦，还可能很危险，威亚绑紧了，几场打下来勒断肋骨；绑松了，人直接掉下来……这些台词，全都写在蓝桥笑吟吟的眼里和那张花朵一般漂亮鲜活的脸上，贺舒一字不落地读懂了。

心里头像有只兽，此刻是疯的，咆哮着要撕碎她，从她心里冲出来。

如果能冲出来咬死蓝桥，贺舒愿意自己先被它撕碎。

蓝桥却还要火上浇油，"我们 July 就拜托各位啦，她最近赶着拍青山制药的广告，一会儿参加了开机仪式，我还得带走她，拍完了再让她入组。"

导演和制片都说没问题，正好 July 的角色也需要时间加进剧本里。

青山制药的广告……睿博口服液的代言人，代替贺舒的女明星是蓝桥的人！

贺舒耳朵里嗡嗡嗡地响，身体不受控制地向蓝桥冲去，可离蓝桥还有一臂远，就被两个黑衣保镖挡住了。蓝桥坐在那里又美又快活地看着她，毫无惊慌之色，还对加入保镖阵营的 Mars 眉来眼去地笑！

贺舒听到自己愤怒的喘气声，心里苍茫一片，恨与绝望激烈交织的情绪里，她居然很平静地明白自己这是掉进了蓝桥布置好的圈套。

"蓝桥……蓝桥！"贺舒死死揪着挡住她的保镖的衣袖，咬牙切齿，恨到了极致的样子，"你无耻！卑鄙！"

蓝桥也不再避讳，站起来走到贺舒面前，隔着两个健壮的保镖，她像一朵花的盛放那样笑起来，凑近贺舒，声音压得很低，清冽的甜美音色，"你的事业，你的顾庭岸，你在乎的一切，我都要撕碎给你看，直到你死，或者把我要的东西给我。"

贺舒突然伸出手去打蓝桥的脸，Mars 上前将蓝桥拉回来护着，保镖们也都围过来，副导演趁乱上前拖贺舒，故意很用力地扭她手，被贺舒反手一记耳光！

副导演也怒了，扬手用力推得贺舒摔了出去，重重撞在门上。

顾庭岸和沈再赶到的时候，剧组的人已经全都去拍摄现场筹备开机仪式了。

蓝桥留了生活制片做第三方证人，把与贺舒动手的副导演遣走，她自己也留了下来，在四个保镖的环卫下舒舒服服地坐在沙发里。

贺舒摘了头套，头发凌乱地卡着许多卡子，脸上的妆被汗水和泪水还有她故意的抹弄搞得很脏，助理小红叫来了贺舒的司机，两个人缩手缩脚地守在贺舒身边。

贺舒是故意这样狼狈的，刚撞那下把她撞清醒了。

自从蓝桥回来，贺舒修炼了五年的淡然矜持就全都被打回了原形，提起原形，论泼辣她绝对不是蓝桥的对手，她的优势只有蓝桥不会的：示弱。

所以顾庭岸和沈再一来，就见贺舒整个人像被踩躏过一样坐在地上，双手环抱着膝盖，神情恍惚。

小红看到顾庭岸像是看到了救星，声音都带着哭腔，"舒姐的头和肩膀都撞到了，现在动都不能动了……怎么办啊？！"

蓝桥扑哧笑了。

顾庭岸和沈再一道看向蓝桥，两人都被她的明艳光彩闪了一下眼睛，接着沈再惊讶地看向她身后那四个保镖，顾庭岸却始终盯着蓝桥看。

蓝桥咬唇，一脸后悔破功笑出声的表情，眨眼睛的动作故意慢，这是跟李倾周学的，洋娃娃式眨眼，会有效地令人看起来无辜软萌。

顾庭岸却好像不吃这套，留给她一个"你给我等着"的眼神，转头关怀贺舒，检查她有没有外伤，又问她是否呕吐，记不记得刚才发生了什么事。

"肩膀骨头没伤，也没有脑震荡迹象，别紧张。"顾庭岸安慰贺舒，"起来洗把脸，我叫人送你去医院做检查。"

那边沈再也问蓝桥刚才发生了什么事，"你怎么在这儿？"

"这是我的新工作啊，C&C娱乐宣传总监，上午来这里之前刚拿到贵公司的广告合同呢，我们July拍广告的时候请两位多加照顾哟！"蓝桥优雅地叠着腿，名媛气质满分，"我的名片还没印好，改天我叫人送去给沈总和顾总。"

沈再惊呆了，"July的经纪人是你？！睿博口服液的合同是你签的？！"

蓝桥神情畅快地点头，愉悦的目光投向扶着贺舒站起来的顾庭岸，"对了！顾总！"

顾庭岸冷冷看向蓝桥，蓝桥一脸无辜，手一指贺舒，神情惋惜地说："你们家小舒真的被你宠坏了，这次我也帮不了了，她当着整个主创团队的面打副导演耳光，你们是没看到，她简直是专业运动员啊！助跑借力，跳到半空中，当着天灵盖一巴掌打下去……副导演耳朵都被她打聋了！"

贺舒原本定好走苦情无助路线的，这时不敢置信地抬头看向蓝桥。

生活制片非常准确地抓住了发言机会，幽幽地说："我们副导拍了几十部戏，一线二线女演员基本都合作过，还是第一次被人赏耳光。"

蓝桥迎着贺舒震惊而无措的目光，嫌弃地摇头"啧啧"两声，"手段残暴，令人发指啊！人家副导演三十好几的大男人，上有老下有小，被当面这么打脸，贺舒，你也要将心比心啊，要是顾庭岸被谁这样扇耳光，你是什么心情？"

贺舒又气又急，但还算克制，抖着手指蓝桥，"你胡说！"

贺舒动作不大，但蓝桥像是被她吓到了，贺舒一抬手，她立刻往后退去，脚上的细高跟别了一下，她"哎呀"一声向地上摔去！

顾庭岸眼明手快地拉住蓝桥的手腕，扯了她一把，同时人奋不顾身地向地上砸去，再伸手接住倒下来的她。

"……"没事穿什么高跟鞋！顾庭岸没好气地将她从身上抱起来，正要说她两句，却发现她皱着眉很不舒服的样子，他顿时也皱眉，"怎么了？摔着哪儿了？"

沈再和保镖们也全都围了上来，沈再紧张地抚蓝桥的脸，"小桥？"

贺舒也受到了惊吓，就那么一瞬间的事，报应来得这么快吗？

"庭岸……"蓝桥一手按在小腹那里，眼神惊慌又无措地看着顾庭岸，"会不会是……我肚子好疼啊！"

顾庭岸瞬间跟心上过了电似的！头发都要立起来了！

那晚确实没来得及采取措施，过后他想跟她谈一谈的，但她不回微信也不接电话，他成了患得患失的那一个，也就没能问出口了。

"叫人把车开到门口！"顾庭岸突然之间跟发了疯一样，眼睛都红了！抱着蓝桥就往外冲！

沈再蹲得离蓝桥近，还没来得及站起来，被顾庭岸猛然蹿起的膝盖顶到了下巴，骤然关起的牙齿磕破了舌尖，痛得他捂着下巴在地上滚了一圈，可站起来还没站稳，就跟在顾庭岸后头跌跌撞撞追了出去。

蓝桥那四个保镖跑得比沈再还快。

一瞬间，房间里只剩下贺舒和助理、司机。

安静了很久之后，小红怯怯地问呆若木鸡的贺舒："舒姐，现在怎么办啊？"

贺舒不答，半晌，冷冷笑起来，比哭还难看。

"要不，咱们也去医院吧？"小红劝她。

"去干吗？"贺舒到底还是哭了，这次是真的热泪，滚滚而下，她却已无心去擦，"去医院看别人演偶像剧，不如自己去演。"

贺舒咬着牙扶墙，调息了片刻才缓过劲来，她抹了一把脸，露出笑意，"走吧，开机仪式要开始了。"

顾庭岸跑得像条疯狗一样，表情也是，从蓝桥的角度看去，真的挺滑稽的。

但她笑不出来，他抱得她太紧，仿佛她是流沙，他用尽全力试图握于掌心。蓝桥被他勒得很疼，还担心裙子会走光。

反正到了这时候，她是绝不能承认心疼他的。

顾庭岸的车已经开到了宾馆门口，后座的门大大开着，顾庭岸飞快地抱着蓝桥上车，助理上来关门，沈再却气喘吁吁追上来，握着车门问车里的顾庭岸："小桥怎么了？！"

"放手！"顾庭岸这会儿神挡杀神，佛挡杀佛，连解释都没时间，双手抱着蓝桥，就索性抬腿一脚，把沈再蹬了个屁墩儿。

车门砰地关上，车扬尘而去。

"……"沈再从地上爬起来，看看远去的车，灰头土脸地蹲在那里发呆。

摔了两次，浑身都很疼，而且觉得自己很没用。

老师在天上看着，一定很失望吧？他没有照看好小桥，眼看小桥又因为贺舒受了伤……都是他做得不够好才会这样。

沈再愣愣蹲着，嘴里满口的血，默默地咽下去，血腥气令人心中更恐慌无助。他低了低头，再抬眼时眼圈已红透。

车上，蓝桥挣扎着从顾庭岸怀里坐起来，扒着他的肩膀往车后看，她着急地埋怨，"你踢我师兄干吗？！"

顾庭岸这会儿半点脾气都没有，一只手护在她腰间，稳稳撑着她，嘴里柔声地哄，"我没使劲，他没事的。你别这么大动静，情绪保持平稳。"

蓝桥愣了，连忙缩进他怀里。

贴着他心口蹭了蹭，听到他如雷一般的心跳声，蓝桥满足地叹了口气。

真的是……很喜欢这个人。

顾庭岸叫司机再开快点，他将她抱得半坐起，手撑着她的腰部，这样的姿势对有流产预兆的女性有利。

怕她害怕伤心，他转移她的注意力，故意皱眉嫌弃地看她脸上，"怎么把脸涂成这个样子？"

蓝桥抬眼看他，他的脸就在她正上方，目光温柔得像在她从前的梦里，令她忍不住心生骄纵，"干吗？不好看吗？！"

"跟吃了谁家小孩儿似的。"顾庭岸嫌弃地看着她的烈焰红唇。

蓝桥瞪他，"我申请：宝宝的审美观必须随我！"

"批准！"顾庭岸酷炫狂霸地挑眉，可只有那一瞬间，下一秒，他神情里还是绷不住，红着眼睛低下头来，将唇轻轻贴在她额头上，"全都随你，反正你那么好……跟你姓都可以，怎么都好……只要健健康康的，我都喜欢。"

像我这样的人，原以为命中注定艰难坎坷和颠沛流离，直到后来出现了一个你，我才知我所有的不幸是为了换取这么好的一份感情。

现在居然还能拥有一个我与你共同的孩子……蓝桥，我这一生，果然所有的幸福欢欣都来自你。

"别怕，不会有事的。"顾庭岸吻她滑过眼泪的眼角，"有我呢，小桥……"

我的小桥，我亲爱的小桥……

"长相随你好了，其他的都不行……脾气那么差，智商忽高忽低的。"蓝桥哽咽着，闭着眼睛模模糊糊地笑，"还是制药系的高才生呢，妊娠最早也要第五周都不知道吗？"

顾庭岸浑身骤然血冷，抬起被汹涌感情冲坏了的脑袋，怔怔地看她：她仰在他怀里，乌发朱颜，红唇如血，那么美，却美得那么陌生。

顾庭岸眼里像吹过西伯利亚寒风的湖面，结了一层冰。

"我手机的开机密码，是萧尹的祭日。"蓝桥睁开眼睛，流着泪望着他，"我从来没有一天忘记过老萧，我怎么会就这么忘了他呢？你们未免也太小瞧我对朋友的义气了吧？"

第十一章

2010-10-10 16:40 来自 蓝桥几顾的 iPhone

想吃麻辣香锅，中辣少麻、鸡翅、鸡胗、掌中宝、猪耳朵、猪舌头、藕片、腐竹和金针菇，可乐加冰，香菜和花生都要双倍。吃得涕泪泗流，就好像不是因为想你才哭。

萧尹，是顾庭岸大学时代最好的朋友，两人同专业同寝室，并称 C 大制药系双子星。

顾庭岸的长处更多的是在经营和人际方面，他选择制药工程这个专业是秉承父母遗愿，萧尹却是真正的制药天才，他死的时候还不满十八岁，他在制药工程与工艺方面的天赋与努力，相当于沈再之于考古专业。

当时因为李氏企业提供的那笔奖学金，萧尹和沈再身后的贺舒、蓝桥一场厮杀血雨腥风，但蓝桥和萧尹本人玩得很好，她当时已经和顾庭岸好了，男朋友的好兄弟就是她的好兄弟。

可萧尹也是护舒宝的一员，蓝桥将贺舒在机房爆料的画面贴满校园，顾庭岸与她大吵一架，萧尹和沈再一起来劝蓝桥息事宁人，沈再被蓝桥一嗓子吼得逃了，萧尹壮着胆子继续劝："你就当是为了老顾，爱屋及乌嘛，贺舒也是你妹妹啊！"

"你妹！"那时候的蓝桥比如今张牙舞爪一百倍，"我拆了顾庭岸这座破屋，我看贺舒那只臭乌鸦还能停在哪儿！"

萧尹摸了摸鼻子，想忍但是没忍住，扑哧扑哧地偷笑，"不好意思……哈哈哈哈哈哈，你说话也太好笑了！"

萧尹跟吃了炫迈一样根本停不下来，蓝桥本来肝火旺得都能烤肉，被他傻笑得一点脾气都没有了。

"哎呀算了啦，我也说不好，咱们去吃东西吧！"萧尹笑得饿了，"你俩斗归斗，别闹出人命就行了，其他事就让老顾操心去吧。走走走！我饿死了！"

蓝桥至今记得那天她和萧尹吃的是菜卷饼，没有顾庭岸和沈再买单，两个穷人掏光了口袋只够买三个加大肉的。她吃了半个，萧尹吃了两个半，回学校的路上她骂了萧尹一路。

蓝桥想起萧尹，总是与吃的有关，萧尹是她的最佳饭友，两个人在一起吃没有馅儿的白馒头都觉得甜甜的，很香很好吃。

哪怕是萧尹死的那一刻，他的头先着地，闷脆闷脆的一声，也是像砸开了一个西瓜。蓝桥先听到声音才转身看到脚边的他，从此再也不能吃她最爱的西瓜了。

那么好的萧尹，死在那么好的年纪里，蓝桥怎么可能忘记他呢？

车停在急诊室的门口，已经得到通知的医生护士们推着担架床等在那里，蓝桥从车上下来，看到这阵势才开始感觉到骗人之后的不好意思。

她转头看顾庭岸，顾庭岸面无表情，她伸手挽他手臂，在他手臂内侧结结实实拧了一把。

顾庭岸忍得额头青筋暴起才忍下了这口气，开口替她圆谎，"不好意思，是我弄错了情况，大家请回去吧，辛苦大家了，真不好意思。"

医生护士面面相觑，散开回到各自的工作岗位。只剩顾庭岸与蓝桥了，蓝桥松了口气，拍拍他的肩膀，"谢啦！"

"不客气，我应该的。"顾庭岸语气讽刺，看都不看她，冷冷的面无表情。

蓝桥走到他面前，抱着双臂轻轻搓，缩着脖子很可怜地望着他，"对不起嘛，我也是上了车才回过神来的，我也没怀过孩子，肚子一痛我就慌了嘛！"

谎话连篇！顾庭岸冷静地看着她，"为什么选择周北？"

蓝桥眨了眨眼睛，好奇地看着他，"你怎么猜出来的？July 的经纪合约一直在 C&C，你为什么一看到我出现，就知道这里面有周北的事？"

"因为你不可能向李叔开这个口，那么能在这么短时间内给你一个多亿投资，又不怕跟我作对的人，屈指可数。"

蓝桥赞赏地看着他，"我们宝宝的智商还是随你好了，你聪明的时候真的好迷人！"

顾庭岸丝毫没有被赞赏的喜悦，神情里甚至有一丝悲寂。他曾经是多么意气风发的少年，这五年，他也不好过吧？所以才会这样眉目之间有一股沧桑倦怠之意，仿佛即刻死去他也不会觉得可惜。

他神情厌倦地转身欲走，蓝桥连忙围追堵截，扑进他怀里，双手从他大衣外套里伸进去，环抱住他的腰，"我外套没拿出来，我冷！"

蓝桥撒娇的时候最可爱了，顾庭岸最喜欢，一向都是只要她肯放下脾气，对他撒娇，顾庭岸就拿她没有办法。

就像现在，她小小一只躲在他长长的大衣里，紧紧抱着他的腰，花朵一样的脸仰在他胸口，可怜又可爱地望着他，顾庭岸前一刻心里还恨她，这一刻又连步子都挪不动。

"不要生气嘛！"蓝桥扳回一城，又开始作死地逗他，"说不定到了第五周的时候我真的怀孕了呢？"

顾庭岸一口气差点上不来，气得胸口生疼，"放手！"他命令。

蓝桥连忙圈得他更紧，还吐着舌尖对他做鬼脸。

真的是要被她气炸了！顾庭岸抖着手将她扯开，动作粗暴地将她塞进他的车里，吩咐司机送她回去，握着车门的手却迟疑……到底还是把大衣脱了下来，兜头朝她扔去。

"顾庭岸！"蓝桥被他盖了一脸，扯下来破口大骂，车门被砰一声关上。

周北此刻正在他奢华舒适的 VIP 病房里躺着，全然不知自己的名字正被两个魔头提起。

　　"小桥姐姐还好吧？那个顾庭岸是真的挺恐怖的，跟我大哥的恐怖程度有得一拼。"李倾周脱了鞋躺坐在沙发里打开心消消乐，手边放着一个剥干净白络的橘子，一边吃一边笑着说，"我大哥他们还不知道你差点欺负了小桥姐姐呢，我爸不让说，怕秦姨知道了难过。"

　　"得了吧，你那群狼崽子哥哥才不会为蓝桥出头呢。我要是强了你，他们肯定管一管，蓝桥？呵呵，他们巴不得蓝桥死！"周北高跷二郎腿，手里举着手机，也在玩开心消消乐。

　　"妈的顾庭岸！"周北突然咬牙切齿，"找机会我一定要收拾他！"

　　沈再打得他满脸血，但都是皮肉伤，加一块都不如顾庭岸那一脚伤得他重！当时感觉五脏都被踢碎了，到现在他肚子还不太舒服，只能吃些易消化的食物，连火锅都不能吃。

　　李倾周微微歪着头，饶有兴趣地看着神色愤愤的周北，甜甜地说"你这是嫉妒"。

　　"嫉妒毛！沈再还算是正宫娘娘，顾庭岸顶多也就是个妾，还是人老珠黄被玩腻了的那种。"

　　"那你是什么呀？是贵人呢，还是答应呢？"

　　"我没想要名分，大家成年男女，约一约身心更健康嘛！顾庭岸简直有病啊，茅坑又不是他的，凭什么还不准我进去拉屎了！"周北愤怒地滑动特效小鸟，看着满屏抖动，他畅快又恶意地冷笑说，"尿包，你等着看吧，你家小桥姐姐，能废了顾庭岸那杂碎半条命。"

　　李倾周不回答，周北挑眉看她，见她正一脸甜美无害的笑容看着门口。周北顺着她的目光转头看去，手一软，手机咚地砸在他鼻子上……

　　"嗷……"周家小公子中气十足的惨叫声，回荡在 VIP 病房外安静奢华的走廊上。

　　蓝桥杀回剧组宾馆，听说贺舒居然去参加开机仪式了，而且表现得若无其事，还找副导演道了歉。

"不错嘛，恢复力这么好，我喜欢！"蓝桥跟生活制片开玩笑，"青山制药的沈总走了吗？"

"沈总？是不是跟在顾总身边那个？"生活制片挠挠头，"他好像摔哪儿磕着了，一嘴巴的血，我刚在门口碰到他，跟他说话，他恍恍惚惚的。"

蓝桥紧张了！难怪沈再电话不接，微信也不回，受伤了？！

妈的顾庭岸！腿这么长怎么不去踢贺大头玩！剁了他那条大长腿给师兄煲汤喝！

生气！

蓝桥现在有人手了，李彦生担心再出现不愉快事件，派了司机、助理和四个保镖给她用，她把人都派出去，问人的问人，看监控的看监控，一会儿就回复她说沈再在门口蹲了半小时，后来有辆送客过来的黑车停在他面前招揽他，他就坐着黑车走了。

黑车司机也找到了，说出来的地址是沈再家小区门口，车费收了沈再三倍还没找零。

蓝桥连忙回家，鞋子都来不及换就冲进去，在沈再房间看到床上躺着的人，她才松了一口气。

"师兄？"蓝桥走到他床边蹲下，轻声叫醒他。

沈再嘴角有块青肿，除此之外看不出什么伤，洗过澡换了衣服，身上已经是干干净净的了，但他睡梦中眉头都是微微皱着的，很不踏实的样子。

"你怎么回来了？"沈再睁开眼看她，声音有点弱，"我想睡一会儿就去医院看你的，你怎么样？"

蓝桥紧紧抿着唇，眼泪却还是掉了下来，她连忙抬手擦，咧嘴冲他笑，"我没事，我骗顾庭岸的，就是为了恶心贺舒，没真摔着。你怎么了？哪里不舒服？是不是被我吓着了？"

"不是，就是有点头疼。"沈再叹气，"我没事，你去忙你的吧。"

"师兄……"蓝桥拖着哭腔，"你别生我的气，我也是没有办法啊。"

"你不是没办法，你是控制不了你自己。萧尹就那样死在你面前，你放不下，我能理解。"沈再睁着眼睛看着天花板，语气平静而深藏悲恸，"也请你理解我，看着你这样，我真的很难过。小桥，我以后再也不能睡安稳觉了，我不敢梦到老师。清明节快到了，我有什么脸去给他上坟？"

蓝教授临终托付沈再两句话：照顾小桥，照顾好你师母。

所以顾庭岸不愿意娶蓝桥，沈再娶；所以秦湖即便嫁入李家那样的豪门，沈再依然是她的依靠。可是现在蓝桥又把萧尹的死翻出来，五年了，她居然还是和当初一样在乎，生死不放的架势。

沈再怯懦，他害怕，蓝桥和贺舒对阵，贺舒有顾庭岸护着，为此顾庭岸五年前放弃过蓝桥一次，那这次呢？他太清楚自己不如顾庭岸了，如果蓝桥再像五年前那样受伤崩溃，他该怎么办？他能怎么办？

沈再痛恨自己的无能，也恐惧即将发生的一切，害怕蓝桥受伤，却连阻止她的能力都没有。

"别哭了，我真的头疼，你让我睡会儿吧，晚上你在家吃饭吗？我给你做红烧排骨好吗？"沈再从被子里伸出手擦蓝桥的眼泪，"去洗把脸，这么好看的妆，全哭花了。"

蓝桥大哭，"顾庭岸说我像吃了谁家小孩子！"

沈再笑了，"他喜欢你，只是不太会表达，以前到现在都是这样。他很长情，对你是爱情，对贺舒是亲情。"

"小桥，我其实挺盼望你这次回来能跟他和好的，你们两个除了彼此，跟谁都不合适，浪费了五年时间，破镜重圆多好啊。"沈再的悲伤像凉凉的水，整间卧室都浸泡在其中。

蓝桥止住了眼泪，跪坐在他床边的地毯上，脸上像鬼画符一样，目光幽幽地看着沈再，"我不是非要搅和，但我说过一百遍了，萧尹真的有给过贺舒一封信，我一定要看到，我要知道萧尹为什么跳楼。"

沈再像是被人抽干了精力，躺在那里眼神是那样的无望，蓝桥很心痛，但是她不退让。

从沈再的卧室出来，蓝桥在客厅里团团转，最后被逼无奈地打电话给秦湖——除了她，沈再最在乎的人就是秦湖了。

"妈。"蓝桥闷闷不乐的，"你能不能过来一趟，给我师兄做点好吃的？他身体不舒服。"

"怎么了这一个两个的？"秦湖的声音听起来有点着急，"沈再哪里不舒服？"

"哎呀，就是不太舒服嘛！"蓝桥敷衍，"还有谁也不舒服啊？"

"周周啊！刚医院来电话，说周周心脏病发作了！她爸爸去美国了，我这正往医院赶呢！"

"那我也过去吧！"蓝桥也急了，"严重吗？"

电话里秦湖沉默了片刻，才说："我还不清楚，但是听说顾庭岸在那里，和周家的小十七打起来了，周周是被他两个吓得晕过去的。"

蓝桥蒙了。

李倾周是李彦生和原配夫人的第五个孩子，据说因为生她的时候原配李夫人年纪有点大了，所以李倾周先天不足，心脏一直不太好。

今天也多亏了她心脏不好，不然顾庭岸可能得横着出去。

一开始其实是顾庭岸占上风的，他静静站在门口，西装笔挺，双手插兜，又帅又冷酷，没说一句话呢就把周北吓得手机砸自己鼻子上了。

周北飙着鼻血从病床上爬起来，扯着嗓子喊人，立刻就进来五六个铁塔似的保镖。

"妈的！顾庭岸！我还没去找你算账，你倒赶着上门来了！好啊，地狱无门你偏闯进来！"周北破口大骂，"好歹也算是生意伙伴，你他妈下死手啊！老子差点没被你一脚踹穿了！"

李倾周兴致勃勃地看着周北捶床大骂，觉得他现在这样子特别像盘腿在炕上撒泼的老娘们儿。

顾庭岸却风度极佳，闲庭信步一般走到周北病床前，"周总身体康复了吗？"他一脸关切，"这两天太忙，一直没顾上来探望。"

"探望你妈！"周北骂得都破声了。

哎呀，说脏话了呢，李倾周乖巧地抬手捂住自己的耳朵。

顾庭岸垂着眸笑了笑，万分不屑的态度。

唉，这个世界真是可爱，活着可真好啊，有像周北这样阴险狡诈又天真草包的帅哥，也有像顾庭岸这样皎皎如明月光的型男，两个人居然还对战，太好看了！

李倾周一脸惊恐，心中却很想开一罐爆米花来边看边吃——焦糖味的，最香甜。

那边顾庭岸抬手解袖扣的样子也是 man 得不像话，解完袖扣脱外套，衬衫袖子卷到一半时，周北擦着鼻血怀疑地看着他，"你想干吗？打过我一次，还想强暴我一次不成？"

噗……李倾周差点绷不住纯洁的表情。

顾庭岸慢条斯理地卷好袖子，修长的手指扯上领带，重重几下便拽了下来，唇边的冷冷笑意像冰凝起来的小花，"周总这话太脏了，我不方便接。我来是还周总一个公道的，那晚周总没有机会还手，我特意等到周总康复，咱们再打一场，周总也好向我报仇。"

不、要、脸、啊！周北气得头发都竖起来了！第一次见到有人把约架这话说得这么冠冕堂皇，委曲求全，彬彬有礼，风度翩翩啊！

这是踹他那脚还嫌不够重，上门挑事来打他的脸来了啊！

李倾周就见周北像被弹簧从床上射出去一样跳起来，一边扑向顾庭岸一边吼："你们谁都不许上来帮忙！看老子怎么弄死他！"

周北一身健身房里练出来的漂亮小肌肉，拳击姿势也是标准的泰拳打法，一记直拳朝顾庭岸面门砸去，又狠又快。

顾庭岸面无表情，垂着眸正活动双手关节，漫不经心的样子简直像是真的要挨周北这一拳。

可周北刚踏进他的有效攻击范围，他抬腿就是一脚！依然是他向蓝桥讲解过的标准正蹬，而且这次他心不慌神不乱，力量更大，周北胸口被他踢中，整个人后背弓着飞了出去，撞翻了床头柜，人倒地，台灯和床头柜上的杂物还砸了他一脸。

"呃……"周北茫然地蜷缩在那里，嘴里发出微弱的气流声。

"咦……"李倾周捂住了眼睛不敢再看。

顾庭岸这时也活动得差不多了，迈着大长腿走过去，对着话都说不出的周北一顿踹，然后膝盖压着他，跪在他身上，残酷又暴虐地一拳一拳砸下去……

周北真的好惨，眼看要出院了，火锅宴都已经订好包厢了，这下被打得比第一次入院时还重。

顾庭岸那个变态发了疯一样，却只攻击周北的嘴和手，几拳就把周北打得满嘴喷血，牙齿松动，手被他压在地上用拳头砸，跟砸核桃似的，十根手指很快肿成萝卜。

周北的保镖们因为周北一开始那句话，全都不敢上前，后来反应过来周北是翻不了身了，他们连忙上去拉开顾庭岸，一看周北，扭在地上，被打得跟血葫芦似的，惨不忍睹。

"打……打……打死他！"血葫芦躺在地上微弱地下指令，"你们……往死里打！"

主顾被打成血葫芦，保镖们已经是失职，这会儿一个个跟虎狼似的往顾庭岸身上扑。

顾庭岸满手周北的血，冷笑着一对六，很快就落了下风。

但是直到最后被打得趴在地上挨踩，他也始终是一脸冷峻，满脸流着血挨揍却冷笑的样子真是又邪又迷人，令人心揪。

李倾周心揪太甚，一时喘不上气，远远绕着他们，软软地劝了两句"别打了"，白着脸晕倒在了周北的床上。

"喂……"周北眼看着她晕倒，他嘴里喷着血，困难地昂起头看她，挣扎着爬起来，想抱她去急诊，却自己都晕了过去。

保镖们这才放过了也被打成血葫芦的顾庭岸，慌里慌张地把周北和李倾周送去急救。

第十二章

蓝桥住得离医院的位置近，急急赶过去，比秦湖还先到。

周北的 VIP 病房里没有人，屋子里狼藉一片，地上到处是斑斑的血痕，脚印和拖拽的痕迹使得那些血涂抹开，看起来更瘆人。

蓝桥心跳得跟疯狗一样，退出去到处找人问，得知病房里晕倒的人都送去急诊室了在抢救，她连忙下去追到急诊，却只看到周北和李倾周在那里。

周北打了麻药还没醒，李倾周倒是清醒着，秦湖刚刚赶到，正坐在她的床边，担忧地拉着她的手说话。

一看蓝桥进来，秦湖吓了一跳，安慰李倾周时的轻声细语全都不见了，焦急地迎上去抱住女儿，"你怎么了？你鞋子呢？"

蓝桥脚上穿着一双拖鞋，还跑丢了一只，脸上的妆花得很厉害，但比起她神情里的焦急，这些都不算失态。

"顾庭岸呢？！"蓝桥问，"他怎么了？人呢？！"

为什么急诊室里没有他？！蓝桥快疯了，眼前不断闪过萧尹躺在太平间里窄窄的铁床上的样子，她要急疯了！

"是不是在手术啊？"李倾周白着脸，声音弱弱的，"他们六个人打他一个，我听到周北叫他们往死里打，他都倒在地上了，他们还用力踢他的头。"

……蓝桥心碎欲死！

秦湖把女儿搂在怀里，着急地揉搓她的双臂，低声安慰她："没事的，顾庭岸那么大一个人呢。"她转头对李倾周说，"周周，你别说话了，快躺下休息。"

李倾周眨巴着眼睛说"好"，乖乖地蒙着被子躺下。

"妈……你在这儿陪周周吧，我先走了！"蓝桥推开秦湖，匆匆对病床上的人说，"周周，我晚点再来看你！"

被子里伸出一只细细嫩嫩的手，对蓝桥比了个"OK"。

蓝桥急慌慌地离开，她身边带着李彦生派给她的人，呼啦啦一群。李彦生给秦湖的说法是女儿在鱼龙混杂的娱乐圈做事，有人跟着他们也好放心，此刻秦湖看着保镖、助理一大群跟在她身后走，也确实放心了一些，只是心里伤感，小桥她居然还是如此在意顾庭岸。

顾庭岸……太像年轻时候的李彦生了，人中之龙，出类拔萃，他们这种人纵然心有挚爱也能忍痛割舍，秦湖自己吃过亏，不希望蓝桥再去爱这样的人物。

"秦姨。"李倾周细细的声音，慢条斯理，"我口渴。"

秦湖叹了口气，收起神情里的感伤，温柔笑起，才转身去，"来了。"

沈再睡得浅，蓝桥出门的动静他隐约听到，爬起来看看家里没人，他把手机拿出来打开，打给蓝桥、顾庭岸，却一个个都不接他电话。

"别又打起来了……"沈再呆呆地想。

贺舒的电话就是在这时打了进来，沈再犹豫了一下还是接了，"喂？贺舒，有事吗？"

"蓝桥怎么样了？"贺舒的声音听起来很平静，"没死吧？"

沈再不悦地皱眉，"她没事，她很好。"

"她和庭岸在一起吗？庭岸不接我的电话。"

"唔。"沈再含混地答，"你有急事吗？"

贺舒那边背景声里传来风的声音，她的语气也有些发飘，"沈再，你要这样被蓝桥拖一辈子吗？能为她付出那么多，就是喜欢啊，你为什么不跟她做真夫妻呢？"

"顾总对你更好，但那也不是男女之情啊。"沈再诚恳地说，"我和蓝桥之间的事，只有我和她最清楚，别人不应该妄下评论。"

贺舒叹气，听起来很疲倦的样子，她说："那我挂了。你嘴上的伤不要紧吧？"

沈再心里一阵难受，但也只能淡淡地说"没事"。挂了电话愣在那里，很久都想不起来他本来是要做什么去的。

贺舒……很可怜，她把自己逼到了蓝桥的对立面，蓝桥就去逼周围的人站队，贺舒最终凭借这样的方法留住了顾庭岸在她身边，但她失去的更多。

沈再惆怅地看窗外暗下来的天色，茫茫然地想：一辈子吗？一辈子那么长呢，谁知道明天和意外哪一个先来。

"沈先生！"有人砰砰砰地敲门，很急切。

沈再去开门，见是物业的小伙子，一头的汗，手里攥着一个对讲机。

"怎么了？"沈再问。

物业连说带比画，"顾先生回来了，一身的血！吓死个人！我喊他，送他去医院，他不肯！"

沈再一惊，连忙走到隔壁去敲门，里面一点回应都没有，物业在旁焦急地说："报警吧？这要出人命的！他走路都走不动了，浑身是血！"

沈再叫他先别报警，自己回家去翻备用钥匙，可刚拿出放备用钥匙的储物盒，就听外面过道里物业说："蓝小姐，您回来啦！"

"顾庭岸！"敲门的声音简直像是在砸，夹杂着蓝桥的怒吼，"我知道你在里面！有本事打架你有本事来开门啊！开门！"

沈再连忙追出去，就见蓝桥对着顾庭岸家的大门连踹两脚，怒气冲冲地开始输密码，输入了两遍错误密码后她稍加思索，第三遍就猜对了密码，门被她打开了。

从玄关一路进去，地板上一行血。

"妈的！"蓝桥抖着手推开门往里冲，一边哭一边骂，"你是被打得流产了吗？！"

血迹蜿蜒一路，穿过主卧，止步在浴室门口。

蓝桥哭着后退助跑，试图腾空跳起一脚踢开门。

沈再及时赶到，从她背后一把抱起她，"冷静！"

放下蓝桥，沈再上前推开浴室门——顾庭岸家的浴室门根本没装锁。

浴室里，花洒下靠墙坐着一个人，衣衫完整地坐在花洒下的水幕里，身上的血被水冲刷，地上跟杀人现场一样。

他睁开眼睛看向蓝桥，神情冷冷的，"你怎么那么喜欢闯男人洗澡的地方？出去！"

"你算什么男人！"蓝桥飞快擦干眼泪，冷笑看着他，"单挑都打赢了，居然被人家的保镖给揍了，丢脸！你一个白手起家的新科技优秀企业家，青山制药做到十个亿市值，连保镖都请不起吗？！"

"三十。"沈再在旁提醒更正，"今年的调查排名已经出来了，三十个亿了。"

蓝桥原本正在气头上，沈再简直是浇凉水，她被噎得干瞪眼，顾庭岸觉得很好笑，仰着脸闭眼笑出了声。

他没有大碍，蓝桥也冷静下来了，气哼哼地质问他："你为什么又跟周北打架？他哪里又惹你了？"

顾庭岸仰在那里淋水，一脸无所谓。

"一时心血来潮，就打了。"被水打湿的刘海贴在他额头上，颓废又迷人，"非要说原因，我讨厌他排行十七。"

他拿果郡王比周北，是暗示她和周北有私情吗？蓝桥冷笑，"狗拿耗子，多管闲事。"

沈再想提醒这两位，他今天也是病号，强撑身体过来不是为了吃这把湿淋淋、血乎乎的狗粮的，"先别斗嘴了，庭岸你把水关了起来，赶紧去医院，你这伤口要缝针才行。"

"不用，消下毒就好了。"顾庭岸扶着墙站起来，扯了一条浴巾披在身上，跌跌撞撞地走过来。

他每一个趔趄，都撞击着蓝桥的心，她得握紧双拳才能不去伸手迎向他。

我的爱情虽然已经下葬，但棺木里也只躺了一个你。

"不行，必须要去医院！师兄报警，再叫救护车来，那个物业是目击证人，找到他一起带去派出所。"蓝桥冷静地有条理地布置，"顾庭岸，你清醒一点，这次是你主动跑去挑衅打架，周家黑白两道都不会放过你的。"

说到这里蓝桥顿了顿，突然有点明白他为什么没带助理、司机，一个人落在那里挨揍，"顾庭岸！你是不是早就算好了，才故意被人家保镖围殴的？"

痛打周北一顿，再被周北的保镖们几对一地打伤，这件事就又扯平了。

"死变态！"蓝桥咬牙切齿地骂他。

顾庭岸扶着墙摇摇晃晃地走，经过蓝桥身边时冷冷地瞥了她一眼。

原本是想用眼神杀，但走近了看才发现她脸怎么这么脏？

先前在剧组宾馆时，推开门还以为屋子里亮着灯，定睛一看是她在发光呢。

"你……"顾庭岸伸手去擦她熊猫似的眼圈，收回手，皱眉见手指上头黑黑的。

蓝桥连忙双手捂住脸！转身飞奔！

毁了！没形象了！好不容易化这么女王攻的妆！

"她先前回来家里找我，哭得很惨。"隔壁大门关上的声音传来，沈再幽幽地开口说。

顾庭岸还在看手指上黑黑的东西，疑心她到底涂了些什么在脸上，有毒没毒？

"要不，告诉她吧，萧尹的事？"沈再迟疑着，"她这么放不下，不如告诉她。"

"沈再，你知道蓝桥最在乎的人里，还活着的，谁排名第一？"顾庭岸垂着眸问。

沈再想了想，神情里有些不好意思，"我？"

顾庭岸抬眼看他，忍了忍，说："是师母。"

"哦哦！"沈再更不好意思了。

"蓝桥高一那年寒假跑去砸了李云周的车，她说是因为她跟李云周吵架了，其实她是为了师母。过年的时候李云周当着李家所有人的面给师母难堪，蓝桥回家后偷偷哭了好几天。"顾庭岸喘了口气，像是身上的伤痛，他眉目之间流露痛楚之意，"还有李彦生，你别看蓝桥对他和对老师的态度天上地下，他毕竟是蓝桥的亲生父亲，蓝桥那个人，那么重感情……"

秦湖与蓝教授离婚的时候蓝桥才上初中，得知父母离婚，她差点要去烧了李家的房子，秦湖为了带她去李家，告诉她当年的事：秦湖是怀着蓝桥嫁给蓝教授的，蓝桥是李彦生的亲生女儿！

"我是谁的女儿我自己不知道吗？！什么亲生不亲生的，搞笑了！臭不要脸的，出个精子就想当爸爸，他做梦去吧！"蓝桥当时这样说得秦湖哑口无言。

顾庭岸那个时候也在，他母亲生前是 C 大制药系的教授，宿舍原来就在蓝教授家隔壁。父母去世后顾庭岸还是会偶尔回去探望蓝教授，蓝桥经历父母离婚、监护权争夺的漫长痛苦青春期，他一直陪在蓝桥的身边。

蓝桥性格里的傲气的确像极了生父李彦生，但她用传承自蓝教授的执着加持这份傲气，以对付争夺她监护权的秦湖和李彦生。

那时候蓝教授自己都放弃了，他受不了秦湖的眼泪和哀求，他甚至劝蓝桥跟秦湖去李家，"不要那么看重形式，你这么大了，监护权就是一个虚名。你还是可以经常回来啊，两边跑跑住住挺好的，别让你妈太伤心了。"

那天顾庭岸也在蓝家吃饭，蓝教授说完这话，他连忙放下饭碗，双手按住桌子！

蓝桥掀不动桌子，跳上凳子，破口大骂："她是东海龙公主吗？她一伤心全世界就下大雨吗？就你惯得她，这么大把年纪了还一身公主病，也不害臊！话说回来了，爸！你愿意捧着她，你捧着就好，别拖我下水！我姓蓝，我干吗去李家生活？父母离婚的那么多，跟着爸爸过得也不少，我怎么就独树一帜、千夫所指了？她愿意一入侯门深似海是她的选择，她自己爱慕虚荣，别人家的白眼她就自己受着！干吗非要带着我去看别人的脸色过日子？我是她的开山刀啊还是冲锋枪啊？我又不是她的附属品，非跟着她走，我不愿意攀附权贵，不愿意忍辱负重过日子，我嫌丢人！我知道廉耻！"

"哎呀你说话就说话，生那么大气干吗……你不愿意去，那我再跟你妈商量嘛……下来下来，别气了，是我不好，爸爸给你赔礼道歉！"蓝教授给她夹了个鸡腿，又把另一个鸡腿夹给顾庭岸，"庭岸快吃，她最近拔个子，吃东西可凶了。"

顾庭岸收回按着桌子的手，但还是晚了，蓝桥出手跟闪电一样，从他碗里拨走鸡腿，左右手各一个，啊呜啊呜各咬了一口，眼神凶残得像野狼。

顾庭岸："……"

蓝桥竖着眉毛一脸霸王相，吃了两个鸡腿、两个翅根。饭后蓝教授去办公室备课，她泡好了枸杞子茶给他带上，送他出门，回来后却自己在家哭得天昏地暗的。

顾庭岸当时还在青春期，他现在都这么傲娇这么喜欢说反话，青春期时更是欠虐，蓝桥哭成那样，他却握着书卷过去敲她脑袋，还嘲笑她，"哎，别的女孩子哭起来都是梨花带雨，你这简直是山洪暴发，又丑又吵。"

蓝桥才不在乎，哇哇大哭，"我爸好可怜……我爸好可怜……我爸他好可怜啊啊啊啊啊啊……"

顾庭岸双手插口袋站在她身边，眼睛望着天，声音听起来很不屑，"可怜什么啊？"

"李彦生超级有钱的，家里房子像城堡一样！说话又温柔又好玩，比我爸好玩多了……长得还特别帅……特别帅！"蓝桥号啕大哭，"我好喜欢他，连我都好喜欢他……我爸好可怜啊……"

这就是顾庭岸心爱的小桥，肆意轻狂、爱恨明烈都只是她性格外向的第一面，她的内心是金子，纯净，闪闪发光。她其实多么喜爱那个幽默风趣、体贴富有的生父，但为了蓝教授，她控制自己不去喜欢。

他的小桥多么可爱，又多么可怜啊！

"萧尹的死是阴差阳错，但蓝桥的恨总会有一个落点，现在是贺舒，你如果告诉她当时的事情，她就不只是恨贺舒一个人了，师母他们夫妇，甚至是你……"顾庭岸的压抑担忧像深埋地底的熔岩，沈再望一眼都炙热得心惊，很难想象他自己是如何煎熬了这么些年的。

"沈再，如果连你她都恨，她怎么活下去呢？"

顾庭岸目光幽幽地盯着失魂落魄的沈再。

第十三章

蓝桥跑回家洗脸，看着镜子里鬼一样的妆面，懊悔得直捧心。

像林志玲那样无时无刻不精致优雅，到底是怎么做到的啊？

高跟鞋穿了一天她难道就不累吗？累的话，脱鞋的时候怎么控制住不发出"噢……"的粗嘎叹气声？

还有那些说练人鱼线转眼就真的人鱼线上身的家伙们，他们面对碳水化合物和高热量美味到底是怎么忍住的？忍不住的话，为什么只有她一吃肚子就凸起来一块？

蓝桥伤春悲秋地洗了脸，出去一看客厅里顾庭岸正裸着上身由沈再上药，她更不爽了：大家都是一天到晚忙着应酬，为什么他身材这么好？这么好！

"哎。"蓝桥不怀好意地走过去坐下，盘着腿兴致勃勃地惹他，"你家小舒可以啊，抗压性能真不错，我的斗志都被她激发了呢！"

顾庭岸拿着一把医疗尖头剪，剪掉一块被踢翻了的皮肉，痛得皱眉，声音也发紧，"闭嘴！"

"我看你被打得这么惨，提前跟你打声招呼嘛，免得你养着伤呢又要遭受意外刺激。"蓝桥很欢乐。

顾庭岸把尖头剪扔回医药箱里，对拿着酒精棉的沈再说："等一下。"然后伸长手一勾，把蓝桥拖了过来。

"干吗？信不信我也打你一顿……师兄！"蓝桥挣扎得两腿乱踢。

顾庭岸单手制着她，转头看向沈再，"可以了，来吧。"

沈再把浸透了酒精的药棉一下子贴在他的创口上！那么大一块皮都没了，酒精蜇得多疼啊，顾庭岸皱眉忍，手里跟着用劲，蓝桥被他箍得哇哇喊痛。

沈再劝了两句，但是他俩打得跟同窝小奶狗似的，门铃又不停地响，他只好摇着头去开门。

"来了！"沈再以为是物业来查看顾庭岸是杀人了还是被杀了。

"你在家啊？小桥呢？怎么你们的电话一个个都不接？"居然是秦湖！

沈再目瞪口呆，特别想立刻把门关上！

但是已经晚了，秦湖的目光投向客厅沙发里扭打成一团的两个人，她脸色变得很难看。

"蓝桥！"秦湖出声喊女儿。

蓝桥从顾庭岸身上爬起来，拢着头发跑过来，"妈，你怎么过来了？周周那里谁照顾着啊？"

"阿姨过去送晚饭了，晚上她会陪着周周的，我正好抽空过来看看你。"到底秦湖还是不忍心对女儿摆脸色，转目看向沙发那边站起来的男人，"庭岸在这里啊，怎么身上伤成这样也不去医院呢？周家小十七伤得没你重还躺急救室了呢。"

顾庭岸套上衬衫过来，袖子扯到了伤口，疼得眉眼直跳。

"师母。"来不及扣扣子，他揪着衬衫，跟刚被强暴过似的，有些尴尬地说，"我还好，不用去医院。"

秦湖微笑的样子很有内涵，"看你的样子，确实挺有活力。"

蓝桥在扎头发，顾庭岸看了她一眼，一声不吭地低下头去。

"你们都在，正好，我给你们做饭吃！"秦湖不想弄僵了与女儿之间的气氛，笑着打破这沉默，"小桥五年没回来过，庭岸也忙，只有沈再，每年过年还能吃到一顿师母做的年夜饭。"

秦湖翩然走进来，放下手袋，亲昵地拍了拍蓝桥的肩，"你给我打下手。"

"哎呀，师兄给你。"蓝桥犯懒，说着转身走回沙发。

顾庭岸默默地也往沙发那边走——他伤口还没处理完呢。

秦湖脸上的笑容变得很淡，"小桥，你真是的，不是你说的你师兄身体不舒服吗？"

蓝桥刚把自己扔进沙发里，跟扔个沙袋差不多的动静，秦湖这么一说，她又爬起来，不甘不愿地往厨房里走去。

"沈再你继续给庭岸上药吧，吃饭了我叫你们。"秦湖笑着看了沈再一眼，走进厨房去了。

秦湖的手艺非常棒，私房菜里的顶级水准，不过李彦生只允许她逢年过节下厨房做两道主菜，平常日子哪怕是李倾周身体不舒服，都只有厨师们熬粥给她。

李宅的厨师们手艺也很不错，秦湖拎来的食盒里全是他们料理好了的半成品，羊排、鸡腿都精心用调料腌制过，码得整整齐齐，水煮肉片光大料就装了一盒，土豆丝切得比头发丝粗不了多少，浸在水里以防氧化，连水果都是摆出了花样装在食盒里带来的。

全部都是蓝桥爱吃的东西。

蓝桥扒拉完，问："怎么没有三文鱼啊？"

"你吃三文鱼了吗？以前不是不吃生的吗？"秦湖很惊讶。

蓝桥说："不是啦，我师兄喜欢吃。"

"哦……他今天不舒服，生冷的也不能吃。"秦湖继续忙手里的活，"等过两天他身体好了，我们去北海道吃吧？你李叔也快回来了，我们一起去日本玩一圈吧？咱们还从来没有家庭旅行过呢。"

"不要去日本了啦，他们那年福岛核泄漏事故处理得那么糟糕，两万年以内都不应该住人的。"蓝桥扒配菜里的黄瓜条吃，咬得嘎嘣脆，"日本统共就那么大块地方，他们还把核污染废水往海里排，去出差什么的不可避免，去玩还是不要了。"

秦湖听得直笑，像这样一边给她做菜吃，一边听她说话，梦里经常梦到，期待了不知道多少年。

"对了，元周的太太快生了，预产期是下个月，要不要我帮你准备给宝宝的礼物？"秦湖切开芝士棒，将切成条的火腿放进去，裹上面粉和面包糠，与鱿鱼圈一道下油锅炸。

蓝桥给她打开吸油烟机，又撕吸油纸垫在盘子里，一边忙一边说："随便啦。"又忍不住八卦，"李元周怎么跟种马似的，这是第几个孩子了？我每回听到他的消息，不是他太太怀孕了，就是他太太生了。"

"孩子多了家里才热闹，元周比你还小几个月呢，他家老大都上幼儿园了。"秦湖把芝士火腿棒捞出来，关了火，挪开油锅，眼神试探地看向蓝桥，"你和沈再也该要孩子了，你这个年龄生育是最好的时候，再晚的话对你身体不好，身材恢复起来也慢。"

蓝桥耸耸肩，翘着手指捏芝士火腿棒吃，小心地轻轻咬开一口，芝士牵着丝，软软烫烫地流出来，她喊着烫却不舍得松口。

秦湖递给她一个碗垫着，"你啊，舌头烫麻了，一会儿吃什么都不香。"

这孩子从小吃东西就很香，庭岸小时候那么挑食，但只要蓝桥在他碗里先吃一口，他就会把整碗的饭菜吃光。

不过蓝桥总是吃一口就停不下来，大人不在一旁看着的话，她会把庭岸的饭吃光。

秦湖想起两个孩子幼年时许多有趣的事情，心中柔情万千，但刚才她进来时看到的那一幕太刺心了，她实在是担忧得无法不说出来，"要个孩子吧，夫妻之间的感情，很多时候是通过孩子来维系的，你生了孩子，心也就定了。"

蓝桥咬着芝士火腿棒，眼睛垂着，淡漠而讥讽地笑了，"你防顾庭岸跟防狼似的，至于吗？"

"小桥。"秦湖苦口婆心，"妈妈是过来人，顾庭岸他不适合你。"

"他怎么了？他跟我分手的时候又没搞大我的肚子，他也不算渣。"蓝桥玩着手里的半根芝士火腿棒，冷冷笑，"况且你有什么好担心的？你当年怀着孕都能找到我爸这么优秀的备胎，他到死都只爱你一个人，你快四十了还能离婚改嫁初恋豪门，你不应该担心我啊，你应该以身作则鼓励我才对。像你这种人生赢家，应该多传递正面能量，鼓励所有女性勇敢去爱，随心自私啊。"

蓝桥把三个鱿鱼圈套在食指上，竖着食指咬着吃，含含糊糊地笑着说："再说了，你当初生孩子是为了牵住李彦生别忘了你，我生孩子图什么呀？弄个孩子牵着我师兄，让他给我备胎一辈子吗？"

秦湖默然，片刻后转身，默默地继续装盘摆盘。蓝桥从她侧面看去，她眼泪不断滴下来，甚美甚有风情。

令她想起曾有一次撞见秦湖在李彦生怀里哭，当时李彦生那神情……肝肠寸断都不够形容的心痛怜惜。

其实如果秦湖只是攀附富贵，蓝桥会好过很多，但秦湖与李彦生之间的爱情太动人了，这令蓝教授的痴情像个笑话，蓝桥无法原谅任何人将蓝教授衬托成笑话。

她家蓝教授儒雅翩翩，天下第一！

蓝桥心里也难过，但更烦躁，从流理台上跳下来，一声不响地转身走出了厨房。

客厅里沈再和顾庭岸也弄完了，沈再正在收拾药箱，看蓝桥眉眼郁郁地走出来，连忙站起来问她怎么了。

"哭了。"蓝桥郁闷地指指厨房方向。

沈再并未感到意外，但是叹为观止，"才五分钟！"

师母被蓝桥惹哭的纪录，真是太容易刷新了。

蓝桥耸耸肩，把最后一口芝士火腿棒塞进嘴里，油乎乎的手拍拍沈再的肩膀，示意他快点去厨房里收拾残局。

贺舒给沈再打那个电话的时候，她已经在剧组被晾了一下午，July 要分走她的戏，所以她的戏份全部都先不拍了，她已经洗过脸重新化了妆，只能顶着那头假发套在一旁看着男女主角拍摄。

她真心诚意地向副导演道了歉，因为她还要在这个剧组待十八个月，蓝桥已经发起了战争，贺舒明白自己有多孤立无援。蓝桥把她逼到了这样一个角落里，她没有别的办法了，只能迎面痛击蓝桥。

导演一声"卡"，Mars从威亚上下来，一群人前呼后拥把他当皇帝一样捧到他的专属椅子里。Mars的心情却不太好，挡开经纪人递来的水，不断在拨打电话。

贺舒猜测他是打给蓝桥的。

不会接的，贺舒在心里冷笑，顾庭岸和蓝桥在一起，这两个人辩论吃鱼先吃鱼背还是鱼肚子都能说一整天的话，哪怕是互相撕咬，只要是在一起，他们眼里就不会再有别人。

"Mars很帅吧！我第一次在公司遇到他迎面走过来，激动得我紧紧贴着墙。"突然有瓶水递到贺舒面前，July说话时有种不疾不徐的特殊淡定语气，贺舒也淡淡道谢，接过水发现瓶盖都已经替她拧开了，她不禁多看了July一眼。

July微笑的时候安静而美丽，跟她视频里的搞怪样子很不一样，"其实对你也是，久仰久仰呢！我也参加了你那届选秀，而且我们一个赛区，不过我止步二十强了。"

贺舒这才有些真情实意地看向她，"你……"

July看她认真思索回忆的表情，笑着对她眨眨眼，凑近她说："我被淘汰之后，去了韩国整容……全脸。"

这种话，一个女明星怎么敢轻易告诉别人！成名前的黑历史，就算被翻出来也要打死不认啊！

贺舒看着July的眼神已经完全褪去了疏离防备。

"那个……"贺舒一时之间也找不到合适的话回应她，"我不会说出去的，你放心吧，我也有打美白针的。"

"嗯，我知道你会保守秘密。"July浅笑，"所以我才敢告诉你。"

"当时你每场都是第一名，而我是因为十九名那个姑娘主动退出才填补进二十名的二十强。我看着主持人经常在录制开始前主动找你说话，顾总每场都会派人送饮料和点心给全体人员，半决赛和决赛的时候他会亲自来，评委老师里那个导演是他朋友吗？每次顾总都会坐在他身后的贵宾区。"

July 惆怅而怀念地说起这些，令贺舒心惊不已！

原来她也有过被人仰视、被人羡慕的时刻，那些她觉得不足，比不上蓝桥的心酸时候，居然有人以同样的心情望着她。

"那是因为，只有那个导演是男的，庭岸坐在他身后是不想与其他女明星评委同框被拍到。"虽然被另一个女孩子羡慕，但贺舒的怀念依然是酸涩的。

顾庭岸最讨厌被记者拍，与她都从不同框，他是怕远在天边的蓝桥看到。这个人啊，说放弃蓝桥就真的放弃了，说会将蓝桥放在心里一辈子，也就真的时时刻刻做到了。

"Anyway。"July 洒脱地耸耸肩，这个动作她是跟蓝桥学的，"这部戏要拍好长时间，我们好好相处哦！"

贺舒有些迟疑，却最终握住了 July 伸过来的手，同时她心生一种新奇的感觉。

像是一只小蜗牛，第一次从壳里伸出了触角。

朋友你好！

此刻，顾庭岸与蓝桥也正说起 July。

卓越百货的卓越卓总上次与沈再谈睿博的项目，因为李彦生介绍说沈再是他的女婿，卓越给沈再留下了他的私人联系方式，这次宣布 July 替换贺舒成为睿博代言人，卓越传微信给沈再约饭局，言明要代言人一起。

所以顾总就向 July 所属经纪公司的宣传总监提出友好申请。

蓝桥认真考虑了片刻，摇头不赞同，"卓越对 July 友好这是好事，我们公司可以促成，纯饭局也很正常，但对你们青山制药来说，让卓越予取予求，就不是什么好事了。"

"难为蓝总监还能考虑我们青山制药的利益。"顾庭岸挑眉,演得一脸受宠若惊,又扫一眼沙发缝里她再次亮起的手机,冷冷地说,"不想接就关机,纵着人家一遍一遍地给你打。"

蓝桥拖过手机来关,顾庭岸瞥了一眼,手机屏幕上来电显示是 Mars 演霸道总裁的一张剧照。

蓝桥压根没看手机,一心一意地向他抱怨,"你们行不行啊,睿博刚上市,就一波三折的,别最后是你们这群猪毁了老萧的心血。"她发愁地感慨叹气,"我都想自己去做公关公司了,你把睿博当项目外包给我。"

顾庭岸点头,"可以,明天上午我就让律师先拟合同,你下午抽空过来一趟,普纳公关你听过吧?他们大中华区的业务始终不理想,总部正在考虑撤出中国市场,明天我把他们总部的大总裁约到青山,你来跟他谈一谈。"

他说起正事,哪怕衬衫领子凌乱敞着,也是一身风起云涌却信手拈来的霸气。

蓝桥五迷三道的,犹豫说:"可是 C&C 那边怎么办?我刚入职不久哎。"

"入职不久,涉入不深,抽身容易。"顾庭岸抬手在她头上轻拍,"长那么多小聪明的脑袋,又读了那么多年书,给一帮戏子摇旗呐喊,擦地洗地,很有意思吗?"

"哟,这话说得!你喜欢捧我就直接甜言蜜语地捧,干吗还踩着你家小舒的脸,本来就大饼脸了,再被你踩成铁饼。"蓝桥乐不可支,在他无奈的目光里笑了一阵,又突然感觉不高兴,沉下脸吼他,"你他妈劝我离开 C&C,是不是为了你家小舒?!"

顾庭岸真是受不了她,三岁孩子的脸,说变就变。

厨房里师母在,他只能压低声音,"你今天惹我的份额已经用完了,你再胡搅蛮缠,待会儿师母走了我抽你一顿。"

蓝桥斜眼看他,万分不屑,冷笑着说:"是也没关系,July 我已经塞进组了,那个剧的资方又是周北,贺大头她逃不出我的五指山!"

眼看顾庭岸阴沉着脸要过来,蓝桥到底还是怕他的,哇哇大叫起来,"师兄！饭好了没？我肚子饿了！"

顾庭岸收回手，留给她一个"你给老子等着"的眼神。

蓝桥站在隔着一张沙发的安全距离，手舞足蹈地边跳边唱："大头大头，下雨不愁，人家有伞，贺舒是一只大头。"

顾庭岸："……"

端着菜从厨房里走出来的沈再和秦湖："……"

顾庭岸没留下吃饭，他很礼貌地对秦湖说："抱歉，贺舒那边还有点事，我刚走得急，现在还是得过去一趟。"

秦湖对他还是有感情的，不至于一顿饭都不给他吃，"吃一口再去吧？你看你伤成这样，还往外跑，别人看了也要吓到的。"

"不会的啦，贺舒她自己每天照镜子都没被吓到，胆量还是可以的。"蓝桥仗着秦湖在，嘴炮技能拉到了满格。

秦湖不管心里怎么想，面子上还得做全，责怪女儿说："小桥，怎么说话这么刻薄！"

蓝桥抬头看顾庭岸的脸色，更加幸灾乐祸，"我说话就是这么不招人喜欢呀，但我识相，你们都别拦着顾总，顾总这是去使苦肉计呢，大家都让开好吗？去得晚了伤口该消肿了。"

"我对谁使苦肉计呢？你倒是说说。"顾庭岸被她逼得忍不住开口反击。

"我不知道！但你要是问心无愧，你就坐下好好吃饭，我都在这儿呢，你家贺舒能出什么事？你顶着这一身的伤过去，是要跟她邀功吗？周北帮着我跟她作对，你就去跟周北打架，你这每一道伤口都是一枚勋章呢！"

顾庭岸为什么跟周北打架？为什么只打烂周北的手和嘴？到底是谁那晚带着哭腔撩拨他，向他告状周北是如何欺负哪一处的？

但这些话，打死顾庭岸他也不会说出口的。

他只能转身走，心口被气得冰凉也要转身走，讲道理能被她气死，打架也根本打不过她，感情里的人本就以爱为是非对错的唯一标准，谁爱得多，谁就事事错。

沈再看着顾庭岸气得嘴唇发白地走出去，门一关，他忍不住说蓝桥："你担心他的伤势，想留他吃晚饭，你好好说啊，他这样走了，你又要难过一晚上，何必呢？"

蓝桥在盛汤，垂着眼睛，闷不吭声。

秦湖走到餐桌边坐下，优雅地扬声说："开饭吧！来，我们家的男主人，快来坐下。"

这家的男主人……沈再这才意识到：当着秦湖的面，刚才他都说了些什么？！

"哦哦……"沈再心慌慌地跑过去，"来了来了！"

话音刚落，脚下绊了一下，整个人摔在地上还滑出去半米，头砰一下撞在秦湖的椅子腿上。

头盖骨好像裂开缝了，元神会不会跑出来？清明快到了，老师这是对他很不满吗？真的很疼，头部外伤加大阿尔茨海默症患病风险……沈再捂着天灵盖坐起来，又痛又茫然的样子像个孩子。

蓝桥早就笑得"哈哈哈哈哈哈哈哈"的了。

秦湖看着这样一对小夫妻，她也是感觉头很疼……

第十四章

2010-12-1 15:30 来自 蓝桥几顾的 iPhone

不知道天什么时候放晴，但我知道你一定不会撑着伞出现在雨里。我在离你千万里之外，在你的黑夜好梦时，像从前等你那样，等雨停。

周家是大户人家，在本市盘桓数代，出的显赫人物数不清。像李彦生前妻便是姓周的，但她这个周是周家旁支的一门远房，虽然巨富，但跟周北这种正房嫡子幼孙也是不好比的。

就是这样金尊玉贵的周家小少爷，居然被同一个人第二次打得重伤入院。

李倾周与周北的亲戚关系已经远得忽略不计了，但好歹算是母家同姓的亲戚，又是第二次打架现场的目击证人，周家信得过她，派来为周北主持公道的一个堂叔特地到她病房来探望，送给她鲜花和水果，还有一套小叶紫檀的四合院模型。

李倾周对四合院模型很感兴趣，掏里面琳琅满目的家居摆设玩，发现样样奇巧，手指甲盖那么大的摇椅，扶手上的祥云花纹都清晰隽永。

"时照叔叔。"收了喜欢的礼物，小姑娘的嘴巴甜得像抹了蜜，"这个好贵重，我真的可以收下吗？"

周时照说："可以，我自己的手工作品，礼轻情意重而已。"

拿下建筑界诺贝尔奖的青年建筑大师，这样谦虚低调，反而得算撩妹了吧？

李倾周双眼亮着星星，仰慕地望着他，"时照叔叔，你想问我什么呀？当时打架的有好多人，顾庭岸是一个人来的，周北从床上跳下去想打他，后面就打成一团了，稀里哗啦的。"

周时照笑了，简直是一笑倾城。顶级文艺男神的气质，周北那种浮夸草包是不好比的，相形之下连顾庭岸的皎皎明月也显得清冷了些。

"没什么要问你的，你当时都被吓晕了，不要再提了，我就是来看看你身体恢复得怎么样。"

周时照真的什么都没问，闲聊了一阵，逗得李倾周笑得在病床上打滚，他就告辞回去了。

李倾周连忙跑去周北病房，告诉他："周家并没有真心要给你出头哦！时照叔叔好温柔，说话好风趣，他肯定看不上你小孩子胡闹。顾庭岸起码看起来就比你懂事啊，你名声不好，大家都觉得你挨打是迟早的事情。"

"鹅七塔挖乐戈壁！"周北嘴巴肿得像《东成西就》里的梁朝伟，说话漏风还走音，爆粗口都显得很可爱，"周时照当年出事的时候，老爷子他们倾巢而出，到我出事，他们就装大家风范？！"

"'倾巢而出'是贬义词啦，你真不孝顺。"李倾周溜溜达达地走来走去，吃他病房里的水果果篮。

周北像只河豚一样坐在病床上，他好生气好生气！

当年李倾周外公的私生子跟李倾周妈妈争财产，周北他爸因为李彦生的缘故支持李倾周的妈妈，周时照却跟那个不入流的私生子走得近，就为了这事，周北他爸跟周时照一向不对付，但这关周北什么事？周时照可是周北的亲堂叔啊！

这里面的关系不能讲给李倾周听，周周单纯，爸妈离婚是她心上不能愈合的伤痕，周北就算再被顾庭岸打一顿，也不能说这些伤害她幼小的心灵。

所以他只能破口大骂："胳膊肘子往外拐，我迟早把他胳膊敲断！死木匠！臭瓦工！破盖房子的！"

李倾周吃香蕉，啊呜啊呜，很开心。

蓝桥进来时就见到这样诡异的场景：周北唾沫横飞，口齿不清地在捶床大骂；周周盘着腿坐在沙发里吃香蕉，神色很好。

　　"这是干吗呢？"蓝桥放下带来的花束和书，一看周北气呼呼的，她忍不住笑，"你这手包得跟机器猫似的，好可爱！"

　　"可爱你妈！"周北又开始盘炕骂街老娘们儿上身。

　　蓝桥啧啧啧，抽了张纸巾盖在他嘴上，隔着纸巾捏住他上下嘴唇，"嘴巴都烂成这样了，还说脏话，教坏我们家周周，我给你嘴里灌 84 消毒！"

　　周北疼哭了……两行热泪沿着面目全非的俊脸淌下，他自己也觉得丢人，回身把头塞在枕头下面，闷声号啕："你们他妈的别太过分！我不就想睡你一下吗？没睡成啊！我犯法了啊？至于这样都来整我吗？我周北也是有头有脸的人物！"

　　蓝桥咬着唇忍笑。还是李倾周心软，跑过来蹲在床边安慰："周北，别哭了，小桥姐姐跟你是一个战壕的，你有委屈告诉她，哭有什么用啊？显得你特别软蛋！小桥姐姐可不喜欢软蛋！"

　　像李倾周这种众星捧月长大的小姑娘，乖巧软萌，连说出"软蛋"这样的词眼都令蓝桥觉得不好，爱怜地摸摸她的脑袋，转手又一巴掌打在周北背上，"起来！干号个毛！"

　　周北坐起来，哭丧着脸恨恨地看着蓝桥，说："我有钱有身材，想跟我睡的女人从这里排到法国！我拿一个亿出来陪你玩，你当我是空气啊？说好了大家一起收拾贺舒，转头你前男友就把我打成了猪！"

　　"哈哈哈哈哈哈……"蓝桥笑得停不下来，"周北啊，你为了押韵，真的什么都干得出来！"

　　周北吼她："你他妈别扯开话题！老子和顾庭岸你必须选一个！你要是护着那小子，我就把你跟他还有贺舒一起送上天和太阳肩并肩！"

　　还有贺舒？ Excuse me ？

　　蓝桥瞪了他一眼，拍拍李倾周，"周周，先回你病房去，我给你带了几套漫画书来，放在你床头柜上了。"

　　李倾周小小地欢呼了一声，乖巧又活泼地跑了。

　　病房里只剩蓝桥和周北两人了，蓝桥对他说："你跟顾庭岸两个成年大男人，你们的矛盾自己解决，我不掺和。我也没必要护着谁，我的目标就一个：贺舒。"

周北看她神色认真，信了她好几分。

"跟你说个正事。"蓝桥一本正经，"我跟普纳公关的大总裁见了一面，谈得挺好，我打算自己做公司，拿下普纳公关大中华区的业务，你有兴趣跟我合伙吗？"

"唔……有是有。"周北也正经起来，聪明的小脑袋转得飞快，"刚才的话，你给我一个承诺，你发个誓绝对不偏袒顾庭岸，我就继续跟你合作。"

周北的北横娱乐背靠周家，实力雄厚，但是敌不过 C&C 这种积年王牌娱乐公司。周家那个私生子跟 C&C 关系匪浅，周北就对 C&C 很忌惮，一直四处寻觅人马，壮大自身。蓝桥是个上佳人选，李彦生老奸巨猾，却那么看重这个女儿，周北拽着她就能得到李彦生的全力支持。

而且他还是没有彻底放弃睡一睡这个美好的念头。

蓝桥二话没说，真的给他发誓，竖着手一本正经，发完誓还说："既然我们达成一致了，《一代军师》的宣传就作为第一个项目给我，你快点养好伤，主创团队那边还得你这个资方大老板去出面说服。"

《一代军师》就是 Mars 他们在拍的那个超级古装 IP。

周北哀怨地看着她，欣赏了片刻她的美貌，体会到了颜值对伤口复原的力量，他又没那么哀怨了，满怀期待地问蓝美人："哎，你为什么这么看好我？事事都想着我，你是觉得我哪里特别好？"

那晚贺舒布下陷阱，他俩踩进去，周北以为蓝桥就算不怪他也不会对他有什么好感了，但蓝桥却主动向他递来橄榄枝，邀请他加入投资《一代军师》。

能跟 C&C 合作投资，又能把蓝桥送去报复贺舒，周北觉得这一个亿砸下去简直太值了。

那么蓝桥呢，蓝桥是为了什么，在千万人之中挑中了他？是因为他英俊吗？她前男友虽然是禽兽，但却是一只衣冠禽兽，那么说她是颜控哦？

周北眼巴巴、喜滋滋地看着蓝桥。

蓝桥看着他嘴巴肿得把眼睛都挤小了的脸，毫不犹豫地回答说："你人傻，钱多啊！"

当时距离开机不到两个月时间了，她不能拉来投资的话就进不了C&C，也掌控不到剧组的话语权。李彦生……一来蓝桥不肯去求他，二来李彦生不会赞同她对付贺舒。

只有周北，与她同仇敌忾。

周北愤怒地差点跳起来！

但门口传来一声"小桥"，跟一桶凉水似的浇灭了他的怒火。

是李彦生，站在门口，期待又温柔地看着蓝桥。

一身黑色休闲服衬得他身姿如松，岁月将年轻时的英俊都沉淀为魅力添在他的眼角，风姿如此出众，五十多岁又怎么样呢？年纪只能代表他的阅历。

"我刚下飞机，赶来看周周，听她说你在这里！"李彦生走进来，微笑着走到蓝桥面前，背在身后的右手拿出来，是小小一盒芝士蛋糕。

Junior's cheese cake，这家店在纽约中央车站的美食街那里，前两年李彦生有一次出差到美国，约蓝桥见面吃饭，经过时蓝桥指给他看，说那是号称全世界最好吃的芝士蛋糕。

"你喜欢吃吗？"李彦生当时小心翼翼地问她。

蓝桥懒洋洋说："还行吧，但是排队的人好多，下次再吃吧。"

"我去排队！你在这里等我，或者你先去饭店吧！我买两块，一会儿吃完饭正好当甜品。"李彦生兴致勃勃，很高兴地说。

蓝桥很不愿意他这样高兴，冷着脸说："不好意思，我对一顿饭的理解是十五分钟的那种，你要是想吃几个小时的法餐，我半小时后还约了人，不能陪你。"

后来沈再告诉蓝桥，李彦生那趟去美国确实是出差，但他以为蓝桥在学校，所以把美国合作方约到洛杉矶，谁知去了才知道蓝桥在纽约，他连合作方的面都没有见到，从洛杉矶机场直接六个小时飞到了纽约。

现在蓝桥看着这块芝士蛋糕，心里生生地疼起来。

她为什么总是被人抛弃，又被人深深记得？李彦生、顾庭岸，他们是她至亲至爱的人，但他们都为了别的人和事抛弃她，然后又用他们的念念不忘来折磨她。

"什么呀？"蓝桥极力控制着自己的语气轻松，仿佛平常，"那么老远出差回来，就带块芝士蛋糕给我？"

李彦生以为她真的不记得了，却也不敢提醒，只含蓄笑着说："这个挺好吃的，我怕弄碎，一路提在手里，你就当礼轻情意重吧！"

蓝桥接过芝士蛋糕，无所谓地耸耸肩。

周北猝不及防被秀了一脸父女情，可怜巴巴地出声刷存在感，"李叔，你刚回来啊？"

看我！快问我谁又打了我！我要告诉你是顾庭岸那个死变态！

"嗯。"李彦生风度之好，仿佛周北在他眼里丝毫没有变化，"听说你跟小桥合作创业，多担待啊，蓝桥脾气急，遇事你多提点她。"

说完，李彦生乐呵呵、笑眯眯地带走了手捧芝士蛋糕的蓝桥。

周北呆呆坐在床上，心中百般滋味难以言说，能说出口的委屈就不算是委屈，周北不哭！周北坚强！

"呜……"

顾庭岸去剧组并不是一个人去，与他同行的还有 C&C 娱乐的五个高层。

北横娱乐与 C&C 有竞争关系，即便由蓝桥牵线共同投资《一代军师》，两方人马在剧组里也不是一团和气的，周北要对付贺舒，顾庭岸就找 C&C 护着贺舒。

敌人的敌人就是朋友，这招借力打力，很顾庭岸。

可贺舒看到顾庭岸脸上的伤，惊得根本不顾什么高层，拉着他一个劲地问："你怎么了？谁打的你？！"

顾庭岸说"没事"，把她介绍给高层们，"这就是我妹妹，贺舒。"

大家一通握手发名片，艺人部总经理 Sunny 对贺舒说："其实我们关注过你，但你的经纪公司一直不肯给我们机会。"

贺舒在外人面前还是挺端庄大方的，抿着唇平和乖巧地微笑。

顾庭岸说："人与人之间的缘分兜兜转转，现在不就是时候了。"

贺舒听这意思是要把她的经纪约签给 C&C？那就跟 July 一家公司啦？那还挺好的！

贺舒目光去寻 July，一直站在一边的 July 便笑着走过来，贺舒有些高兴，扯了扯正听 Sunny 他们说话的顾庭岸，"这是 July，我朋友。"

顾庭岸第一次听贺舒说朋友这个词，这令他额外多看了 July 一眼，"你好。"他微笑着向 July 点头。

顾庭岸突然想起来 July 就是睿博口服液的新代言人，现在广告上铺天盖地都是她。她是蓝桥塞进剧组对付贺舒的，怎么又成朋友了？顾庭岸又多看了 July 一眼。

等顾庭岸接到公司电话有急事离开，贺舒悄悄问 July："你觉得我哥帅吗？"

July 迟疑了片刻，"他是你亲哥哥吗？我以前一直以为他是你的恋人。"

贺舒遗憾地笑笑，叹气说："他喜欢的是一个我很讨厌的人，是我拆散了他们，所以他一直单身，五年了。"

"你说的人，是蓝桥吗？"July 小心翼翼地问。

这也没什么好隐瞒的，贺舒冷笑，"July，顾庭岸是一个优秀到完美的人，我青春期的时候，身边所有男生都差他十万八千里，我怎么能看得上？我就只能暗恋他。后来是因为我太讨厌蓝桥了，我绝不允许她做我的嫂子，你没看到她是怎么对待庭岸的，居高临下，颐指气使，她以为她是谁？庭岸没有父母，她就可以欺负他吗？贱人！"

蓝桥已经离开了 C&C，但 July 始终受过她提拔，没有办法与贺舒一起吐槽蓝桥，只能说："那顾总现在跟蓝总是什么关系？"

"蓝桥已经嫁人了。"贺舒转头看向 July，"如果你觉得顾庭岸不错，我愿意给你们创造机会，我不想他一辈子孤单，更不愿意他一辈子想着蓝桥。"

July 很是吃惊，很是意外，毕竟贺舒的后台是青山制药老总这件事人人都知道，一个霸道总裁用尽手段推一个女明星上位，而且对她呵护备至，几年如一日，所有人都认定他们是情侣。

"贺舒，我能问问你和蓝桥究竟是为了什么事吗？我看着，并不像是单纯为了顾总。"July问出了心中多时的疑虑，不好意思地笑笑，"你要觉得不想说就算了。"

贺舒木然一瞬，之后声音低了很多，"她想要我手里的一封信。"

是的，萧尹跳楼前的确去了她的病房，给了她一封他的亲笔信，蓝桥没有看错。但贺舒就是不承认，顾庭岸和沈再对她费了多少口舌，都没用。

July对蓝桥进攻贺舒的事知道得多一点，原以为蓝桥那么大张旗鼓，可能有生死之恨，这时听到只是为了一封信，她惊讶得说不出话。

贺舒却突然眼中一层薄泪，咬牙切齿地说："那是萧尹写给我的信，她凭什么要得那么理直气壮？我死也不会给她！"

导演和制片这时接连赶到，Sunny的助手过来请贺舒和July过去开会——北横娱乐一个人都没来，所以这是一场护舒宝会议。

July拍拍神情阴晴不定的贺舒，"除生死，无大事，别想得那么重，走吧。"

顾庭岸原本也要参加完剧组会议再走的，但沈再给他打电话，说事态紧急，他便立刻赶了回去。

知道大Boss正赶回来，青山制药商务部全体同仁都松了一口气，刚才还很紧张的气氛，现在却有人拿出手机开始趁着等待空闲刷微博了。

沈再看着这样的转变，心里难免有些落寞。

好在顾庭岸到得很快，推门匆匆进来，问出什么事了。

"卓越百货的合同黄了！来签字的人都已经到了，临时突然反转，说暂时不签约了！"商务部为了这个合同奋斗了一个月，这时纷纷向大Boss告状，"哪有这样的啊？问他什么原因也不说，就说是公司高层的决定。"

顾庭岸一路跑得急，坐下才觉身上的伤口扯得他背上痛出一层汗，却眉头都没皱一下，慢条斯理地一边脱外套一边对众人说："在座的除了当年跟我爸白手起家的前辈，就是跟着我打江山的同事，临场变卦的事还见得少吗？没什么稀奇的，没了张屠户，也不至于吃带毛猪。"

众人哄笑起来，会议室里的气氛更轻松愉悦了。

等商量完后续的对应措施，制定好应对方案，会议散了，只有沈再一个人留下，顾庭岸神情里的轻松笑意才像退潮一样散得干干净净。

他那样面无表情地坐着，沈再看着也难过，开口劝他："命里有时终须有，命里若无别强求，可能我们青山跟卓越真的没有合作的缘分。"

"缘分是天意，这是人祸。"顾庭岸很不屑，"但卓越未免吃相太难看了一点，周家还没把我怎么样呢，他倒先按捺不住了。"

"我不明白，卓越这是为了什么？"沈再皱了皱鼻子，"是不是因为我们没有安排July跟他吃饭？他觉得我们不给面子？"

顾庭岸摇头，"不可能。"他的思维远比沈再敏捷深远，"我推测，最大的可能是李彦生那里出了什么状况。"

"李叔？"沈再很惊讶，这是哪儿跟哪儿？

商场上积年的复杂人事，隐秘而晦涩，顾庭岸一时也无法向他解释完全，只说："你最近会跟师母夫妇见面吧？你留神打探一下。"

沈再懵懂地答应，但这事他怎么都想不明白，晚上回去了也一直琢磨着，给蓝桥端来秦湖派人送来的汤，汤碗里放了一把水果叉。

蓝桥最近为新公司看写字楼，每天都忙得头昏脑涨，回来后就瘫在沙发里。沈再给她用水果叉喝汤，她盯着看了半天，好奇地问沈再："你怎么了？跟你家庭岸宝宝闹别扭了吗？"

沈再回过神来，看着那只水果叉，他自己也笑了。

"没什么，工作上的事情。"他换了一把汤匙给蓝桥，想起她这些天也是为了工作早出晚归，"你怎么样？新公司有遇到什么困难吗？"

困难肯定是一大堆啦，虽然有顾庭岸给的资源和周北给的钱，但毕竟一个人单打独斗，很累很难。

"办法总比困难多，我这么聪明，能遇上什么难得到我的事啊？"蓝桥故意逗沈再笑。

沈再真的笑了，笑着说："老师在天上看着你，是他保佑着你呢。"

"呵呵，如果人真的死后有魂灵，贺舒晚上是怎么睡觉的？萧尹会整夜站在她床头吧！"

"小桥！"沈再重声打断她。

蓝桥不管他，径自喝完整碗的乌鸡虫草汤，咂咂嘴，她幽幽地说："你跟贺舒的事，我之前实在太震惊了，以至于消化到现在才差不多接受。师兄，抛开我，你喜欢她吗？"

沈再本来有一堆"斯人已逝"的道理要跟她讲，她突然抛过来这个问题，他愣了一下，片刻才惆怅地答："都过去了。"

答完又警惕地看她，"真的是很久之前的事情了，那时候发生了很多事，大家都很混乱……"

"不是啦！我不是要跟你闹。"蓝桥叹气，"我想说的是，我反复考虑了这么久，现在郑重跟你谈：你要是还喜欢贺舒，你就去试试看跟她在一起吧！"

"……"沈再呆了。

蓝桥这话酝酿了这么久，真的要说出口了，她自己难受得先红了眼眶，却还是努力笑着，"你知道的，我绝对不歧视任何性取向，可是当我知道你和贺舒好过，我愤怒之后第一个想法是：也好，师兄能过正常的日子了。"

沈再屏住了呼吸，心里的痛与宽慰排山倒海。

蓝桥从小到大常被周围的人数落她性格乖张，是啊，女孩子家家的，嘴巴那么凶，一言不合就给人脸色看，还掉头就走，的确不温顺。

但就是这样不温顺的女孩子，才会半路遇见别人家丈夫打老婆冲上去打抱不平，才会十多年如一日地喂养整个校园的流浪猫和流浪狗，才会……才会受过那么多伤也还想着要回护他这个师兄的幸福。

沈再连忙低头，他蹲在沙发边，眨眨眼睛，地上的长绒地毯一秒钟就吸掉了他掉落的眼泪。

"我查过资料，这世上除了同性恋和异性恋还有其他性取向，你不能因为喜欢过一个男性，就确定自己是同性恋，你这不也喜欢过贺舒吗？"蓝桥生生咽下一句"当然贺舒那个平胸跟男的没两样"，"所以，如果你到现在也还没明白自己，就不要再多想了，反正只要是人类，相互喜欢就好啦。你喜欢贺舒，就去找她吧！谈恋爱，结婚生孩子，只要你幸福快乐就好了。"

"师兄……"蓝桥抱住低着头不说话的人，轻轻拍，"你已经为我做了很多了，你救了我一条命，你比我爸照顾我还仔细，我爸临终交代你的事你都做到了，真的！"

沈再笑，笑着落泪，伸手回抱她，这种养出个好女孩的幸福感动的心情，令沈再难以自持。

"那我问你，我要是跟贺舒好了，你还跟她势不两立吗？"沈再轻声问。

蓝桥很为难，松开他，难过地看着他，说："如果她肯把萧尹的遗书给我，我可以放过她，但我没办法跟她做亲戚，我可能会离你越来越远，但你永远是我最亲的人！我会因为讨厌贺舒不去你家，但我的家里永远有你的房间，我心里也有。"

当我站在楼顶，下一秒就要跃身而下时，你从天台的铁梯子爬上来，风将你的头发吹得很乱，你当时的样子很囧很惊慌，但那样子的你，用尽全力对我喊："我娶你啊！"那一刻是你身着铠甲，为我而战。

"这是怎么了？"顾庭岸开门走进来，见这两人执手相看泪眼，出声问。

蓝桥转身见他，一秒钟内变脸，朝沈再吼："叫你换密码！猪脑子啊！再不换我把整扇门拆了！"

"大晚上的又发什么病。"顾庭岸举了举手里的空碗向沈再示意，"我喝完了，碗给你放回去。"

"不许放！"蓝桥发飙，"谁准你喝我家的汤？还给我！抠出来！"

"……"顾庭岸就近把汤碗放在餐桌上，面无表情地，一边挽袖子一边朝她走来。

三天不打，上房揭瓦。

蓝桥脸都变色了，尖叫着朝他丢抱枕，慌不择路地逃回房间去。

第十五章

2010-10-10 23:10 来自 蓝桥几顾的 iPhone

古人捕到一只蚌，打开来发现里头有颗珍珠，高兴地吟：蚌中生明月。诗是很美，但想想有点疼。

顾庭岸把碗送到厨房的洗碗机里，走出来一边理袖子一边问沈再："你们刚才聊什么呢？"

聊什么把她给聊哭了？

沈再的微笑虽儒雅清俊，却掩不住内心骄傲纵横的感觉，"小桥劝我找个人，好好过日子。"

他这一脸养出个善良体贴好女儿的表情，顾庭岸真是看不懂，走向沙发，被地上一张矮几绊了一下。

"哎哟，当心！"沈再扶顾庭岸，"你踢坏了，她正好名正言顺地发脾气。"

顾庭岸无奈地笑着摇摇头，蹲下来，捡矮几上滑落的澄心堂纸。

沈再说这是蓝桥准备清明节那天带去蓝教授坟上的——蓝教授在时最喜欢跟蓝桥玩诗词联句。

顾庭岸想起从前欢乐的时光，兴致顿起，从那盒书法笔里抽了一支，拖了张澄心纸，就这么蹲在那里随手地写：少年听雨歌楼上，上苑梅花雪里娇，娇容几夺昭阳殿，殿……

他卡住，向场外求援，"宫殿的殿？"

沈再正在用手机收邮件，目光都没动一下，信手拈来，"殿前作赋声摩空，李贺的《高轩过》。"

顾庭岸写下，又接空，有人却替他接了，"空持罗带，回首恨依依。"

当年的全市大学生朗读比赛第一名，念起诗词歌赋来尤其感情饱满，顾庭岸持着笔，抬头看她，她手里捧着个杯子怡怡走过他面前，嘲讽之情不仅从她语气腔调里，还从她眼角眉梢泄露无遗。

顾庭岸不理她，低下头径自写：空有当年旧烟月。

蓝桥看到了，突然曼声问："师兄，李煜是怎么死的？"

他俩文斗，沈再就完全没在意，蓝桥突然问他，他条件反射地答："宋太宗赐毒酒，毒死的。"

蓝桥说："不是。他嘴里念着大周后，转身娶了小周后，假扮深情，他是渣、男、作、死！"

沈再从手机上移开目光，缓缓抬起头，看了眼得意坏笑的蓝桥，又看看蹲在那儿默默写着字的顾庭岸，脑子里倒带了一遍他们两个刚才联的词。

"炉香闲袅凤凰儿，空持罗带，回首恨依依。"——南唐国主李煜的《临江仙》。据说当时这首词还没填完，宋军就攻陷了金陵，李煜成了亡国之主，这最后三句还是他在去汴京做俘虏的船上填上的。

所以是蓝桥先嘲讽顾庭岸：你为你家小舒建的城，眼看要被我攻破了，兵临城下，你还有心情在这里联句玩吗？

"空有当年旧烟月，芙蓉城上哭蛾眉。"——依然是千古词帝李煜怀念他那恩爱异常的发妻大周后之作。

拿蓝桥比作大周后吗？沈再脊椎一紧，突然找回了一些自信心：顾庭岸虽然事事凌厉万能，语文却没他好啊！

李煜为大周后写了那么多浓情蜜意和相思入骨的词，却在大周后生病时跟她亲妹妹偷情，大周后一死就迎娶小周后……把蓝桥比作大周后？活够了吗？

沈再清了清嗓子，壮着胆子岔开话题，想着救一救顾庭岸，"庭岸，你的字有精进啊！"

顾庭岸还没来得及接话，那边正倒水喝的人就呵呵呵地说："练书法能陶冶情操，缺什么补什么，顾总很了解自己呢！"

"……"顾庭岸面无表情地看着她，真的很想站起来走到她面前，把她打一顿，或者狠狠地吻。

蓝桥损了他两句就高兴了，兴致很好地走过去，也拖了一张澄心堂纸，摆了好大的架势，屏气凝神地落笔写：天道好抢回，苍天放过谁！

"怎么样？！"蓝桥骄傲地将纸拎起来，两只手捏着展开在胸前。

顾庭岸＆沈再："……"

顾庭岸低下了头去，沈再斟酌着对她说："字挺好的，力透纸背，雷霆万钧……美中不足的是轮回的轮错了，你这是抢膀子的抢。"

蓝桥低头看了眼，傻了，眼珠子转啊转正想托词，写字的顾庭岸轻巧地说："抢圆了，不就是个轮？"

这话接得太妙了，虽然是取笑，但蓝桥忍不住不笑。

沈再也大笑。

从前常有这样的场景，春季踏青，高歌纵笑；夏夜纳凉，联句品诗；秋天郊游，行遍山川；冬日赏雪，围炉茶话。

虽然要紧的故人去了一个又一个，但这三个人依然拥有漫长岁月培养起的默契笑点。

虽然已爱恨煎熬，不复少年，但还能有这样一室大笑的融洽时光。

顾庭岸放下笔，望着叉腰纵声大笑的蓝桥，细品这安宁片刻，他倍觉幸福，低头收起那张写满了"浆向蓝桥易乞"的纸，折成一方块悄悄揣入口袋里。

乞？乞——乞取蚌中月，此心终不歇。

蓝桥这种人，如果暗搓搓做点什么事，哪怕酝酿时发誓咬紧牙关不透露，眼角眉梢、话语之中却总是会泄露一些。

比如那句亡国之词——贺舒那座城，她是时刻都没忘了要破的。

C&C签下贺舒的艺人约，贺舒在剧组的地位又恢复，她的戏份今天正式开始拍，而且时间排得很集中，从一大早就开始。

　　因为要吊威亚，早饭贺舒只吃了三分之一的代餐营养棒，就这样威亚穿上身还是很不舒服，勒得胃好像顶住了心脏一样。

　　武术指导反复给贺舒说走位，"这场咱们是一镜到底，您多受累，一会儿跳下来的时候别闭眼睛。"

　　贺舒的助理很担心，问能不能用替身，"这城墙太高了，万一有个什么闪失可怎么办？"

　　武术指导笑吟吟地说："不会的，我们都是自己先上去试过好几遍，才给演员上。还有就是这场戏很重要，片头和先行片花里铁定都要用，是原著里面最精彩的戏之一，用替身的话……"

　　贺舒连忙说："不用不用，我自己上，我可以的。"

　　她自己一手毁了巡回演唱，选秀成名后的热度已经凉得差不多了，她需要代表作，才能继续有话题。

　　想得到任何东西，都要从自己变得强大开始。

　　贺舒心里念着爸爸妈妈保佑女儿，一脚踩上城墙，往下一看，土地离她那么远，如果摔下去的话，一定会很疼，会死掉吧……萧尹！贺舒脑海里陡然蹦出他的脸。

　　当时他一定很疼吧？他跳下去是头着地的，她去看他的时候虽然遗体美容已经做过了，但他的脸还是歪着，瘪下去一块。

　　萧尹最爱臭美，也确实长得好看，他打篮球的时候场边总是围着很多女生，他就会故意耍帅。他的队友们很讨厌他这样，因为他总为了动作好看失去得分机会，贺舒就经常买饮料和点心去篮球队，替萧尹向大家赔不是，替他处好关系。

　　如果萧尹没有死，现在该多好啊？如果萧尹可以活过来，贺舒甚至愿意不再与蓝桥为敌。

　　蓝桥……都是因为蓝桥，萧尹才会死！

　　"贺舒……贺舒！"副导演离得远远地喊了好几声，贺舒被他喊得望过来，她眼里未散尽的恨意令副导背上一寒，"你……你怎么了？有什么状况吗？害怕了你就先下来吧！"

贺舒说："没有，可以开始了。"

副导演退回去，导演喊"开始"，贺舒念着萧尹的名字一跃而下——恨意与痛悔未退，害怕的感觉倒是很淡了。

耳边风声倏然，也就眨了一下眼睛的时间，人就到了地面上。前方和左右两侧都有摄像机对着她的脸，但贺舒控制不了自己的表情，想起萧尹躺在太平间里的样子，他也是这样从高空跳下去的……

"停！"副导演用喇叭大喊，"贺舒！情节是殉国！你表情这么扭曲，后面补特写也救不了！"

贺舒被放下来，两脚着地，腿都是软的，松了一口气后她急促地呼吸，脸上不断冒出汗珠，助理上去给她喂水，她喝了一口水之后突然吐了，穿着威亚干呕，痛得眼睛里都充血。

身上的痛都在往骨子里钻，萧尹生前和死后的画面在贺舒眼前不断重叠又不断分开，刚才从高空滑落的失重感，耳旁呼呼的风声……贺舒感觉自己掉进了一个深渊，正在往下坠，这一刻她就是萧尹，等她的脑袋重重砸在地上，她就能体会到当时萧尹究竟有多疼。

导演坐在棚子里的显示器后面，看看贺舒吐得都瘫在地上了，他有些担忧地小声问副导演："哎，会不会出问题？"

副导演蹲下来，也小声地答："都是剧本上的东西，原著里也有，找不了我们碴。"

"C&C那边会说话吧？听说她那个金主可不是一般人。"

"周总说了，那些都让他处理，还说贺舒有金主，蓝总的亲爹更大腕。"

导演放心地点点头，副导演站起来，拿起喇叭朝贺舒喊："休息好了吗？再来一遍！"

青山制药宣布向全市敬老院免费供应睿博口服液，记者招待会放在南山敬老院举行。

睿博口服液的宣传由普纳公关承包，蓝桥亲自负责招待会，一大早就跟车过来了，跑到成院长那里蹭早饭。

"哇……你们吃得真好！"蓝桥羡慕地看着长桌上各式各样的包子、点心和粥，"我要多吃点！一会儿才有力气干活！"

成院长看她跃跃欲试要上手，连忙递湿巾纸给她擦手，嘴里说："你们家小顾买了好几片地种菜、种果树你知道吗？还养了鸡鸭牛羊，现在咱们这里吃的都是那里送来的，又新鲜又吃得放心。"

"别客气，使劲吃，顾总钱多得是！"蓝桥因为并不知道卓越百货毁约的事，反复质疑顾庭岸免费向全市敬老院提供口服液的举动，顾庭岸也并没有给她解释，吵了好几架都是歪到了生意以外的事情上去，所以蓝桥正怒着他呢。

王爷爷和李奶奶一个给蓝桥盛粥，一个给她拿小菜，蓝桥自己夹了满满一盘的龙眼包子和花卷，成院长忍不住笑话她，"你这孩子怎么胃口还是这么好？顾老爷子在这儿那会儿，你说自己拔个子呢，多吃点，到现在青春期还没过去吗？"

蓝桥嘿嘿嘿傻笑，"我吃得多，动得多！"

顾庭岸走进来正好听到这句，嘲讽地笑了一声。

蓝桥转头看是他讥笑她，恶狠狠地瞪他。

王爷爷和李奶奶又连忙给顾庭岸也盛粥，拿小菜，一个说："小桥还要给小顾生孩子呢，多吃点，身体好！"另一个说："小顾你也要多吃啊！多吃有劲！"

顾庭岸就要了清粥和小菜，端着走，经过蓝桥身边时凑在她耳边很小声却很清晰地说："吃得多，拉得多。"

蓝桥正抓着一个南瓜饼咬，金灿灿的一大口堵在嘴里，顿时被他恶心得生气，用胳膊肘子狠狠暗算他！

顾庭岸轻松接住她的肘击，握住了一扯，蓝桥整个人往前冲进他怀里……

"啧啧，路都走不稳，吃那么多东西有什么用？白吃（痴）！"顾庭岸把她从怀里拔出来，扶她站稳，他神清气爽地走开了。

丢脸至极的蓝桥："……"

July 是今天招待会的主角，她为睿博拍摄了全新的广告片，一身民国造型，与她高知女神的气质十分契合。青山制药最舍得给睿博口服液花钱，蓝桥又执行得不遗余力，睿博口服液最近的市场火爆程度十分惊人。

July 的亲和力也比贺舒强许多，媒体喜欢她，老人们也喜欢她，招待会后媒体散得差不多了，July 却还愿意陪着老人们玩，披着李奶奶的貂裘演座山雕，唱《智取威虎山》，玩得乐不思蜀。

蓝桥在台下跟 Andrew 交代接下去的部署计划，顾庭岸送几个合作伙伴出去回来，走到她身边问："记者都散了吗？"

"嗯。"蓝桥忙着翻计划表，头都没抬，"通稿也都看过了，放心。"

顾庭岸没再问什么，但也不走，就这么静静站在她身边，闲闲地看着台上的表演。蓝桥倒是没什么，Andrew 识时务地说："我先回去了，这个我再自己对一遍，好了放你办公桌上吧，Boss。"

蓝桥说好，把单子理好了给他，Andrew 背着顾庭岸对她眉飞色舞，她一伸手捏得他脸颊都变形了，"快滚！"

Andrew 捧着脸飞快地跑走。

顾庭岸眼睛看着台上，嘴里冷冷地说："手怎么那么欠。"

蓝桥说："你管我！哎，刚刚记者的车马费包全是我自己垫的，一人五百，一共一万，给钱！"她手伸到他面前，摊开着，讨债。

虽然智障而且脾气糟糕，但她的手真好看，掌心柔嫩雪白，掌纹每条都是干干净净清晰着的，顾庭岸默然欣赏了片刻，伸手用力啪一下打开。

蓝桥手心都被打麻了！瞪眼睛要骂，他拿出手机点开转账页面，朝她晃了晃，她立刻就安静下来，乖乖等着的表情像是在摇尾巴。

顾庭岸操作转账给她，低着头，再压抑掩饰，嘴角还是往上翘起。

"叮"一声，蓝桥拿出自己的手机来查看，第一眼觉得数字有点长，再一数，确实是多了一个零。

"哈哈！"她火速把手机藏到背后，幸灾乐祸，"你转成十万啦！笨蛋！"

顾庭岸在看台上的热闹，双手插在裤袋里，眉目未动，"哦，数错了。"

"我不会还给你的！略略略略略略！"蓝桥开心得不得了，朝他做鬼脸。

顾庭岸眼角眉梢蕴着笑意，偏偏不看她，淡淡说："嗯。"

蓝桥开心跑走，跑过他身边时，在他屁股蛋上重重拍了一下。

啪！

哎哟喂，这浑蛋身材是真的好，臀部结实挺翘，打上去手都被弹回来了呢！

顾庭岸被她打得吓了一跳，恼火地转身逮她，她早跑上台去了。

蓝桥与 July 联手玩票，蓝桥唱小生，July 唱花旦，唱完了《西厢记》，唱《孙悟空三打白骨精》。

沈再摇头晃脑地打拍子，跟着唱，抽空对顾庭岸感慨："July 看着那么文静，也挺能闹腾的啊！"

蓝桥脱了高跟鞋，正满场后空翻，顾庭岸一眼不错地盯着，哪还有什么心思看 July，咬牙切齿地冷哼："近朱者赤，近墨者黑！"

沈再呵呵，"一会儿她们下来了，你当蓝桥的面说一遍。"

这是觉得他怕蓝桥？赌他不敢？虽然是事实没错，但是顾庭岸还是要反击，顺便扯开话题，"你平时也不知道管管她，就知道纵容她，你看看她，跟只野猴子似的！"

"……"虽然确实像野猴子，但沈再觉得自己也无辜，"那你把她捉下来现场说教啊，光迁怒我算什么大丈夫？！"

沈再话音未落，台上的人兴奋过头了，落地时手腕一个没撑牢，砰一声，整个人砸在台上。

超级大的动静，丝弦声全都被震得停了下来，台上铺的地毯，灰尘都扬起好高。

顾庭岸和沈再都闭上了眼睛，微微扭开脸，不忍心看。

台上 July 和王爷爷、李奶奶离得近，连忙围上去，个个都慌乱地喊"小桥"。

只见蓝桥摔得目光呆滞，嘴巴都开了，喉咙里发出"呃……"的微弱声音。

虽然挺触目惊心的，但是大家不知道为什么都笑了起来……

July 对蓝桥很感激，因为原本 C&C 群星璀璨，等级制度明确，她虽然靠化妆视频爆红，但始终是网红身份出道，公司最好的资源不可能给她。是蓝桥一手为她签下了青山制药的广告，又将她塞到了《一代军师》这种超级 IP 的剧组里，还是那么个讨喜的角色。

不论蓝桥出于什么样的目的，July 觉得她从蓝桥手里得到的帮助，比顾庭岸这种金主给贺舒的还要多。

"还好吗？"July 特意叫助理去买了热咖啡过来，她亲自端给蓝桥，"有没有头晕？"

蓝桥的头正在顾庭岸的手里，被他用一袋冰敷着。

蓝桥伸手接热咖啡，迫不及待地喝一大口，牵动了脑袋，被顾庭岸呵斥："你再动！"

他刚才发了好大的脾气，这会儿蓝桥还不敢惹他，被他呵斥了还赔笑脸，举起自己喝了一口的热咖啡讨好，"你喝吗？是焦糖拿铁。"

顾庭岸瞪了她一眼，松开冰袋再检查她的脑袋，手指插在她头发里摸索了很久，问这里那里疼不疼，最后真的确定她没脑震荡的迹象，他才走了。

"哎……"他临走时抢走了蓝桥的焦糖拿铁，蓝桥叫起来，叫到一半又醒悟，连忙闭上嘴，就当半杯热饮打发这个阎王脸。

她转头看向 July，July 却正望着她笑，意味深长。

"怎么了？"蓝桥把冰袋顶在头上，手摸脸，"我脸哪里磕到了吗？"

"没。"July 感慨地低笑，"只是觉得，顾总他对你好不客气啊。"

"别理他，他脑子有病！"蓝桥放下手，不在意地说。

"他对别人很客气很周到，我也看过他对贺舒的样子，亲近、温柔、尽责，但他对你却很不客气。"July 低头喝了口热饮，笑着叹气，"我能理解贺舒为什么对你有那么大的敌意了——顾总对你的不客气，真的让人看着好羡慕啊。我看着都羡慕，更别说是贺舒了。"

蓝桥心里有点异样，但跟 July 虽然算熟悉，却也说不上这些，只嘻嘻哈哈地说："你跟贺舒一起拍戏，感觉怎么样？"

July 也丝毫没有留恋刚才的话题，"挺好的，我们处得还不错。不过这两天她一直在拍打戏，好像听说蛮辛苦的。"

辛苦就好，蓝桥笑眯眯。

第十六章

2014-12-25 23:40 来自 蓝桥几顾的 iPhone

"至近至远东西，至深至浅清溪。至高至远明月，至亲至疏夫妻。只要四郎信嬛嬛，咱们就是至亲夫妻。"啧啧，我也想对你吟这首诗，然后对你说："咱们就是那至疏夫妻。"

贺舒何止辛苦？简直如坠地狱！

拍跳城墙殉国的戏，她晕过去两次，硬是不肯服输，咬着牙一遍遍 NG，最后导演都看不下去了，不顾副导演的阻拦，让她过了这场戏。

但是下一场还是打戏，连拍了两天，贺舒每天几乎只喝清粥，但还是被威亚勒吐，连胆汁都吐出来，满嘴都是苦涩。

"舒姐。"助理小红急得不行，"你哪怕歇两天再拍吧，这样下去怎么行啊！"

贺舒坐在她的椅子里休息，化妆师在给她补妆，她眼下的青黑太严重，遮瑕都快盖不住了。

但她精神还算好，冷冷地说："有什么不行的？又不会死，正好减肥了。"

蓝桥想用这种手段折磨她，贱人！蓝桥你这个贱人！我不会让你得逞的！

"贺舒。"副导演跑过来，"还行吗？"

贺舒因为开机那天打了他，到现在对他一直格外客气，站起来微笑回答他说："可以。要转场了吗？"

副导演说："不转。这场拍你母妃受辱跳城墙，你站在那里做表情就好。"

听到不用吊威亚，助理大大地松了一口气，高兴地上前给贺舒捏肩安慰。

贺舒也精神好了很多，转身喊化妆师："妆再补精细一些！"

贺舒精神抖擞地走位，导演一声"开始"，她迅速调整好表情，皱眉焦急不已地仰头望去，城墙上扮演她母妃的女演员奋力挣脱了绳索。

然后便是贺舒的脸部大特写了，因为这场戏的主角是她，所以母妃跳下来的戏并不用演员真身拍，只要贺舒想象着母亲跳死在她面前即可。

贺舒正酝酿悲愤泪目，眼前忽然有黑影一闪而过，居然真的有个人跳了下来！就砸在她面前一米开外的地方！

"啊！啊啊啊啊啊啊啊！"贺舒失声尖叫！

是萧尹吗？萧尹是你吗？是你带我来你生命的最后一刻吗？那时你想到我了吗？你……恨我吗？

贺舒眼前一片血红，五年前医院太平间里阴冷潮湿又死气沉沉的特殊气味弥漫在她鼻腔里，她发狂一般双手抱着头拼命跺脚，拼命尖叫……剧组的人好多都围过来，几个男工作人员扑上去合围抱住她，好不容易才让她镇定下来。

小红哭得满脸泪，从人群里钻进来抱住贺舒的脑袋，"舒姐……呜呜呜呜……"

贺舒浑身发抖，却伸手紧紧握住小红拿出的手机，"不要……不准打给他！"

不要通知顾庭岸，不要告诉他。

贺舒蜷缩在地上，侧着身抱着自己瑟瑟发抖，从一双双脚的缝隙之间，她看向地上刚刚砸下来的东西。

是个假人，头部绑了一个血袋，从高高的城墙摔在地上，血浆四溅，地上的土都被染红了一片。

蓝桥！贺舒心里恨得滴血，脸上却咬着牙笑起来，我要你死！我要杀了你！

贺舒坚持不肯通知顾庭岸，July 却收到了剧组工作人员的微信，她权衡片刻，还是把微信给蓝桥看了。

蓝桥看完之后居然神情变得很生气，顾不上向 July 说什么，她走出去打电话痛骂周北："是不是你叫人给贺舒使坏？！"

周北快出院了，心情很好，哈哈哈地说："wuli 蓝美人，请用一个么么哒表扬我！"

"么你妈！"蓝桥破口大骂，"你有病吧？你是不是人？你要吓死她吗？萧尹是我兄弟你他妈知不知道？！"

"你他妈能不能不跟我他妈他妈的说话？！"周北也火了，"我他妈不就是知道萧尹是你兄弟才这么帮你报仇！"

"我他妈不许你用我兄弟的死报复谁！"蓝桥咆哮，"垃圾！你去死吧！"

周北那边传来一阵碰撞破碎的声音，应该是把手机给砸了。

蓝桥怒得头发都立起来了，也要摔手机，但 Andrew 的电话这时十万火急地打进来。

"什么事？！"蓝桥语气还是很差。

Andrew 的语气十分严肃，"出大事了！有个老人疑似服用睿博口服液之后中毒，送医院急救，病危通知书都下来了！"

蓝桥头皮麻了一下，人却反而迅速镇定下来，握着手机深呼吸了两次，她冷静地问："消息最先从哪里爆出来的？现在流传范围是什么样？"

"微博，有人买了热搜，现在话题榜一二三都是相关事件。"

"我们手里的营销号，有没有接到相关的单子？"蓝桥问。

Andrew 说："没有，一个都没有。"

蓝桥眯了眯眼睛，冷笑起来，"也就是说幕后有人操作，而且操作这件事的人，知道我们和青山制药的关系。"

Andrew 转过这个弯来，声音里开始透出几分担忧，"那……老大，咱们是不是避避风头？这种事就算再怎么澄清，总会让人想起来有个阴影，睿博口服液不是疗效药，别人想起来这件事，肯定都是能不喝就不喝了，谁会冒着丢命的风险吃保健品？睿博是翻不了身了，不如弃车保帅。"

"你个尿货！还没开打就想跑！"蓝桥骂他。

"咱们新开张嘛！这一下子就砸了招牌可怎么办？趁现在赶紧断尾求生啊！" Andrew 是全心全意为蓝桥着想的，"这种事群众都站受害者的，我们再去公关，肯定要被人骂死，还会惹好多麻烦的。"

蓝桥呵呵了他一脸，"锦上添花的事干完了，人家这里下雪了，你教我抱着炭盆往回跑是吧？ Andrew 我告诉你，我们跟睿博同富贵过，现在是共患难的时候了，挺得过咱们就鸡犬升天，挺不过也不至于倾家荡产，做人有点血性！"

Andrew 叹气说："好，你别生我气，我是觉得你怪不容易的。"

蓝桥也明白这孩子不是心坏，烦躁地说："好了好了，你先去处理吧，叫所有人停下手里的活，接下来二十四小时黄金公关时间，动起来！"

蓝桥挂了电话走回室内，一推门发现 July 就站在门口不远处，她有些惊讶，July 却很关切的样子，"是剧组的电话吗？贺舒怎么样了？"

"哦……"蓝桥脑袋快炸了，一时都想不起来敷衍的词，最后放弃了，说，"我有另外的急事，你这里也结束了，叫人送你回去吧，今天辛苦了。"

July 也不多问，笑笑说"好"，就走了。

蓝桥也往外走，刚出大厅就见顾庭岸在院子里打电话，她扬声叫住他，跑过去想告诉他刚才 Andrew 的电话，他却神情很冷地看着她。

蓝桥心头一窒，随即怒火与委屈滔天，脸上反而扬起了一种破罐子破摔的诡异笑容。

沈再跟成院长谈完事出来，见这两人面对面站着，也没细看是什么情景，愉快地过来摸摸蓝桥的脑袋，"悟空，头还疼吗？"

可蓝桥一点反应都没有，邪恶笑着的样子像是要入魔。

沈再再看顾庭岸，心知不好，清了清嗓子问："怎么了？出什么事了？"

蓝桥却笑了起来，眼神戏谑，望着顾庭岸，"顾总先说还是我先说？"

顾庭岸冷冷说："贺舒的剧本里被人加了一场戏，要她眼睁睁看着一个人在她面前跳楼死去，今天拍的时候，有人在未告知她的情况下，从高处将绑了血浆袋的假人扔在她面前。"

"蓝桥。"顾庭岸盯着她,"即便是你,也太过分了!"

"还好吧?我是正常发挥啊。"蓝桥耸耸肩,"你说完了?轮到我了?你们睿博口服液把一个老人喝中毒了,啧啧,怎么办,你们两个是组队护舒宝联盟去刷白莲花副本呢,还是跟我一起去关心一下中毒老人,做选择吧。"

看着顾庭岸跟沈再两张脸像刷了一层水泥一样瞬间硬了,蓝桥吹着轻快的口哨从他们两个人面前走过,溜溜达达地上了车。

那位喝了睿博之后送医急救的老人今年七十岁,姓吴,她是在敬老院里喝到的睿博口服液,半小时后被敬老院工作人员发现躺在房间地板上口吐白沫地昏迷了。

蓝桥把目前了解到的情况向顾庭岸和沈再汇报,汇报完毕,她吹着口哨看着窗外风景。

顾庭岸又开始面无表情了,沈再太阳穴那里一抽一抽地疼,低声说蓝桥:"小桥!"

"嗯?"蓝桥事不关己的清明神色。

"别吹了……我有点头疼。"沈再很无力地说。

"哎,你们没有感受到命运的齿轮缓缓转动吗?"蓝桥兴味盎然地一拍手,"我跟贺舒,你们总是站贺舒那队。现在贺舒和睿博,你们就这么干脆地双双放弃贺舒,哈哈!"

沈再沉默,顾庭岸伸手降下车窗,高速上风很疾,一大块一大块地从窗口打进来,发出闷而震耳的响声。

蓝桥的声音在这响声里显得幸灾乐祸又悲怆莫名,"不要担心,一切都是命中注定好了的,反正大家谁也没想活着离开这个世界,开心就好,还管什么报应啊。"

"蓝桥。"顾庭岸看着窗外,静静地说,"闭上嘴,安静坐着。"

蓝桥在他俩前一排,扭着身趴在椅背上跟他们说话,前一刻还笑靥如花、神情潇洒,被他一句话说得所有表情都像面具一样僵在脸上。

"我很可笑吗？"她落泪，却越发眼神倔强，"你才可笑呢！你这会儿心里急死了吧？！你的安稳人生，一下子东倒西歪，没一件顺心事！"

"跟你无关。"顾庭岸收回目光，看向她，"你不说话没人当你是哑巴。"

眼泪淌了满脸，蓝桥恨不得跳出来另外一个自己，狠狠给哭的那个两记耳光！要死了啊，哭什么哭？丢人现眼！

但控制不住，别说眼泪了，嘴巴抿得紧紧的都麻木了，还在不断颤，只有小孩子受了冤枉才会哭成这种委屈嘴，蓝桥鄙视自己！

蓝桥一边鄙视一边眼泪流得更凶，顾庭岸毫不留情地拆穿，令她最后的防线都溃不成堤，她没有一草一木可以拿来抵御了，连没心没肺的玩笑和故作凶恶都被他戳穿，她什么都没有了。

蓝桥在座位里坐下去，咬着唇尽量哭得无声，保留自己最后一点尊严。

有人从她后座伸手过来递纸巾，她一手拿纸巾一手逮住他的手腕，低头"啊呜"一口咬上去！

沈再看顾庭岸倾身贴在前座椅背上，皱着眉，表情痛楚，便问他："怎么了，胃痛吗？"

顾庭岸说："不是，没什么。"

他忍耐地闭上眼睛，昏昏地靠在那里，心里叹气，却又颇多安慰。

顾庭岸等人赶到医院，吴老太已经抢救成功，住进了重症监护室 ICU。

ICU 门口围着许多人，有好几家新闻媒体在，医院保安守在 ICU 病区门口，不让闲杂人等进入。

Andrew 在这里了解情况已经一个多小时，他迎上来给蓝桥和顾庭岸汇报吴老太的情况，顾庭岸简略听了几句，拍拍蓝桥，"我去给律师打电话，你有什么提醒？"

"立刻出律师函公开信，声明现阶段一切以查明真相为上，清楚地阐述青山制药的立场，还有就是所有现阶段对咱们的恶意揣测都将要追究！"蓝桥匆匆交代他。

顾庭岸说"明白了"，出去快速打了个电话给律师，进来时见蓝桥匆匆朝他跑过来，一边跑一边解自己的头发绳，将头发揉得像个疯婆子。

"怎么了？"顾庭岸奇怪地问她。

蓝桥说："你别说话，快！蹲下来一点！"

顾庭岸莫名其妙地……弯腰下蹲。

蓝桥拧开手里钢笔的笔芯，给他抹了个大花脸。

顾庭岸："……"

"快！把衣服脱了！"蓝桥扯下他的外套，又往他衬衫上抹墨水，揉得皱皱巴巴的，把清风明月一般的顾大总裁顷刻间整成了衣衫颠倒的凌乱样子。

"走！"蓝桥拉着他往 ICU 那边冲去。

ICU 门口，沈再被记者围住激烈地发问，医院保安增派了人手，将所有人都往外轰，场面十分混乱。

"这又是怎么回事？"顾庭岸发脾气了，在混乱的人潮里张臂紧紧护住她。

蓝桥也很烦躁，"师兄笨死了！冲上去说自己是青山制药的。"

然后就被围攻了。他们这里闹起来，医院就要把所有人都赶出去。

顾庭岸也倍觉无奈，但他和蓝桥逆着人流已经冲到保安人墙前，顾不得沈再了。

保安上前呵斥他俩："退后退后！不许进去！快出去！"

蓝桥"哇"一下哭了。

甚至不用她一个眼神示意，顾庭岸已经顺畅地接上了戏份，"别哭别哭！不是说已经抢救过来嘛！这里是医院，奶奶一定会好起来的！"

蓝桥披头散发像个疯子，顾庭岸大花脸，墨迹斑斑的衬衫一半扯在腰带外面，两个人看起来真像是急慌慌赶到的家属。

保安们连忙换了神情，安慰道："你们是家属啊？那你们可以进去，但进去了不要大声喧哗，不要影响其他病人。"

蓝桥哭得伏在顾庭岸身上，顾庭岸对保安道谢，半扶半抱地将她搀进去。

"你想干吗？"走在 ICU 走廊上，顾庭岸才有空问她。

蓝桥说："没想干吗啊，外头记者也许会认出你来，进来避一避嘛。"

顾庭岸才不会轻易被她糊弄过去，"既然怕被认出来，为什么不索性往外走，还要把我赶回来？"

蓝桥一时编不圆了，也并不敢痛快承认就是想借机捉弄他，索性推着他往前走，"哎呀，现在不是讨论这个的时候！"

"好啊。"顾庭岸呵呵，"待会儿咱们再算账。"

蓝桥："……"

ICU 未经医生准许是不让家属进入病房的，但有一面墙上镶了玻璃，可以往里看到病房里的情形。

顾庭岸站在玻璃窗外看着病床上昏迷的吴老太，即便此刻形象糟糕，顾总目光如鹰的神情依然帅气无边。

蓝桥从护士那里打听消息回来，凑到他身边很小声地说："就是她没错。有件事很可疑，据说她的一个侄子本来一直在抢救室外面守着她，但是听说人救过来了，就急匆匆地走了。"

顾庭岸唇角微扬，露出一个讽刺至极的冷笑。

蓝桥看着病床上干瘦的老人家，难过地叹了口气。

"你走近一些，仔细看她。"顾庭岸轻声说。

蓝桥奇怪地看了他一眼，凑近玻璃，睁大眼睛努力看了一会儿，"什么啊……"

"你看她的脸颊，有什么异样？"

"有点红……那是水泡吗？氧气罩勒的吗？"蓝桥视力还算好，仔细又看，"好像在动！"她抓住顾庭岸的手臂，"是不是要醒过来了？我去叫医生！"

蠢死了……顾庭岸抓住她衣服领子把她揪回身边，敲她脑袋，"那是肌纤维颤动！"

"啊？"

"胆碱酯酶抑制导致乙酰胆碱蓄积，出现烟碱样症状，就会出现肌纤维颤动。"顾庭岸冷笑了一声，"有机磷农药中毒的临床症状之一。"

脸颊上那道红和水泡，也是农药接触皮肤之后的症状。

农药中毒？！蓝桥迅速 get 了重点，随即咬牙切齿，"报警！叫律师马上报警！"

"急什么。"顾庭岸反而慢条斯理、不慌不忙的，"戏还没落幕，写影评为时尚早。"

说完他说"走了"，拉着蓝桥转身离开。

蓝桥在反复推敲吴老太农药中毒的事，走了一阵才注意到他一直牵着她的手。她闷不吭声地抽出来，他却反应很快，握住并且十指交扣。

"我们一起去剧组看看贺舒吧？"他语气很平静，"我一气之下以为是你，想来她也会误会的。"

这话令蓝桥的怒火一下子又蹿上来，狠狠地一甩手想摆脱他，他却不肯，紧紧扣着她的手，那么用力，他神情却依然保持淡淡的，叹了口气才说："是我不对，但你这个人，但凡酝酿什么事，还没开始做就先敲锣打鼓满世界宣扬警告，这会给人留下阴影的，一有什么牵连，第一个想到你。"

别人都是悄无声息干了坏事就跑，被发现也要百般抵赖，她是全然相反的。

可人的性格如果能随心意调整，哪还会有那么多的抑郁症和深爱别离？蓝桥忍着泪意侧脸朝他冷笑，"你又好到哪里去？屁大点事都要憋在心里，越在乎越装，对外人春风十里，对自己人就各种给脸色看，窝里横！"

她的反驳全中，顾庭岸没什么可辩解的。

说到底这两个人是一样的，天生一对，互相折磨。

顾庭岸默默地低着头就这样走，突然笑了起来，先是无声地微笑，后又鼻息震动地笑出了声。

蓝桥还是挣脱不开，愤怒地飞踢他的小腿，"找面镜子照照你现在的丑样子！还有脸笑！"

她踢人很疼，顾庭岸皱了眉，不笑了。

要不是江山易改本性难移，他想告诉蓝桥：你说得都对，我就是这样一个有性格缺陷的人，这样的人谁都会讨厌吧？连我自己都是。我唯一稍稍喜欢自己的时刻，是你说喜欢我，我便爱屋及乌。

所以即便存在着一万个理由应该放你走，还是因为万分之一的心存侥幸而这样牵住你的手。

吴老太中毒事件成为微博最热话题，各个新闻媒体也都在不断挖掘报道。蓝桥命令普纳众人不必分散精力回应所有荒诞说法，只盯住一条反复强推：青山制药否认睿博口服液添加有毒成分物质，将积极配合有关部门的调查。

有关部门也已经去了青山制药，顾庭岸还没回去，但青山制药各个部门各行其是，该接受调查的就整理好了交上去，该维持正常运转的就埋头工作，运转得有条不紊。

蓝桥动用了手头所有的媒体关系，但对手似乎势力强大得深不见底，两边不断加码地打媒体拉扯战，Andrew 他们都觉得这样下去不是办法。

"没关系。"蓝桥不在乎地挥挥手，"只要声音不止一种，就会造成讨论，现在的人比以前聪明得多，见多识广，事情的真相没有一锤定音之前，大部分的人是会保留一些观望态度的。"

"老大……"Andrew 被同事们推出来冒死谏言，"你有没有考虑过，如果睿博真的有问题呢……"

"不可能。"蓝桥直接说。

"您就对顾总这么有信心啊？"

"关他屁事？那位中毒老人脸颊出现红斑和水泡，是直接接触有毒物质后的皮肤反应，睿博口服液二十毫升一瓶，瓶口直径十厘米。"蓝桥比画了一个喝口服液的动作，"她喝的时候不至于淌到脸颊上，不合理。"

Andrew 愁眉苦脸，"柯南都当上了，您可真是不容易啊！"

"少废话！干活去！"蓝桥不客气地敲他的头，又敲敲桌子，扬声对众人说，"不好意思，清明三天假期要你们集体加班，你们有扫墓安排的报给Andrew，相互把时间错开就可以直接去，不用打卡，这三天的加班费按照国家标准计算后，顾总他会另外再付一份给大家。"

跟着蓝桥工作，脾气若是合得来就真的很痛快，你干活的时候全情投入，她为你争取的时候绝对不遗余力。

办公室里口哨声一片，蓝桥笑着抬手压下去，微笑着对他们说："你们中间大部分人都是跟着我从青山制药过来的，如果把睿博口服液比作孩子，它是咱们看着长大的，咱们抚养过它。这次的对手想要加害它，请各位同仁以保护妻小、维护朋友之心，打赢这场仗！"

媒体是口舌，只看为谁发声，但真相永远只有一个，蓝桥相信顾庭岸一定能找出真相，而她将以真相为剑，斩开荆棘。

因为睿博口服液是萧尹研发的，是他短而灿烂人生中最美好的成就。顾庭岸将其产业化，沈再为其放弃专业，甚至连贺舒都想方设法为它代言……萧尹，蓝桥在去扫墓的途中，心里默念他的名字，我永远不会忘记你，直到老之将死，你我重逢。

第十七章

今天清明，去西山陵园的路上车很多。

天气格外好，万里云阔，蓝桥从车窗望出去，惬意地感慨："这天蓝得真可爱！"

给她开车的沈再说："是啊，清明时节雨纷纷，今年却天气这么好。"

"是我爸知道我要去看他，特地给这么好的天气！"蓝桥骄傲地说。

"胡说八道。"沈再笑话她，"打个电话给庭岸，问问他到哪里了。"

顾庭岸和贺舒的父母都葬在西山陵园，还有萧尹也是，每年清明沈再都与顾庭岸一起去扫墓。

蓝桥不情不愿地拨通电话，懒洋洋地问："顾总，沈总问您老人家到哪儿啦。"

"刚接了贺舒，从剧组出发。"顾庭岸的声音听起来心情尚佳，"你们出发了吗？今天外面天气格外好，可能是老师知道今年你回来了。"

哎呀……蓝桥忍着笑意，压着声音，漫不经心道："胡说八道！"

"他说什么了？"沈再看她挂了电话，却不像是生气的样子，倒像是忍着什么可笑的事情似的。

蓝桥说"没什么",转脸又看窗外的蓝天,轻声叹气,"身无彩凤双飞翼啊……"

蓝教授的墓在半山腰,背山靠水,风景极佳。

沈再扛着小炕桌,哼哧哼哧的,还滔滔不绝地向蓝桥讲解墓穴风水,"……所以我最后选定了这里,你看啊,青龙、白虎、朱雀、玄武四象俱全,你看这里……你看那里!"

蓝桥帮着他把小炕桌安置在墓碑前,她一边摆置文房四宝,一边捉弄沈再,"其实不用那么麻烦,我一分钟就能看出哪儿风水最好。"

"哦?"学术切磋的时刻,沈再眉目之间满是当年考古系学神的烨烨之辉,"说说!你是怎么看的?!"

"叫他们把价格表拿来,最贵的就是风水最好的呗。"蓝桥往墨里滴水,笑得肩膀都抖了。

沈再:"……"

"小桥!"李彦生和秦湖异口同声的呼唤声传来,因为太默契,跟男女和音似的效果。

蓝桥正面对着墓碑上蓝教授的照片,顿时心里针扎似的刺。但毕竟不是十六岁的少女了,时间和经历磨去了她一言不合就掀桌子的癖好。她放下笔墨,转头看看向她走来的一行人,虽然笑不出来,好歹扯了扯嘴角。

"你们也来上坟啊?"蓝桥有些尴尬地寒暄,但说完又觉得语境不太对,更尴尬了。

李彦生身后那一字排开的四个儿子里,有一个发出了一声嘲笑。

蓝桥眯了眯眼睛,肯定不是李元周,剩下那三个脸蛋长得一模一样的……她上前揪住站在李倾周身边的那只,拧着他的脸蛋大力捏,"云——周——好久不见啊,都长这么帅啦!"

李苍周脸都被捏变形了,带着哭腔自报姓名,"小桥姐,我是苍周!"

噢……蓝桥松了手。

李苍周身旁的那只，在她松开李苍周的瞬间就抬手做了个"别靠近我"的酷炫狂霸手势，但蓝桥还是纵身一跃就捏住了他的脸，"李云周，你以为你面无表情就很像澜周了吗？"

李澜周垂下目光，冷冷看着踮着脚尖捏他脸的女人，一言不发。

"啊……真的是澜周啊……"蓝桥"嘿嘿嘿"地松开手，轻轻拍拍他的脸，"对不起，对不起！"

一旁的李云周这时再也绷不住表情，捧腹大笑起来。

蓝桥出手如电，双手揪住了李云周的耳朵。李云周一边笑一边喊疼，差点又要跟蓝桥打起来，还是李元周上前分开了两人。

"小桥，你还没见过我家老大和老二吧？"李元周性格温和，是四个男孩里面与蓝桥关系最好的，他向蓝桥介绍他的孩子们，孩子们却都因为刚才的闹剧吓得躲在李倾周身后。

软萌可爱的小姑妈李倾周告诉孩子们叫人，"这是你们大姑妈。"

蓝桥更正，"我是你们美丽聪明又活泼可爱的大姑妈——美丽聪明又活泼可爱的大姑妈，记住了吗？喊我的时候一个字都不能少哦，要不然……"蓝桥狰狞地舔舔唇，"我可是每天都要吃一个小孩子的！"

李家老大＆老二："……爸爸！"

两个儿子扑过来抱紧大腿，李元周很无奈，他当年也是被蓝桥欺负过的，自己都没能奈何她。

蓝桥开心得不行，叉腰大笑。

顾庭岸捧着一束花拾阶而上，正好就遇到这大龄弱智少女欺负小孩子的一幕，要不是李倾周看到了他还对他挥挥手，他很想躲一会儿再过来。

"庭岸！"沈再也看到顾庭岸了，他正与李彦生夫妇聊天，这时高兴又急切地叫顾庭岸过去。

顾庭岸走到沈再身边，秦湖率先发现，"庭岸，你的脸怎么了？"

清俊如明月当空的顾大总裁，脸上一道一道的红色小点点。

顾庭岸说："过敏了，前两天碰到个神经病，泼了我一脸墨水。"

秦湖和李彦生都知道睿博口服液的事，劝他随身要带安保人员，李彦生意味深长地说："你身手是好，但有些人，防不胜防。"

顾庭岸眉目微动，看向李彦生，正要再进一步探听，背上却突然被人大力一掌！

妈的，胃都差点被震得喷出来……

"聊什么呢？"蓝桥状似打招呼，其实下狠手地拍了顾庭岸一掌，凑过来问。

沈再站在顾庭岸身边，蓝桥那一掌起了掌风，他站旁边，脸上都感到一阵劲风拂面，而且他还知道抹顾庭岸一脸墨水的人是谁……沈再心里默默对身后的墓说：老师，我觉得我撮合他俩还是对的，"大帝君臣同骨肉，小乔夫婿是英雄"，只有顾庭岸这种英雄才能一辈子在蓝桥手下存活。

"放心，没说你坏话。"秦湖与女儿开玩笑，又问，"你带张桌子来是做什么用的？"

蓝桥说："玩联句啊，我爸也好久没看过我写字了，我让他看看！"

李彦生脸上还是温柔笑着，却说时间差不多了，他们该去李家坟上拜祭。

"李叔。"顾庭岸突然出声，"这两天能抽空见我一面吗？我有些生意上的事想请您指点。"

李彦生心里赞叹，面上却只是微笑点头，"可以，具体时间我们再约。"

李家一行人浩浩荡荡地离开了。

蓝桥和顾庭岸、沈再打扫蓝教授墓地周围，顾庭岸摆花，沈再摆酒，蓝桥拿一方白手绢，擦拭墓碑上蓝教授的照片。

她家蓝教授真是儒雅清俊啊，她要是他的亲生女儿就好了，身体里如果有一半的血液来自温和从容的蓝教授，她就不会如此野蛮粗暴了，大概也就不会经历这样偏激的人生。

爸爸，蓝桥在心里轻声叫他，对不起，我没有过好我的日子，我不幸福，但是……请你不要为我难过。

顾庭岸走过来递纸巾给她，蹲在她身边陪她一起看墓碑上蓝教授和煦笑着的遗照，然后说："你哭这么丑，会吓到我老师。"

蓝桥用力擤了鼻涕，吸着鼻子，哽咽地说："我爸要是活到现在，我一定怂恿他去跳广场舞，那现在，想当我后妈的人会从这里排队排到巴黎！"

她脸上泪痕未干，鼻子红得像个小丑，却是那样明净透彻的骄傲表情，令顾庭岸既喜欢又心疼。

墓碑后，传来正除草的沈再不赞同的声音，"小桥！你再胡说八道！"

蓝桥和顾庭岸低头闷笑，两人一模一样的动作。

祭过了蓝教授，顾庭岸要去自己父母的坟上了。

"小桥，你在这边，我过去拜一拜就回来。"沈再知道贺舒在那边等他们，所以想留下蓝桥在这里。

蓝桥却收拾笔墨了，"一起去吧。"她说，"我去看看顾叔叔和白老师。萧尹是不是就在旁边啊？"

沈再回答着"是"，眼睛却看向顾庭岸，想征询一些意见。

然而顾庭岸一副毫不担心的样子。

到了顾家夫妇坟前，贺舒果然在那里，她父母的坟紧挨着顾庭岸父母的，两座坟前只蹲着一个她，烧纸的背影透着许多凄凉难过。

蓝桥顿住了脚步，看着贺舒瘦了许多的背影，她脸上阴一阵晴一阵的。

片刻后，蓝桥走过去，径直在贺舒身边蹲下，拿了一沓冥纸，向火盆里撒去。贺舒转眼看见是她，脸色一下子沉了下来。

"那个假人的事不是我干的。"蓝桥飞快地说完这句，站起来走回沈再身边，经过顾庭岸时故意用力撞了他一下。

顾庭岸："……"

但蓝桥脸上写满了"这下你满意了吧"，他也就揉揉肩，算了。

最惊喜的是沈再，蓝桥能向贺舒解释，虽然只是短短的一句，但已经是一个很好的开始和很大的飞跃了，他摸摸蓝桥的头，表示表扬和欣慰。

"庭岸，小沈！"一对中年夫妇从远处携手而来，看见顾庭岸和沈再，他们的神情变得很是亲切。

顾庭岸和沈再却都神情震住了。

蓝桥惊喜地迎着那对夫妇走上前，"萧尹爸爸，萧尹妈妈，好久不见啊！"她看人家愣愣看着她，急切地拍拍自己胸口，自我介绍，"我是蓝桥啊！萧尹带我去过你们老家玩的！记得吗？！"

顾庭岸和沈再飞快地上前拉住蓝桥，但萧尹妈妈已经一脸恨意地指着蓝桥尖声大骂："凶手！你害死了我儿子！"

萧尹妈妈向蓝桥扑来，沈再和顾庭岸都上前拦，萧尹爸爸虽然也跟着劝，但他望向蓝桥的眼神那么愤怒和鄙夷。

这一瞬间的变数令蓝桥蒙了。

"很好奇吧？"贺舒像背后灵一样，在蓝桥身后用轻而恶毒的语气说，"我告诉你啊！"

蓝桥颈后起了密密麻麻的鸡皮疙瘩。

"你那个了不起的亲爹，教唆萧尹做伪证，为了帮你脱罪，萧尹他谎称案发时间与你在一起，但是学校监控拍到他那时候路过图书馆门口。"

贺舒吐出一口憋闷了五年的气，原本还有好多表情和厉害的台词，但她抖得根本做不出来，她眼前全是萧尹的遗容与假人坠地时的那摊血，如果此刻能回到当年的楼梯口，她一定会拼尽全力将蓝桥推下去摔死她！

"警察查到萧尹做伪证，要追究他的法律责任，他才会跳楼自杀的……蓝桥，是你害死了萧尹！"贺舒竭尽全力地说完，热泪夺眶而出，她哭哭笑笑，用一种恨到了极点的眼神望着蓝桥。

蓝桥觉得冷，她用双手环抱自己，人好像一瞬间就憔悴了，像被风干了的枯叶，在枝头摇摇欲坠。

顾庭岸及时过来抱住了蓝桥。

"贺舒！"顾庭岸高声怒喝，眼睛里亮得像燃起了两团火焰。

蓝桥感觉到顾庭岸抱着她的手臂多用力，也听到沈再哭着却高声说："真的不是蓝桥害萧尹！真的不是！"

她爱的男人从来没有惧怕过什么，此刻却这样用力地抱紧她；她的师兄有文人的雅致，也有文人的风骨，此刻却当众号啕。

蓝桥就知道了：贺舒说的都是真的。

"蓝桥！"顾庭岸在她耳边字字坚定地说，"萧尹已经死了五年，你做任何事他都活不过来，你听好，他活不过来了！"

是啊，白茫茫的世界中有个慈悲的声音在对蓝桥说：你的自大偏执害死了萧尹，他活不过来了。

蓝桥毫无意识地哭得泪雨滂沱，在顾庭岸怀里抖得如风中落叶。

顾庭岸紧紧抱着她，感觉到自己有些控制不住手臂的力道，明知道抱得重了，她可能此刻很痛，但他恐惧得不得不全力以赴。

上一次他感到这样恐惧与无能为力，是在楼下看着她站在楼顶摇摇欲坠。当时如果她真的跳下来，他会冲上去接住她，垫在她身下。

"我们先回去好吗？你想知道的，我来告诉你。"顾庭岸低声软语地劝蓝桥。

蓝桥泪流满面，呜咽了好几声才哑声问出来："我每个月给萧爸萧妈打钱，他们每年圣诞给我寄贺卡，是怎么回事？！"

萧尹的父母是华侨，萧尹死后他们常年住在英国的乡下，当初蓝桥想去探访他们时，沈再说了很多理由阻止她，所以这五年来她每个月都给一个账户上打五百英镑，圣诞节时她会收到署名萧爸、萧妈的贺卡，蓝桥一直以为这是她与萧爸、萧妈的联系。

顾庭岸心里叹着气骂沈再做事风格绵软，嘴上却也只能认："钱和我的那份一起给他们了，贺卡是我模仿萧尹爸爸的笔迹寄给你的。"

啪！蓝桥推开顾庭岸，狠狠甩了他一个耳光。

顾庭岸挨了耳光，却只眉毛颤了颤，仍然上前牵她的手，低声下气地说：

"萧尹去做证的时候是要求保密的,我们也是他死后才陆续知道了这件事,可那时候老师也出事了,我们怎么好再告诉你呢?"

"借口!"蓝桥反手又是一记耳光!

她才是跳起来借力,一巴掌差点把人耳朵都要打聋的那个……顾庭岸抬起被她打歪过去的脸,舌尖顶了顶嘴巴里被碰破的地方,正要恐吓她两句,却见贺舒愤怒地向蓝桥走来,他连忙伸手将蓝桥扯进怀里。

蓝桥更加发疯地殴打他,贺舒见此眼睛都恨红了,呵呵冷笑着扬声冲蓝桥说:"既然这么在乎萧尹,你也去死不就好了?让你继续活着,总有一天你会把庭岸和沈再也害死的。"

蓝桥在顾庭岸怀里挣扎着转过身,冲她冷笑,"是啊!我就是这么打算的!你睁大眼睛等着看吧!"

"你这个贱人就是个丧门星!"贺舒咬牙切齿地骂蓝桥,"你克死了顾叔叔和白阿姨,克死你自己的爸爸,还克死了萧尹!都是你的错!你就该一个人孤独老死!"

"我第一个就该克死你!早知今日,当初见到你就应该杀了你!"蓝桥用尽全力地叫嚣,因为被顾庭岸抱着,跺脚跳起后再也下不来,她两脚悬空着试图飞踢贺舒,满脸泪和汗,像个疯子。

"好了!"顾庭岸腾出一只手捂住蓝桥的嘴巴,目光却怒意冰冷地看向贺舒,"贺舒,从今天起你不要再叫我哥哥,我不再是你哥哥!以后我的事情,与你无关!"

贺舒来之前就知道顾庭岸今天一定会对她生气,但他这样当着双方父母亡灵与她断绝关系,她万万没有料到。此刻顾庭岸望着她的眼神,像冰锥一样扎进她的心脏。

"好啊。"她嗓子全哑了,笑的声音像是要咯出血来,"那我对这个贱人下手,就更加没有忌惮了,多好啊!"

被捂着嘴的蓝桥"呜呜啊啊"地骂着,顾庭岸吃力地控着她,皱眉四处一望,远处树下贺舒的司机和助理连忙跑了过来。

"把贺舒送回剧组。"顾庭岸冷酷地命令，"她要是再闹出什么事，你们就不要再到我这里来领工资了！"

"是！顾总！"司机和助理连忙架着贺舒离开。

蓝桥那里吵成一团时，沈再跪在地上安抚着萧妈妈，反复地说："真的不是蓝桥害萧尹，蓝桥什么都不知道，真的不怪蓝桥。"

这些年顾庭岸和沈再悉心奉养萧氏夫妇，睿博口服液的每一个进展也都与他们分享，萧氏夫妇对儿子的这两位挚友感激至深，此刻沈再这样神情恍惚地泪流满面，他们看着亦是难过心疼。

"起来吧。"萧爸低声劝萧妈，"儿子看着呢。"

萧妈一怔，泪眼婆娑地回首看不远处儿子的墓碑，哭着喃喃儿子的名字，令人望之心碎。

"沈再，你也起来。"萧爸将自己的手帕递给沈再，"我们先走吧，我们不想见她。当着故去的人这样吵闹也不好。"

沈再擦了把脸，收敛了心神，他不好意思地轻声说："那我送你们下山，你们今天不走吧？"

其实沈再是想问他们怎么会来，他们是虔诚的基督教徒，又远在英国，以前每年都是去教堂追思萧尹的。

萧爸比起前年沈再出差英国去探望时又老了许多，英式绅士帽下露出的鬓发已是全白，他告诉沈再："出发前庭岸的助手给我们订好了酒店和机票，你就别操心了，我在飞机上看了一些国内的报纸，睿博口服液的问题还需要你们应对，不要浪费时间，我会照顾好你们萧妈妈的，不要担心我们。"

顾庭岸的助手？沈再联系今天这事一想，顿时知道是谁的安排。

贺舒！即便是沈再，此刻都对她产生了恨意！

"走吧。"萧爸扶着萎靡流泪的萧妈，两个老人朝下山的路走去，他们的前方是日薄西山的景象，鸟群翱翔归巢，壮阔美丽的自然景观里，两个老人走过唯一的儿子的墓前。

　　经过萧尹的坟，萧妈哭得身子往下坠去，沈再连忙追上去扶她，却听到萧爸低声的一句话，令他再度眼眶红透。

　　"不要太伤心，也没有多少年了，很快就能见到他了。"

　　顾、贺两家和萧尹的坟前，最后只剩顾庭岸和蓝桥。

　　蓝桥大喜大悲之后情绪木然放空，坐在萧尹坟前的台阶上，呆呆看着远处山坳里的天空。

　　萧尹，蓝桥在心里轻声对身后墓里的人说，你这个浑蛋胆小鬼，做了伪证又不会被枪毙，你把李彦生供出来啊！你为什么要自杀呢？你为我而死，让我怎么活？

　　想想最后一次与萧尹说话，是她刚从警局出来，顾庭岸、沈再和萧尹都在，她扑到沈再怀里哇哇大哭，又和顾庭岸吵架动手，萧尹拉着她劝："我们都相信你没推贺舒，但她真的摔伤了，你想让老顾怎么做？他也为难死了，几天都没睡了。"

　　蓝桥想想当时的自己，浑身戾气，暴躁如兽，恨不得活生生咬死贺舒。如果放到现在，她才不会跟贺舒一般见识。如果萧尹没有死，蓝教授也还活着，沈再依然是呆萌大师兄，顾庭岸是她喜欢得不得了的实力装逼少年，那她连一个毛孔都不会在乎贺舒，她会幸福无比地珍惜她拥有的人们。

　　好想回到过去，助跑然后跳起来，狠狠地给当时的自己一记耳光！

　　顾庭岸收拾好贺舒父母的祭桌，过来叫蓝桥："我们去爸妈坟上吧。"

　　蓝桥浑身力气都被抽干了，恹恹地不说话，顾庭岸过去背她，她也没有反抗，乖乖地趴在他背上流眼泪。

　　"听说宇宙里有很多平行世界，每一个人每做出一个选择，就会分裂出去一个平行世界，因为每一个选择都会影响全世界。"蓝桥嗓子难听得像乌鸦叫。

　　才几步路，顾庭岸却走得并不快，心平气和地反问她："你的哪个选择让你觉得后悔了？"

　　蓝桥不回答，眼神像个老人。

顾庭岸将她背到顾家的坟前放下，他蹲在她面前，牵她手，对她笑，"你脸肿得像只猪头了。"

猪头目光呆滞地看着他。

"其实像现在这样，所有事都跌到了最坏的地步，反而就好了。"顾庭岸笑着轻轻晃着她的手，声音也温柔，"因为坏运气全被你耗光了，剩下的全都是好运了。"

"你知道我今年已经二十六岁了吗？"蓝桥木木地对他说，"不是十六岁，不会自杀了，所以你别一直叨逼叨叨行不行，很烦。"

顾庭岸："……"

顾庭岸："那就不说这个了，咱们聊聊刚刚你打我那两巴掌吧。"

蓝桥现在一点也不怕他，不屑地看着他，"要先说也是说你瞒我萧尹的事，难怪贺舒不肯给我萧尹的遗书，你们联手把我蒙在鼓里这么多年，顾庭岸你真是狠得下心！"

"说好了今天不谈这件事的。"顾庭岸提醒她。

刚才她疯了一样要冲去李家祖坟那边找李彦生，顾庭岸威胁她：要么他现在强行扛走她，要么她睡一觉，明天再去找李彦生质问。

蓝桥当然不会轻易听他的，都被他扛得经过蓝教授坟前了，蓝教授就在那里对着她笑，像从前每一次她抓狂发脾气的时候一样。

"你总生气，但你想过没有，只有在乎你的人，才会容忍你生气时的口无遮拦和肆意伤害，不在乎你的人只会觉得你暴跳三尺像个丑角。"蓝教授摇着纸扇给年幼的蓝桥扇风，夏天教工宿舍热得像个蒸笼，午睡和夜里他都在蓝桥床边摆一盆冰，用扇子给她送去凉意。

所以李彦生有再多的钱，迷人如同汤姆·克鲁斯又能怎么样呢？蓝桥从蓝教授那里得到的：月底了饭卡没钱吃不起肉菜，一根火腿肠就是父爱；一条她很喜欢的旧裙子嫌短了，在裙边漂亮的蕾丝花边也是父爱；她喜欢顾庭岸，给她出谋划策代笔写情书更是她能想到的最好的父爱。

蓝教授是全世界最威武霸气又温柔周到的爸爸，蓝桥并不需要对李彦生失望啊，反正李彦生根本不是她父亲。

所以刚刚走过蓝教授的墓，她就向顾庭岸妥协了，她答应明天再去找李彦生算账。

况且顾庭岸还没来得及祭拜父母呢，蓝桥心里想着。

"不提就不提。"蓝桥厌倦地嘟囔，站起来走到顾庭岸父母的墓碑前，拿她的手绢擦拭顾氏夫妇的照片。

她记得他们，庭岸爸爸是一个和现在的顾庭岸长得一模一样却温柔亲切非常多的英俊大叔，他经常出差，回来总是会给她带礼物，他讲全世界各地的风景风俗给她和顾庭岸听，顾庭岸搬小板凳严肃坐着听，她趴在庭岸爸爸背上或者骑在他肩膀上听。庭岸妈妈是 C 大最美最年轻的女教授，她比蓝桥自己的妈妈还美，她喜欢穿款式简单的旗袍，讲课的时候声音清脆好听，她常抱着蓝桥说：这是我们家顾庭岸的娃娃亲小媳妇。

"我要在这里买一块位置先占着，以后我死了，我也埋在这里。"蓝桥突然扔了手绢，倦怠而阴郁地说。

"我已经买好了。"顾庭岸走过来，蹲在她身边，指给她看不远处的两块空墓碑，"好像离老师更近一些，那左边那块给你，右边给我好了，让我离我爸妈这边近。"

"……"即便是蓝桥，也觉得很无语，"变态！"

好惨啊，这人生。蓝桥真的觉得撑不下去了，这个墓园里埋了一大半她喜欢在乎的人，出了这个墓园，还有许多棘手难搞的事情在等着她面对，她不想面对！

"顾庭岸。"她灰心丧气地问他，"这真的是我最低谷的时期了吗？真的不会有更糟糕的事情了吗？"

"当然，从今天起，事事顺利。"顾庭岸淡定地说，"要不要证明给你看一下？"

蓝桥转头看他，点点头，又忍不住问："怎么证明啊？你要转账给我吗？"

顾庭岸说"不是"，然后转头，当着父母的面吻住了她。

第十八章

2013-2-4 11:11 来自 蓝桥几顾的 iPhone

我最佩服的动物是母螳螂，爱谁就睡谁，睡完吃到肚子里去。我真是个变态啊！

李家的清晨很安静，树木掩映中的豪宅在清早薄雾里更显雄踞，李元周正带着三个弟弟绕着宅子晨跑，五点起床列队，空腹八公里，李家的男孩子们从小接受虎狼教育，一个个都被李彦生千锤百打过，放出去个个是头猛兽。

李彦生也起得很早，他这些年信奉养生，为了保护膝盖已经不怎么跑步了，晨练是在家中健身房进行的。秦湖也在那里，她有一间三面都是镜子的操房，每天早晨她在里面跳一段舞。

李倾周睡眼惺忪地披着睡衣经过健身房，瞥到李彦生从秦湖身后抱着她，与她低笑说着什么的场景，李倾周饶有兴趣地偷看了一会儿，移开目光，像只猫一样悄无声息地走下楼。

到了早餐时分，一家人整整齐齐地围坐餐桌旁，男人们都面无表情默默地吃，秦湖与李倾周有说有笑地讨论最近流行的白衬衫的款式。

"小桥姐姐穿白衬衫最好看了。"李倾周含着叉子，向往地说，"有一次我看到她里面穿白衬衫，外面穿天蓝色的小西装，扣子都是鎏金的，特别有范儿！"

秦湖笑得很舒心，给李倾周倒果汁，说："下午我们去逛街吧？"

"好啊！我来约小桥姐姐！"李倾周乖巧无比地配合。

但李彦生还是提起了，"周周晚上有个相亲，正好给她买几身合适的衣服，她总穿得太小女生了。"

"爸，人家才二十岁啊。"李倾周尽力地微笑着，"本来就是小女生嘛。"

李彦生说："二十已经不小了，今年过完之前，要把你的婚礼办好。"

李倾周瞬时怎么也撑不住笑容了，她看向秦湖求助，秦湖安慰又鼓励地对她笑，至于她的哥哥们……一个个都仿佛面前的早点是平生罕见的美味。

茕茕孑立，形影相吊。李倾周伸手拿果汁，喝一口，酸得要命，她微笑着喝下去。

李彦生的助理这时过来，捧着手机给李彦生，轻轻一句"是大小姐"，秦湖立刻喜出望外地望向李彦生。李彦生笑着伸手握住秦湖的手，另一只手接过手机。

"小桥。"李彦生欢喜又淡泊的声音。

李家餐厅里太安静，以至于手机里蓝桥的声音所有人都听得很清楚，"这些年你梦到过萧尹吗？"

李彦生向神色突变的秦湖笑了笑，站起来往楼上的书房走去。

"小桥。"李彦生关上门，心平气和地问，"你是不是听谁说了什么？"

蓝桥此时坐在客厅沙发里，脚边地毯上滚着一地的空酒瓶，朝阳就在她面前的窗外，她却脸色跟鬼一样地惨笑着，"你和我妈一样，你们只管自己开心就好，从来不考虑别人的想法……那你们倒是折磨我啊，为什么要害萧尹？！"

"我那时候的确在你们校园里四处寻找目击证人，那是因为我绝不相信你会把贺舒推下楼。萧尹是自己主动来找我的，他说他在案发时间经过教学楼，看到你下楼时贺舒还好端端站着……小桥，你冷静地平心而论，我听到他这么说，带他去警察局，我做错了吗？"

有理有据，条理清晰。李彦生，真的非常善于说服人。

但蓝桥怎么可能相信他呢？萧尹的性格不可能在她和贺舒之间偏颇谁，

如果真的看到了案发，他第一时间会去说出真相的。何况后来被证明他是做伪证——蓝桥从警察局出来时，萧尹还是息事宁人的态度，怎么可能一转眼主动为蓝桥做伪证？

"小桥？"李彦生在电话那端轻轻叫她，"你有什么疑惑，你问出来。"

蓝桥说："没有。你做事那么有目标性，干脆利落，我能问什么呢？这些年我一直在盘算怎么查清楚萧尹的死，到现在我终于知道了，我却不知道下一步能做什么。我能为萧尹做什么呢？我本来就没有认过你，连跟你断绝关系都做不到，我又不能自杀谢罪，虽然我的确也是凶手没错……"蓝桥哭得说不下去，人都佝偻了，书里说的肝肠寸断，眼下方知。

"你那么厉害，你事事都能办到，你教教我啊，我能为萧尹做些什么？"

李彦生那边似乎有碰撞跌倒的声音，他语气也弱了很多，但仍不失坚定，"你说得对，你从来没有认过我，我如果害萧尹自杀，是我的责任，是我关心则乱，不择手段。可是逝者已矣，生者如斯，蓝桥，你别忘了你的蓝教授……"

"不许你提他！"蓝桥突然再也不能压抑自己的哭泣，泪奔着朝电话狂吼，"我再也不要见到你！你这个杀人凶手！"

蓝桥将手机摔出去，追上去想踩碎，却踩到了酒瓶绊倒，碎酒瓶在她脚趾上划出一个个口子，沈再的白色长羊绒地毯顿时血淋淋的。

蓝桥一手握着流血的脚趾，一手握着手机在地板上砸，一边砸一边掉眼泪，脚趾疼，心里也疼。

她从没期待过自己不平凡，她小时候的愿望是成为一名下水道工人，长大后一心一意只想成为顾庭岸的妻子，到后来她经历了萧尹和蓝教授的死，她的人生寄托就成了查清萧尹自杀的原因。潜意识里她认定了贺舒有罪，但现在她发现凶手是她自己。

这人生痛苦得太不平凡了！

一切都是她引起的，她没有与贺舒争执就不会发生后面所有的事，李彦生一直是那样有手段的人，是蓝桥的错，才将他的手段引向了萧尹。

我可不可以去死呢？蓝桥砸完了手机，呆坐在地板上，握着她流血不止的脚指头认真地思考这个问题。

把睿博口服液的问题解决好，把它推向全世界，完成萧尹生前的遗愿，然后就去死好吗？

那么顾庭岸怎么办？

顾庭岸为她殉情的话，还有师兄呢！师兄至今分不清自己喜欢男生还是女生，她的死会不会刺激得他性取向彻底取消呢？

还有她妈妈那个大龄公主病患者，她是她唯一的孩子，她死掉了以后，李家那群豺狼虎豹一点忌惮都没有了，万一李彦生走在她妈妈前面，她妈妈晚年得多凄凉啊？

沈再昨夜陪萧氏夫妇喝酒，早上起来感觉身体沉重，但是想到凌晨回来时蓝桥和顾庭岸还在客厅里猜拳喝酒，他赶紧翻身坐起来。

得去给那两个做点醒酒汤，睿博那儿还有一摊子事等着他们决策处理。

沈再揉着额头走到客厅，嘴里喊着蓝桥："你有胃口吗——啊！"

白色羊绒地毯上的血和倒在那里的蓝桥，令沈再一瞬间心脏都停跳！

"小桥！"沈再的叫声凄厉得几乎能沁出血来！

他扑过去，将侧躺着的人翻过来，脱下衣服按在她手腕上，嘴里颠倒狂乱地喊："不要死啊！不要死啊！是我的错！都是我的错！我不该那么说！我不是那个意思啊……"

蓝桥被他按得手都要断了，喊了他好几声"师兄"，简直被他癫狂的样子吓坏了！

她扯着嗓子喊顾庭岸，沈再却红着眼紧紧抱住她，撕心裂肺地喊："萧尹！"

蓝桥呆住了。

顾庭岸从客房里冲出来，人还没醒，条件反射似的掀翻了沈再，把蓝桥抱出来。

然后才问："怎么了？怎么了？"

看蓝桥眼睛瞪得跟铃铛一样盯着沈再，顾庭岸也看向沈再，"师兄怎么了？"

沈再眼睛里还红着，人却已经回过神来，张着沾了血的双手解释："她一身血地倒在这里，把我吓坏了……"

顾庭岸连忙捉蓝桥的手，翻来覆去也没看到伤口，突然眼前抬起来一只脚，大脚趾差点戳进他眼睛里！

"你脑残啊？！"顾庭岸抓着她脚腕看伤口，心疼大骂，"这都能弄得一地血！"

再看看她浮肿的脸上布满泪痕，头发和身上都散发着馊臭酒味，顾庭岸放开她，克制地问："你能不能先去洗个澡？出来我再给你包扎。"

蓝桥心想你这都嫌弃我，我还能指望你殉情？

她推开顾庭岸，手按着他的头顶，借力站起来，沈再连忙去扶她。

人间尚有真情在啊，蓝桥感慨。

"师兄，我想吃……"

她刚一开口，已经被她身上馊臭味逼到极限的沈再转头干呕了一声。

蓝桥："……"

到最后还是沈再给她包扎的。

顾庭岸在厨房里做饭，蓝桥点了四个菜，扬言少一个就断他一条腿。

"嘶……"蓝桥喊疼，她坐在客厅小吧台上，沈再搬了小板凳坐，这样她正好能把脚踩在他膝盖上。

"你手机怎么砸了？"沈再问她，"喝多了吧昨晚？"

蓝桥含糊地应，看着他认真的侧颜，她小心翼翼地说："师兄，问你一个问题，你不愿意回答就不说话，别生气伤心好吗？"

沈再笑着抬头看了她一眼，"嗯。"

"你大学时候喜欢的那个人……是萧尹吗？"

沈再早猜到了，也早准备好答案，"嗯。"

蓝桥表面风平浪静，其实心里船都翻了好几艘，她舔了舔嘴唇，追问："那……萧尹他知道吗？"

沈再暗恋过一个男生，这是他在向蓝桥求婚后告诉她的，他说他为此感到很痛苦，几次也想自杀。蓝桥原本是绝不肯拖累沈再一生幸福的，但沈再说出了这件事，说他希望能有一段婚姻。

蓝桥也暗中猜过沈再的暗恋对象，但怎么看也是顾庭岸的嫌疑比较大啊！

"师兄……"蓝桥看沈再怔怔地不说话，她摸摸他的头。

"他不知道，到死都不知道。"沈再微笑，平和从容，就像他一点也不遗憾似的。

顾庭岸其实是一个毫无生活情趣的人，也很讨厌浪费时间，所以他从不下厨。父母过世后他也改了挑食的毛病，家里阿姨煮饭给他和贺舒吃，做什么他都吃，但什么都只吃那么几口。

可只要沾上蓝桥就不一样了，叫他下厨，一秒钟变厨师；叫他吃饭就这个好吃那个不好吃，你喜欢鸡腿啊，这么巧我也喜欢，来啊抢啊！

"四个菜……"顾庭岸蹲在冰箱前，抠着下巴喃喃自语地研究，"四个菜……"

聪明能干的顾大总裁选择了午餐肉罐头、鸡蛋、菠菜和胡萝卜丝四个菜。

为了省事，后面那两样他是从蔬菜沙拉包里抠出来的。

他把午餐肉切丁，鸡蛋煎好了切丝，煮一锅白米饭，四个菜一摊一摊摆在饭上，再浇上沈再秘制的辣椒酱——当当当当！

顾庭岸骄傲地端着一脸盆四个菜出去。

"开饭了！"他骄矜自持地喊。

沈再远远看了眼那盆东西就觉得辣眼睛，倒是蓝桥，口水都冒出来了，一瘸一拐地跑过去坐好，迫不及待地帮顾庭岸一起拌饭。

肉红色的午餐肉、金黄色的鸡蛋丝、深绿色的菠菜、橙黄色的胡萝卜丝、白莹莹的大米饭——标准拌饭讲究"五行五脏五色"，这盆居然符合得七七八八。

有肉有饭有辣酱，怎么可能不好吃嘛！蓝桥"啊呜"一大口尝尝味道，好吃得想赏顾庭岸耳光！

"倒点麻油，更香！"蓝桥口齿不清地指挥。

顾庭岸觉得很有道理，屁颠屁颠跑去拿，还带来了盐和鲜酱油，"好了好了少放点……酱油酱油！"

这两个人跟小孩子撒尿和泥巴似的，兴致勃勃边拌边吃，还邀请沈再，"师兄快来！好吃死了！"

"你们吃吧，我还要出门。"沈再揉揉蓝桥的头发，又温柔又嫌弃的语气，"胃口这么好，不会做傻事的对不对？"

蓝桥抿嘴冲他笑笑，嘴边一圈黄黄的酱。

深夜酒后，人总是软弱偏激，等太阳升起来，就又会留恋这美好的人间了。

这样很好啊，虽然活着很艰难，但不是说成年人的世界里本就没有容易二字吗？

"你去哪儿？"蓝桥问沈再，"萧爸萧妈那里吗？"

沈再抽纸给她擦嘴，"我带他们去 C 大看看实验室，明天他们就要回英国去了。"

"明天上午请他们来公司吧，我带他们去参观睿博口服液的生产车间。"顾庭岸也吃得嘴巴上一圈黄。

沈再把纸巾盒往他那边推了推，说："不来了，你别忙了，我陪着就行，公安那边吴老太的毒物检测报告就快出来了。小桥，你脚伤了不好走路，今天就在家办公吧。"

"嗯，知道，Andrew 他们下午会过来这边开会，我打算检测报告一出来，立刻召开记者会。"蓝桥嘴里答着正事，手里忙着和顾庭岸抢饭吃。

顾庭岸明显每一勺都往午餐肉多的地方去，蓝桥抢不过了，恼羞成怒，直接打飞了他的汤匙，顾庭岸冷着脸一把夺过她的继续吃。

两个人在饭盆上方打得像抢食的流浪狗。

"好了……好了！"沈再费劲地分开两个人，"你们两个千万别在外面同桌吃饭，我们是开制药公司的，睿博的卖点还是延缓老年痴呆呢，被别人知道你们两个私下这样，公司要完！"

顾庭岸和蓝桥被一锅炖了，两人都没什么好反驳的，大眼瞪小眼，安静地轮流用勺子，你吃一口我吃一口。

"都快三十了，你们到底什么时候才会成人啊？"沈再给他们两个倒水，叹气感慨，"别人家情侣打打闹闹是情趣，你俩打起来怎么跟街头斗殴似的？"

蓝桥这时吃完一口，手里勺子放回去时被她狠狠插进饭盆里。

沈再瞬时闭上了嘴巴。

"老公。"蓝桥甜甜地问他，"你刚才说什么？"

"我……说什么……了吗？"沈再眨了眨眼睛，一脸惊恐地向顾庭岸求助。

但是顾庭岸谁也不看，淡定地一口一口把饭吃光了。

沈再载萧氏夫妇去 C 大，那里有一个以萧尹名字冠名的制药实验室，刚刚成立，揭牌不久。

"这里大部分是萧尹奖学金获得者里制药系的学生，他们在这里做自己的研究项目，如果对青山制药感兴趣也可以跟我们对接商谈，但是不受我们任何限制。"沈再告诉萧氏夫妇，"萧尹以前经常抱怨庭岸给他的经费太少，总说以后有钱了他要成立一个这样的实验室，因为新药研发是衡量一个国家综合科技实力的重要标志……"

萧氏夫妇携手红了眼眶。

沈再却微笑得很骄傲，"他总是一腔热血。"

"他是个好孩子，也多亏了你和庭岸。"萧爸看着实验室里忙碌的学生，这是他儿子梦想实现的样子，"他没有落下什么，他那份，你们两个都替他做了。"

还有蓝桥呢，沈再心里想。这个实验室两年前开始策划的时候，沈再提交的方案其实就是蓝桥做的，这些年睿博口服液从研发到上市，每一步她都关切着，且尽她全部努力地推动着。

她大学学的是计算机专业，出国后却转了公共媒体关系，为什么呢？同样放弃了心爱专业去卖药的沈再最明白。

这世上能同生共死的朋友极少，能做到两肋插刀的都不太多吧？大部分的挚友都是这样的：如果你走在我前头，那你的心愿就是我的梦想，你的亲人就是我的家人。

蓝桥脚上的伤不严重，但为了伤口尽快愈合，眼下她行动全靠使唤顾庭岸。

不过顾总欠虐一百年，大好的公主抱浪漫机会，他非要嘴贱，"你得有一百二了吧？"

蓝桥嘴角抽搐，声音都从牙缝里挤出来，"猪才一百二！"

"那你是比猪重还是比猪轻啊？"顾庭岸微笑着问。

这叫蓝桥如何能做到不对他动手？！一顿王八拳！

可门铃这时响了，Andrew他们在门口欢快地喊："Party time！"

蓝桥傻眼了，松开拳头，捏住他脸，"快放我下来！"

顾庭岸怎么可能听话呢？抱着她就往门口走去。

蓝桥在他怀里挣扎得像条鱼，但他两条手臂像铁钳一样，眼看他真的能这副样子打开门，蓝桥嗷嗷叫地认输了，"我比猪轻！我比猪轻！我比猪轻啊！"

顾庭岸笑得乐不可支，抱着她往回走，把她放在沙发里，起身前顺势在她额头上亲一下。

一脸万念俱灰的蓝桥睁开眼睛瞪他！

"猪亲我！"

"嗯。"顾庭岸在她嘴上又亲了一口，眼睛里的笑意星辰令永夜如昼，"猪亲猪。"

他起身去开门了，蓝桥用手捂着脸倒在沙发里，一颗经年老少女心啵啵啵地往外冒粉红泡泡。

哎呀，怎么会过了这么久，发生了这么多事，还是这么喜欢他呢？

可能是因为"我们没有在一起却还像情侣一样，我痛的疯的伤的在你面前哭得最惨"。

不过，此时最惨的哪是蓝桥呢?

Andrew 他们第一次来蓝美人家，一群年轻人浪得没边了，敲完门，众人各摆猥琐姿势，Andrew 站中间一个白鹤亮翅，单等蓝美人来开门。

门刚开，他们齐声怪叫："呀……嘿！"

然后他们就看到了顾庭岸。

门口一阵地动山摇，人摔了一地，带来的比萨和啤酒都砸在地上，有一只啤酒罐头砸破了，喷得跟灭火器似的，Andrew 舍身扑上去，用身体堵住了喷薄的啤酒。

一地的年轻人都呆呆看着顾庭岸，身穿草绿色运动居家服的顾总，出现在蓝美人的家里……这个信息量好像要消化一年那么久才行！

"你们来了。"顾庭岸如常招呼众人，"快进来吧，正好我要出门了，你们蓝总就交给你们了。"

"小桥。"顾庭岸转头叮嘱沙发里捂脸打滚的人，"我去健身房了。"

第十九章

2012-5-4 00:01 来自 蓝桥几顾的 iPhone

生日粗卡！我为你吃了生日蛋糕，还把你的三个愿望给用掉了，第一祝愿蓝桥青春永驻，美貌不衰；第二祝愿蓝桥事事顺利，天天开心。第三祝愿蓝桥桃花不断，找到真爱。吹完蜡烛又觉得好悲伤，怎么三个愿望，每一个都与你有关呢。

　　"把这两个人划掉，这几个大 V 统统划掉……剩下的营销号，你们告诉青山的律师，必须告到底，要求他们置顶微博道歉一个月，否则就提出大额度赔偿，赔得他们倾家荡产！"蓝桥飞快地在 iPad 上翻页，"中毒的吴老太家属微博没有认证，抓这个点出一份声明，一旦对方认证，就让律师把那个认证微博的每一条都拿去公证——别漏了评论里的回复！"

　　在公事上，蓝桥的处事风格和顾庭岸如出一辙，都是铁血面孔，雷霆手段，我犯了错，我给你跪；你冤枉我，我弄死你！

　　"不要打口水仗，发布声明时只阐述事实，强调我方立场，不要带入任何感情色彩……"蓝桥说着说着停了下来。

　　这一屋子怎么都跟吃了脑残片一样，一个个目光呆滞，魂游天外的样子……

　　"哎哎哎！"蓝桥叫魂，"都想什么呢？！"

　　"噢……"文案小美呆呆地说，"顾总他从来不穿亮色，今天这一身真是反差萌，好惊艳的……"

　　"那运动服是阿迪的吧？可是店里没见过这么好看的款式和颜色啊，是不是阿迪给顾总私人订制的？"

"身材这么好，还去健身，真的好 Man 哦……"

蓝桥很嫌弃地环顾一周，"你们这些人有点内涵好吗？小时候老师没有教导你们不要以貌取人吗？"

"那说的是容貌，"Andrew 一脸梦幻，"顾总那是美貌，堪称绝色。"

小美他们都为 Andrew 鼓掌，蓝桥拿了一块比萨，隔空点着 Andrew 说："你写文案的时候也给我用上这份抠字眼的功力。"

大家都笑，喝着啤酒吃比萨，闲聊几句不在场的人的八卦。现在的年轻人活得都这么潇洒，真好啊！

"话说，老板你今天没来，周总来了，大发雷霆！"小美他们兴致勃勃地给蓝桥讲八卦，"北横娱乐的那几个案子，人手全抽调到睿博这边了，周总为此可生气了。"

蓝桥跟周北还有账没算，两人目前正冷战，听到这里她也兴致勃勃，"然后呢？"

"然后他接到了一个电话，突然就变得更生气了，一直骂谁家卖女儿。"

Andrew 也贡献了一个劲爆八卦，"我听一个当记者的朋友说，周总和顾总为了贺舒大打出手！顾总据说身手堪比泰森，当场把周总打得稀巴烂！在重症监护室躺了一个多礼拜！"

噢……众人发出"顾总真是 Man 爆了"的感慨声，然后又觉得这内容好像不太对，集体都看向蓝桥。

蓝桥正用比萨卷脆腌黄瓜吃，一口咬下去，芝士浓郁，黄瓜脆爽，令人心生江湖儿女的豪情万丈，她耸耸肩，毫不在乎地说："不用在意我，你们顾总这种人间绝色，本就应该一双玉臂千人枕，一点朱唇万人尝。"

客厅里爆发出一阵狂笑声，门铃这时也响了起来，Andrew 去开门，回来时手里提着几袋蛋糕和咖啡。

"一位顾先生点的外卖。"Andrew 学外卖小哥的口音，把一杯焦糖拿铁放到蓝桥手边的茶几上，"这杯加了一个浓度的焦糖拿铁，顾先生说另外独立包装，送过来时说一声，有人会知道的。"

蓝桥端起咖啡，脸不红心不跳地进行现场教育，"看到了吗？你们用心打好睿博口服液这场仗，顾总这么关心合作伙伴的性格，是不会亏待你们的！"

"Boss。"大家都实在忍不了她了，"你是不是当我们傻？顾总对你那能是伙伴情吗？！"

"这个嘛……是这样的，想要和得到之间，还有一个做到。你们想要得到顾总，就要先站到他的世界里去，靠近他，勾引他，才能推倒他！"蓝老师对一众花痴少年发动了一本正经的胡说八道技能，"只要功夫深，铁杵磨成针！"

"哎？顾总？您不是去健身房了吗？"Andrew 一脸惊诧地看着门口。

沙发里窝着的蓝桥一秒钟都没有犹豫，立刻板下脸一本正经地说："当然，我这只是以顾总为标杆给你们举例，你们妄图染指顾总的想法还是很龌龊的，我是很不赞成的！"

说完她非常自然地撩头发，顺便笑得很美很温柔地转头看向门口。

屁的顾庭岸！人影都没有一个！

转过头来，Andrew 一脸坏笑，小美他们一脸嫌弃。

"嗯……"蓝桥用食指敲敲自己的脑袋，自言自语地翻看 iPad，"刚才说到哪一条了……"

顾庭岸此时还不知道自己被比作铁杵和针，他驱车数十公里，穿过大半个 C 市，去了一家不对大众开放的高档健身房。

从门口进去，他一路脱下运动服外套，活动肩颈。

身上只剩一件黑色背心，款式和颜色都极衬他那一身匀称肌肉，又是那样一张眉目英挺的脸，擦肩而过的女会员不知怎么就扭到了脚，倒向他，他绅士地搀扶，低声嘱咐小心。

"你是新来的教练吗？"女会员红着脸问他。

顾庭岸说："不是，我太太在这里健身，我是来陪练的。"

女会员失望地松开挂在他小臂上的手。

顾庭岸穿过力量训练区，走进拳击课教室，那里正要开始上课，拳击教练面对着门，看到顾庭岸走进来，连忙对他说："抱歉，先生，您是预约上私教课的吗？"

背对着顾庭岸的那人转身看过来，顾庭岸对他笑着点点头，"卓总。"

卓越反应了几秒才认出顾庭岸来，"顾总！"

两人握手寒暄，卓越问起沈再，"老李家那个女婿呢？没跟你一起？"

"他忙着睿博口服液的事，不像我，甩手掌柜一个。"顾庭岸说着，示意教练把靶拿过来。

卓越多年商场枭雄，对毁约睿博口服液合作这种小事毫不在意，哈哈笑着对顾庭岸说："上位者就是得有这份心胸，任何事都你去亲力亲为，只能说明你识人不够，顾总说是不是这个道理？"

顾庭岸谦虚地说"是是是"，拿着靶对卓越说："卓总，介意我来陪您玩会儿吗？"

卓越理好手上的绑带，戴上拳套，霸气一笑，"那我就不客气了。"

卓越打的是泰拳，泰拳凶狠，引靶的必须得是专业教练，否则容易被踢打上来的力道震伤。

卓越也不跟顾庭岸客气，一上去直拳勾拳连着肘击，五十多岁的人了，体力还好得不像话，扫腿踢在靶上发出的声响像是他妈炸了——顾庭岸在心里骂。

"卓总不用这么客气啊。"顾庭岸面上却笑得很轻松，甚至带着一丝讶异，抽空笑问场边的教练，"你一节课收那么多钱，也该教点干货啊，光奉承可不行。"

卓越这种身份地位，本就整日怀疑身边人都是睁眼说瞎话，为钱奉承他，听了顾庭岸这话，他更疑心他的教练是不是让他闹了个大笑话。顾庭岸这么年轻就有这番成就，像是提醒着卓越他不行了，老之将至，最大的无力感来自心中的恐惧。

"呼……"卓越在一个低扫动作时差点摔了，核心一时松懈，人再也提不起劲，跌坐一边喘气。

一场五分钟还没打满，他浑身都已经汗湿，不安的情绪加快了他的能量消耗，他感觉到比平时更累。

"换两个圆靶来。"那边顾庭岸丢下刚给卓越踢的弧形靶，吩咐教练。

圆靶是最基础的手靶，给女孩子或者小孩引靶时用得比较多，因为薄，反弹的力道比较小，就不容易伤到踢靶的人。

卓越感觉到压力从顾庭岸年轻健壮的身体、轻松优雅的笑容、明亮锐利的目光中源源不断地涌向他。

"不用了。"卓越也不是会被牵着走的人，笑着说，"顾总上场玩会儿吧。"

顾庭岸说"好"，戴拳套时与教练简单沟通了几句，便打起了实战。顾庭岸的攻击生猛狠厉，防守滴水不漏，教练虽然专业，也应付得颇为吃力。

砰！顾庭岸非常标准的一记高腿，离得那么远，卓越都感觉到那力量好像要震碎他的脑袋！

这王八蛋小子，毛还没长齐的年纪，怎么会给人这么可怕的感觉？

卓越心里骂，看到顾庭岸过来喝水，他却笑着打趣，"难怪把周家小十七打得伤那么重。"

他这是将明面上取消合作的事甩锅给周北，顾庭岸喝了口水，也笑说："其实周家正房那位大建筑师是我大学学长，本来这么算的话周北是我晚辈，我不该跟他计较，但是卓总您明白规矩，咱们男人之间的事，他周北把我家眷牵扯进来，叫我怎么能不生气呢？"

卓越心中飞快盘算，但仔细看顾庭岸眉眼之间的神情洒脱飞扬，又不像是已经知道了的。

那他到底是来示威还是拉拢的？卓越有几分吃不准了。

"卓总您继续。"顾庭岸单手在地上一撑，支着长腿利落地站起来，"我该回去了，家里有人等吃饭。"

说完真的笑笑就走，卓越看到他的教练与顾庭岸道别时的笑意，那才是对一个站在金钱与体力巅峰的男人的佩服眼神，这令卓越更加心如蚁噬！

本来只是为了侧面冲击李彦生，甚至他更看重的是沈再而不是顾庭岸，可这小子蹦出来他才发现，怎么顾庭岸居然有几分当年李彦生的厉害样子？！

卓越看着顾庭岸年轻挺拔的背影，脸上渐渐浮现出阴沉恼怒的神情。

"喂？"顾庭岸从健身房出来就静坐在车里等这个电话，"怎么样？"

"卓越的手机我们没有办法靠近，按照您说的，我们从您怀疑的那个人下手，就在刚刚，确实有卓越的电话打了进来！"

顾庭岸整个人向后靠，冷冷笑起来，"好。你们立刻撤，不要打草惊蛇。掉转方向给我查，事无巨细。"

"是！"

挂了电话，顾庭岸坐在那里足足有一刻钟。许多事在未得到详细资料前他姑且不去揣测，但人心的阴暗狠毒真是永远没有下限，尤其是当那个人躲在暗里作恶，以为自己绝对不会被发现时。

顾庭岸又拨了一个电话，电话接通时，那头的声音惊喜而克制，"哥……"

只喊了半声，贺舒语气晴转阴天，"你有事吗？"

"拍戏怎么样？"顾庭岸平和地问。

贺舒立刻哭了，却又不想被他知道的样子，声音故意装得很平静，"挺好的啊，你家蓝桥给我加了那么多打戏，我每天都吊在威亚上，体重已经创下新低了，教练他们没给你汇报吗？"

顾庭岸说："没有，最近我太忙了。"

贺舒沉默了片刻，问："睿博投毒的事要紧吗？July 都被连累了，是不是情况很糟糕？"

"没有，你不用担心，有我和蓝桥、沈再呢，睿博一定会成为同类产品中最好的。"顾庭岸嘱咐她注意身体，最后说，"我加了几个人给你，都是负责你出行和片场安全的，小红稍后会跟你具体说，你不要任性，去哪儿都带着他们。在睿博的事情处理完之前，你不给我再添加负担，就是你对萧尹最大的帮助，懂吗？"

贺舒沉沉地答应了一声，幽幽地问："我违反了当初的约定，把真相告诉她了，你是不是就要毫无忌惮地跟她在一起了？"

"贺舒，你始终不明白，我和蓝桥之间隔的不是你，甚至不是萧尹……算了。"顾庭岸这种时候总觉得跟她无法沟通，很累，"不要再管我的事了，你好自为之，到最后你手里能握住的只有你自己的事业，好好经营，懂吗？"

贺舒一声不吭地掐断了电话。

李彦生的前妻姓周，祖上与周北家算是同支，到了她那一辈家里只有她一个独生女儿，旁支的叔叔伯伯们就对她家财产虎视眈眈，加上那时候突然跳出来一个她爸爸的私生子，她为了保住巨额家产，选择与当时年青一辈里最出色的李彦生联姻。

年轻时候的李彦生确实与现在的顾庭岸很像，商场上八面玲珑的手段，情场上九死不悔的痴情，但周周妈妈也是大神级别的高手啊，更何况她只图李彦生的能力和肉体，根本不要他的心。

李元周是他们相亲那天，李彦生被她药翻之后有的，所以他们结婚时根本看不出来是无爱婚姻——新娘都挺着大肚子了，开过车才结婚的感情能差到哪里去？

李澜周、李苍周、李云周三只之所以是三胞胎，很大原因是母亲打了排卵针之后怀的他们。

李倾周……是一个更奇特的意外怀孕。

这样一位前妻，即便是现在的李彦生，也是招架得颇为吃力。

顾庭岸被保镖们客气地挡在门外，隔着长长一道走廊，都能听到周周妈妈吼李彦生的话，他听了两分钟，心中对蓝桥产生了抱歉和爱怜。

相比之下，他家小桥骂人真算优雅温柔的，下次吵架他要克制自己，不能总是凶她。

顾庭岸正出神地想蓝桥，一声震天响的摔门声传来，接着保安们一阵骚乱的脚步声，一个戴着大黑超的中年妇女前呼后拥地扬长而去，长得倒的确没有秦湖美，但通身的气派简直自带背景音乐和弹幕出场。

"顾先生。"李彦生的助理匆匆跑过来,笑得很抱歉,"对不起,让您久等了,李先生请您进去。"

顾庭岸被请进病房,李彦生在会客厅里坐等他,一见他进来就笑,"让你见笑了。你这是从哪里过来?"

李彦生看着顾庭岸一身运动服。

顾庭岸笑,笑容里有种微妙的坏,"我打心理战去了,刚从健身房出来,正好路过您这里。"

李彦生与卓越多年相交,自然知道卓越喜欢健身,瞬间便知眼前这坏小子干了什么好事……真是心理战啊,卓越这人最怕老去无力,这小子找准这一点去刺激他了,今后卓越哪怕继续使坏,心理上总是会有个长江后浪推前浪的阴影。

"你当心用力过猛,他现在只是冲沈再这个我女婿的身份去的,要是真的冲你来,卓越可不是周家小十七,不会被周时照压一下就算了。"李彦生诚恳提醒,"这是我和卓越的事,你最好不要涉入太多,即便是元周他们,我也没有叫上呢。"

卓越暗中捣鼓出吴老太中毒事件是为了扯上"李彦生女婿涉问题保健药品",他的大部分计划和精力都是冲着李彦生本人和李氏企业去的,顾庭岸实在没有必要去惹毛他,卓越是个桀骜狂妄的家伙,为了他的野心什么都干得出来。

顾庭岸清楚这一点,但他也有自己的野心啊!

"李叔,蓝桥她……"顾庭岸为难地顿了顿,"有没有找过您?"

"嗯。"李彦生微笑着点头,"给我打了个电话,连哭带骂的……昨晚是不是把你和沈再也折腾得不轻?"

"沈再睡得早,主要是我。"顾庭岸淡淡说。

李彦生一愣,虽然心情不佳,也忍不住笑起来。

笑了片刻,他单手支额,神情惆怅地低声说:"你来找我,她知道吗?"

"她不知道,您晕倒之后,师母只打给了我一个人,师母说您的病情连李元周他们都还不知道，她嘱咐我，得到您允许之前不能告诉任何人。"

李彦生哈哈笑起来，指着他说："你看，你师母虽然不看好你和蓝桥，但关键时刻她是知道该找谁的。"

早晨接过蓝桥的电话，李彦生晕倒在书房里，秦湖不敢直接质问蓝桥，便向顾庭岸打听，结果没问出来蓝桥和李彦生说了什么，反倒被顾庭岸问去了李彦生的病情。

是啊，谁都知道蓝桥的克星是顾庭岸，但那又如何呢？对此顾庭岸一点也不骄傲自豪。蓝教授得知萧尹自杀，第一个电话也是打给他，慌张又愧疚欲死地问他怎么办，顾庭岸能怎么说？所有人都不舍得伤害蓝桥，所以都拐一个弯先来找他，由他去蓝桥面前伤害。他和蓝桥之间隔了太多不能直面的痛苦，有时候会令彼此忘记相爱的事。

"庭岸，萧尹之死的内情，就到此为止吧，就让蓝桥以为是我买通萧尹好了，反正我这辈子是等不到她叫我一声爸爸的，那就这样吧……"李彦生笑起来总有一种成熟男人笃定的意味，那很迷人，也很伤感，"蓝清意是她心目中的完美父亲，我想我应该为她维护住那份完美，否则我们小桥……太可怜了。"

李彦生知道有蓝桥存在的时候蓝桥已经六岁了，他悄悄去C大看她，小姑娘那天刚把顾庭岸的头打破，被秦湖罚站在教工楼下的车棚里，李彦生坐在车里远远看着脸蛋红彤彤的女儿，几乎失控得热泪盈眶。但蓝清意那时陪在女儿身边，堂堂大学教授，陪女儿罚站，神情却很快活，他身边的蓝桥虽然脸上挂着泪，亦是眉目飞扬。

蓝桥——秦湖。李彦生欠蓝清意一座桥，那座蓝清意原本奢望通往秦湖心中的桥。

所以教唆萧尹做伪证的事，他决定替蓝清意扛下来，既是为了他的小桥不再失望受伤，也是因为他欠蓝清意的。蓝清意从古墓脚手架上失足摔死，想来也是冥冥之中保全他在蓝桥心目中的完美形象吧，他没来得及向蓝桥说出他请求萧尹做伪证的事，那就不要再说了。蓝桥就那么一个把骄傲放置在心尖上的人，让她永远保有那一份骄傲吧，不要再伤害她。

顾庭岸完全能明白李彦生的意思，但他为蓝桥考虑得更多一些，"李叔，蓝桥已经是大人了，她分得清人与事，如果一直不告诉她，以后她知道了，她对您的感情……也会对她造成折磨的。"

"这件事是贺舒捅出来的，贺舒应该是误会了萧尹口中的父亲，以为那就是我。那么连贺舒和沈再都不知道的事，谁又会再捅给小乔呢？"李彦生和煦地反问。

顾庭岸未曾迟疑太久，说："我。我不能看着蓝桥因为误会抱憾终身。"

这话其实是在对李彦生说：蓝桥她心里有您这个亲生父亲，她对您也有感情。

李彦生虽知这是顾庭岸的策略，却也只能眼睁睁看着自己被他说服，而且还心生喜悦地感激着这小子。

"所以，李叔，您就答应师母吧。"顾庭岸看得出他神情松动，立刻上前抓住机会，"我们青山制药的研发中心有国内外最顶尖的阿尔茨海默症研究数据，让他们介入您的医疗团队，一定会有帮助的！"

李彦生患有阿尔茨海默症，而且属于早发型家族性阿尔茨海默遗传症，在他四十岁的时候就发病了，所以他不顾一切地离婚，娶回了心爱的秦湖。这是李彦生最大的秘密，但这些年病症加重，渐渐瞒不住了，所以像卓越这些人开始蠢蠢欲动，李彦生自己也开始有意识地安排后事。

顾庭岸继续劝说："只要您来日方长，蓝桥知道也好不知道也罢，您总能对付她，也总能保护她的。"

"你这小子……真是滴水不漏。"李彦生清醒地体会着被他说服的过程，由衷地感慨，"你要是我儿子就好了！"

顾庭岸笑得很谦和，他但凡用心装大尾巴狼，就真的很像单纯无害。

"不过也不是没办法，给我当女婿怎么样？"李彦生饶有兴趣地问。

顾庭岸的狼尾巴都要跟狗似的摇起来了，脸上却镇定如常，垂着眼睛谦虚地笑，说："师母只是一心担忧您的身体，并不是接纳我的意思，我明白。"

"哦，这个你不用担心，周周的婚事你师母不会插手的。"李彦生揣着明白装糊涂的功力炉火纯青，拍着顾庭岸的肩膀鼓励地说，"周周外婆家给她挑的那都是些什么人啊，居然还想把她配给周家小十七……怎么样，我家周周你见过吧？又乖又听话，窈窕淑女。"

顾庭岸安静地坐着，脸上的笑意跟被狗舔光了似的。

他右手转着左手无名指上的素戒，语气淡淡，"周周挺好的……但我结过婚了。"

窈窕淑女，君子好述，然则我一生放荡不羁，爱河东狮吼。

第二十章

2015-1-6 14:08 来自 蓝桥几顾的 iPhone

我爱他，轰轰烈烈最疯狂。@丁当 –Della《我爱他》

有人不顾一己之私主动吸引卓越的火力，却没有感动到岳父大人，还被乱点鸳鸯谱戏弄，很不开心。

不开心的人跑回家，面无表情地在玄关换鞋。

蓝桥正在跟周北通电话，周北说的"卖女儿"居然是指李彦生给李倾周安排相亲！周北打算去搅局，给蓝桥打电话是暗示她帮他搞定李彦生。

蓝桥一听这话就呵呵了，"你要是每次惹事之前都通知我一下，那该多好？"

"我去！贺舒怎么能跟周周比！"周北那个禽兽对周周倒是有几分真感情，"你说李叔是不是得什么绝症了急着安排后事啊？周周才多大，逼她结婚！"

蓝桥简直想把他嘴巴按到马桶里去洗，不高兴地反驳说："他们家不就那样，恨不得用别人家三代的时间生出五代来，李元周他们不也是刚到年龄就配种，一生一窝。"

周北被提醒，顿时犹豫了，"那我要是真帮周周渡过这个难关，娶了她还得包生孩子啊？！"

李倾周的事蓝桥不好插手，否则会影响秦湖在李家的立场，所以她打岔说起了别的，"睿博口服液的事，你有没有听说什么内幕消息啊？我总觉得这件事不单纯，查了几个青山制药的对手企业，什么都查不出来，吴老太那边孤寡老人，也不像是被人收买了的，好奇怪啊……"

"你一个做危机公关的，演什么柯南啊？面上抹抹平就算了。顾庭岸那人手段厉害得很，睿博是他用金子堆出来的，那些小打小闹压根不会影响销量的。你看着吧，青山制药快上市了，国内这一块谁还跟他顾庭岸争。"

哎呀……蓝桥顿时觉得周北虽然禽兽，但看人看事还是蛮准的，心里一甜，对他说话语气都好了许多，"你去忙吧，剧本那你就别管了，贺舒的事我改天跟你细说。"

周北一听贺舒就烦躁，连声说"知道了"，叹着气问："你对我真的一点意思都没有吗？那我真的为周周两肋插刀去啦，她太单纯了，我怕她死在那些人手里。"

蓝桥心想李家和周家结合生养出来的女儿能单纯到哪里去？你自己别死在她手里才好，"去吧去吧，放过我这个有夫之妇吧！"

顾庭岸推门进来时听到了这一句，换鞋时动作就砰砰砰的。

蓝桥收了电话，见他回来便对他说："下午有个护士在朋友圈爆料吴老太其实是喝了百草枯，被截图转到微博了，现在又是一轮舆论高潮，形势完全反转过来了，都在为睿博叫屈……不过警方没有公布调查进展之前，我觉得我们还是不要理会这些。"

顾庭岸面无表情的，看都不看她，一边脱衣服一边往浴室走去。

"啧啧……"蓝桥眼睛黏在他线条诱人的公狗腰上，嘴里嫌弃，"你现在是吃住都在我们家，隔壁就当更衣间了是吧？"

顾庭岸还是冷冷的不说话，被她飞起的拖鞋砸在背上，不悦地转身反问："干吗？！"

"倒杯水去，我口渴。"蓝桥朝他抬了抬下巴。

"那我不回来你怎么不渴？"顾庭岸很不爽地顶嘴。

蓝桥盯着他，放慢了眨眼睛的速度，"是哦，好奇怪，你不回来我不渴，你一回来我就好渴……"她贝齿微露，轻轻咬住下唇。

"……"顾庭岸深呼吸，僵硬着两条腿走进厨房去倒水，自己先灌了两杯，才咬牙切齿地小声骂，"作死！"

"顾庭岸，你说什么？！"

"……你水要冰的还是热的？"

"常温！"

"噢。"

沈再回来时已经晚上八点多，他提着两只超市大袋子，一进门就问："你们晚饭吃了什么？"

蓝桥和顾庭岸一人抱着一台笔记本电脑，各占沙发一角，茶几上摊着下午普纳公关的人留下的咖啡、蛋糕残骸，还有冷掉的比萨和各种油炸食品，唯一热气尚存的是一只炒锅，里面扔着两只勺子，还剩下大半锅的蛋炒饭。

蓝桥眼睛盯着笔电，左手还在键盘上敲击如飞，右手举起，汇报说："麻麻，今天你不在家，是我做炒饭给粑粑吃的哦！"

顾庭岸正与美国那边开视频会议，抬眼瞪她。

沈再笑得不行，一整天的压抑心情都烟消云散，换了鞋走过来，揉揉蓝桥的脑袋，轻声问她："你还饿吗？我给你们做罗宋汤好吗？"

蓝桥说"好"，顾庭岸那边会议结束了，一边摘耳麦一边问沈再："我明天飞美国，你能跟我一块儿去吗？"

"上市搞定了？！"沈再先是大喜，但立刻又摇头，"我不去了，警方的毒物测试报告就这两天出来，我必须得参加记者会。"

顾庭岸不说话，皱着眉思考着什么，沈再了解他，连忙说："你明天过去，早去早回，也许赶得及记者会。赶不上也不要紧，有我还有小桥，应该搞得定的。"

蓝桥知道青山制药要在美国上市的事，也是劝顾庭岸上市要紧，她拍着胸口向他保证，"我们普纳公关现在市场份额全宇宙第一，睿博的案子有我们就等于有了免死铁券！"

　　她这人就是这样浮躁又浮夸，好的时候夸得天花乱坠，事态糟糕了就万念俱灰，从来不懂谦虚谨慎和进退有度，对人对事都是。顾庭岸多次纠正她这点陋习，可她就是挨打不计数，简直冥顽不灵。

　　"蓝小桥。"他只能恐吓她，"压着点你的臭脾气，别一热血沸腾就不计后果地冲出去。"

　　"你管好你自己，和你的贺大头，少操心不相干的人，"蓝桥凉凉地回敬他，"多管闲事多吃屁！"

　　顾庭岸又开始面无表情，沈再连忙打岔，"小桥你这剪什么呢？我看你昨晚熬通宵也是弄这个。"

　　蓝桥一直是很好转移注意力的那种小孩，被沈再一问，兴高采烈地捧起笔电，"我把我们大学时候的照片和视频剪一个萧尹特别版，你看你看！这是辩论赛的时候，萧尹那头发哈哈哈哈哈……"

　　沈再莞尔，他记得，那是他刚考上蓝教授研究生的那一年，萧尹和顾庭岸在念大学本科，蓝桥还是个高中女生，蓝教授拿到一本学术著作的版税，给她买了笔记本电脑和摄像机，她天天恨不得把身边每个人吃饭、上厕所都拍下来，那一阵大家都躲着她，尤其萧尹刚剪了一个刘海很短的头发，一见蓝桥就转身狂奔，可蓝桥怎么可能放过他？居然翘了高三的复习课跑回来，拍正在参加辩论赛的萧尹……那天要不是一辩顾庭岸火力全开，C大校队就要败了。

　　"蓝桥！"萧尹的怒吼声。

　　视频里镜头抖动，是拿着摄像机的人在逃，一边逃一边狂笑，"追我呀追我呀，笨蛋追我呀……"

　　镜头定住，屏幕里出现两条穿着黑色裤子的大长腿，顾庭岸更年轻时更冷更装逼的声音传来，"还有十天就二模了，你还想不想考C大？"

　　镜头震荡，是没收摄像机的节奏。

　　蓝桥开始慌不择路地求饶，一声一声的"小岸哥哥"，沈再帮她求情的声音也夹杂其中，顾庭岸冷血地训斥着蓝桥，萧尹在笑，笑声像照耀在永冻土上的阳光，"蓝桥！你这辈子是栽老顾手里了！也就他镇得住你这头妖，换我做你男朋友，一天就死了！"

……

不知不觉，连顾庭岸都坐到了蓝桥身边，看着视频里年轻鲜活的从前。

当时青涩的他们，如今已出落为成熟男女，各有成就与伤痛，只有萧尹永远单纯热血，永远青春少年。

"我去做罗宋汤。"沈再回神，温暖笑着拍拍蓝桥，"好了叫你们。"

沈再将自己关进厨房，并没有一丝声音传过来，但是浓厚的悲伤还是随着厨房温暖的灯光涌泄而出，顾庭岸在蓝桥身旁落座，蓝桥难过地将头靠在他肩膀上。

顾庭岸一只手托着她的笔电，目光盯着视频，另一只手却准确无误地捧住了她的脸颊，手指力道温柔地哄着轻拍了两下。

"我们是不是都开始老了？"蓝桥失落地低声喃喃，"庭岸，你找个好女孩结婚生孩子吧，不要再等我了，再等下去我们都老了。"

顾庭岸神色未动，半晌才语气淡淡地说："谁等你了？有病吧！"

蓝桥眼里蓄满的泪终于滑落下来，沿着她的眼角滴落在顾庭岸的手臂上。他只穿着短袖，手臂润湿，他感觉得到。

视频里，萧尹在打篮球，蓝桥在场边疯狂地大喊大叫着为他掠阵，"萧尹！迈克尔·樱木·科比·尹！张开你的小翅膀！变身！飞——起——来——吧！"

现实里，蓝桥靠着顾庭岸，曾经那么明媚快活的女孩子，如今暮气沉沉地靠着他流眼泪。

顾庭岸突然合上笔电，反身握着蓝桥的手将她压进沙发里，不由分说地重重吻她，身体狠狠压着她摩擦，索求一切，给予一切。

"我不喜欢小孩子，太麻烦了，花多少精力才能养得好，不如把这时间留给我们自己。"他在被她吻得半昏迷的人耳边低低地说，"至于结婚。"他手指隔着衣服摩挲她胸口坠着的那只素戒，"我娶过妻子了……我才不怕变老。"

我这人冷酷，无趣，不相信命运，不相信爱情，我也不想要孩子和婚姻——

当然了，除非是和你。

所以我不怕变老啊，我会一直爱着你，不管你在谁的身边，甚至无论你生或死，在我心里你就是我的妻子，那么我白头就是与你共老，那有什么不好？

第二天一大早，顾庭岸飞美国，他将前往纽交所挥锤，宣布青山制药有限公司正式挂牌上市。

"师兄，你有多少股份？"去机场的车上，蓝桥兴致勃勃地八卦。

"我？"沈再算了算，"估计换算下来，相当于八十万股左右。"

"八十万股，每股就算二十美元好了，就有……个、十、百、千、万、十万、百万、千万……"蓝桥双手十指都张开来用，嘴里念念有词地算。

又蠢又可爱。顾庭岸眼睛看着报纸上的社会新闻，嘴角向上扬起。

"OMG！"蓝桥数清楚了，又惊又喜地拍着胸口，"所以！我现在是亿万富翁的娇妻了吗？！"

"是啊。"沈再也挺高兴，揉揉她的脑袋，"以后工作上遇到不顺心的事情，不要发脾气，不高兴做就不做了，回家我养你。"

顾庭岸看蓝桥笑眯眯点头的样子简直谄媚，他翻过一页报纸，语气嘲讽地说："她遇到不顺心的事，倒霉的也是对方，你不用担心她的赡养费，担心对方的医药费吧。"

大好的日子他偏偏狗嘴里吐不出象牙，蓝桥揪了他报纸按在他嘴巴上擦他那张破嘴，两人在后排打成一团，驾驶室里司机都开通话器来问有什么事了。

"好了好了……好了！"沈再好不容易分开两个人，"吃什么了都这么有劲！"

说起这个，沈再想到："昨晚我做好罗宋汤出来，你们两个去哪儿了？电话也不接！"

呃……对掐的两个人都凝固了似的，下一秒两人都松开手，一个扒拉报纸继续看，一个凑在窗边假装打电话……

机场附近的餐厅，顾庭岸和沈再陪萧氏夫妇吃早餐。

大家谈论萧尹，轮流说他的糗事，时不时齐声大笑，就好像萧尹只是缺席了这一顿饭，一直还在他们的生活里一样。

萧爸爸讲了一件萧尹幼年吃狗屎的趣事，老人家笑得容光焕发，干瘦的手按着胸口，他沉沉的英伦腔令人感觉美好而遗憾，"上帝召唤了他，我们宝贵的儿子。"

顾庭岸沉默地垂下目光，沈再却拿出笔电来，给萧爸萧妈看蓝桥熬夜剪辑的萧尹视频。

蓝桥巧妙地把出现了她的画面全都剪了，视频里除了偶尔出现的顾庭岸和沈再，全都是萧尹：阳光下的运动会，萧尹跑一千五百米拿了第一名，脱了上衣在操场半裸奔，太浪了错过了领奖；室内的篮球场，比赛开始前场边就已经聚满了萧尹的啦啦队，然后萧尹出场，五分钟就被对方队员撞得飞出去；冬天夜晚的篝火晚会，顾庭岸抱着吉他弹，萧尹唱《一生有你》……最后有一段萧尹对着镜头的独白，好像是一个舞会，拿着摄像机的人笑着问他："你这么紧张，今天是有你喜欢的女生在场吗？"

萧氏夫妇看着他们小太阳一般的可爱儿子红了脸，高兴又忐忑地挠着脑袋说："是有我喜欢的人……但我怕说出来吓着人家……"

"上帝啊……"萧妈妈画十字的手微颤，闭眼为儿子祝祷，眼泪打湿了她眨动的睫毛。

萧爸伸手去触屏幕，手指点在萧尹年轻的笑脸上，虽无法触及，但他仍觉得心中涌起对生活再次热烈的情绪。

"谢谢你们。"萧爸站起来时拥抱沈再和顾庭岸，"这么珍贵的礼物，真的谢谢！"

"青山制药要上市了，萧尹的那份，我们打算成立一个基金会，除了您二老的养老资金，其他的钱全都用于慈善。"顾庭岸在告别时对萧氏夫妇说，"到时候沈再会派一个工作组到英国去，那些钱用在哪些地方，还需要您二老替萧尹决定。"

"萧爸萧妈。"顾庭岸牵过二老的手，诚恳重声地对他们说，"一定要保重身体。"

蓝桥隐坐在角落里看着他，顾庭岸对人真心诚意说话时眼睛里总是有光，这种时候他像个妖怪，令人无条件地就会非常信任他。

沈再带着萧氏夫妇向外走，妖怪向蓝桥走过来。

"吃好了吗？"顾庭岸看她桌上只有一杯黑咖啡，"你吃了什么？"

问完也不等她答，皱着眉坐下来，招手叫服务生过来点餐。

"我不饿。"蓝桥意兴阑珊地歪着头。

顾庭岸点了全套早餐，催促加快上，服务生快步离开，他拖过蓝桥的黑咖啡，喝了一口，又是皱眉。

蓝桥憋着笑给他加奶精和半勺糖。

"为什么不肯再见见他们？这好像不是你的风格。"顾庭岸喝着甜度刚好的咖啡，目光温情又锐利地看着她的样子，又像个妖怪了。

蓝桥怕被他摄去心魂，目光漫无目的地看向别处，语气散漫地说："我已经明白做人做事不能只顾着感动自己了。一哭二闹三上吊强求他们原谅我，是对他们的道德绑架，也是往他们的伤口撒盐。"

就让他们责怪我吧，蓝桥心想，我也将萧尹的死怪在贺舒身上这么多年，靠着对她的恨意才活了下来。

顾庭岸望着她眼中有雨，脸却装作放晴的样子，回想从小到大的她，她曾经是那样哭笑都大声的漂亮小姑娘，是他没有保护好她。

"你说，命运为什么要安排贺舒认识我们呢？萧尹做错什么了，要因为我和贺舒的纠纷死掉？还有我爸……"蓝桥很难过的时候反而笑着，就像现在，她微笑着，仿佛只是感慨而已，"我爸最后一次打电话给我，说有很重要的事，等他从古墓回来跟我谈，我到现在也不知道究竟是什么事。"

蓝教授是从古墓内搭建的脚手架上失足摔死的，就在萧尹跳楼身亡后不久。在那之前蓝桥被控推贺舒下楼，虽然是轻伤，但贺舒不肯出谅解书的话，警方就会追究蓝桥的刑事责任。就是在那么憋屈又黑暗的时光里，她还接连失去了萧尹和她家蓝教授。

就像太阳和月亮一道陨落，所有的光都从蓝桥的世界里熄灭了，从前她那些野蛮自私的缺点都变得小儿科，她彻底不再想做一个温暖善良的好姑娘。人失去了爱的能力和兴趣，她自己都觉得自己是个生冷怪物。

"命运是不是要用这些事情来告诉我：别挣扎了，你就是个浑蛋，别妄想混进好人堆里！"蓝桥眯着眼睛猜。

早餐这时送上来，金灿灿的炒蛋一朵一朵的，圆圆的火腿上用番茄酱画了笑脸，顾庭岸从服务生手里接过餐盘，放在蓝桥面前。

"吃点东西。"他把叉子递给她，"我不相信命运，我信事在人为。还有，干吗非要积极向上地活着？活成浑蛋有什么不好，不影响别人的前提下，怎么活都是你自己的事情。"

"你就不能心态阳光地照射给我一些正能量吗？"蓝桥嫌弃地看着他。

顾庭岸摊手，无辜又耿直，"人以群分。"

我在浑蛋堆里，你想去哪里？

蓝桥吃了一口炒蛋，上面撒了一些黑胡椒粉，满嘴喷香的好滋味，她心情好了许多，眨着眼睛打趣顾庭岸，"有些人今天心情这么洒脱，是不是因为公司上市，身价上亿了？"

顾庭岸低头喝咖啡，眼神被咖啡的香气氤氲得有些春意乍现，"可能是因为昨晚睡得很好吧。"

"……"蓝桥脸颊飞起微红，抵御了吃下一片火腿的时间，还是扛不住，恨恨地扭开脸看向窗外。

顾庭岸这个大流氓！

从机场回去，车里只剩沈再和蓝桥，顿时气氛变得安静祥和。

蓝桥送了顾庭岸出来就接到 Andrew 来报：《一代军师》官博放出了贺舒录制主题曲的片段，紧接着还有一个花絮，是贺舒在片场过 条打戏，她穿着盔甲吊着威亚从二楼飞下来，一路与七八个武术过招，一镜到底。

　　连蓝桥看了那两个视频都对贺舒另眼相看了，嗓子真的是好得跟《甄嬛传》里的安小鸟似的，拍戏还这么刻苦，确实德艺双馨。

　　"Boss 您要过问这件事吗？"Andrew 问，"这招吸粉大法太奏效了，热搜和热门话题现在全是她，圈里好几个知名导演、制片人都转发了，说从来不知道还有这么好的女演员，现在贺舒的微博粉丝已经破千万了。"

　　蓝桥颇为认真地思考了半分钟，过问的话，搅了贺舒的主题曲？可人嗓子在那儿呢，她又不可能在娱乐圈只手遮天，切断贺舒一切娱乐资源。

　　以前是为了问清楚萧尹的死因，现在知道萧尹的死她也有份。折磨了贺舒那么久，要不换一下，折磨自己一阵吧。

　　"有什么好问的，肯定是 C&C 的手笔，她家小岸哥哥找了 C&C 这棵大树给她靠，就是指着这一天她爆红的，我去挡她的路，顾总就算了，C&C 那边跟周北本来就微妙，我可不当这导火索。"蓝桥意兴阑珊地说了一堆理由。

　　到了车上，沈再是没有微博的人，根本还不知道发生了什么事，而且警方调查吴老太中毒的案子有了进展，他一个电话接着一个电话，忙得不可开交。

　　"小桥，基本确定报告明天能出来了，你们准备一下，后天我们召开记者会。"沈再嘱咐蓝桥，"等不了顾总了，他起码一个礼拜才能回来。"

　　蓝桥听他打电话时就已经在与 Andrew 布置记者会了，但是听他说顾庭岸起码一个礼拜才回来，她心里头突然掠过一丝异样的感觉。

　　"师兄，像这种出差，顾庭岸会跟贺舒讲？"

　　沈再动作顿住，抬起头来看蓝桥，他神情有些尴尬，"应该……可能……我觉得……会。"

　　顾庭岸与贺舒相依为命那么多年，不管贺舒对他如何，他是真的将贺舒当作唯一的家人。

　　"庭岸有一次喝多了跟我说，只有我最明白他，因为我对你什么心，他对贺舒就是什么心。"沈再以为蓝桥又要吃醋，温和地劝，"你也是一样啊，你想想看，你对我的感情，和贺舒对庭岸是一样的。"

　　蓝桥正琢磨着那一丝异样，被他说得鸡皮疙瘩都起来了，"你别拿她跟我比，虽然我跟她都不是好人，但浑蛋也是分气质的，我跟她坏不到一起去！"

沈再撸猫一样抚摩着她的头发安慰，蓝桥不满地推开他的手，他就忙着继续打电话、接电话。

就在蓝桥决定放过贺舒的这天之后，蓝桥所相信的"命运"，又开始缓缓转动齿轮一般，推转着她周围的一切发生改变。

警方公布吴老太中毒是因为服食了剧毒农药，并在敬老院后院草地，吴老太窗口下方位置的土壤中提取到了"百草枯"的成分，而据敬老院管理人员证实，敬老院的草地从未使用过"百草枯"。

青山制药随即召开记者招待会，再次声明立场，自述清白并且欢迎进一步调查。

青山制药的记者会当天，蓝桥与沈再的照片随着睿博的话题在微博上疯传。

虽然这两人确实样貌出众，言谈优雅，但也不至于热度至此啊！

蓝桥开始往贺舒方面查，贺舒的动作却比她更快，在微博贴出了蓝桥身为沈再妻子，婚内出轨，抢走贺舒心爱男友的长微博。

长微博里以"L""S"代指，没有点明蓝桥和沈再的姓名，但是贺舒被撤下睿博口服液代言人是人尽皆知的事情，蓝桥和沈再又都还在话题当中，线索实在是太明显了。

前后三天时间，贺舒、睿博口服液、蓝桥、沈再轮流上微博热门，最后炒出了#二女争夫#这个爆炸性话题，蓝桥和沈再都被网友人肉，个人信息全部暴露在大众眼前。

"终日捉鹰，反被鹰啄了眼啊！"蓝桥在对贺舒发动反击之前，这样笑着感慨。

"老板……顾总电话。"Andrew捂着电话听筒，虚声喊蓝桥。

"告诉他，人已死，有事烧纸。"蓝桥并未回头，"我和贺舒都是。"

第二十一章

2014-5-1 03:01 来自 蓝桥几顾的 iPhone

昨天想好了，发誓今天不想起你，但是去看展，看唐寅写"晓看天色暮看云，行也思君，坐也思君"，我一回头，橱窗玻璃的倒影里都是你。那句话怎么说来着？哦——"从此听人说爱情，三句不离你"，好吧，生日快乐，我的爱情。

在纽交所挥过锤的霸道总裁们虽然多，但顾庭岸应该是里面最憋屈的一个。

他当时人在那儿，心里牵挂的全都是国内的事，几次差点立即赶回去。但他知道他回去也没用，蓝桥或许长大了成熟了，不会像从前那样轻易与贺舒掐架，但是贺舒以睿博口服液为跳板攻击蓝桥，事关萧尹，蓝桥不可能不反击。

等到他终于连夜飞回去，也好歹按住了事态，却又重伤入院。

人昏迷着，偶尔也能模糊地半醒那么片刻，耳朵里隐约听到蓝桥与贺舒争吵的声音，他一怒，又昏过去了。

而此刻病房外的走廊上，贺舒派保安和保镖在顾庭岸病房前团团围住，挡着蓝桥，不允许她进去看顾庭岸。

蓝桥从急诊检查完上来，身上还沾着顾庭岸的血，一身狼狈，累得没办法跟贺舒吵架，压着性子，心平气和地说："你把我拦在这里有什么意义呢？顾庭岸会醒过来的，他还是会见我。"

贺舒说："是吗？那我可得利用好这段时间。"

贺舒挥挥手，让两个人上前按住蓝桥。

"你有病吧？！"蓝桥怒了。

　　贺舒冷笑着上前，扬手就是一个耳光，重重一记打在蓝桥脸上。

　　蓝桥被打蒙了，不敢置信贺舒对她动了手，一时之间呆在了那里。

　　贺舒畅快得脸上表情都扭曲了，眼睛里的神色像是堕入魔道的鬼，"这是回敬你在剧组折磨我的。"她抡圆了手臂，又是一个耳光，"这是你欠庭岸的。"

　　这一记把蓝桥打得回过神了。

　　Fuck！贱婢打她！

　　蓝桥浑身都气得发抖，恨不得把贺舒撕成碎片！但是她牙关咬得死紧，一时都不知道从哪里下手——哦，手还被人按着呢！

　　腿倒是自由的，蓝桥心里激烈地复习着顾庭岸教的正蹬要领，脸上已经挨了贺舒第三个耳光……

　　贺舒打得很爽，多年来的怨气都得到了释放，July 说得一点也没错，把蓝桥这种高高在上的人拉下来践踏，是一件替天行道的快意之事。

　　"这一下，是为了萧尹。"贺舒直勾勾盯着流下鼻血的蓝桥，心里的小人们狂欢着尖叫，此刻她的成就感无可比拟，"都怪你害死了他！"

　　贺舒高高扬起手，眼看又要一耳光扇向蓝桥，蓝桥总算聚起力气抬腿还击，但两个保镖立刻将她整个人架了起来，不让她踢到贺舒。

　　蓝桥怎么也不可能打得过两个人高马大的大男人，被他们架得脚都悬空了，她恨得不行，挣扎着朝贺舒吼："我做错的事我认！我不能把命还给萧尹，我下半辈子为他活！他的梦想、他的家人我全都扛下来！你呢？！萧尹的死你没错吗？！顾庭岸不爱你！你像个冤死鬼一样缠着他，你没错吗？贺舒你要是爱他就算了，你为了讨厌我你牺牲他一辈子，你用他对你的感情为难他！我放他走了，你得到他了吗？你这个心理变态！"

　　"都上去，给我把她按住！"贺舒抖着手四处找什么，最后拖过一个垃圾桶，搬起来想砸蓝桥。

　　保镖们虽然都听贺舒派遣，但顾庭岸才是发薪水给他们的人，蓝桥是顾庭岸心尖上的人，他们没见过也都有所耳闻，不敢当真让贺舒重伤蓝桥，反而挡在两个女孩之间劝着。

沈再从电梯里走出来，就见一团乱，蓝桥跟小鸡仔一样被两个黑衣保镖架得悬空，头发散在脸上，手脚乱动乱踢，非常难看。

"蓝桥！"沈再过去把她解下来，"怎么了？"

蓝桥的脸在乱发里都看得出来红红的手指印，沈再眉心一跳，掀开她脸上的乱发，看到她雪白的脸颊上明晃晃的手指头印子，还流着鼻血，他顿时怒得眼睛都红了！

"谁、打、的？"沈再一字一字地问刚才架着蓝桥的那两个人。

沈再是青山制药仅次于顾庭岸的人物，保镖们也都有所忌惮，不好直接说，只是两个人都看向贺舒。

沈再顺着他们的目光转头看去，眼神冰凉地看着贺舒，贺舒与他相识十年，第一次见到他这么可怕的样子。

咚……贺舒手一松，垃圾桶掉回地上。

冲冠一怒为红颜，贺舒在这个瞬间突然意识到，沈再根本没有喜欢过她，沈再一直爱的是蓝桥！

沈再回头去看蓝桥，神情瞬时又变得温柔心疼，他捧着蓝桥的脸仔细看，皱着眉的样子既心碎又生气，"耳朵里耳鸣吗？头晕不晕？"他轻声问。

蓝桥咬着牙摇摇头，觉得很丢脸，要是顾庭岸醒着铁定就会嘲笑她：平时窝里横的时候生龙活虎，真到了该武力防身的时候简直弱鸡。

她又丢脸又懊悔，非常想现在冲过去给贺舒一个连环十八踢，但是沈再就一个人上来，动起手来沈再肯定奋不顾身地护她，那沈再也会受伤的。

气哭了，蓝桥嘴唇颤抖，气自己气得说不出话。

"别哭……"沈再把她拥进怀里，轻拍着她的背哄她。

贺舒看着这一幕，只觉得刚才那三个耳光太少了。

顾庭岸出这么大的事，新闻媒体全都炸开了锅，李彦生和秦湖看到新闻里蓝桥也是一身血，吓得连忙赶到医院来。

蓝桥正坐在住院部门口的花坛边，沈再在为她脸上上药，因为知道她与顾庭岸一道受袭，李彦生夫妇也没怀疑她脸上的伤的来源。

"怎么不去急诊里呢？"秦湖花容失色，这种时候也不顾蓝桥讨厌喜欢了，急切地在蓝桥身上、脸上四处地摸，"你哪里感觉不舒服吗？快点进去找个医生！不行的，怎么能坐在外面涂药呢？！"

李彦生没有秦湖那么慌乱，但是也紧张地盯着蓝桥，"沈再，怎么回事，怎么坐在这里呢？"

沈再太了解蓝桥了，挨了贺舒的打她这会儿心里耻辱着呢，千万不能告诉李彦生夫妇。

"她已经检查过了，就这点擦伤，她不喜欢医生护士给她上药，我给她涂一下就好了。"

"那也不行啊……"李彦生一着急，又觉得头晕了，手指撑着太阳穴揉按，闭着眼睛向后方招招手，对走上前的助理说，"去安排病房，叫人送一套蓝小姐的衣服过来，快点！"

秦湖这时连李彦生都顾不上了，盯着沈再给蓝桥上完了药，她连忙把女儿搂进怀里，也不顾她一身的血渍和脏，紧紧搂着她又亲又拍，"拨给你的人呢？怎么一个都没跟着你？太过分了，真的太过分了……是不是吓坏了？"

蓝桥是吓坏了，也累惨了，所以被妈妈抱在怀里都没反抗。她这么乖巧，秦湖便更伤心，眼泪都流下来了。

"给我安排顾庭岸隔壁的病房。"蓝桥在秦湖的怀抱里弱弱地说，"对门也行。"

秦湖一怔，随即双目带泪地看向李彦生。李彦生连忙打电话给助理，问过之后告诉蓝桥："顾庭岸住的那一层都被包下来了，住不进去。"

贺舒是铁了心的，拣了这段时间，就是要折磨蓝桥。

蓝桥其实也知道等等就好了，顾庭岸醒来就好了，可是……如果他醒不过来了呢？

如果他此刻就是最后一刻，他正用最后的目光在等待她的出现呢？

蓝桥觉得自己疯了，怎么可能呢？祸害遗千年，顾庭岸是成了精的，万年都不会死！

"小桥。"李彦生走到蓝桥面前，揉揉她鸡窝似的脑袋，"你想立刻见到他啊？"

蓝桥猛抬起眼，目光如同在沙漠之中望到绿洲！

李彦生对她笑时总是那样温柔和煦，"我给你想办法。"

病房里，顾庭岸依然昏睡着，可能是梦到了什么，昏迷之中都皱着眉。

贺舒坐在他病床边，拿棉签蘸水湿润他的嘴唇，又伸手去抚平他眉间……他这样安静地任她怜爱可真好啊，眼睛不会总是炙热地看着别人，嘴里也不说出令她心碎的话。

可是医生进来，贺舒还是很焦急地问："他怎么样了？为什么还是不醒呢？"

"顾先生他有一根肋骨折断后扎进了肺里，血胸气胸比较严重，这是造成他休克的主要原因。他头上的伤也有待观察，如果二十四小时再不醒，可能我们需要再次手术。"医生如实地说，"贺小姐，您要做好心理准备。"

贺舒浑身力气都被抽干了似的跌坐床边，心里茫茫然地后悔，如果小岸哥哥死了，她一定也不能独活。

抽打蓝桥的乐趣都已经散得一干二净，贺舒望着床上静静躺着的人，此刻如果他能好好活下去，她愿意将他还给蓝桥。

她的计划伤害了小岸哥哥……贺舒陷入巨大的恐惧当中！

医生护士的惊呼声传来，贺舒浑身一哆嗦，下意识看向顾庭岸，他却并没有醒。

再看医生他们都惊讶地盯着窗外，贺舒转头看去——天哪……疯子！

是蓝桥，穿着擦玻璃工人的安全衣，从楼顶垂吊下来挂在窗户外！那张贺舒最讨厌的脸，因为高空悬挂吓得白到透明，红红的指痕更加明显，她脸上还有血渍和眼泪，那么狼狈那么难看，但她盯着顾庭岸的目光那么干净明亮！

贺舒不明白，她对顾庭岸的感情也是真心的，她敢为顾庭岸去死！可是为什么连她自己都能感觉到，她的感情暗无天日，蓝桥的却像钻石一样明晃晃，透彻珍贵……贺舒想不明白，头疼欲裂，心里几乎要恨出血来！她把刚才的想法抛诸九霄云外，冲过去一把将窗帘拉上。

"顾庭岸！顾庭岸！"蓝桥在高空的风里，奋不顾身地敲着窗户喊，"我爱你！"

喊着喊着，自己都变得高兴起来，垂降下来时怕得要死，此刻却跟打了肾上腺素针一样，浑身勇气，三十楼那么高的大风全都吹进她心里啦！原以为干枯死去的少女心呼啦啦地鼓起来！

"快点好起来！我等不及要跟你求婚了，顾庭岸！

"爱——你——哦！"

楼下，秦湖一眼不眨地仰头望着蓝桥，她浑身抖，害怕得连眼泪都不敢流。

"没事的，都是专业人员用的设备，再说上了双重保险，我还让他们在底下支了一个消防充气垫呢。"李彦生搂着秦湖，安抚地揉搓她的手臂，"别紧张好吗？我怎么可能让女儿冒险呢，安排好了才让她上去的。"

秦湖落泪，仍然是死死盯着女儿，推开李彦生的手，她还是责怪，"那也不行啊！她胡闹你不劝着，还给她出这种主意，那么高！她该吓着了……"

从前看李彦生操练儿子们，比这个更狠的比比皆是，秦湖也劝，但心里是知道他就是这么培养孩子的，她是继母，话说到就行了。可是今天悬在三十楼外面的是她的小桥！秦湖此刻真心恨着李彦生，这算什么馊主意？想见顾庭岸，派人冲进去抓走贺舒都比现在这样好啊！

小桥这个傻孩子，与她当年一样爱得辛苦又危险，但小桥是像了谁呢？她和李彦生都是理智的人，小桥怎么会这样莽撞又真心。

"好了，别生气了，过一会儿她就下来了，这样见一面，她才能安心回去好好休息。"李彦生哄秦湖高兴，"我刚才跟沈再谈，现在非常时期，让他带着蓝桥跟我们仕几天。"

秦湖眼睛牢牢盯着高空里的蓝桥，叹了一口气，神色到底松动不少。

"况且你不是总担心孩子想不开又做傻事吗？"李彦生也看着三十层上那个小黑点一样的身影，但他神情里憋着"我还治不好你矫情"的笑意，"现在让她真的挂在半空中一回，给她留个阴影，以后她想到跳楼自己都会害怕的。"

秦湖听得都把目光转过来了！流着泪瞪他，又撑不住笑起来……

顾庭岸在昏迷之中一直感觉半梦半醒，整个人像浮在空中，一会儿回到无忧无虑的童年，一会儿又身临其境般置身失去父母的车祸现场……身旁总是有蓝桥，小时候牵着他的手，被他偷亲脸蛋的蓝桥；长大后活泼动人，令他时时刻刻想藏在家里的蓝桥。

顾庭岸那么喜欢她啊，从小就非常喜欢。他生活里有趣的部分全都关于她，大人们常常夸奖他聪明优秀，但他并不喜欢自己啊，独处时总是不高兴，只要她出现，哪怕是来偷他饼干的，都会令他心生无限趣味。

将人生的全部欢喜寄托在别人身上——这么可怕又软弱的事情，顾庭岸无法对任何人坦陈，所以从来不说出口，再难过再想留住她的时候都不能说。

好像只有一次破例，是她对他表白时，她递给他厚厚一封繁体字簪花小楷的情书，他看了第一张就鄙夷地戳穿她，"你爸给你打草稿，你照抄的吧？"

她眼珠子滴溜溜直转，偏偏还继续嘴硬，"我自己写的！你看这字，这么好看，是我写的啊！"

"好。"顾庭岸把捏着情书的手背到身后，"那你告诉我，'人间只有情难死'上一句是什么。"

"重叠泪痕咸锦字！"有备而来的蓝桥双目炯炯，神情得意不已，"哈哈！"

"哈你头！"顾庭岸把她抓过来敲头，"是缄！重叠泪痕缄锦字！三缄其口的缄！就你这粗心大意还想考C大！笨蛋！笨蛋！笨蛋！"

他想笑得不行，又不能被她看到，只能按着她一直打。

也就是那次，因为实在无法掩饰被深爱之人表白的喜悦，把她揍哭后，他抱着她吻她的耳朵，说："我不能回答你我也是，因为我知道，我对你而言最多是全部的爱情，但你，是我全部的喜欢。"

爱情像流星，亲眼见过的人才知道有多美，但这世上多的是人一生未曾遇到。喜欢就不一样了，这世上有美丽风景、可口食物、事业兴趣、爱车萌宠，都能给人喜欢的感觉——但对我来说这些都不行，我都不喜欢，我只喜欢你。

我的小桥……半梦半醒里，顾庭岸以为自己喊出了声，但其实他只是从枕上转向了另一边，有他家小桥在窗外的那边。

"顾先生醒了！"医生们再次惊呼起来，贺舒刚拉好窗帘，连忙转身看向顾庭岸，看到他居然真的醒了！他面朝着窗户，微微睁着眼睛！

"小岸哥哥！"贺舒大喜过望！

顾庭岸对她的呼唤没有一点反应，目光茫茫的，毫无神采地朝窗户那边定着。

要快点好起来啊，他昏昏沉沉地恼怒着，想趁他昏迷的时候把表白求婚全部做完，蓝小桥这丫头简直其心可诛嘛！

医生护士围到病床前检查，贺舒正喜出望外，病房门口这时却也乱了起来，很快小红跑进来，低声焦急地告诉贺舒："外面来了很多人，还有警察，沈总说一分钟内您不出去的话，后果自负！"

在地下车库袭击蓝桥和顾庭岸的男人自称是贺舒的粉丝，舆论热点这会儿已经从"二女争夫"转移到"贺舒疯狂粉丝伤人"上，贺舒此时处于被网友反感和开挖黑料的危险位置，不能再闹出其他丑闻了，否则之前所有的努力都白费。

贺舒很明白这一点，再不情愿也只得走出去。

但她只走到门口，小红替她拉开门。

病房门外，沈再和一位西装革履的年轻男人并肩而来，他们身后跟着十几个安保人员，贺舒的保镖们都被控住了。

岁月终于将贺舒真心喜欢过的温柔书生打磨成厉害的商人，沈再冷着脸走来的样子很有几分像顾庭岸，却比顾庭岸多一分柔和，他现在像块价值连城的玉，温润但是极为昂贵的感觉。

"你要做什么？"贺舒忍着刺心的疼痛，沉着脸问沈再。

沈再却没有与她沟通的打算，偏头对身旁那英俊的年轻男人说："顾律师。"

那律师上前一步，站在病房门外遥遥地对贺舒说："贺小姐您好，我是来宣读顾先生的委托书的。"

贺舒认识他，C市鼎鼎大名的第一大状，顾庭岸的私人律师。她心中泛起不妙的预感，脸色很差地问："什么委托书？"

"在顾先生人身受限制、遭遇意外、失去自主意志以及其他几种情况下，他委托蓝桥小姐为特别授权代理人，在他规定的范围内代理他行使一切权利。现在的情况符合该委托书的生效情况，顾先生的病情所需要的医疗决断，青山制药的股份行使决策，都由蓝小姐接管了。"

"这是副本，可以给您看看。"顾律师将一页纸递给贺舒。

贺舒捧着那页纸，只觉得又重又烫！她不敢置信，仔仔细细来来回回地看每一个字，签名是顾庭岸亲笔没错，她认得出来，日期……日期！二〇一〇年十月二十日！是蓝桥出国的日子！

那时候还没有青山制药，顾庭岸扛着父亲留下的那个风雨飘摇的小药厂，根本没有多少资产！那么他立下这样的委托书，是什么样的用心？！

是对生活已经毫无指望到只期待自己出现意外，能令她回来见一面？

贺舒说不清此刻心中滚烫沸腾的是什么情感，心碎欲死，又出奇愤怒，她缓缓转过头去，眼泪当着顾庭岸虚弱的目光掉下来，却没能从他眼中看到一丝一毫的动摇心软。

顾庭岸吃力地对律师和沈再微微笑了笑，便又转头去看拉着窗帘的窗外。

那里有个人在扯着嗓子唱："原来你是我最想留住的幸运，原来我们曾和爱情靠得那么近，那为我对抗世界的勇气，那陪我淋的雨……"

很难听，一点也不动人，因为在高空中声音紧张，调跑得没边了，不熟悉这首歌的人一定会以为她在哭诉什么冤情。

而且都不用拉开窗帘，就能想象她此刻有多丑，多狼狈。

可是……可是能与她相遇，真的是好幸运，是他顾庭岸生命里最好的事情。

"女主角呢？该她闪亮登场了啊。"律师问沈再，"你刚才火急火燎的，怎么，她不在这儿啊？"

沈再并不知道蓝桥的去向，倒是病房医生里有追微博上八卦的，热心地跑去窗边拉开窗帘，"在！在这儿呢！"

唰啦……窗帘一拉开，沈再和顾大状齐齐倒吸一口凉气，沈再是惊的，顾大状是吓的——漂亮是很漂亮，比她身后三十层楼高的阳光还要明媚的可爱气质，可这也太疯了吧？不让看就玩高空垂降啊？那是不是一言不合就端机关枪扫射？奇怪，贺舒是她的情敌，怎么还能活到现在的？

挂在窗外的蓝桥，原本唱完歌就打算上去了，可窗帘一拉开，她看到沈再和一个气质特别高冷的英俊男人站在远远的门口，而贺舒那个贱婢一脸灰白，蓝桥知道事情肯定有了转机，激动地拍着窗子大喊大叫。

风将她的乱发吹起，顾庭岸觉得她现在特别像母狒狒，在动物园里张着嘴巴拍橱窗吓唬游客的那种。

他闭上眼睛歪在枕头上，一本正经地继续昏迷。

第二十二章

刚刚 来自 蓝桥几顾的 iPhone

以前很佩服某些人，总有一切从头再来的超级勇气。直到我自己也成为这样的人，才明白，最难的并不是从头再来，而是无论被如何伤害过，都还去相信这个世界的善意。

蓝桥上演高空表白求婚实在太酷炫了，医生护士们的八卦之魂熊熊燃烧，有人悄悄拍了照片上传朋友圈和微博，很快微博上就炸开了，相关话题空降热搜，相关微博的转发评论数字都快炸了。

二女争夫——疯狂粉丝袭击——男主英雄救美受重伤——女主角三十层楼高空垂降唱情歌。

这个系列满足了所有人的好奇心和少女心。

蓝桥的酷炫浪漫才是真正的吸粉大法，贺舒再一次沦为女配角。

"慢点慢点！稳一点！"沈再指挥着李彦生的保镖将女主角拉上来，女主角因为紧张和兴奋已经身体无法自控，手脚瘫软得一点力气都用不上。

脚踩在天台地面上，结实的、不晃动的地面，蓝桥后怕得直哆嗦，小腿一软往前跪去。

幸好沈再及时上前一步抱住了她。

"……"再疼他都忍不住要笑话她，"刚才还又吼又唱的，上来了反而尿了，后怕了？"

蓝桥热泪盈眶，哆嗦着嘴唇，语不成句，"好可怕的……"

萧尹那浑蛋怎么敢跳楼的？！在空中的感觉比死还可怕啊！

"师兄，我是不是……尿裤子了啊？"蓝桥趴在沈再身上颤抖着问。

沈再真的忍不住了，笑出了声，看看她裤子，说："放心吧，没有。来，我背你下去吧。"

沈再家与蓝教授家是世交，蓝桥是沈再背着长大的，长大后有了顾庭岸，他就没什么机会背她了，像现在这样她趴在他背上，全心全意地倚靠着他，真的很久没有了。

"他醒了吗？"蓝桥喃喃地问。

"醒了一会儿，医生说算是脱离危险了，但是这次他真的伤得很重，你一会儿下去见到他，不能跟他动手哦！"

"知道……我疯了吗？！"蓝桥不满地说，"平时都是他惹我，他故意惹我，我才会那样打他！"

"是是是。"沈再好脾气地应。

蓝桥头很晕，真的吓得太狠了，其实刚才没敢太往下看，但悬在三十层楼外的威胁感太巨大，根本不受目光限制，她想到都觉得头晕恶心，很难受地在沈再背上呻吟，"想吐……"

沈再有洁癖啊，再喜欢也不可能容忍她在他背上吐，连忙想辙，"对了！刚才你被贺舒挡住，我想起来庭岸以前交代过我，连忙把他律师找来了。庭岸签了一份特别委托给你，以现在他的情况，那份委托生效了，接下来他的治疗方案，这个阶段青山制药的决策，都得问你了。"

果然，跟一针一千毫升的鸡血打下去的效果差不多，蓝桥虎虎生风地从他背上昂起来，"什么？！"

沈再忍着笑，仔细向她解释了一番。

蓝桥激动地一掌拍在沈再肩上，差点把沈再打得跪下来。

"师兄！"蓝桥激动地双手揪住沈再的头发晃，"那他所有财产都是我的了？！"

"……"沈再也是真的心疼顾庭岸啊，"那又不是遗嘱，遗嘱有另外的，这只是一份特别委托书。"

如果顾庭岸没挺过去，死了，那蓝桥才能拿着特别委托书分配他的遗产。

蓝桥噢了一声,那语气,沈再听着怎么觉得是挺遗憾的?

"放我下来吧,师兄,我现在有点力气了。"蓝桥拍拍沈再,又顺手把他头发撸整齐,"嘿嘿!"

沈再把她放下来,看她疯的那样子,他把外套脱下来给她披上,又细细理顺她的头发,"小桥。"沈再轻轻触她脸上的指痕,"贺舒她今天打你……"

蓝桥飞快截断了他的话,"我知道,我心里有数。"

她顶着有指印的脸,却那样满不在乎的神情,沈再看得心里难过。

但有些话只能他来说:"凡事都分轻重缓急,都有取舍,你为了跟贺舒作对你失去了多少?难道贺舒对你来说比那些重要吗?小桥,你很好,很善良,恩怨分明,但是有件事,你为什么总是不明白呢?不是每一个与你有交集的人都得有一个定位,哪个是朋友,哪个是敌人,不是非得这样……有些人,你只要让她擦肩而过,走出你的世界,就好了。"

不要去怨恨,不要绞尽脑汁地防守和反击,因为那样的话,那个人就变成你世界的重心了……你不想那样对不对?

蓝桥呆呆看着他,眼圈渐渐红了。

倒不是别的,而是沈再这话的语气和观点,都好像她家蓝教授啊。

她家蓝教授走了,再也没有人能坦诚相向,耐心温柔地对她讲道理,为她分析这个世界。

刚才最害怕的时候,她心里就想:掉下去不就是死吗?死虽然很不好,但有一样是好的呀——能见到爸爸和萧尹。

"你别哭啊……我不是怪你的意思,你已经做得很好了。我知道,我们小桥每一次发脾气之前,肯定也忍了不止一次。"沈再叹着气把她揽进怀里,像哄孩子那样轻拍着安慰,"贺舒她很可怜,可怜之人必有可恨之处,反过来也是一样,对谁都一样。"

"知道了……"蓝桥吸吸鼻子,现在她不想说这个,"走吧,让我去看看顾庭岸。"

让我去看看,令我觉得活下来很好的我家顾庭岸。

顾庭岸刚接受过医生检查，人还醒着，只是更虚弱了，清醒后清晰地感觉到身体的疼痛不适，他身上已经薄薄地忍出了一层汗。

蓝桥和沈再进来，门轻轻地一声响，顾庭岸睁眼望过去，一眼看到她，还是很狼狈，像街边讨饭的小孩子，身上脏脏的，眼睛很明亮。

"你醒啦！"蓝桥惊喜不已地跑到他床边看着他，"感觉怎么样？"

"不怎么样。"虽然虚弱，但他说话还是一样地不动听呢。

不过此刻蓝桥才不会介意，她盯着他的眼睛仔细地，担忧地问他："你头晕吗？头撞得这么严重会不会有后遗症？我问你，我漂亮还是宋慧乔漂亮？"

顾庭岸不自觉又皱起眉头，问："谁是宋慧乔？"

"噢，脑子没事！"蓝桥和沈再都确认了，大松一口气。

蓝桥转身与沈再击掌，眼角余光扫到病房角落，顿时被吓了一跳！

那个贱婢居然还没走！还坐在那里！直勾勾看着他们！

"吓死人了！真是……"蓝桥本来是想说"暗搓搓"，词都到了嘴边，呼了一口气，突然不说了，转头给顾庭岸掖被子，"你睡会儿吧，我妈叫人熬汤了，等送来了我叫醒你。"

顾庭岸嗯了一声，突然又看着蓝桥皱眉，问："你脸怎么了？！"

他从车里把她抱出来的时候确认过，她没受伤。

蓝桥也还没照过镜子呢，要不然也不会就这样跑来看他。她用手背贴了贴脸颊，轻描淡写地说："可能刚才跑快了，磕着了。"

"哎？那个长得特别帅的律师呢？"她左看右看地问。

"什么律师？"顾庭岸反问。心思缜密如顾总，从此处就开始铺刚才一直昏迷着的梗，这样他就能不承认已经听到某人的表白和求婚啦！

沈再没想那么多，回答说："哦，顾大状他女朋友的妹妹好像把学校化学实验室给炸了，他赶过去处理。"

蓝桥挑挑眉说"哦"，顾庭岸瞬间觉得不高兴了，"你好像很遗憾的样子嘛。"

"啧……"蓝桥眯着眼睛很向往地感慨，"我最喜欢的两大异性职业啊：医生、律师。"

顾庭岸也眯起了眼睛。那现在，她不是老鼠掉进了米堆里？！

"难怪刚才迟迟不舍得上去，唱歌比杀鸡还难听，你自己觉得挺美的是吧？"顾总呵呵呵地一顿奚落。

逮住了！蓝桥邪魅一笑，俯身凑近他，盯着他的眼睛，"哦……你都听到了呀，给我装昏迷是吧？"

顾庭岸："……"

顾庭岸："刚才医生是不是说我脑袋里有一块瘀血还没散？怎么现在觉得有点疼……"他一边说一边声音低下去，几秒钟的时间就虚弱得连眼睛都没力气睁开了。

沈再忍着笑上前提醒蓝桥，"不能动手啊，你刚才答应过我什么？"

"蓝小姐。"外面负责安保的保镖也来救顾庭岸了，敲了门，轻声唤蓝桥，"外面有访客，是几个公安，来找您和顾先生录笔录的。"

"哦好，我来了！"蓝桥说着站起来，胡乱理了理仪容，转头对顾庭岸说，"你歇着吧，我跟他们说一声，等你好点再录你的。"

蓝桥走出去，经过门口时她对保镖说："病房里闲杂人等请出去，顾先生要休息了。这几天来这里探访顾先生的人，先报给顾先生知道，他不想见的，你们就都推说是我不准他见。"

保镖说："是，知道了。"

蓝桥就这么昂着头轻松地离开了，沈再和顾庭岸都看着她的背影，仿佛那有多么美一样，贺舒坐在那儿一动不动的，好像已经过了一个世纪那么久，她觉得自己浑身已经爬满了腐朽铁锈，心中再有恨意推动，也斗不动了。

托顾总的福，在地下停车场袭击蓝桥的小眼睛青年和驾车撞向蓝桥的司机都被当场逮住，但是顾总当时怒了，下手太重，两个嫌疑人都是被120抬走的，现在都住在医院里，一个眼睛缝了好几针，另一个断了手脚还脑震荡了。

录完笔录，蓝桥送公安出医院，警察私下问蓝桥："那位顾先生是不是练过啊？"

"没有啊，他一个生意人，又那么忙，身体素质一向挺文弱的。"蓝桥一本正经地胡说八道，"唉，可能是人被逼到那份上，潜力全爆发了……当时情况太危急了。就现在，他还重伤躺着呢！"

警察点点头，"我们一定尽快查明案情，您放心！"

蓝桥向他道谢，送他出去后，她往医院里走，打算回顾庭岸那儿洗漱一下，但路过 ICU 病区时她突然停下了脚步。

那个呆坐在走廊长椅的男人好像在哪儿见过……

噢——蓝桥想起来了！

是 Andrew 给她看过的视频里的那个人，吴老太喝了睿博中毒后送院抢救，有个自称她侄子的人一直等在抢救室外，后来听说吴老太救过来了，他就走了，再也没出现过。

"喂？师兄。"蓝桥站得远一点，轻声打电话，"你下来一趟，到 ICU 病区门口，嗯……快点！"

警方已经查明吴老太是先服用百草枯才喝了睿博口服液，中毒事件与睿博口服液无关，对青山制药来说这件事已经结束了，蓝桥的普纳公关也已经凯旋。

没想到在这里遇到了后续，人生何处不相逢。

沈再很快下来，蓝桥把他拉到一边指给他看，"那人一开始说是吴老太的侄子，但是我查过，吴老太是个孤寡老人，在养老院住了那么多年，从来没人去看过她。"

"所以呢？"沈再很无奈地看着她，"你不累吗？上去洗漱休息吧，刚才还路都走不动，现在又多管闲事了。"

"哎呀，这不是撞上了嘛！"蓝桥说，"你看他的神情，又难过又忍耐，吴老太毒发后他是第一个到现场的，现在事情定性为自杀，尘埃落定，他又出现……我去看看！"

"哎……"沈再还没来得及说什么，蓝桥已经走了过去，沈再很无奈，不懂这丫头为什么从来不知道害怕，刚刚被陌生人袭击，转个身就又能对其他陌生人热心。

　　"嗨！"蓝桥走到吴老太侄子身边，跟他打了个招呼，"我叫蓝桥，我之前接触过吴奶奶一次，你是她亲属吧？"

　　衣衫朴素的男子满面愁容，却避开蓝桥的目光，幽幽否认，"我不是，我不认识她。"

　　可这时护士站的护士跑了过来，递给他一个单子，说："喏！17床的催款单，你拿着去收费处交就行了，那边直走。"

　　这就很尴尬了，因为那催款单上头写着吴老太的名字呢。

　　男子尴尬地看了眼蓝桥，蓝桥倒是没什么，笑笑说："吴奶奶还住在重症监护吗？情况好点没有？"

　　男子垂下目光，沉默地摇了摇头。

　　之前调查过吴老太的背景，蓝桥知道她是连养老保险都没有的五保户，住在敬老院的钱还是街道向政府申请补助的。重症监护室住一天费用都要上千，难怪催款单上欠费那么多。

　　"给我吧，我去交！"蓝桥从他手里抽走了那张欠款单，转身向收费处方向走去，经过沈再身边时手指朝他勾了勾，沈再无奈地摇着头掏出钱包给她。

　　男子追着蓝桥一路小跑，涨红了脸要抢那张催款单，"这不行！这不行的！"

　　这姑娘虽然长得非常好看，但头发乱乱的，衣服很脏，看起来也不是很有钱。

　　"这张卡刷五万。"蓝桥从沈再钱包里掏信用卡，和催款单一起递给收费员，"没有密码，直接按确定。"

　　男子："……"

　　"这张刷……两万！"蓝桥又从自己钱包里找出一张唯一还没刷爆的，"哦，对了！"她又拔出一张银行卡来，"这张刷十万。"

　　"……"男子心情和眼神都很复杂地看着眼前形容潦草却眼神发亮的蓝桥。

　　"这个是我的名片。"蓝桥转身递给他一张，"后续治疗还有需要我帮忙的地方，你替吴奶奶联系我吧！"

　　"我不能要你这么多钱。"男子接过名片，又低下头，神情局促地闷声说。

"那五万和十万都是睿博口服液的厂家给的，他们向全市的敬老院赞助睿博口服液，也有专项经费用来帮助敬老院需要帮助的老人们。所以请你不要有心理负担。"蓝桥接过住院费缴纳收据，放到他手里，"我那两万是替睿博的研发者给的，他是我的朋友，在很年轻的时候就去世了。如果他还活着，遇到吴奶奶这样的事，他一定会来帮忙的。这些年有很多人为了他拼命地把睿博做出来，作为我们，遇到跟睿博相关的事，总会想起他……"

想起萧尹，她就会深觉没有什么比生命更可贵。

蓝桥拍拍低着头的男子，"我先走啦，保持联络！"

"那个……蓝小姐！"男子轻声叫住她，"有件事你们可能不知道，我也不知道对你们有没有帮助……"

蓝桥转身，"什么事啊？"

"我……她出事前，突然到我家里来，给了我十万块钱，都是现金。"男子的神情很复杂，后悔、难过、愤恨、抑郁，"她不可能有那么多钱的，我觉得是不是跟她突然喝农药有关系。"

喝农药自杀——嫁祸睿博口服液——十万现金，这是拿钱买命诬陷睿博的节奏？

蓝桥走到男子面前，严肃地低声问："这件事你告诉警察了吗？"

"告诉了，他们给我做了笔录。但是那钱我没要，所以不知道后来去哪儿了。"男子越说声音越低，怯懦地低着头不敢看蓝桥。

蓝桥本想继续问他，但有些事虽然不知内情，却一看就是别人的痛点，她就不再问了。

十万现金的事，既然警察知道了，顾庭岸应该也是知道的，但是他没有再继续追究，揪出幕后黑手吗？他为什么不想揪出陷害睿博口服液的人？

蓝桥想不明白，难道是贺舒那个贱婢干的？不至于吧？

手机这时响了起来，是 Andrew，声音很急，"Boss 你终于接电话了！你怎么样？！"

"不怎么样……"蓝桥在花坛边坐下，一松劲觉得自己浑身都酸疼，她一只手费力地捶着自己，唉声叹气，"你们今天差点就要群龙无首了。"

"哦哦……"Andrew 应付了两声，压不住的兴奋声音，"贺舒被公安带去问话的消息炸开了，现在都在传她买凶企图谋杀您，剧组那边好几个资方都表态必须换掉她，现在就差周总发话了。周总刚才让我告诉您，他忙得很，这事问您就行！"

所以现在贺舒的事业生死一线间，只等蓝桥一句话。

时间真的是很奇妙的一个东西啊，蓝桥心里在想，如果是从前，哪怕只是一天之前，她都会毫不犹豫地弄死贺舒，应该还会多踩两脚。可偏偏是现在，在经历自己的生死与心爱之人的生死劫难之后，命运突然把决定贺舒生死的按钮交到了她的手里。

简直像毕业考试嘛！在纠缠不休，互相伤害的仇恨学校里，她失去了那么多的东西，才获得了这一次毕业考试的机会。

"你替我去找一下 Sunny，这件事交给她处理，你告诉她，目前阶段案子还没有定论，剧组对外的论调不能对贺舒落井下石，要相信司法，相信真相，正直对待。"蓝桥说。

Andrew 倒吸一口凉气，"老大，你撞到头了吗？还是魂穿了？ Sunny 姐肯定会保贺舒的啊！"

"所有主演都是 C&C 的人，Sunny 不会为了贺舒一个人牺牲整个剧组的。对了，贺舒的公关案不是委托我们了吗，你合并了跟《一代军师》的宣传案一起做吧。正好，让 C&C 协助我们，现在是展示剧组风范的最佳时期，你亲自拟稿，声明写得漂亮点！"蓝桥叮嘱。

Andrew 沉默了好久，说："知道了。"

他挂上电话，表情跟梦游一样，普纳公关的人都围上来，眼睛眨巴眨巴地看着他。

"Boss 好像……"Andrew 无法形容蓝桥刚才给他的那种感觉，"打通任督二脉，整个人都升华了！"

蓝桥办完一圈的事，上楼回到她家顾庭岸身边。

沈再要陪着李彦生和秦湖先回家，走之前试探性地问她能不能去李家住两天。

"你去吧，我这两天就住这儿。"蓝桥轻声回答沈再，"你帮我送点日用品过来，顺便去隔壁把他的也拿来。"

沈再说"好"。

他们声音那么轻，病床上刚才还睡得一无所知的人，却迷蒙睁着眼，醒了。

"哎！你醒啦！"蓝桥开心地捏捏他的脸，"正好，起来喝鱼汤！"

黑鱼汤，对伤口好，但顾庭岸讨厌鱼汤的腥味。

"再睡会儿。"他微弱地说，眼睛又闭上了。

"喝了再睡嘛！我喂你。"

那好吧，顾总又没那么困了。

沈再看不下去了，感觉再待下去自己智商也要下降，"那我就先走了。小桥，他真的伤得很重，肋骨都断了两根，不是开玩笑的，知道吗？"

"放心吧，沈先生。"蓝桥笑容可掬，"我一定好好服侍你家沈太太！"

"……"沈再揉揉鼻子，一声不吭地转身走掉了。

只剩蓝桥和顾庭岸了，病房里一下子安静下来，蓝桥给他喂了几口鱼汤，又端水，拧毛巾地服侍他，无比细心和耐心。

顾庭岸很享受，直到她没什么可做了，在他床前蹲下，下巴搁在床边，眨巴着眼睛就这么看着他。

身上的痛都消失了，顾庭岸觉得身体像是要融化，再被她看一会儿，可能会飘浮起来，在病房里飘来荡去。

"你头发沾了什么？油油的，好恶心。"他点着她眉间，无情地嫌弃。

蓝桥手都举起来了，又握成拳，不甘心地缩回去，气愤地瞪他一眼，恨恨转过头去不看他了。

顾庭岸没办法做很大的动作，只能抬起手指，轻轻摩擦她脏兮兮的脸颊，"脸上也好脏……丑死了！"

蓝桥转头咬住他的手指，睁大眼睛瞪着他，他却笑起来，清澈温柔，像从前的那个少年。

蓝桥的眼圈渐渐红了。

她皮肤白，眼圈一红就好明显，而且那么美的眼睛，蒙了薄薄一层泪，像掉进去了一千颗星星……不对，是顾庭岸的整个银河系都在她眼里。

"知道了……"他声音格外温柔，眼神也是，"别哭，一哭更丑。"

蓝桥松开牙齿，低头吻他手指上她的齿痕，眼泪正好掉在他手背上，他手指微微一动，在她眼角边轻轻摩擦了一下。

蓝桥觉得丢脸，但人的情绪哪能由自己掌控呢，她满心的感动、欢喜、后怕、感激……"我没有对贺舒落井下石，我把她当作没有交集的人，远远从我身边隔离开。我不能再经历一次今天这种事情了，我可以不跟你在一起，但你必须在我知道的地方很好地活着。"

那个贱婢就当是一兜乌龟王八，把她放生，就当给顾庭岸祈福了。

"嗯，我明白你的意思。"顾庭岸也并不回避贺舒的问题，他虽然刚苏醒没多久，但是外面的事情他知道得要比蓝桥多，"反正，我留了一笔钱给她，至少她这辈子生活无忧。"

"蓝桥。"顾庭岸叹着气，低声说，"她变成这样，我真的对她很抱歉，我没教好她。"

蓝桥在心里翻白眼，想说变态都是天生的，跟你无关，说出口的却是："不要说她了！说说我们！"

顾庭岸一瞬间又笑了，手指刮她的鼻子。

蓝桥才不害臊！捉住他的手指靠在脸上，歪着头欢喜无比地看着他，"你这么喜欢我，这些年是怎么忍的啊？"

"那你呢？"顾总可是深谙谈判技巧之人，一招不答反问，不动声色。

对方果然被引开，"唔……我一直在物色新人来着，很努力地想交一个男朋友，到处参加派对，到处找人！"

花痴……顾庭岸呵呵，"比我好的一个都找不到？"

他是气她的，她却点头，遗憾的神情那么认真，深深遗憾到绝望的那种，"一个都找不到！"

相信我，我真的非常努力了，但是要像爱你那样爱上另外的人，我用了五年时间证明：做不到。

"要是早知道你那时候就把所有财产都留给我，我可能就不会走了……"蓝桥惆怅不已地望着他，"你都不担心的吗？要是我努力努力，将就将就，真的爱上别人了呢？"

"……"顾庭岸要不是肋骨都断了两根，真的想跳起来打她的头，"那不是遗嘱，只是一份代替我行使一定范围内事务的权利委托书。"

这姑娘怎么能财迷成这样呢？顾庭岸真是服气，早知道拿出这个就能把她感动得完全服帖，他真的就立遗嘱给她了。

"那也够了啊！"蓝桥还是很高兴，"我只要知道，我是你除了自己以外最在乎的人，就行了！"

蠢死了……顾庭岸无奈又嫌弃地看着她。

根本就没有"除了"。

"其实如果你能遇到一个人，你很喜欢，他又能照顾好你，我会觉得比我好。"他重伤过后体力不济，嗓子都哑了，"之所以要亲手把周北打成那样，一个是警告他别搅和贺舒跟你的事，另一个也是看你跟他处得来，想着万一你们……那他起码会很怕我。"

如果有一个人，很适合你嫁给他，那我给你当娘家人吧，那种你老公一想到我都不敢对你大声说话，死后会留给你一大笔钱的娘家人。

如果能令你幸福一生，我想我可以笑着看你嫁给别人。

蓝桥一直知道这家伙是个变态，只是每一次都能被他的变态程度刷新三观。

这是什么真爱啊，比能殉情的那种还吓人！

有人这时在病房门口说出了蓝桥心里的感慨："顾庭岸你真变态！"

蓝桥泪眼婆娑地转头看去，周北跟只河豚似的气鼓鼓地站在门口。

第二十三章

2012-12-22 23:45 来自 蓝桥几顾的 iPhone

我喜欢过一个少年，到了很多年后的现在，"喜欢过"这件事带给我的喜悦和怀念，更甚那个少年。趁年轻，多恋爱啊少女们！

周北是真的生气了！他虽然比不过周时照这种根正苗红的长房长孙，但好歹也是周家正房金尊玉贵的小少爷，顾庭岸那样打了他一次又一次，一脚 KO，上门挑衅 KO……这样狠狠践踏他，居然是抱着也许他会是蓝桥的夫婿的想法？！

那你敲山震虎就好了，干吗下死手，打得脸都差点烂掉了！

"你们道德感和三观都被狗吃了吧？你跟沈再结着婚，跟顾庭岸好着，顾庭岸心里给你寻觅着下一任老公？！"周北抓心挠肝恨得不知道怎么才好，双手对着蓝桥一阵刨，"啊啊啊啊啊啊，禽兽啊！"

他俩坐在病房外面的长廊尽头，长廊上几步一个站满了保镖，靠近他们的那两个迅速过来，想按住周北，蓝桥怕周北的小心灵又受辱，连忙说"没事"，然后扬手噼里啪啦抽了周北一顿，"安静点！神经病！"

周北："……"

保镖们："……"

蓝桥问那两个保镖："怎么把他给放进来了？我不是说来人先问过顾总吗？"

“是沈先生送进来的……”保镖们为难地说。

妈的，蓝桥心里骂，连他们都知道沈再才是顾庭岸的正房。

蓝桥不知道的是，因为她挨了贺舒耳光的事，派给贺舒的那几个保镖都被解约了，他们都是同一个安保公司的，业务也都围绕青山制药这几个老总转，原来都说沈先生人最和善，现在才知道他真生气起来也是很可怕。

“喂。”周北用手指捅蓝桥，不耐烦地说，“你不想见我是吧？那我走了！”

嘴上说要走，身体却一动都没动。

蓝桥挥挥手让保镖们回到工作岗位，她转头看周北，目光审视，“你怎么回事呀今天？例假来了？”

周北斜了她一眼，语气还是很冲地问她：“叫我来干吗？！快说！老子忙得要死！”

说到这个，蓝桥确实有求于他，“我问你哦，最近你有没有在你的圈子里听到什么跟青山制药有关的传言？是不是青山制药上市，碍了谁家的路？”

“怎么了？你听到什么风声了？”周北谨慎地反问。

“前些日子睿博毒药的事，好像是有人给了那个喝农药的老太太十万块钱，指使她那么干的。”

蓝桥不懂资本运作，不知道这里面水多深多脏，周北却是从小长在那样的环境里，况且他那个老不羞的爹满世界追着周周妈妈，李家的情况周北一直留意着。

但是顾庭岸不也在那里面掺和得很起劲吗，为什么他没告诉蓝桥？

“你干吗不去问你家顾庭岸呢？”

“职场上的事，他不想告诉我肯定有他的考虑。”蓝桥耸耸肩，“立场不同嘛，我普纳公关的运作消息也不可能告诉他啊。”

也对，毕竟蓝桥和他才是合作伙伴、利益共同体。周北赞同地点点头，他神情正经的时候还是很帅气的，微挑着眉，正色对蓝桥说：“卓越百货这几年对地产项目涉及越来越多，扩张吞并是在所难免的，李叔也是撞上了。而且他们之间也有私人恩怨在里头呢，很复杂，反正青山制药是属于杀鸡给猴看的，扫到台风尾了。我建议你别管这事，顾庭岸能耐大着呢，你没看青山制药不仅没受影响，还顺利上市了吗？"

"是卓越啊……"蓝桥恍然大悟的样子，喃喃，"不是说你爸跟李叔是对头，卓越是李叔的好朋友吗？"

"他们那些人，哪有永远的朋友和敌人？"周北不屑地说，"而且卓越那老先生邪乎得很，巴不得挖秦始皇墓找不老仙丹吃，年轻的时候李叔事事压他一头，现在李叔身体不行了，他攒了一辈子的不服气不得趁李叔还没倒狠狠发泄出来啊……"

糟糕！周北咬住自己的舌头，周周说李叔的病瞒着所有人的！

还好蓝桥只是眼神里愣了一下，并没有追问，云淡风轻的样子，继续说睿博的事情，"我不了解卓越，但是睿博这件事，所有爆出来的时间点都跟贺舒微博那些事配合得天衣无缝，我认为这不是巧合，有一个与我们和贺舒都有交集的人，参与了卓越那边的策划。"

周北也知道一些独家秘闻，联系蓝桥的话一想，他心里隐约有了谱，"啧啧。"他想想都有些恶心，"贵圈真乱。"

"你也觉得是她？"蓝桥问。

周北点头，"我前些日子听说一些事，本来也想查，但是我派去的人碰到顾庭岸的人了，我心想，既然他也查到 July 那边去，就不劳我费神了。"

瞧，这就是顾庭岸那王八蛋给他留下的后遗症，周北基本上听到顾庭岸这三个字就想退避三舍。

"可她图什么呀？我又没得罪过她。"蓝桥想不明白，难道 July 爱上贺大头了？

"这你就别管了，这些都是男人的事，有李叔和顾庭岸呢，July 那种小角色，在他们谈笑间可能就灰飞烟灭。你查了问了，就多了件糟心事。"周北劝蓝桥。

蓝桥耸耸肩，她现在也没精力管，眼下她的全世界，都在走廊那端的病房里面。

"你和周周是怎么了？"蓝桥没空管那些污糟小人，闺密还是要关心的，"她把你怎么了？"

周北本来一听周周的名字就长吁短叹，听到后面那句，他突然跟狗听到陌生人脚步似的，警觉得耳朵都竖起来了，怀疑地看着蓝桥，问："你为什么会说她把我怎么了？你早知道那丫头人面兽心？！"

蓝桥用看白痴的眼神看着周北，"她妈妈你比我熟啊，你也不想想，她妈妈那种级别的战斗值，周周能是真的小白兔吗？"

"唉，你不知道……"周周的身世，周北也是昨天才知道的，太震撼了，但是不能跟外人讲，他苦恼不已地揉搓自己的脸，"总之，烦死了！"

然而周周的身世，其实蓝桥十几年前就知道了。周周妈妈出轨，给李彦生戴了绿帽子，还要求李彦生认下周周，这是李彦生之所以能顺利离婚，迎娶秦湖的原因之一。

"周北，我们也算患难之交，我不是嘲笑你，而是真心实意地劝你一句：别想得太复杂了。"蓝桥诚恳地对他说。

抱着脑袋揪头发的周北回头看她，"什么意思？"

"'我来不及认真地年轻，待明白过来时，只能选择认真地老去。'这是三毛说的，我到今天才体会到其中的奥义。"蓝桥此刻眼里的神采很美，惆怅又安宁，像大风过后靠岸的船只剪影，"如果顾庭岸没来救我，我可能死掉了。如果顾庭岸伤重不治，他死了，那我现在会是什么样啊？我和贺舒相互伤害了那么多年，我一直认为我是正义的那一方，是替天行道，惩恶扬善。可是周北，你想想，我花了那么多宝贵的时间跟贺舒较劲，我得到什么了？所谓的正义又是什么呢？就算贺舒此刻死在我面前，我又能得到什么？"

"所以我不想再跟她有交集，我也不会原谅她，接下来我可能还得花费一些时间和精力才能摆脱她。但是那都不要紧了，因为我不在乎她了，我只在乎我爱的人。"蓝桥看向周北，"周周究竟是什么样的，性格如何，真相有什么要紧的呢？万变不离其宗，你只要想清楚，你在乎周周吗？你那么想要保护她，又这样因为她而苦恼，究竟是为了什么？"

感情啊，起初都是单方的，你喜欢太阳，喜欢它带给你的温暖明亮，至于那到底来自太阳的日冕还是光球，为什么非得去深究呢？

能心怀明澈地喜欢一个人，能从这份喜欢当中得到许多欢喜，就已经是很好很幸运的事情了。

"唔……"周北锁着眉头认真思考了半晌，问蓝桥，"道理我是懂了，可是三毛真的说过那话吗？是《三毛流浪记》出续集了吗？"

"……"蓝桥一腔柔情全冷了。

不如动手，讲道理不如动手！

"喂，蓝桥！你他妈再打我，我还手了啊！"

"你还啊你还啊，你还一个试试！"

"你他妈看看里面！上一个打我的人现在躺在那儿呢！你他妈还敢打我……啊，救命啊！"

打跑了周北，蓝桥回到病房里，顾庭岸昏昏睡着，她轻手轻脚地洗漱，换了睡衣出来，静静坐在病床边看他。

这个人，怎么会那么能干又那么无能，那么聪明又那么笨，让她那么那么喜欢，又那么那么讨厌。

不是说女人才像书吗，为什么顾庭岸也像一本书呢，她翻看得入迷，爱不释手，偶尔看不懂时也只觉得这本书果然深沉有学问。

"走了？"那本书不知道是什么时候醒的，醒了也还闭着眼睛躺着。

"嗯，周周在他家里，他还要赶回去做饭给她吃。"蓝桥抱着双膝坐，下巴搁在膝盖上，就这么入迷地看着他的侧颜，顾总侧颜、睫毛绝杀！

他老了以后一定会更加帅的，蓝桥坚信，而且很期待，一头白发的顾庭岸，正装着身，应该还是会性感得看一眼就能自己湿了。

顾庭岸大概感觉到空气里的微妙变化，微微睁开眼朝她看过来。

蓝桥歪着头可爱巴拉地看他，嘟嘴撒娇，"小岸哥哥，人家今晚睡哪里呀？"

"……"顾庭岸起了一身鸡皮疙瘩，表情嫌弃不已，"爱睡哪儿睡哪儿！"

"那人家睡你旁边好不好呀？"

"人家是谁？我跟人家睡你不吃醋吗？"

噗……强行粉红的老少女憋不住，笑出了声。

怎么他就那么忍得住呢？蓝桥倾身去，趴在他的手边，仰脸望着他，声音轻轻的，"我今晚陪你，明天开始，我想去李叔家住几天……师兄一直念叨，我不去几天的话他会烦死我的！"

顾庭岸没有说什么，只是怜惜地用手指轻轻戳戳她的嘴唇。

蓝桥将泪和难过都藏在这只亮着壁灯的夜里。

她与李彦生，是命中注定的没有父女缘分吧？像周周与他就有，哪怕不是亲生的，哪怕同样是为了利益考虑才认下的，周周到底在他身边长大。

也是报应吧，李彦生抢走蓝教授的毕生挚爱，蓝桥要替他还这个缺憾给蓝教授，这样才公平。

只是，在这风雨飘摇的动荡时期里，让她陪伴李彦生一段时间吧，哪怕还是不会与他贴心，说乖巧顺耳的话，向他张开手臂和心怀……就只是默默地、淡淡地陪伴他，像她成长过程里为数不多的与他相处的时光那样，沉默以对，只在心里小声地说：这是我爸爸哟！

蓝桥长这么大，去李家的次数一只手就能数得过来。

可即便这样，李家人人都对蓝桥这名字极为熟悉和敏感，尤其是李元周他们兄弟四个。

李云周是胆子最肥的，从小只有他敢面对面跟蓝桥掐架，虽然结果总是被蓝桥打一顿，再被亲爹打一顿。

现在李云周长大了，走出去也是为祸一方的人物了，可面对蓝桥，却还是有点跃跃欲试的小浑蛋。

"哎。"李云周朝蓝桥邪恶挑眉，"听说你差点翘辫子？"

蓝桥抬眼看他，然后双手放在沙发扶手上，跷起二郎腿，比他笑得更加邪魅恶劣，"你想不想现在立刻就翘辫子？"

秦湖和李彦生都在厨房，客厅里此刻只有李家兄弟姐妹和蓝桥、沈再夫妇，李云周好久没吃蓝桥的亏，胆子肥了许多，鼻孔朝天地鄙视着蓝桥，又一脸欠揍地对沈再说："沈总，听说你们青山制药刚上市，总裁大人就差点挂了？"

沈再正与李澜周研究一幅唐寅试茗图，放下手头的放大镜，他无奈地抬眼望向李云周。

万年面瘫脸李澜周为了好基友沈再，出声教训弟弟，"李云周，作死给我出去作！"

李元周哄着两个很害怕蓝桥姑妈的儿子，压根没空管教弟弟。

还是李苍周最兄友弟恭，眼角瞥到蓝桥活动手指，连忙上前按住，牵着蓝桥的手晃啊晃地卖萌，"小桥姐，你们这次是搬回来常住了吗？"

李家四个儿子被戏称为"L4"，可见颜值都是男子天团级别的，李苍周又是其中最可爱的，蓝桥对他的喜欢跟对周周差不多，揉揉他的脑袋，说："不是。周周的婚礼，我妈一个人忙不过来，我回来帮忙，就住到周周出嫁而已。"

李倾周一直乖巧沉默地坐着翻看杂志，说到她了，她就抬头笑笑，小虎牙一闪，无比可爱。

"水果来了！"秦湖今天心情好得简直艳阳高照，"来，大家也尝尝咱们李总亲切的水果。"

李彦生进厨房切水果，这在这个家里是从来没有过的事情。

李云周"嘿嘿嘿"，眉飞色舞，还是忍不住，无法放弃这么好的梗，"托咱们大小姐的福，我这辈子还能活着吃到我爸给我削的水果。"

李彦生身边的人私下都叫蓝桥"大小姐"，因为李彦生每次听到都会心情好几分，但是当着蓝桥的面是不能这样叫的，不然她能糊李彦生一脸。

果然，李彦生向李云周看了过来。

这次连李苍周都没有犹豫，兄弟三个一人一巴掌扇在李云周头上、脸上和背上，"吃你的！""噎不死你！""老实点！"

李云周"哎呀哎呀"喊疼，抱怨他的兄弟们辣手。

但蓝桥心里跟明镜似的，这才是亲兄弟呢，先前李云周挑衅她的时候只有人来劝着她别动手，这会儿眼看李云周要惹到亲爹了，兄弟齐心地保他。

晚上李家的孩子们都有应酬或者功课，不是往外跑就是锁在书房里。蓝桥一个人在官殿一样的李家游荡，兴致盎然。

虽然不常来，虽然每一次来都全程冷脸，但她心里其实对这个家一直很向往。

每天住在这里一定很爽！吃饭有四个厨师，什么派系的菜都能点，睡觉每人一间房，华丽的大床陷进去就能陷入深睡昏迷，房子前后都有花园，后面还有一个足球场，草坪常年都是绿的。

她家蓝教授，祖宅在苏州，C市有一套房子也远在郊区，蓝桥跟着他一直住在C大教工宿舍，秦湖还在家时是自己做饭吃的，离婚后蓝桥就跟着蓝教授每天吃C大食堂的饭菜。蓝教授资助着十多个贫困生，自己买书、买纸、买笔墨大手大脚，给蓝桥花钱更是从不手软，常常到了月底那天饭卡上的教职工补贴吃完了也没钱充值，父女两个大眼瞪小眼地吃五毛钱一份的米饭配免费的汤。

蓝桥的房间只有20平方米，蓝教授在她出生时花巨资添置了一张黄花梨攒海棠花围拔步床，这床收藏价值很高，到现在翻了几十倍，但是在蓝桥漫长的少女生涯中，一直面对着房间里一半地方是一张床的困境。

"小桥！"

经过健身器械房门口时，蓝桥被李彦生叫了进去。

李彦生刚跑完半小时五公里，黑色运动T恤被汗浸透了，贴在他肌肉迸发的身上，他仰头喝水，汗珠从下巴滚过喉结，性感招人更甚时下的小鲜肉们。

"你妈呢？怎么你一个人？"李彦生喘着气笑问她，"听说你要来住两天，她昨晚压根没睡几个小时，一会儿起来摆弄个什么给你准备的东西，我都被她吵得没睡好。"

蓝桥耸耸肩，"她弄燕窝呢，还要熬鸡汤，说明早给我们下细面条吃。"

头发丝那么细的面条，在鸡汤里滚一开就捞上来，再浇上新鲜的鸡汤，只撒葱花和一点点盐，是蓝桥最喜欢的面食。

秦湖今晚用掉了她今后三年下厨房的额度，李彦生笑着摇摇头，眼神里的爱意像细细碎碎的星光，又温柔又闪亮。

这气氛太和乐融融了，蓝桥有点不舒服，假装转身去研究健身器械。

"你上去试试，我带着你。"李彦生拍拍她。

其实李彦生此刻也是慌乱尴尬的，他从来没有这样与女儿融洽地笑谈过，这个大女儿，从来没有给过他任何走近的机会。她是为了蓝清意，李彦生知道，并且一直为这个令他难过的事实骄傲着——他的女儿是多么善良正直啊！

"腰打直，核心收紧，手臂放松，不是用你的手臂发力的，是核心发力，手臂只是带着。"李彦生一只手扶着她的腰，唯恐她掉下来，又担心她莽撞发力练得受伤，竟然比他自己练还要累很多。

"啊啊啊啊，不行了不行了……"蓝桥松手下来，一屁股坐下，累得直喘，还抱怨，"练也没用！每次派上用场的时候都忘光了，别人打我，我连还手都要好久才能想起来！妈的！垃圾！"

话脱口而出，蓝桥骂完立刻呆了，尴尬地抬眼看李彦生。

要是蓝教授，肯定会训她一个小时。但李彦生像是没听到她最后那两句爆粗，神色一丝异样都没有，反而笑着揉揉她的脑袋，"你没有一颗随时准备攻击别人的心，这是人的本质，练也没用。"

他夸奖她，虽然绕着圈，但还是令蓝桥感觉肉麻和尴尬。她揉揉鼻子，站起来拍拍屁股说："我走啦！"

"嗯。"李彦生返身继续练。

蓝桥都走到门口了，还是忍不住退回来，靠在他登山机旁边，开口问："你真的生病了吗？看上去比我还健康啊！"

这孩子，总是能令他意外。李彦生都不知道该做什么表情好了，最后只能尽量轻松地实话实说，"唔……是早发型阿尔茨海默症，我们家族有遗传，我跟你妈结婚前两年，我发现我中彩了。"

"会怎么样？"

她脸都白了，自己可能不知道。李彦生看着，心里又疼又欢喜，为了缓解她的情绪，嘲笑她，"睿博口服液的宣传做得那么成功，怎么你连阿尔茨海默症都不了解吗？"

"我……"蓝桥有点找不着北，脑子里乱乱的，听周北说的时候她以为是什么癌症，心想这年头医学昌明，李彦生又这么有钱，九成九治得好的！但阿尔茨海默症是没有特效药的，多少老人得了病，渐渐忘记家人、挚爱，最后忘记了自己。

"睿博口服液是预防和延缓，疗效有效……你去青山吧！他们的研发团队全是最顶尖的科学家！都是研究阿尔茨海默症的！"蓝桥说到青山制药，跟抓住了救命稻草似的，眼睛都亮了。

真可爱啊，李彦生由衷地欢喜，声音无法不轻柔甜蜜，"放心吧，顾庭岸早就把我劝过去了，做了一堆的检查，我的医疗团队现在居然全听他那边的……他也真是有本事，那些顶尖人才，居然比我攒得还齐！"

顾庭岸……哦，顾庭岸管着这事呢！蓝桥心里安定了不少。

李彦生也没心思再练了，关了登山机走下来。

"没事的，小桥，这个病发作的过程很缓慢，我的治疗开始得很早，控制得已经算很好了。"李彦生很想把他可爱又可怜的女儿搂进怀里，但这种事，他可能得真的痴呆到认不清人了才敢做吧？

他这样把蓝桥当小孩子安慰，蓝桥只能对他宽慰地笑，但她心里很清楚：如果控制得很好，为什么卓越突然发动吞并战？还是从研究阿尔茨海默症的青山制药开始下手。

"哦，对了。"李彦生突然笑起来，"我今晚睡书房，你和你妈睡吧。"

蓝桥当然不肯，"不要！"

李彦生挑眉，好像有点懵着笑的表情，伸手拍拍她肩膀，说："那你自己看着办吧。"

到了回房睡觉的时间，蓝桥才明白李彦生的意思——在自己家里和沈再分房睡没人管，到了这里，秦湖只给他们夫妇准备了一个房间。

沈再睡得早，蓝桥进来时他已经睡着了，一米八的个子蜷缩在一米五的沙发里，睡着了都不舒服地微微嘟着嘴。

蓝桥欣赏了沈总的软萌睡姿五秒，蹲下来轻轻拍拍他，"师兄，起来上床睡。"

"不要了……我旁边睡着人，我睡不着。"沈再迷迷糊糊地嘟囔。

而且还有洁癖，嫌弃她睡在身边吧？啧，这家伙真的比她适合当顾太太啊。

"我妈叫我跟她睡，她要跟我聊天。"蓝桥直起腰说。

沈再立刻闭着眼睛坐起来，摸到床边钻进去，如释重负地甜甜睡过去。

蓝桥真的是服气李彦生，好像就没有他不知道的事情？她洗澡换睡衣，跑到秦湖的房间。秦湖当然高兴得不得了，她已经有十多年没跟女儿睡在一张床上了。

"来，喝口燕窝，现在这个点喝燕窝最好了！"

"哎呀，我刷过牙了……"蓝桥嫌弃地抱怨，翻身继续玩手机。

秦湖无奈地把燕窝放在蜂蜜水和牛奶旁边，翻不出什么吃的花样了，她把她的身体乳都拿出来，给蓝桥从手到脚细细地抹。

"妈……"

"嗯？"

"您给烤猪刷酱料呢？一遍一遍又一遍的。"

"你这孩子……快别玩手机了，这么晚了谁还跟你聊天啊？快睡觉！十一点之前身体要进入放松状态的！"

这么晚了，当然是孤家寡人的顾总了。

蓝桥下午就走了，离开他已经四个小时五十六分钟。顾总不高兴，给她发微信："刚才输液的时候睡着了，没人看着，回血了。"

蓝桥倒是回得很快："多喝点热水，早点睡。"

顾庭岸怒了，一个电话飘过去，偏偏还要声音冷冷地装逼，"你把我Kindle丢哪儿去了？到处找不到！"

"喂？是庭岸吗？"电话那端，秦湖的语气亲切而客气，"怎么这么晚了还没睡啊？蓝桥丢你什么东西了，等她明天睡醒了我帮你问她。"

"没……没……"顾总都吓结巴了，"噢！我找沈再，这是蓝桥的手机吗？我打错了！"

"沈再在他房间呢，小桥跟着我睡。"秦湖说，"明天再找吧，这都这么晚了。明天他们谁去看你，师母叫人煲汤带过去。"

"好的！"顾总的声音突然明快愉悦起来，跟三月的天瞬间放晴似的，"师母晚安哦！"

第二十四章

2015-1-24 19:35 来自 蓝桥几顾的 iPhone

你付出的真心是你的一厢情愿,对方并没有义务回复你。比如冬天这么冷,不会因为你的心是热的就暖和些。虽然这不符合能量守恒定律,但你得明白这个道理。

早晨。

晚春初夏,朝阳最好的时节,李家的男子天团晨跑返回,白 T 恤,黑色短裤,清一色健壮有力的大长腿,尤其后面那三个帅气的脸蛋都一样,迎着灿烂朝霞与橙色日光一列跑步穿过花园,令二楼阳台上挂着眼屎刷牙的蓝桥倍觉赏心悦目。

一楼饭厅,秦湖今天起得比李彦生和男孩子们还要早,整个早晨都在厨房里,流水一样端出来的早餐,中式西式各占半壁江山,丰盛到夸张的地步。

"秦姨,你这也做得太明显了!"李云周狼吞虎咽地吃金黄酥脆的千层饼,好吃得舌头都要吞下去了,因此更加不满,"不患贫患不均啊,你让我们看着这桌,想想平时,我们得多难过啊?"

"哎呀……我也知道,可是忍不住嘛!"秦湖亲手盛了一碗豆浆,双手端着递给李云周,"对不起对不起,是我平时疏于照顾你们了。"

秦湖的颜值和宛若少女的美好气质,撒起娇来岂是李云周这种毛头小子能扛得住的?当即"嘿嘿嘿"笑得眼睛都没了。

"这豆浆怎么这么好喝?!"李云周用食神里评委吃到了黯然销魂饭的表

情嚷嚷，"跟平时喝的完全不一样嘛！"

"平时的豆浆是豆浆机打出来的熟豆浆，这是我用生豆子榨出汁再煮的。"秦湖脉脉看着蓝桥从楼梯上踢踢踏踏地走下来，"小桥嫌弃熟豆浆有股味儿，她只喝这种。"

丫鬟的身子公主病，李云周嫌弃地发出啧啧啧的声音。

蓝桥走过去，顺手就给了他一下，李云周"噗"地撞进豆浆碗里，呛了一大口，气得抬头大骂："你找死啊！"

蓝桥斜了他一眼，朝他做了个"你能把我怎么样"的鬼脸。

李云周还没给她还回去，脑袋上又挨了一下，他骂骂咧咧地转头看是哪个兄弟，却看到他亲爹那张英俊并且吓得他腿立刻软了的脸。

"彦生，你喝牛奶还是橙汁？"秦湖为李云周解围。

李彦生看了眼蓝桥咕嘟咕嘟喝豆浆，"我也喝豆浆吧。"

"云周，你最近太闲了，今天开始去你大哥那里帮忙吧。"生煮豆浆很好喝，但李彦生也没打算放过李云周，"元周，把你手头上物流那块交给云周，三个月时间，实习，调研，三个月后我要看到业绩报告和改革计划书。"

李元周看了脸都裂开的弟弟一眼，试图转圜，"爸，云周他们快期末考试了，要不等暑假开始再让他过来吧。"

李彦生接过秦湖亲手做的鸡汤细面，端在手里稳稳地喝了一口香喷喷的汤，才抬眼笑着问长子："你刚才说什么？"

"啊？没……没说什么……"李元周一脸严肃，转向秦湖，"秦姨，我也想喝豆浆。"

吃过早饭，蓝桥要去医院了，秦湖炖了猪骨当归枸杞子汤让她带去给顾庭岸，装入保温桶时蓝桥闻着那汤太香了，抓了个小碗过来自己盛了两勺，尖着嘴巴咕嘟咕嘟地喝。

"你早上没吃饱啊？"秦湖惊讶地问女儿。

"当时饱了，但现在又有点饿。"蓝桥又抓了个早餐里的三明治吃，"前一阵师兄忙睿博口服液的事，自己都吃不上饭，我就吃了很多顿外卖，胃口都吃大了。"

一直就很大吧……秦湖笑起来，"你还记得你小学一年级的时候，庭岸的爸爸从香港带回来一盒曲奇饼干，你一个人吃光了，一块都没留给庭岸。"

"啊，我记得！那个盒子上有一只小熊，特别漂亮，我想要那个盒子放我的皮筋，顾庭岸说我得吃完才能给我。"蓝桥自己也笑起来。

那里面得有四五十块曲奇吧？她傻乎乎地一口一块，一口一块，顾庭岸起先只是呆呆地看着她吃，后来跑出去给她拿牛奶，她就着一升一瓶的牛奶干掉了那一整盒的曲奇，骄傲地把盒子顶在头上回家去了。

"他从小就那么迷恋我啊……"蓝桥翘着尾巴开心地说。

厨房里此刻只有母女俩，窗外是四月晴好温柔的天，暖而清爽的风从窗户里吹进来，带进来院子里的花香，这宁静美好的时刻，秦湖看着她那花信年华的美丽女儿，像是看到了很多年前倚在窗边等李彦生的自己一样。

"小桥，我明白你有多喜欢他，他也很爱你。"秦湖声音轻了很多，"但是女人嫁人，是找个人为你遮风挡雨，像你……像你李叔和顾庭岸那样的男人，反而我们经历的风雨都来自他们本身。"

蓝桥听着这样的老生常谈，神情却不似从前抗拒了。她一边拿了个餐盒把剩下的三明治都打包，一边表情淡淡地说："我知道啊。可是风风雨雨来自他，晴空万里也来自他啊！"

与我深深相爱着的那个男人，的确带给我倾盆大雨和大风天气，但是在我的世界里，床前明月光是他，落花时节又逢君是他，忽如一夜春风来是他，一日看尽长安花是他，北方冬日正午十二点的艳阳天，欧洲一整个冬天的雪，对我来说，全都是他。

"妈。"蓝桥笑笑地对秦湖说，"你好好操心你这一大家子吧，你过得好，我才能有样学样地为爱不顾一切。"

秦湖失笑，"你爸的好口才倒是全都教给你了！"

这话令蓝桥很开心，啊呜又吃了一个金银馒头。

"小桥。"沈再在外面喊她，"好了吗？"

"来啦！"蓝桥提起打包好的食物，欢快地跑了出去。

蓝桥的明月光、艳阳天和一整个冬天的雪，这会儿正在见贺舒的律师。

"袭击您和蓝小姐的那个人，他微博上的确收到了贺舒小姐微博发去的私信，贺舒小姐的微博是经过实名认证的，这一点证据确凿，很麻烦。"律师将普纳公关地下停车场袭击案的进展汇报给顾庭岸。

顾庭岸插着引流管，一夜未睡好，在人前却还是那副云淡风轻的冷静样子，他听完汇报后简略地问："目前公安方面没对她采取强制措施，是不是说明证据不足以逮捕她？"

"是的，因为私信内容并没有直接教唆犯罪。接下来可能要看犯罪嫌疑人的口供，他的犯罪行为是来自自己的主观意识，还是受到贺舒小姐的教唆。"

蓝桥进来时听说律师在，还以为是那位英俊迷人的顾律师，兴冲冲地推门进来，看到一个四五十岁的律师大姐坐在顾庭岸床边，她顿时失望地轻轻叹了口气。

顾庭岸还能不知道她吗？花痴一个。他目光鄙视着她，嘴里继续对律师说："我叫人查过了，贺舒的银行记录很干净，至少没有从她账面上直接给嫌疑人钱的记录。但你还是要去跟她谈一谈，如果她以现金方式或者委托他人给了钱，带了口信，立刻劝她自首。"

律师说"好"，然后起身离开。

蓝桥盛了一碗猪骨汤过来，一边用勺子凉着汤，一边问床上眼神冷冷盯着她的人："昨晚睡得怎么样啊？"

"引流袋很不舒服，没睡。"几秒钟前还清风明月的顾总，此时仄仄地歪在那里，奄奄一息的病弱样子。

"我也没睡好。"蓝桥抱怨，"我妈睡我旁边，翻个身我都醒……"她喂给他一勺汤，"来，好喝吗？"

"烫！"顾庭岸嫌弃地皱眉。

蓝桥自己喝了口汤试试温度，根本就正好啊！吹了吹再喂给他一勺，这下不烫了，他好好地喝了几口。

"李叔找了个借口，把三胞胎安排去元周那里实习了……是不是卓越打得很狠啊？李叔会不会破产？"蓝桥咨询顾总。

顾庭岸看她都知道了，也觉得挺好，不用瞒她了，"现在的形势是卓越占上风，李叔的病情的确是个隐患点，很多人会为此转投卓越。"

蓝桥喂汤的手突然顿住，惊骇地问："他家家族遗传啊，那我会不会也四十出头就老年痴呆？"

"不会，李叔给你和四兄弟都做过基因检测，你们的家系 APP 基因未发生 V715M 突变。"顾总昂起头，自己喝到了一口汤。

蓝桥的手机这时响了起来，她顺手把汤勺插进顾总嘴里，腾出一只手来接电话，"Andrew？"

"Sunny 姐刚来电话，说半小时后到普纳，《一代军师》的主创都到，还有贺舒，大家讨论一下接下去的公关方案，你来参加吗？还是我主持？"

"我回来吧，你把二号会议室整理一下，给周总打电话请他也到场。"

蓝桥布置完，放下电话，拔出顾总嘴里的汤勺："C&C 和剧组达成一致了，要开除贺舒，我得回去一趟，晚点再过来！"

顾庭岸不满地答应了一声，"悠着点。"

"知道。"蓝桥拿了包，突然想起来什么，返回来俯身凑到他面前，眯眼盯着他，"那个 July，是不是对你有什么非分之想？"

顾庭岸用看神经病的眼神看着她，"我哪知道！"

"要是被我发现是你搔首弄姿，勾引她在先，我回来你就惨了，知道吗？"蓝桥捏着他的下巴，狰狞地朝他笑，又凑上去在他唇上亲了一下，"我走啦！"

"你说的那个女的，跟卓越有一腿，你自己注意着点。"顾庭岸忍不住叮嘱。

他叫人去查 July，越查越惊心，但利用好了，也许就是击溃卓越的突破点。

"哎，卓越跟李叔斗，你为什么非冲在李叔前头啊？"蓝桥走到门边，回头问他。

她笑吟吟的小表情，比外面的晴暖天气还勾人，顾庭岸忍着心里酥酥麻麻的情意，冷冷反问："那你之前还叫我有事烧纸，现在怎么又管起贺舒的事来了？"

"这是我的工作啊，贺舒对我来说是个案子，没什么特别。"蓝桥耸耸肩，说。

顾庭岸看着她，又移开目光看窗外的好天气，语气仿佛云淡风轻，"那是我的聘礼，谁叫我不讨未来岳母欢心呢？"

都说过了，我这样的人，本来娶媳妇就困难，何况未来岳母那么不支持我，我也只能走枕边风路线，为岳父大人鞍前马后。

也不知道有没有用啊，顾庭岸看天和云的眼神有些郁闷，要不骗她怀个孕再奉子成婚算了？可医生嘱咐他三个月内不能剧烈运动啊……

蓝桥并不知道顾总脑内已经淫邪到什么地步了，满心爱意地看着他憔悴了却更迷人的侧颜，欢欢喜喜地转身走了。

《一代军师》的主演 Mars、Cylin、July 都是 C&C 王牌红人，现在贺舒陷入袭击案纠纷，C&C 为了把她和王牌红人们划清界限，不得不弃车保帅。

剧组主创这边为了剧本身的形象，也是非常迫切地要求开掉贺舒。

撇开对贺舒的情感不谈，蓝桥挺想对 C&C 比个中指的。

拿了顾庭岸的好处，给贺舒角色的是他们；忌惮北横娱乐，默许打压贺舒的也是他们；签了贺舒经纪约，捧贺舒唱主题曲的是他们；现在一言不合就要丢贺舒下车的又是他们。

"那你现在是打算保贺舒？"周北问。

蓝桥到得早，咖啡都煮上了，倒了一杯递给周北，她在他身边坐下，"我保她干吗？肯定也是保不住的，我拉你投了一个亿在这个戏上，不可能冒风险让你赔钱。"

这才像话嘛，周北满意地端起咖啡，"你说，我婚礼现场用白色玫瑰花好看还是粉色？"

"粉色更符合你的公主气质。"蓝桥给他加咖啡，"一会儿你只管往前冲，我给你打扫战场，贺舒是烟幕弹，July 是目标，OK？"

"明白！"周北跟她也算有默契了，何况他现在心思不在这儿，"我婚礼那天你帮我盯着我爸，我怀疑他要在我婚礼上向我岳母大人求婚！"

蓝桥嫌弃地看着周北，周北连忙说："不是你妈，是周周妈！"

"谁妈都够呛……放心吧，到时候我全程陪在他身边，你专心结你的婚。"时间差不多了，蓝桥豪爽地干了杯中的咖啡，拍拍周北，"走，隔山打牛，给卓越捅个血窟窿去！"

"你一个女孩子家家……心里想什么血腥暴力的事情，好歹也掩饰一下，你学学周周！"

"呵呵，你要是肋骨断了戳进肺里躺在床上，周周估计这会儿已经扭下一堆人的头了。"

"嘿嘿……"

"你笑得好恶心！"

"嘿嘿嘿……"

周北的痴汉脸只维持到会议室门口，门一开，周总身姿挺拔，气宇轩昂地走进去，沉着脸落座首位，挑眉扫全体与会人员一圈，表情里写满了"资方爸爸不高兴"。

他负责唱白脸问责，蓝桥代表剧方公关承办公司提解决方案，Sunny 他们就算明知道这两人是穿一条裤子的，也因为理亏而没办法反驳一个字。

所以合伙做生意想要融洽长久，要么像顾庭岸和沈再，一个真浑蛋一个真君子；要么像蓝桥和周北，两个都很浑蛋而且演技都很好。

基本谈妥，蓝桥留下 Andrew 跟进，她绕到会议室那一边，轻轻拍了拍贺舒，"方便聊两句吗？"

蓝桥说完便盯着贺舒，贺舒第一反应果然是看向身旁的 July。

July 倒是很机敏，装作听导演发言，丝毫未曾在意到贺舒目光的样子。

贺舒迟疑了几秒，还是站起来跟着蓝桥出去了。

"随便坐。"蓝桥把贺舒带到她的办公室，"听说你昨晚去医院了，是去看顾庭岸吗？"

"你有什么事，直接说吧，我们之间并不是这样心平气和聊天的关系吧？"贺舒脸上架着大黑超，气质冰冷的样子，倒是巨星架势未倒。

蓝桥在自己的办公椅里坐下，坐得舒舒服服的，看着站着的贺舒，说："地下停车场袭击案，嫌疑人的微博收到过一条你账号发去的私信，那是不是 July 登录了你的账号干的？"

贺舒脸本就是白的，罩着大墨镜跟瞎子似的，也看不出神情有什么变化。

但是蓝桥看到她喉结那里微微地在动——紧张了，不自觉地吞口水。

"你……相信我？"半晌，贺舒低低地问。

现在的国产剧啊，缠缠绵绵台词太肉麻了！蓝桥心想，剧本看多了，说话跟苦情女主似的，真想揪着她的头发把她的舌头拔出来，撸直了再装回去！

那封私信的内容措辞太完美，介于煽动和教唆之间，又不失可怜无助，蓝桥认为以贺舒的智商写不出来而已！

"你现在戏也演不了了，形象跌到谷底，违约金起码五百万，你怎么打算的？"蓝桥跳过自己不想回答的问题。

贺舒大概是被"相信"感动了，语气虽然还是尖酸，但是平和了不少，"反正不会麻烦庭岸的，你让他放心。"

"他也操不了你的心了，否则你以为我为什么会管你？"

贺舒愣住了，拿下墨镜，眼神急切地盯着蓝桥，语气却不确定地说："律师说他恢复得挺好的……"

"贺舒。"蓝桥很平静地看着她，"顾庭岸除了身体，还有灵魂，你知道一个人差点死了是什么感觉吗？你知道我和你差一点就又害死一个人吗？你平时又是庭岸又是小岸哥哥的，你那么喜欢他，为什么一点也没想过你伤他的心了呢？"

"你不要摆出一副大嫂的样子来！恶心！"

"你的关注点永远是我吗？！"蓝桥真的对贺舒的脑子存了一百个疑问，"哎，你老实说，你真爱的其实是我吧？我看你一点也不关心顾庭岸啊。"

"……"贺舒嘴唇都气哆嗦了，一甩手转身就走，"恶心！"

"谁利用你，你就利用回去，睁大眼睛，打起精神！你家小岸哥哥差点被她害死，别忘了！"蓝桥跟卖膏药似的对着她的背影喊。

正好周北开完会过来，与贺舒擦肩而过，关上门，他问蓝桥："你这么说管用吗？July 可是智商、情商双高，回去一哄一骗，贺舒那么讨厌你，怎么会听你的啊？"

"我不需要贺舒听我的，我只要贺舒和 July 之间起嫌隙。"蓝桥眯着眼睛的样子真可爱，"你不是喜欢玩开心消消乐吗？陷入僵局的时候，制造混乱，才会出现机会。"

蓝桥又留在公司里处理了一些事，回到医院时已经下午一点多，还好顾庭岸没饿着，沈再给他送午饭来了。

"师兄！"蓝桥一进门就闻到诱人的香味，心情大好，"什么好吃的？！"

沈再是来向顾庭岸咨询几项公事决断的，在病床边摊了一堆的文件挨个问，顾庭岸半躺着边吃边说话，一碗粥吃了四十分钟也没见少。

蓝桥跑过去尝了一口，"啊……黄瓜鸡蛋粥啊。"

她转身四处找，在小吧台那里找到了沈再的咖啡色保温桶，里面还有一大半，她拿了个汤匙兴致勃勃地吃。

"噢，饿死我了……C&C 的人真是难缠！"蓝桥抱着保温桶在床边的沙发椅里坐下，"今天发现 July 整鼻子了，她有点奇怪，本来脸挺自然挺美的，现在整得有点精神都不太对头的感觉。"

"艺人难免的。"顾庭岸吃了一勺粥，不动声色地说，"最近拍登山广告的那个男明星，鼻子整得都能牵匹马上去跑了。"

"Mars？他是中欧混血，轮廓深是种族特征好吗！"蓝桥鄙夷地看着他，"而且你从来不看电视节目的，你怎么会认得 Mars？"

这个问题，顾庭岸考虑了一下，回答之后只有被她嘲笑和怒揍两种后果，所以他选择转移话题，"你就不能叫个外卖吃吗？那是我的病号粥！"

"啊？我以为你吃不下了呢。"蓝桥果然很抱歉地抱着保温桶过来，又分给他一碗，"吃吧吃吧，小乖乖，多吃快长哦！"

刚才一脸清减寡欲，十分钟才小小抿一口粥的人，突然胃口大开地迅速喝完一碗又去抢，沈再在旁看着，心里可真是……

"我先走了。"沈再觉得此时顾总的智商不适合再处理公务了，"晚上我来送饭，顺便接小桥一起回去。"

"好啊。"蓝桥放下保温桶站起来，"师兄，我送送你！"

"什么事啊？"走出长廊，沈再轻声关切地问蓝桥，"还特地送我出来，晚上回去了不能说的吗？"

蓝桥犹豫时总下意识地抿着唇，她踌躇的样子很好看，沈再也很熟悉，心里一转便明白她在为难着什么。

"师兄。"蓝桥终究开口了，虽然为难，但是她一向不是扭捏的脾气，"我想跟你谈谈……离婚的事。"

当时蓝教授从古墓内的脚手架上失足摔下来，弥留之际他嘱咐沈再照顾好蓝桥，照顾好秦湖。而对蓝桥，他说的是："对不起，不能牵你的手送你出嫁了……我的小桥，你要过幸福快乐的日子啊！"

蓝教授的过世对蓝桥的打击几乎是致命的，她迫切而疯狂地想要立刻结婚，父亲魂魄未远，定能目送她出嫁。

沈再是在这样的情况下娶了她，娶了顾庭岸不愿意娶的她。

蓝桥想到这些，心里的温柔感激和愧疚难过得像枝头饱满的果子，摇摇欲坠。

"师兄……"她想说些话，却一开口就掉了泪，低着头沉默在那里。

沈再原本想今天谈完公事就跟顾庭岸商量这件事的，但蓝桥来得早，他没来得及。

那就由他告诉她吧，沈再看她那么难过愧疚的样子，他心里也不好受极了。

"小桥啊。"沈再挠挠头，为难而歉疚地说，"其实当时我们没有登记，从法律角度来说，我们并没有结婚。"

第二十五章

2013-8-13 23:50 来自 蓝桥几顾的 iPhone

我梦到我的青春年少，醒来枕头湿了一大片。谁叫我的青春年少到处写了"顾庭岸"三个字呢。# 七夕快乐 #

沈再是让保镖们按住蓝桥，然后自己疯狂地逃出医院的。

蓝桥像杀人狂魔一样，在顾庭岸病床边磨了两个小时的刀。

"你知道那是一把餐刀吧？"顾庭岸翻过一页书，"那边抽屉里有一把水果刀，陶瓷的，不用磨就很锋利了。"

蓝桥举起锋芒一闪的餐刀，慢慢转头看向他，面目凶残地阴森问道："顾庭岸，这事你是不是早就知道了？你说实话，我不杀你。"

当顾总傻吗？说了实话怎么可能不杀？不剁成肉酱都是她念及旧情了！

"呵！结婚登记必须本人亲自去民政局，这种法律常识你都没有，我怎么可能知道呢？！"顾总从书里抬起头来，痛心疾首地看着她，"平时抖机灵一套一套的，一到关键时候反而蒙了，你叫我说你什么好？"

"你好像很遗憾我没真嫁给我师兄？！"

"就事论事，我不喜欢你被别人骗。"

说起被骗，蓝桥到现在都不敢置信，"我当时想，买卖房子都能写个委托书请别人代理，我就问他领结婚证是不是也可以……他居然骗我？！我师兄，居然会骗我？！"

沈再毕竟是个男人，还是个智商非常高，读过很多书的男人，他要想骗，十个兆的蓝桥都不够他骗的。

不过顾庭岸虽然这么想，却决定少说少错，同仇敌忾地与她一道啧啧感慨：沈再学坏了啊，沈再原来不是这样的，没想到沈再是这样的沈再……

敷衍了几句，顾庭岸拿起书继续读，却突然听到蓝桥语气怀疑地问："我去青山制药上班的第一天，下初雪那天，你把我拉到隔壁包厢里，说什么我和沈再的婚姻是怎么回事，你比我还清楚……"

Duang……顾庭岸脑子里一声巨响。

她念书的时候明明成绩不怎么样，怎么记性这么好呢？

"哦，我指的是沈再。当时沈再要娶你，你一开始是拒绝的，后来他怎么说服你答应的？"顾总也是个男人，而且是个智商比沈再还高，驰骋于尔虞我诈的商场的男人，不仅圆谎技能满分，且那神情淡淡犹如悬崖上的高洁莲花，"我只是知道他的那部分而已。"

当时……沈再说他家族保守，父母不可能接受他的性取向，与蓝桥有过一段婚姻，以后也就没有那么大压力了。

父母们啊，多多少少都将孩子当作自己的所有物，希望这样，希望那样。她师兄是多么好的一个人啊，照样逃不开父母期待的压力。

雪亮的餐刀垂了下来，被蓝桥夹在手指间把玩，她意兴阑珊地叹气，惆怅地说："其实我本来以为他喜欢的是你。"

"你好像很遗憾你师兄没成你的情敌？"顾庭岸伸手打她的爪子，把餐刀拿出来放到一旁。

"那倒不是，只是……肥水不流外人田嘛，你这棵白菜，与其被猪拱了，不如让我师兄掰弯你。"

说完见他脸色开始面无表情，蓝桥开始扯开话题，"对了，那个喝农药的老太太，能不能从睿博慈善资金里申请一笔钱给她？"

顾庭岸面无表情地看着她，他一向擅长这个可怕的神色，什么都不说就这么看着你，蓝桥自动就会腿软。

就和周北一听顾庭岸三个字就打哆嗦的道理一样。

"哎呀……"蓝桥滚在床边开始耍赖，扁着嗓子哀号，"我工资就那么一点，每个月都不够还卡的，奖金花红都要等案子结束才会发，我最近穷得连口红都买不起了！老板你就行行好吧……"

她一时热血跑去扛人家吴老太医药费的担子，可 ICU 简直是吃钱的地方啊，吴老太病情又一直危重，蓝桥在人家侄子面前云淡风轻地装阔说大话，其实都快进当铺卖包包、卖手表了。

真的是从小到大都没变过的草包性格啊……顾庭岸把她逼得搓着双手倒在他手边哀号，才戳戳她的脑袋开口说："你怎么永远都是什么都不管不问，先冲上去再说？"

蓝桥脸朝下闷在他被子上，发出类似小狗呜咽的可怜声音。

从小到大都没变过的草包性格，也从小到大都令某人无条件心软。

"好歹也在青山制药当了几个月的公关部老大，这家医院跟青山的合作关系你不知道吗？你以为她为什么能欠那么多钱还住在 ICU 里？"顾庭岸撸她脑袋跟撸狗头一样的动作，"笨蛋！"

所以……是青山制药承诺过最后会买单？！蓝桥抬起头，不敢置信地看着他，"那我给她交了那么多钱，你怎么不早说啊？！你就看着我一天一天穷成狗啊？顾庭岸！"

咳……顾总清了清嗓子，支撑着坐起来，痛得皱眉低呼，"啊……我要去下洗手间。"

蓝桥就不扶他，"你尿床吧你！"

"去完洗手间回来，可能会给某人发点零花钱。"

"哎呀！慢点慢点……你刚拔了引流袋，不能太频繁下床活动的。"蓝桥将他扶起来，让他把大部分体重压在她的身上，认真又关切地问，"要不要我抱你去啊？我抱得动你哦！公主抱好不好？"

"我肋骨断了你还记得吗？"

"哦哦哦！那你慢慢走，不要着急！"蓝桥深情款款地温柔不已，"待会儿……我帮你扶着，嘿嘿嘿！"

顾庭岸皱眉，嫌弃地看着她一脸不怀好意的猥琐笑容，冷冷地说："我总有一天要把你的嘴巴缝起来！"

蓝桥朝他吐舌头做鬼脸，"你缝呀，你缝呀……唔！"

说缝就缝，顾庭岸低头准确地吻住她的唇，辗转反侧地缝……

"缝上没有？"他语气与呼吸都炙热，吮着她的唇，含混不清地问，"小色鬼！"

"唔……"蓝桥被吻得浑身发热，蒙蒙胧胧地睁眼看近在咫尺的他，越看越欢喜，"还差一点点呢，再缝一下！"

她踮起脚，急切地仰着脸迎上去。

小色鬼……顾庭岸一边笑一边一下下啄着她的唇，肋骨的伤牵扯着有点疼，肋骨护着的那颗怦怦跳动的心，遍开鲜花。

值此良夜，有人金风玉露一相逢，有人是黑云压城城欲摧。

July 对贺舒的病态焦虑感到很厌恶，但心中再如何讨厌，面上还是得耐心哄着她，"贺舒，你和蓝桥认识了这么多年，你还没看透她吗？她那些阴险伎俩，你应该体会得最多最深刻啊！"

"不是蓝桥的问题……"贺舒在房间里来来回回地快步走着，眉头紧皱，神情里有种暴躁欲狂的愤怒焦虑，"你为什么要发那封私信给那个人？你差点害死庭岸！"

"都怪你！"贺舒突然停下脚步，朝 July 大喊大叫，"都是你自作主张！你怎么不去死！"

人蠢就得善良，或者就坏到极致，否则像贺舒这种又蠢又歹毒还胆子小的人，就只配被人当棋子。July 心中冷笑着，神情却很伤感，声音都弱了一度，"我哪知道顾总会提前从美国飞回来，出现在普纳公关？我也很后悔啊，你和他那么相爱，我也不想伤害到你的爱人……贺舒，本来整件事跟我一点关系都没有，是你被蓝桥欺负成那样我看不过去才帮你忙的，现在弄巧成拙，真对不起……"

"你也不要这样说……"贺舒立刻又感到愧疚了,走到 July 面前,咬着唇手足无措地说,"本来差一点点就成功了,谁会想到庭岸突然回来……他是去普纳公关打击蓝桥的,他都是为了我……"

"算了!就到此为止吧!"贺舒一副斩钉截铁的态度,"暂时放过蓝桥那个贱人,等庭岸的身体好一点,他还是会原谅我的!"

July 不敢置信,"你疯了?你现在被剧组踢出去,那么辛苦拍的戏全都删了!你的事业全毁了你知道吗?你的巡回演唱会,你的睿博口服液代言,你的《一代军师》全都没了!蓝桥把你害成这样,你现在说你要放过她?!"

"我没办法……"贺舒咬着唇,很痛苦,但她依然坚持,"庭岸伤得这么重,我绝对不能再让他操心了。July,必须停止!我再怎么恨蓝桥,我最在乎的始终是小岸哥哥。"

贺舒话里的真心和真情令 July 刺心,她目光沉沉地望着低着头的贺舒,咬牙半晌才调整好表情,柔和地轻声哄她:"那这样吧,我们的计划统统搁置,把你的撒手锏拿出来!"

July 双手扶着贺舒的肩膀,声音像是带着魔力一样,"贺舒,把那封信交给记者爆料,彻底毁了蓝桥全家!"

蓝桥,害死了萧尹的蓝桥,夺走了贺舒除了顾庭岸之外最喜欢的男人的蓝桥,抢走了顾庭岸心中最重要位置的蓝桥!

贺舒愣愣地看着 July 美丽的双眸,心中的犹豫像地壳剧烈运动一样激烈。

是啊,把那封信拿出来,蓝桥一定会崩溃的!

可是……

"不行。"贺舒的眼神重回清澈,坚定地摇摇头,"绝对不可以。"

"如果你担心顾庭岸跟你翻脸,你可以把信给……"

"别说了!"贺舒推了 July 一把,大声地说:"根本就没有那封信!你敢说出去一个字,我一定会杀了你!"

从贺舒家里出来，门刚在身后关上，July 的脸瞬间失去了所有柔和光泽，阴沉得像饱含雷电和大雨的黑色云团。

"喂？老公……"回到车上，July 打电话给卓越，忧心忡忡又恰到好处地撒了一通娇。

"……可是我没有见过那封信，是有一次我把贺舒灌醉了，听她说过那么只言片语……嗯，你放心，我总有办法搞定她的。你那边怎么样啊？"

说起与李彦生的收购战，卓越在电话里直骂娘！

卓越脾气很差，生气了骂人，高兴时也骂人，July 沉默地听着，表情里却流露着无法压抑的鄙夷。

"老公别生气，既然是拼实力雄厚的时候，那你肯定会赢过李彦生的啊！"她闲闲地磨着指甲，却有本事将语气表现得十分同仇敌忾。

卓越被她几句话哄得又信心满满得像头雄狮，对她说了几句下流荤话，他哈哈笑着，骂着娘挂了电话。

July 将手机丢在副驾驶位置上，抽了张湿巾纸慢慢地擦拭刚刚听他电话的那只耳朵。

老家伙越来越恶心了，也不知道顾庭岸对他做了什么，最近床事之后他问了她两回：你觉得顾庭岸那个人怎么样？

顾庭岸……July 想起他朗朗明月一般清俊优雅的模样，心像火烧一般，两颊都微微地红了——顾庭岸，当然是好得不能再好了！

沈再从医院狂奔出来，捂着心脏在车里坐了好一会儿，魂魄稍定，才开车回了自己家里。

他不敢回李家，怕万一顾庭岸也擒不住那个魔星，在李家大闹一场的话，他还要向师母和李叔解释……李叔，沈再琢磨，李叔应该是知道的吧？否则李叔为什么一直撮合顾庭岸与蓝桥呢？

蓝桥，蓝桥真的太可怕了，疯得跟一蹦就能上天似的，还是让顾庭岸去消受吧！

想开了，沈再顿觉轻松不少，路过超市时买了许多菜回家，把给顾庭岸补身的牛肉汤用小火煲上，他给自己做了一锅腊味煲仔饭，配料仔细，火候精准，恰到好处的锅巴与米饭比例，吃一口，满嘴喷香。

"哦……活着真好啊！"从蓝桥手下死里逃生的人，吃着饭，幸福地感慨。

门铃就在这时响了起来，沈再吓得一哆嗦，勺子都掉了！

追……追来了吗？！

"贺舒？"打开门，沈再松了一口气，又皱了眉头，"你怎么了？脸色这么差。"

贺舒穿着简单低调的 T 恤、牛仔裤，头上戴着棒球帽，帽檐压得很低，声音也低低的："我想找你聊聊天，可以吗？"

说实在的，沈再有些犹豫。顾庭岸捡回一条命，蓝桥现在是对万事万物感恩戴德，可他却还恨着贺舒打蓝桥那几个耳光。

"……进来吧。"沈再磨蹭了一会儿，挠挠头，还是让开了身。

"你吃饭了吗？"把她请进来，沈再顺口问。

问完又想起她是从来不吃碳水化合物的，"呃……我做了煲仔饭，你吃吗？"

这句是纯客气的，说完沈再就自己坐下来继续吃了。

可贺舒居然在他对面坐下，淡淡地一笑说："好啊。"

沈再："……"

贺舒已经不记得自己多久没吃过热腾腾的饭菜了，手捧沈再盛给她的煲仔饭，腊肠的香气扑鼻而来，碧绿的青菜、红色的腊肉丁、晶莹的米饭、焦黄色的锅巴……她只是手捧着这样的一碗，还没有开始吃，就已经感觉到泪意翻涌。

人的一生到底是为了什么呢？为什么她那么努力，却什么都得不到？连这样一碗饭，都让她觉得高不可攀。

"沈再。"贺舒愣愣看着手里的饭，"你喜欢蓝桥什么？"

"啊？"沈再吃着饭，突然被这么一问，脑海里浮现出下午在医院里蓝桥凶神恶煞的样子，他想着都笑了。

贺舒很难过地抬起眼看向他，"这么喜欢吗？想到都这么开心？"

"没……"沈再收敛笑意，"蓝桥她就是很好啊，跟她相处的时候，会不自觉地开心愉快，气场相合吧应该是。"

他垂着目光温柔一笑，这样的他，贺舒最喜欢。从前顾庭岸锋芒毕露，的确是耀眼得令人瞩目，但贺舒自从第一眼看到沈再手持书卷的温柔一笑，她心里就一直记挂着他。

"那我呢？"贺舒难过至极，却微微笑起，"我受伤住在医院里的时候，你照顾我，对我那么好，是因为喜欢我，还是因为蓝桥？"

沈再沉默了。

贺舒也垂下目光，她看着手中色香味俱佳的饭，轻声地追问他："你告诉我实话，我也告诉你一个秘密，好吗？"

"是……为了蓝桥。"沈再很愧疚地老实回答。

那时蓝桥的身世被贺舒说了出去，蓝桥恨贺舒恨得出血。贺舒呢，表面上乖巧隐忍，背地里处处挑衅蓝桥，沈再都是看在眼里的。萧尹却觉得手心手背都是肉，跑去给这两个妹妹调和，正巧赶上贺舒给蓝桥跳舞的高跟鞋做手脚，萧尹奋不顾身地扑出去救蓝桥，蓝桥却还是因为鞋跟突然断裂而摔得七荤八素，混乱里蓝桥撞到了贺舒，贺舒一头栽在舞台背景板上……

那天沈再是和顾庭岸一道飞奔去的，现场三个人都受了伤，蓝桥最严重，脚脖子扭得都歪了——说起来，从那时起蓝桥就再也没跳过舞了。

可是受伤最严重的蓝桥跪在舞台上，托着萧尹流血的脑袋，一边咬着牙掉眼泪，一边为萧尹做急救包扎。

贺舒却捂着划破的手臂，哭着向顾庭岸说，蓝桥故意打了她。

顾庭岸那段日子也很难，贺舒伤蓝桥都是暗地里的。蓝桥呢，恨不得敲锣打鼓叫来全世界看她攻击贺舒，顾庭岸说话又一向不好听，与蓝桥天天吵架。

沈再就想：那我替你们看着贺舒吧，我来照顾她，就不用顾庭岸守在她病房里，我们小桥也就不会心里吃醋难过了。

也是因为这样想，难免就对贺舒产生抱歉，难免就对她的照顾多了些，直到有一天贺舒扑进他怀里哭，沈再才回过神来：哎呀，她误会了。

沈再没有喜欢过贺舒，他或许一直为自己对蓝桥的心意不够喜欢而百般斟酌着，但他从来没有一刻喜欢过贺舒这个女孩子，他对贺舒所有的态度都是基于他为人处世的基本态度，以及为了蓝桥。

"对不起，当时你哭得很厉害，我不好解释，后来错过了时机，就更不好解释了。"沈再原原本本地说出自己的心意，"对不起，贺舒，让你误会了这么久，是我不好。"

贺舒笑得惨淡，"你有什么对不起的呢？是我自作多情，我还把这件事拿去蓝桥面前说，害得你被她打了吧？不过你应该很高兴啊，她为你吃醋。"

沈再摇头，说："不是的，蓝桥处理感情是清清楚楚的，她不会那样。贺舒，你不要总是想着她，你过你自己的人生吧。"

"我的人生……沈再，我的人生已经毁了，我害小岸哥哥重伤，我自己也可能因为这件事要去坐牢，就算最后不坐牢，我也已经什么都没了。你看看网上现在是怎么写我的，什么样的恶毒话都有……呵！"贺舒微闭上眼睛，濒临崩溃地长叹出一口气。

她将那碗已半温的煲仔饭放下，手有点发颤。她把手插进口袋里，过了好一会儿，沈再都默默地吃完一碗饭了，她才终于将口袋里那封信拿出来。

"好，轮到我说秘密了。"贺舒将信放到沈再的手边，"这是萧尹留给我的信，连在小岸哥哥面前我都坚持说没有的那封信。"

沈再看着那突然出现在他视线范围内的信，只觉得恍惚，萧尹这个名字虽然记得那么深刻，但是蓦然这样接触到他的遗物，还是令人心悸得呼吸都费力了。

"沈再，对不起，是我害了你……"贺舒轻轻地握住了沈再的手，棒球帽的帽檐压得很低，看不清她的眼睛，只看到眼泪滴下来落在餐桌上，"我早就怀疑你喜欢蓝桥，所以萧尹说他爱上你，是我别有用心，怂恿他向你表白。"

这个秘密，贺舒连在萧尹墓前等日出的那些夜晚都不曾喃喃自语过。

萧尹出生于一个基督教家庭，他那善良而虔诚的父母是最不能接受同性之爱的。可萧尹偏偏爱上了沈再，爱得很苦，神魂颠倒，压抑不堪。

贺舒不知道萧尹有没有向顾庭岸说过，反正萧尹向她倾诉的时候，她立刻鼓动萧尹去表白。甚至她当时就躲在一旁，看着沈再被萧尹的话震惊得呆在那里，看着萧尹推倒沈再强吻，看着沈再奋力推开萧尹，白着脸厌恶地说"恶心"，看着沈再拂袖而去，萧尹一瞬间像被抽掉了脊椎骨一样……

不久之后萧尹就跳楼自杀了。这些年沈再过得有多么苦，心里受了多少折磨，恐怕连蓝桥都不知道，只有贺舒知道。

看着蓝桥因为萧尹的死耿耿于怀，沈再该多难过自责啊？

如果蓝桥知道沈再那句"恶心"导致了萧尹对人生绝望，那沈再要怎么继续活下去呢？

就像现在，沈再只是看着那封信，眼神都已经像一个历经生死，行将就木的老人。

"我不指望你原谅我，反正你也不会喜欢我……沈再，我只希望你能过得好一点，你已经为萧尹放弃了你的学业、事业和你毕生挚爱，足够了……"贺舒一边落泪一边笑，"该受到惩罚的是我这种人，不是你……你那么好，那么那么好！"

沈再没回李家，蓝桥其实也没回去。

顾庭岸的病床边加了一张小床，蓝桥在上面侧着身睡着了，一只手还搭在病床上，伸进顾庭岸被窝里。

什么人啊这是……病床上，刚被她用湿毛巾殷勤擦过身的顾庭岸，到现在还没能从狂乱中平静下来。哪家的姑娘会像她那么……那么……不害羞！

要不是肋骨断了，顾庭岸肯定会从床上跳起来，要么把她往死里揍，要么把她往死里爱……

呼……顾总睡不着。

唉……顾总转头去看害他睡不着的人。

她倒是睡得很香，嘴巴都微微张着了，像个傻子。

为什么会喜欢一个傻子呢？那么小的时候就很喜欢，郎骑竹马来，绕床弄青梅；那么年轻的时候，就决定非她不娶，平时不会相思，才会相思，便害相思；后来那么多艰难坎坷，人面不知何处去，他碧海青天夜夜心。

从前她很喜欢陈奕迅，喜欢《富士山下》《明年今日》，顾庭岸却不喜欢"谁能凭爱意要富士山私有"这种大实话，所以更倾向《明年今日》，"明年今日，未见你一年，谁舍得改变，离开你六十年，但愿能认得出你的子女"，这更符合他的爱情观。

在很长的一段时间里，好几年，他都已经做好了她嫁给别人，生孩子喊他一声舅舅的心理准备，他准备好当全世界最好的舅舅了。

谁知她还能回到他身边。

有她在身边，这么平凡而身体病痛的夜晚，都显得浪漫非凡，顾庭岸就这么无聊地望着她，心也静了，睡意也安然涌来了。

握着被子里她纤细的手，顾庭岸闭着眼细细体会这巨大的幸福时刻。

可床头柜上的手机突然振动起来……顾庭岸皱眉啧了一声，看她睡得跟猪一样不可能醒了，他抬手去够她的手机。

顾庭岸还没来得及出声，就听电话里对方的声音很不对劲。

"小桥。"沈再的声音里有夜晚的风，沉沦的意味，"你当时站在楼顶的时候，心里在想些什么啊？"

"萧尹呢，他当时想的又是什么……"

"小桥，听说人如果跳楼身亡，魂魄会永远被困在跳下去的那几秒里，那萧尹这些年……"

沈再哽咽得说不下去了，抬手饮尽杯中酒，眼角的泪水趁机悄无声息地滑落没入鬓发之中。

百尺高楼之上，手可摘星辰，沈再茫然地伸出手去，轻轻晃动挂在阳台栏杆外的双腿，他闭着眼睛，迎着高空的风温柔地笑起来，"小桥，我不配喜欢你，我根本没有喜欢一个人的能力，我的爱太自私，只能给我自己。"

2012-6-8 09:10 来自 蓝桥几顾的 iPhone

睡得太熟后醒来的早晨，睁开眼一瞬间会觉得迷茫，我在哪儿？楼下有没有煎饼摊？早饭吃什么？还是已经午饭时间了？

"是我。"顾庭岸在他说完后长久的沉默里，轻声开口，"小桥没回去，在我这儿加了个床，已经睡着了。"

"沈再。"顾庭岸的语气很寻常，"等她醒了，如果我告诉她：蓝桥，你师兄跳楼自杀了。你想象一下，她会怎么样。"

"……"沈再啜泣的声音很低很压抑，与呜呜咽咽的风声纠缠着，"庭岸……"他深而重地叹气。

顾庭岸却依然很平静，声音压得极低，但是字字清晰，"还有我，师兄，我也失去了萧尹。萧尹不只是你和蓝桥的好朋友，他还是老萧，是我过命的兄弟啊……"

你们都各有伤痛，我都要顾全，但是我也失去了最好的兄弟和毕生挚友，我从不说，但我的心也是肉长的，我也受了很深的伤。

沈再，你要让我再经受一次吗？

"萧尹他……"沈再提起一口气，如释重负地想要说出一切。

可顾庭岸打断了他，"我知道，但是那又怎么样呢？逝者长已矣，生者当勉励！你读的书比我多，你应该比我更明白，死亡不是一种结束。这世间苦海，你想说走就走？"

　　沈再沉默了，电话里，他那头只有风的声音。

　　"要我叫醒小桥吗？"顾庭岸冷声问。

　　"……不用。"沈再很疲惫地说，"我明白你的意思……是我……我有点失控了。打扰你休息了吧？"

　　"没有，蓝桥吃了药睡的，打呼呢，我也睡不着。"顾庭岸丝毫没有挂电话的意思，"你是不是也被她打劫了？她最近怎么穷成那样了？"

　　沈再那边，人已经从阳台栏杆上下来了，控制着呼吸，静悄悄、摇摇晃晃地走到阳台藤椅那里坐下。

　　脚踩着实地，他才深觉刚才那腾空欲跳的可怕，真是酒喝多了啊，还好是顾庭岸接的电话。

　　顾庭岸还在那里说着蓝桥，罕见的话多，"……谁知道她把路由器黑了，我急着发邮件，拿手机流量开热点，就一分钟！她就黑进来转走了我八千块！这是犯罪吧？怎么她干正经事的时候脑子跟猪一样，偷鸡摸狗的时候简直开了挂！"

　　沈再听得笑了起来……他家小桥啊，就像这夜里的星空，偶尔会被阴云遮蔽，但大多时候总是闪闪发光的。

　　连缺点都显得活泼可爱的女孩子。

　　"她上次跟我吵架，把家里的无线网络密码改成'沈再是猪'……"手撑着额头，沈再在夜风里轻声笑，"她也只对我们俩这样，你就包涵一下吧。"

　　"呵呵，你自己包涵吧，等我养好伤，非得狠狠跟她算一次总账不可！"

　　那又会鸡飞狗跳了。这两个人，爱得最浓烈时都没有甜言蜜语，眉来眼去，只有战火四起，民不聊生。

　　免不得又得沈再从中调和。

　　尚有牵挂之事，如何能了断此生？

　　"行了……你早点休息吧，我今晚喝得有点多……请你多包涵。"沈再冷静透了，开始感到很不好意思。

那句"小桥，我不配喜欢你"，顾庭岸应该听得很清楚吧?

可顾庭岸的声音听起来一点异样都没有，"嗯，好。你也别睡太晚了，梁氏那边一直在催合作案进展，周时照今天特地给我发邮件，梁氏那位陈总经理非常强势，咱们可能得让步。"

"哦哦! 我听说过他，确实是位狠角色。"沈再挠挠头，酒更醒了一些了，对哦，还有工作呢，"那我明天开个会讨论一下，晚点我去医院跟你汇报。"

挂了电话，顾庭岸半晌沉默。

心里难过啊，这个世界这么大，他在乎的人就这么几个，却一个两个都不想好，都想跳楼!

冷情铁血如顾总，真的不理解人为什么会轻生。

萧尹……老萧那个浑蛋，将来相见之日，顾庭岸第一件事就是把他狠狠打一顿!

可是如果还能有相见之日，老萧，顾庭岸心里轻声说: 老子真的，真的很想念你。

安静的夜里，遗憾的思绪。

"啊……"蓝桥突然失声惊呼着，从床上坐起来!

是顾庭岸将手机放回去时不小心推倒了水杯，半杯凉白开浇了她一脸!

"……"顾庭岸傻眼。

"你!"蓝桥抹了把脸，困得要哭，"你干吗? !"

"我……口渴得睡不着! 喊了你两声，你睡得太香了，我就想自己来……"顾庭岸忧郁地皱着眉，无奈至极地叹了口气。

哎呀……蓝桥顿时心疼得困意都消了! 她连忙起来，倒了温开水，一勺一勺喂给他，喂完拿毛巾给他擦擦嘴角，又啵一下用自己的唇再擦一遍。

"乖宝宝!"她满意地夸。

良夜温柔，顾庭岸轻轻翘起嘴角。

蓝桥胡乱地用毛巾擦自己被泼湿了的头发，大大咧咧地倒回她的小床上，扭着身体打哈欠，幅度大到脸部都变形，像只河马。

"丑死了。"顾庭岸嫌弃不已，"那是我洗脸的毛巾吧？你拿来擦你的头发，脏不脏？"

小气鬼，蓝桥闭着眼睛，从被窝里伸出脚，把毛巾递到大脚趾和第二个脚趾之间，用脚趾夹着毛巾在他面前灵活晃动。

看我！这么灵活！略略略略……

顾庭岸："……"

蓝桥睡前吃了安眠药，困劲还没过去，高兴了一会儿就收回脚，把毛巾随便往脚边踢了两下，她舒舒服服地趴好，一只手还是伸到病床上他的被窝里。

"走开！"顾庭岸的声音像化雪的天气。

蓝桥闭着眼睛发出一串小奶狗不高兴的撒娇声，被窝里的手抠他的手背，还"强奸"他握成拳的手指。

"我刚才好像听到你说话，是我做梦吗？"蓝桥困顿地问。

顾庭岸说："不是，沈再给你打电话了，他喝了点酒，心情不太好，我劝了他两句，没事了。"

"哦……"

"你醒都醒了，再给他回个电话吧，应该还没睡呢。"

"不要，我困死了！"蓝桥口齿都不清了，"你知道吗，我师兄他家里有五个颜色的垃圾桶和对应颜色的垃圾袋，每个周末他都亲自把可回收垃圾送到各个回收站点，像他这种心中对垃圾都有责任感的人，才不会干什么傻事呢，你就别担心了。"

她倒是很了解沈再，也对沈再超级有信心。

眼看她又要死狗一样睡过去，顾庭岸捏了捏被子里她的手。

"干吗？！"蓝大魔王要怒了，蓝大魔王困啊！

"那个自称是吴老太侄子的男人，其实是她亲生儿子。"顾庭岸慢悠悠地丢出一句。

蓝桥果然撑着眼皮睁开眼睛，困又困惑地看向他。

"吴老太年轻的时候由家里人做主相亲结婚,生下那个孩子后半年,她跟一个贩冬瓜的小贩私奔了。可能在外面日子也不好过吧,她老了以后回到故乡,找到了她的儿子。"

顾庭岸讲别人的故事,一向是不加感情地叙事,语气里总有一种令人听得心情平静的冷清。

蓝桥最喜欢听他这样讲故事,入迷了就着急问:"后来呢?她儿子不肯认她吗?"

"嗯。吴老太私奔,家里男人带着个半岁的孩子,又当爹又当妈,没过多久就再娶了。后妈生了好几个孩子,吴老太的儿子就吃了很多苦,中考成绩全校第一,却连高中都没上成,到现在他还负担着弟弟妹妹们的一部分学费和结婚买房的费用。"

顾庭岸在被子里握着蓝桥纤细柔软的手,轻轻地展开她的手掌,与她十指相扣。

"吴老太回来后,他不肯认她,所以吴老太老了只能算孤寡老人,住进了福利院。"顾庭岸轻轻叹气,"现在他还不知道,吴老太拿命换那十万块钱,是为了给他女儿换肾。他女儿肾病很严重,才上小学六年级。但是那十万块,已经被他弟弟妹妹们偷偷瓜分了。"

蓝桥几乎从床上跳起来!她睁圆了眼睛看着顾庭岸,眼神里满是不敢置信。

顾庭岸握着她的手,平静地看着她,继续说:"可是,当我派去的人向他提供我们的帮助,问他有什么困难时,他没有提女儿的肾病,也没有提吴老太的医药费,只问了一句话:'能不能帮我问个准话,她还有救吗?'"

这些现实里悲惨的事,蓝桥是知道的,可是从来没有离得这么近过。她相信命运,但这样被命运碾压着毫无还手之力的人,她第一次亲身接触到。

"别哭啊……"顾庭岸从被窝里伸出手,"过来。"

蓝桥低着头靠向他,将脸伏在他被子上。他的手伸过来,轻轻擦她的眼泪。

"我一向认为,人的复杂无法定义,很多事,很多时候,都是一念之差,再好的人都有鬼迷心窍的时刻,再差劲的人心里也会有一块净土。"顾庭岸捏她的鼻子，抹了一手鼻涕，他嫌弃地抽纸巾来擦她。

"知道了……我明天回家睡！"蓝桥齉着鼻子说。

虽然没有 get 到他真正想让她体会的点，但这样也好。

"好。"

李彦生与卓越的对战愈演愈烈，终于从小圈子里心领神会的山雨欲来风满楼，演变成一场公开的商界大战。

卓越百货背靠国外资金，对李氏企业发起全面围剿收购战，同时，卓越将李彦生患有"早发型阿尔茨海默症"的消息爆了出去，找了一批媒体将这个病写成李氏家族的诅咒。

你李彦生不是仗着儿子多，儿子个个是头狼吗？我就让全世界都知道你儿子再多也都会四十岁就痴呆掉。

不明真相，人云亦云的永远是大多数人，李彦生的治疗记录和治疗团队又确实都有真实证据，站在李彦生这边的财阀越来越少。

到最后，赌上身家对李彦生鼎力支持的，居然是把李彦生当作情敌几十年的周北他爸。

早餐桌上，蓝桥看着财经报纸头版头条登着"多年老友反目，昔日情敌携手"，差点没把皮蛋瘦肉粥给喷出来！

"是我腐眼看人基吗？"蓝桥把配图上三个商场大鳄的照片展开给李家的孩子们看，"你们评评理，这难道不是一出三角爱恨撕逼大戏？"

李彦生和秦湖没在，周周一大早就去试婚纱了，只有李家四兄弟和蓝桥在用早餐，李云周最懂蓝桥的黄暴，笑得就差滚在地上了。

元周倒了一杯豆浆给蓝桥，说："你是不是也帮我们做做危机公关？最近的报道都很不像话。"

蓝桥认真考虑了一下，"不太好，我们普纳的强项是公众人物的个人危机公关，像这种商战大戏，观众和我们熟悉的受众不太一样，我觉得我做不好。"

元周理解地点点头。

"我来推荐几个公司给你吧，保险起见，你亲自面试一轮。"蓝桥说着就翻手机，噼里啪啦地推荐微信名片给元周，"我个人建议，你们四个应该一起出面面对媒体，俗话说打虎亲兄弟，上阵父子兵，你们四个一字排开，天使脸蛋，魔鬼身材，比什么报道都给力。"

李云周难得地热烈赞同蓝桥，"是啊大哥，养兵千日用兵一时，该我们出场了！"

元周十几岁就进李氏实习了，他考虑的问题比在座的人都要深远，"爸不赞成我们掺和这件事。"元周看向蓝桥，"我一个公安上的朋友告诉我，青山制药的顾总在普纳公关地下停车场遇袭重伤，嫌疑犯当中驾车的那一个，被查出来与卓越百货旗下一家连锁超市有资金往来。"

贺舒被人利用，贺舒的那个疯狂粉丝也只是连环计里被利用的那一环，真正的杀招是开车撞向蓝桥的那个人。

"我不知道这事。"蓝桥愣了，"顾庭岸不让我过问案子的事情，我只配合警方做了几份笔录。"

"噢……应该是担心你知道多了害怕。"元周说。

毕竟攻击的对象原本是蓝桥。也不知道是谁给卓越出的恶毒计策，知道蓝桥是李彦生最重视的孩子，就从蓝桥下手，想剜了李彦生的心。

"那你们确实不适合出面，尤其他们三个，是我欠考虑了！"蓝桥看向三胞胎，颇有长姐的风范，"你们快放暑假了，出入的场合更加要注意。卓越基本是条疯狗，咱们帮不上李总和小李总什么忙，别拖后腿就很出色了。"

蓝美人正经起来，三胞胎都不敢开玩笑，老老实实地答应。

蓝桥又问元周："卓越身边有个女明星叫 July，应该是情人关系，顾庭岸查了她，等查清楚了，我叫他把资料给你一份。"

元周点头，李云周还是忍不住嘴贱，"顾庭岸火力挺猛啊！"

李苍周也"嘿嘿嘿"地朝蓝桥挤眉弄眼，"小桥姐，顾庭岸是不是对咱们家什么宝贝有企图啊？感觉他恨不得单枪匹马手撕卓越嘛！"

蓝桥挑眉豪爽地说："我的男人，就是这么棒！"

"哎哟，好恶心好恶心……"李云周和李苍周抱成一团起哄。

气氛很好，众志成城，又毫无悲壮之意。

李彦生养儿子从来残酷暴虐，铁血无情，大哥元周对李彦生的尊敬和服从，更是令兄弟从无违抗父亲的时候，蓝桥却能这样与他们有商有量：喂，咱们搭起伙来帮李总一把？哦，不帮倒忙比较好啊？那行吧！

蓝桥从来不肯主动沾李家一点光，却在李家最风雨飘摇的时刻回来了，往弟弟们面前一站，即便帮不上什么实际的忙，却令整个家的氛围都显得安定了。

元周看着两个活宝弟弟，摇着头无奈地笑。

连李澜周那个面瘫都嫌弃地看着蓝桥，发出"啧啧啧"的冷嘲声。

蓝桥把最后一只龙眼包子塞进嘴里，吃饱了。离开前她把三胞胎按到一起，排着队一人头上赏一巴掌。

"顾庭岸是你们叫的吗？下次看见他，都给我喊'姐夫'！"

训斥完熊孩子，蓝桥拿起用黑顾庭岸账户得来的那八千块买的包包，趾高气扬地抬着下巴走了。

那包又贵又好看，她一身黑色套裙也美丽高雅，以长公主之姿，霸气侧漏地走向门口保镖环立的迈巴赫，真的是很高档的场面啊——要不是她扭得太过，在玄关那里摔得两脚朝天，底裤都露出来了的话。

"哈哈哈哈哈哈哈哈哈……"

四个男孩子都笑疯了！

天哪！这样的奇葩姐姐，就算是回来分财产的，也很欢迎啊哈哈哈哈哈哈哈哈哈！

李家的男孩子们，远远没有体会到顾庭岸为李彦生鞍前马后到了什么地步。

卓越所有的得力助手都被警察抓走了，一部分人是与收买人命、陷害睿博口服液的案子有关，另一部分人是普纳公关地下停车场袭击案的买凶嫌疑人。

卓越暂时还没被抓，因为顾庭岸把爪牙被剃光了的他扔在地上，恭请李彦生践踏。

这根本不是"恨不得"单枪匹马手撕卓越，是"已经"暴戾残忍，势如破竹地撕开了卓越，然后恭请李彦生把手里的剑从撕开的口子里插进去，插死卓越，就行了。

所以啊，李彦生最重视蓝桥有什么错呢？一个蓝桥还没娶进门的男人，都战斗力与忠心值双双爆表。

而且顾庭岸干这一切都是以"犯我青山制药者，格杀勿论"的姿态，一点谄媚劲都没有，本人还货真价实地躺在医院里的病床上。

如此合情、合理、合法，其中那些巧妙又漂亮的手段，李彦生自问年轻极盛之时尚可与之一较高低。

现在……真的不行了，虽然秦湖的维护已经无微不至，但李彦生自己知道，偶尔睡醒之后，他会有一阵糊涂得认不出人的时候。

"彦生，开门！"秦湖的声音远远从门外的走廊传来，李彦生回神，连忙站起来去开门。

秦湖端着一个餐盘，兴致勃勃地，李彦生连忙接过来，皱着眉怪她："叫个人端上来不好吗？这么烫，万一打翻了怎么办？"

"哎呀，知道了！"秦湖当了这么多年李太太，有些事还是没习惯，但她知道怎么治住李彦生，"你快尝尝，这皮都是我亲手擀的！"

一碗小馄饨，纸那么薄的皮，裹着手工剁出来的纯肉馅，热气腾腾一小碗，上面洒满香菜和榨菜末，还有一小撮李彦生喜欢的辣酱。

看着都叫人舌下生津。

"嗯……"李彦生喝了一口汤，鸡汤好香，人间烟火的美好气味，"真好吃！"

蓝桥的好胃口，其实是像李彦生。秦湖和蓝清意都是小胃口，只有李彦生，没有外人和子女们在时，他永远是当初一口气吃掉秦湖一屉包子的大胃少年。

李彦生低着头猛吃馄饨，秦湖笑着轻轻揉他的肩膀，说："小桥不吃机器擀出来的皮，我趁今天空，多包了几盘，冻在冰箱里，她早上吃也行，晚上回来当消夜吃也行。她像你，一饿就心情差。"

李彦生喜欢听到女儿像他，抿着嘴抬头对秦湖笑。

秦湖却不笑了，用手指敲他的额头，责怪地问他说："沈再和蓝桥没有领证的事，你是不是早就知道了？！"

"……"李彦生耸耸肩，"一查就知道了，而且当时办婚礼，沈再家里只来了他爸妈，你就不觉得奇怪吗？虽然小桥不想办得隆重，但沈再可不是会委屈小桥的人。"

现在秦湖对应着想，的确很多疑点，只是因为沈再在她心目中实在太可靠，她以前从来没有怀疑过他。

"行了，你就别纠结这件事了，蓝桥那种脾气，你纠结也没用，她根本不可能受咱们的摆布。"李彦生将馄饨几口吃完，意犹未尽地捧起碗，把汤全喝了，满足地长出一口气。

"哎。"李彦生朝秦湖眨眨眼睛，"你那么喜欢沈再，是因为他性格脾气像蓝清意吗？"

秦湖没有意外的表情，反而温柔地笑起来，柔声责怪："胡说八道什么呢！"

"阿嚏！"身在医院的沈再，无端端打了个喷嚏。

顾庭岸很嫌弃地皱眉看他，"你感冒了？别传染给我！"

沈再抽了张纸巾捂住口鼻，只剩俊秀眉眼露着，水汪汪的小狗眼，令他看起来好无辜，"没有啊……可能谁在背后说我了？"

"还能有谁？"顾庭岸的微笑相当幸灾乐祸，"估计蓝桥一边磨刀一边在诅咒你。"

沈再望天，惆怅地长叹："啊……不知道的人，还以为她爱的是我。"

"你是担心她杀了你以后，我不帮她毁尸灭迹吗？"顾总一秒钟又切换嫌弃脸。

这样愉快轻松地开着玩笑真好啊，沈再一边笑一边想，他的喜欢与顾庭岸对蓝桥的爱相比，几乎是萤火之光，公平地讲，就应该顾庭岸才配得到蓝桥轰轰烈烈的爱。

他只要有生之年，一直是这一对最亲近的师兄就很好了。

"顾先生、沈先生。"负责安保的人突然过来敲门，"有一位 July 小姐来访，她说她曾经是睿博口服液的代言人，特地来探望顾先生的病情。"

沈再听得愣住了，看向顾庭岸。顾庭岸的脸慢慢变成面无表情的样子，沈再就在心里替 July 画了个十字。

"二十分钟后请她进来。"顾庭岸说，"你派个人去监控中心，把我这里的摄像头调试一下，确保正常运行。"

"是，顾先生。"

第二十七章

2015-9-30 来自 蓝桥几顾的 iPhone

很小的时候我就知道自己天赋异禀，身负"一吃就胖"的特异功能。

July 最近表面上过得特别风光特别好，因为贺舒被剧组开除，C&C 在袭击案查清楚之前也不会再给贺舒任何工作，所以 July 几乎得到了所有的顶级资源，在同期出道的女明星中算得上红得发紫。

连睿博口服液都沾了她的光，她的粉丝爱屋及乌，力撑睿博口服液。

顾庭岸虽然不许蓝桥管案子的事，但他知道蓝桥有她的渠道，一定已经知道了 July 是敌人，可她居然完全没有对 July 下手。

July 算是蓝桥一手捧上去的，这样歹毒地恩将仇报，蓝桥居然没有动作，顾庭岸想想就很想笑，小豹子改吃素了，都是被他这次受伤给吓的吧，真可怜，又真喜欢……

"请进。"顾庭岸收好温柔的笑意，扬声应答轻轻敲门的人。

July 推门进来，一身黑色小礼服裙裹得她身体玲珑有致，精心打理过的长发柔顺地披在肩上，她对顾庭岸浅浅一笑，是一贯的温婉美好模样。

"没打扰您休息吧？"July 站在门口，柔声很有礼貌地问。

"没有。"顾庭岸坐在病床上，放下手里的笔记本电脑，冲她礼貌一笑，"随便坐，恕我招呼不周。"

July 低头的角度非常巧妙，更美丽了，她将带来的果篮放下，人在沙发里坐下来。

"顾总近视吗？"July 好奇地看着顾庭岸鼻梁上的眼镜。

"哦……"顾庭岸摘下眼镜，捏了捏鼻梁，"有时候用眼时间长了，会觉得视力不清晰。我不喜欢模糊的感觉。"

July 的心被他最后那句话撩了一下。

高手过招最忌心乱，但顾庭岸是她心心念念多年的人，此刻近在眼前，像块巨大的诱人的奶酪蛋糕……July 做不到心静。

她就那样眼神里写满了渴望而不自知地望着顾庭岸，说："我今天冒昧过来，一个是担心顾总身体好多天了，忍不住要来打搅探望。还有一个，其实是为了贺舒……贺舒她现在很不好。您也知道的，蓝总对我有知遇之恩，但是我实在看不过去她私下折磨贺舒的那个样子……"

July 的话，戛然而止在最暧昧的部分。她是很笃定顾庭岸对贺舒的兄妹情意的，而她也知道蓝桥又是那么倔强，不喜解释的性格。

果然，顾庭岸虽然没有说什么，但眼神一瞬暗淡。

July 心驰神荡地望着顾庭岸，他连穿病号服都清俊非凡，那么挺拔英俊的男人，从鬓角到指尖都完美优雅的男人，又是那么有能力……

"我可以问一个也许很冒犯的问题吗？"顾庭岸突然望向 July，微微一笑，说。

July 心动不已，风情万种地拨了拨头发，"当然。"

"为什么是卓越？"

July 愣了。倒不是惊讶他知道她与卓越的关系，而是他在这样寂寂独处一室之时说出这样的句子，令她心里像滚开了水一般。

他这样问，是遗憾吗？

July 长长吸了一口气，鼓足勇气，用尽真诚，"我没有办法……我也希望是你。"她有些凄迷地淡淡笑着，"但是我没有那么好的运气。"

"是吗？"顾庭岸语气淡淡，"我不信命运那套，我只信有志者事竟成。"

July 心跳如雷，从沙发里慢慢站起来，心动不已地向病床边走了一步。

顾庭岸却嘴角扯起一个嘲讽的笑，目光冷冷地望着她继续说："你在韩国接受全脸整容手术的时候，应该也是这么想的吧？回来后费尽周折地换名字，换身份，念了那么多书，却投身娱乐圈，你确实配得上这句话。"

这话像劈头一个雷，打在 July 的天灵盖上！

但她确实双商过人，连柔和微笑的表情都没怎么变，只眼神里渗出一丝冷意而已，语气也变得很淡，却不忘带着一丝哀怨遗憾，"顾总，我以为您至少能了解我的情不知所起。是我高估了您，还是高估了我自己？"

"都有吧。"顾庭岸笑笑，回答得很轻松，"我不是一个君子，而你也许看过太多我对蓝桥和贺舒的态度，但你不明白，她们是她们，你是你。"

July 连呼吸都觉得困难了，但是她和贺舒不同，她明白事态可能超出她的想象了，她得赶紧走，这个男人太可怕了，多留一分钟她都可能崩溃着大喊大叫。

沈再大概知道顾庭岸要干吗，July 来之前他特地避开，下楼去买咖啡了。

咖啡店里的果汁居然不是鲜榨的，沈总好嫌弃，但又怂怂的什么都没说，微笑着再买一瓶矿泉水喝。

顾庭岸常喝焦糖拿铁，和蓝桥一样喜欢加一个浓度的，沈再怕弄混了，特地腾出一只手来只拿他那杯，其他保镖们的普通热饮装了一个大纸袋。

他刚从电梯出来，就在转弯那里被疾步离开的 July 撞翻了。

July 神情很不好，失魂落魄的慌张，却还要强撑着笑意对沈再说抱歉。

虽然知道她干了歹毒的事，但犯到顾庭岸手里，也算她时运不济，沈再有那么一点点的同情，"我没事，你还好吗？有没有被烫到？"他关切地问。

July 一边仓皇地说"没有"，一边眼泪掉了下来，"谢谢你……"她痛苦地看着沈再，轻声说，"我明白贺舒为什么喜欢你这么多年了。"

沈再没有回答她，像是未曾听到一样，将她扶起来，风度翩翩，又距离明确。

回到顾庭岸的病房，顾总正毫无风度地布置一些事。他干坏事时理直气壮的样子，简直和蓝桥一模一样，沈再看得好想笑。

"有必要这样刺激卓越吗？"沈再问他，"卓越都日薄西山了，July 应该也不在乎他了吧？"

"是啊，不然她也不会这么大胆子，跑到我这里来。"

"那为什么还要让卓越知道？"

"烂船还有三斤钉呢，让卓越钉她，总比钉我们好啊。"顾庭岸挥挥手让助理去照办，转头挑着眉对沈再说，"而且，我需要 July 解开我一个疑问，必须先把她逼到角落里。"

"哦……"这些他运筹帷幄，得心应手，沈再听过就算，比起什么 July，他更关心蓝桥，"你帮我说说小桥吧，昨天她陪李叔来研发中心做检查，我下去看李叔，差点没被她过肩摔。"

"哎？李叔和师母现在都知道了吧？"顾总耳朵都竖起来了，期待地看着沈再，"没说你什么吗？"

"……"沈再疑惑地看着他家顾总，"你好像很期待他们说我什么？"

啧，当然咯，你当了这么多年满分女婿，我怎么能让你不扣点分就走，那我压力多大啊！顾庭岸遗憾地看着他。

两位前后辈女婿算分的这会儿，蓝桥正在李家布置周周婚礼的事宜。

李彦生的病情瞒着所有子女，但秦湖越来越多地陪伴在李彦生身边，李家的孩子们心里都明白。

蓝桥觉得自己没有立场说什么，只能尽量多做些事，比如周周的婚礼，原本该秦湖操办的许多事她都默默接过去了。

今天是布置周周的闺房，过几天，她要从这里出嫁。

蓝桥抱着两捆彩带纸从楼下上来，脚上踩着十厘米的高跟鞋，却因事多忙碌而健步如飞。

周周坐在房间外长廊的沙发凳上，羡慕地看着她。

"哎，你回来了？首饰看好了？"蓝桥飞快走过周周面前，闪到门口把彩带纸扔进去给干活的同事，又飞快闪回周周面前，"怎么样？"

周周抿着唇笑，点点头，"都好了，都挺好的。"

"怎么啦？"蓝桥俯身摸摸她的脑袋，"我们准新娘，这是得婚前综合征了吗？"

从前周周笑起来多可爱啊，两颗小虎牙萌萌的。虽然蓝桥一直默默知道这是只扮猪吃老虎的小猪，但也不妨碍她挺喜欢这个没血缘的小妹妹。

可这些日子，周周沉静得像一夕之间长大了十岁。

"小桥姐。"周周羡慕地看着蓝桥，"我好羡慕你哦……"

她声音轻轻的，尾音带着轻微哭腔，令人听着心都要碎了。

蓝桥蹲下来，温柔地望着她，柔声地轻轻问："有什么事，你告诉我，我是姐姐，我一定能想点办法！"

可李倾周从没把她当作姐姐，蓝桥那样光芒耀眼，自由得像风一样，爸爸那么那么喜欢她，李倾周用尽全力扮演乖巧可爱，也没能赢得爸爸一丝的重视和喜欢，她怎么可能配当蓝桥的妹妹，她连蓝桥的影子替身都不配当。

周北说蓝桥是金玉其外，黄连其中，可心里再苦，周周也还是很羡慕她，愿意付出一切当一天的她的那种羡慕。

因为蓝桥勇敢，因为周周那么渴望的父爱，蓝桥却能那么潇洒地拒绝不要。

"我……"才说了一个字，周周就哽咽了，她越发崩溃，眼里浮起泪，脸上却反而立刻笑起来，那种从小养成的用以掩盖所有真实情绪的乖巧笑容，"我不想我妈妈坐在嘉宾席。"

蓝桥一直耐心地等着她说，蹲得脚都麻了，索性席地而坐，"哦，我明白了……"

周周妈妈是李彦生的前妻，周周以李家小女儿身份出嫁，仪式上父母位置肯定得是李彦生夫妇，这是名分问题，错了会让人笑话的，秦湖以后也会在贵妇圈抬不起头。

"那我们试试看改一下，把第一排的椅子也和后面一样摆五张，这样新郎新娘直系亲属往第一排多坐几个就好了。周北妈妈不在了，周北爸爸一个人坐第一排也挺冷清。"蓝桥建议。

李倾周却摇头，泪眼笑着望向蓝桥，才二十岁的女孩子，不知怎么，有种看透人生的安静眼神，"我不敢去说……我连站到爸爸面前说的勇气都没有，我好糟糕。"

"这有什么糟糕的？孩子怕老子，天经地义的事。你大哥结婚的时候，你妈妈不就坐在嘉宾席？你大哥连想都没敢想这事吧！"蓝桥为了安慰周周，毫不犹豫地踩了元周一脚。

李倾周笑笑没说话，心里却知道她和元周是不一样的，元周是李彦生的亲生儿子，而她连亲生父亲是谁都不知道，婚礼上，父母席位上一个与她有血缘的人都没有，太讽刺了。

看着周周小尻包的可怜样儿，蓝桥鼓着腮帮子为难了半分钟，拍拍她，"等着啊！"

李倾周疑惑地抬起头，蓝桥已经大步朝李彦生房间走去。

李彦生这个时间在睡午觉，家里人除了蓝桥都知道，所以他也没锁门，蓝桥敲门把他吵醒了，他以为有什么要紧事，撑起身，很迷糊地低声说："进来。"

蓝桥推门进去，见他拥着被子慢慢坐起来，她不好意思了，"你在午睡啊……对不起，吵醒你了。"

"没关系。"李彦生迟迟地说，"有事吗？"

蓝桥觉得他语气有些反常，平时他对她说话时总是笑着的，眼下却有种淡淡疏离。

以为是吵醒了他他不高兴，蓝桥尴尬地挠挠头。

"说话的时候不要抓耳挠腮的，不好看。"李彦生轻声说，"你都是大姑娘了，周周。"

"……"蓝桥呆呆地看着他，像被冻住了一样，里外皆是冰凉。

"没……没什么……"蓝桥结巴了，慌得简直要夺路而逃，"你继续睡吧……我没什么事情！"

李彦生眉宇间浮现出一种不太高兴的神情，眼神却显得迟钝混沌，"周周。"他压低声音，"爸爸妈妈之间有些争执，是因为一些观点不同，人和人之间都是这样的，你不要担心。"

幸好卧室里窗帘闭着，蓝桥站在光线昏昏的重影里悄无声息地流下眼泪，也并不担心他会看得太清楚，她控着呼吸，不准自己发出啜泣的声音。

"不要哭，这没什么。"李彦生面对着他以为的正在经历他和前妻离婚时的小女儿，总算话语柔和了一些，"对你来说不会有什么改变的，爸爸妈妈还是爸爸妈妈，哥哥们也都在。"他顿了顿，语气一瞬间突然变成了蓝桥很熟悉的那种欢喜温柔，"你小桥姐姐是个特别善良的女孩子，等她来了，你会很喜欢她的。"

我家蓝桥……全世界第一好。

蓝桥仰起泪流满面的脸，对着天花板才敢放松面部，无声却痛苦激烈地哭。

这世上的感情，最怕有缘无分，明明都纠葛深重到身为父女了，却还是没能圆一段父女之情。

"周周？"李彦生声音微弱地唤。

蓝桥哑着嗓子轻声说："知道了。我先出去了……爸。"

沈再得了顾庭岸几个特别刁钻的招，信心满满地出发去梁氏，会那位传说中无敌到寂寞的陈总经理。

顾庭岸心情很好地拿起书来看，手机却突然响起，他一看是蓝桥打来的，眼里瞬间绽开的笑意比窗外的阳光更好。

"干吗？"顾总习惯性地微微嫌弃语气。

可是传来了蓝桥的哭泣声，从电话里，像伸出一只手瞬间插进顾庭岸的心口。

"怎么了？"他语气温和，甚至还带着笑意，人却已经从病床上坐起来，捂着肋骨处，下床往外走。

"顾庭岸……"蓝桥在卧室里的浴室中，她靠着门坐在地上，持着手机，号啕大哭，"我讨厌阿尔茨海默症！我讨厌……啊啊啊啊啊……"

蓝桥大哭的时候总像个孩子，用尽全力地伤心，表情其实很难看，脸扭得跟通了电似的，但是很具感染力，也令人很想立刻将她拥入怀中。

"我知道。"顾庭岸声音更温和了，也很平静，"是很讨厌的。"

"讨厌……讨厌！"蓝桥声嘶力竭地痛哭，坐着的力道都撑不住，蜷缩着身体躺在门口的地面上，冰凉的地砖贴着泪湿的脸颊，她的痛苦无法缓解，想要把心掏出来扔掉，因为疼得受不了。

"啊啊啊啊……"很迅速地，她嗓子就哑了。

顾庭岸也没哄她别哭了，也不讲道理，只偶尔温和平静地说两句，让她知道他一直在听。

就这样，蓝桥哭得脱力了，也就好了。

"最后会怎么样啊？"她筋疲力尽，连表情都麻木了，哑着嗓子问，"会像个小孩子那样吗？"

"很慢的一段过程之后才会那样。其实我们常说老小孩，人老了以后本来就像个小孩。你别怕，我们总能比别人多给一些照顾。"

蓝桥眼角又淌下泪水，"他会彻底忘记我吗？他刚才以为我是周周……"

"庭岸……"蓝桥痛苦地闭上双眼，喘息着哭泣，"我好羡慕周周！她和……和李叔，就像我和蓝教授那样，缘分深重。而我和李叔，哪怕相向而行，也没法重新开始做父女，做不到了……"

那些年错过的一切，后来不在彼此身边的每一个重要时刻，都永远无法弥补。

"小桥，你要这样想，对你来说虽然很难接受，非常难过，但对李叔来说，并不是一种极大的痛苦。从某种意义上说，他将放下一身的沉重担子，你们这些他最在乎的人都围绕他身边，他越来越像个小孩子，也就越来越感到幸福满足。"

顾庭岸自己失去了父母，多少个日日夜夜里他心里都是大雨滂沱的悲伤天气，可是后来他渐渐明白，死亡并不是一切的结束，他的父母依然存在，至少在他的心里，而他的悲伤是他一个人的，已逝者是不会感受到的。

对渐渐失去清明的李彦生来说也是这个道理，悲伤的是蓝桥这样爱着他的人，他自己本身是会越来越糊涂却快乐的。

"……我明白了。"蓝桥无力地低声说。

所以，就让她不舍，痛苦，然后看着他像孩子一样天真幸福。

医院里，管床医生听说顾先生走出了病房，急急赶到。

"你不能出院啊！"医生打量换上了常服的顾庭岸，"你要去哪儿？"

顾庭岸很抱歉地说："我出去一下，很快就回来。您放心，我会注意尽量避免剧烈动作。"

"不行！"医生断然拒绝，"你伤还没养好呢，这么出去是要出问题的！"

顾庭岸沉默了一下，手捂着胸口说："不去的话，可能会因为心脏病死在这里的。"

"你心脏没毛病啊！再说了，你心脏有问题更应该在医院里治疗！"

"我的心脏病你们治不了。"

你们差一味药，叫蓝桥。

顾庭岸笑着扶墙走，刚走到电梯口，却看到墙角那边蹲着贺舒，她脸色憔悴得像好多天没有睡过觉，目光呆滞地定定看着脚尖那方地面。

很多年前，顾庭岸流着血躺在贺舒爸爸的车里，贺舒跪坐在他身边，趴在车窗上看到父母被后方来的大卡车卷走，她当时也是这样呆呆的神情。

失去了全世界的那种茫然无助。

顾庭岸捂着胸口的手放了下来，垂在身侧，又慢慢捏成了拳。

蓝桥洗了把脸，摇摇晃晃地开门出去，吓了一跳！

秦湖在她房间里，正一脸平静地在整理干洗店送回来的蓝桥的衣服。

蓝桥很尴尬，但也不好退回去，硬着头皮走到她身边，语气尽量平常地问："妈，你什么时候进来的？"

秦湖没答，朝她温婉一笑，拎着手里一件她的湖蓝色长裙说："不要穿这种款式和颜色都老气的，湖蓝色……要么礼服长裙，要么短裙，这件不好看。"

"师兄出差去米兰的时候候买的，走秀款，可贵了！"蓝桥吸着鼻子说。

"欧美走秀款，你这种圆身材根本不适合。"秦湖对着裙子摇摇头，叠起来放到一边，"收起来吧，过几年再穿，这种款式几年一轮地流行。"

蓝桥无所谓地耸耸肩。

秦湖这才笑着看向她红肿的眼睛，"不要太难过了，他自己早就有很完美的准备，孩子们也都安排妥当了，他很安心。"

蓝桥用手擦掉忍不住掉下来的泪，咬着唇，半晌泪意才过去，她重重呼出一口气，抬头看向秦湖，"妈，你当年是因为他查出来这个病，才非要跟我爸离婚，嫁给他吗？"

秦湖说："是啊。"她表情很平静，笑笑说，"也有我自己不甘心的原因吧。年轻时候山盟海誓过的人，后来没有嫁成，心里总会觉得抱憾终生。和你爸在一起过日子……纵举案齐眉，终究意难平。所以说，人心啊……"

秦湖摇摇头，捧起衣服去衣橱那边挂。她一旋身，宝蓝色的裙子裹着的腰还像少女时代那么纤细好看，蓝桥看着都赏心悦目且自愧不如。

当年秦湖改嫁时，蓝桥什么难听话都对她说过，一度不认她这个妈。现在想想，秦湖已经做得很好了，她也很不容易。

她除了是妈妈，还是一个女人，一个曾经深爱却未得的女人。

"唉……"蓝桥很疲惫地长叹了一口气。

"怎么了？"秦湖问。

"没什么……觉得自己老了，很多以前不屑一顾的观点，现在都觉得很正确了。"

秦湖笑她，过来整理她的床，温柔贤惠的忙碌模样，和蓝桥童年记忆里的妈妈形象完全重叠了。

"妈。"蓝桥哑着嗓子，问，"假如给你 次时光倒流的机会，你想回到什么时候？"

母女之间无聊的家常闲聊，却因为机会太少而显得珍贵，秦湖慎重地认真思考。

"回到二十年前吧。"秦湖神情里浮现出一种黯淡的惆怅，"那时候美国有一个大学请你爸过去，我和你都能跟着去……我很想回到那时候，劝服你爸带着我们移民。"

"不让李叔找到你，动摇你吗？"蓝桥觉得这样的谈话很有趣，"妈，你后悔了啊？"

"嗯。"秦湖居然没有犹豫，就那样清淡温柔地说，"一直很后悔。"

蓝桥怔怔看着她，有些害怕又很冲动地轻声问："是因为嫦娥奔了月，才知后悔吗？"

"不是，是因为你。"

秦湖走到蓝桥面前，蓝桥坐着，她站着，她双手捧住女儿的脸，叹着气说："在你人格形成的关键期，让你经历那么多痛苦的事，在你的性格里造成了那么多尖锐，都是我的错……如果不是我自私，如果我能和你爸平静地过日子，你会多么健康快乐！你爸会把你教养得心胸开阔，你也就根本不会理睬贺舒那样阴暗浅薄的女孩子。"

蓝桥永远不会知道，秦湖曾经在多少个日夜里后悔得几乎要泣血，女儿所有的不幸遭遇都是来自她当初的自私决定，这是对一个母亲多么残忍的折磨。

可人都要为自己的决定负责，欢欣或是痛苦，庆幸还是后悔，都只能背着，继续往前走。

"小桥。"秦湖泪盈于睫，"妈妈很对不起你……"

"贺舒，我很对不起你。"病房里，顾庭岸也正神色黯淡地说着后悔，"我没能找到一个办法，既让自己安心，又对你负责。"

贺舒倦倦的不说话，抱着腿蜷缩在沙发里，萎靡得像干枯了的花。

"到现在……我已经对你无能为力了。"顾庭岸手指撑着额，是他为难时的习惯动作，"你自己有什么想法吗？对未来。"

"没有。"贺舒很干脆地回答，面无表情。

两人就这样都沉默下来，一室寂寂，催人发疯。

"庭岸。"贺舒突然开口，"如果不是因为我爸妈，我们只是普通的学长和学妹，你是不是连跟我做朋友都不愿意？"

顾庭岸沉默了很久。

沉默本身就是一种回答了。

"没有如果的事。"他最后很勉强地答说。

"啊……"贺舒不舒服地叹气，连她都感觉出气氛之压抑，喃喃地嘲笑自己，"我真是握了一手好牌，却输得一败涂地。"

"我走了。"她站起来，"再待下去我也要跳楼了。"

"贺舒！"顾庭岸突然喝止，语气十分严厉。

"我知道，我不会的，我也不敢。"贺舒苦笑，"July 给我打电话说她来看你了，所以我就想我也来碰碰运气，也许你肯见我了……小岸哥哥，对不起。"

最后那句道歉，真的充满了歉意。

虽然偏执成狂，虽然总在对他的感情上迷惑，但贺舒绝不愿意伤害他。这么多年的照顾和相依为命，顾庭岸是她的世界里唯一的光源。

"我走了，你好好休息养病。"她戴上棒球帽，疾步离开。

"July 很危险。"顾庭岸叫住她，"离她远远的，知道吗？"

"知道了，你放心。"

"你没做过的事，我绝不会允许别人冤枉给你。所以，等到案子上的事情都结束了，我打算送你出国留学，你趁这段时间没有工作，好好地思考一下，你想学些什么，未来想往哪里走。"

贺舒站在门口，没有回头地继续往外走。此刻心里流的是血还是泪，她都已经不想给顾庭岸看了。

不想再博取他的同情，只想他从此以后平安喜乐，哪怕需要她离开他。

从这个角度来说，她倒是真的终于活成了蓝桥。

第二十八章

2015-2-21 22:39 来自 蓝桥几顾的 iPhone

这世上从来就没有感同身受这回事。所以最后我们笑谈,把当初的痛编成段子,到现在变成资本。我不感谢伤害过我的人,我感激抵御那些痛苦的自己,与伴我同苦的你。

"贱人!"卓越飞踢蜷缩在地上的人,眼前一幕幕飞过健身房拳击教室里顾庭岸意气风发的年轻有力的模样,和 July 满脸爱慕地对顾庭岸说"我也希望是你"的场景,他心头怒火几乎要把理智烧成灰烬!

July 被他打了这么久,一声都没吭,也不挣扎反抗,双手护着脸,团着身体,尽量令自己少受伤。

她了解卓越,酷虐暴戾,心理变态,以折磨她为乐趣。

"给老子起来!"卓越揪着 July 的头发将她拽起,抡圆了膀子,一个大耳光劈头盖脸地扇了下去。

July 用手护着脸,但这一下还是令她半边脑袋都麻了。卓越骂骂咧咧踢在她腰上,腰间剧烈的疼痛才令她恢复知觉。

满嘴的血腥气,她干呕,下意识地放下了捂着脸的手,立刻就被卓越的鞋底踩上了脸。

"看上顾庭岸那个小白脸了是吧?他年轻有力,床上弄得动你是吧!"卓越愤怒得脸都变形了,像捻烟头一样在 July 脸上踩,"喂不饱的骚货!"

"我是为了你……顾庭岸故意挑拨我们,你看不出来吗?!"July 无助地哭，这个时候她已经顾不得温婉气质了，全力哀号，"李彦生明明已经不行了，都是顾庭岸在害你！"

卓越的得力助手全部卷入刑事案件，舆论也都猜测卓越这个罪魁祸首什么时候会被警察抓走，卓越百货的股价暴跌，卓越现在几乎处在破产边缘。

卓越的正房太太与他也是家族联姻的，不知怎么被她知道了 July 的事，正好借机提出了离婚，她手里什么证据都有，卓越是过错方，居然还得赔付她一大笔的赡养费！

"妈的！"卓越越想越生气，又在 July 头上踹了一脚，"你这个贱女人，晦气！老子就是沾了你才一败涂地！"

从前他虽然对李彦生素有心结，但要不是 July 勾起了他心底里锁住的魔，他也不会在这把年纪了还对半辈子的老友翻脸发起收购。

都是这个小贱人，在床上掏空他的身体，哄得他飘飘欲仙，真当自己重回壮年，被她引着大发雄心，谁知到头来却是晚节不保。

卓越现在也只能对 July 发泄怨气了。

July 有完美的解释说辞和浑身的解数，但卓越已经根本不想听了，他就是来对她发泄的。

"呼……"卓越喘了口气，打累了，终于平静了一些，脸上的神情也变得冷酷起来，"看在你服侍过我一场的分上，我告诉你，开车撞顾庭岸的那件事有人会替你扛，但是睿博口服液的事，你做得太绝，买人老太太性命，那十万块钱是从你卡上出去的，你就只能烧香拜佛，希望顾庭岸不继续追究，要不然我也管不了你。"

July 从地上挣扎着爬起来，抖着手理自己的头发，嘴唇破了流着血，但她竭力令表情好看，两颊肌肉都在抖，却还是硬挤出笑，"他不会放过我们的，他都已经查到我换身份的事情了，他是要从我下手，对你赶尽杀绝啊！我现在还不知道他查出来多少，肯定不是全部！否则我现在就不在这里了！老公！"她凄苦地朝卓越伸出手，"我们走吧！我们出国啊！趁顾庭岸还没查到所有事，我们快走吧！"

"你以为你走得了？我都走不了！"卓越嫌恶地看着她，"你以前到底有什么破事，这么怕被人查出来？"

卓越蹲下来，一把捏住她的脸，"王碧朱，你是不是在大学里和顾庭岸有什么过去？你怂恿我从青山制药下手，是因为你有什么不可告人的私心吧？！"

"你认识我的时候，我就已经是青山制药的代言人了，我放下女明星身段和前途跟了你，为了你策划攻击我自己代言的产品……卓越，你可以喜新厌旧抛弃我，但你不能否定我们曾经的感情……"July不愧是新晋当红小花旦，演技真的能追平那些科班出身的，眼泪说来就来，真情实意也演得相当出彩。

卓越被她动摇了，虽然依旧厌恶，但总是想起了那些颠鸾倒凤，令他雄心勃发的好日子。

"算了，我管你呢！"他晦气地松开手，站起来，从口袋里掏出一张卡扔在倒地的July身上，"这里面有五十万，是给你的分手费，从现在起我跟你桥归桥，路归路，你是生是死都别再来烦我！"

卓越理直气壮地匆匆离开了。

July被打得遍体鳞伤，连紧紧护着的脸都没能幸免，她明天还有活动要去走秀，身上还能穿长袖高领遮盖，脸怎么办？她忍着疼爬起来，去浴室处理伤口，一转身不经意看到镜子里的自己……血污狼狈，面容扭曲。

瞬间像是回到了从前……为什么？为什么！为什么她这么努力却还是无法摆脱不幸的命运？！

顾庭岸……蓝桥！

July尖叫着挥手打碎了镜子。

周北和李倾周的婚礼如期来临，在一个天气晴朗的周末。

李家一大早就人声鼎沸，热闹非凡，亲戚朋友陆陆续续地来，周周的梳妆打扮也用了一大堆的人，进进出出的声音在二楼李彦生的房间都听到了。

"你醒啦？还早呢，再眯会儿吧！"秦湖怕他今天精神不好会出状况，醒来后就坐在床上边看书边守着他，发现他转醒，她将手轻轻放在他眼睛上，柔声哄，"乖，眼睛闭上哦……"

她的温柔像五月的湖水，溺死在里面都心甘情愿，李彦生幸福地笑，牵她的手到唇边轻轻吻。

"你不下楼去可以吗？小桥一个人撑得住吗？亲戚朋友那么多，她认不全吧？"

"放心吧，她机灵着呢！元周他们几个都被她支配得团团转，我刚悄悄下去看了一眼，井井有条的，一点也不乱。"

"啧……"李彦生心满意足地感慨，"这孩子怎么一点缺点都找不着呢？是像谁呢？"

秦湖被他逼真的语气给逗笑了，轻轻推他的额角，"给点颜色你就开染坊！她是像你啊，口是心非，窝里横……都随你了！"

李彦生侧过身去，伸展手臂圈住她细细的腰身，脸贴着她丝滑的绸缎睡衣，惬意地长长叹了口气，"嗯……真好！"

"今天太热了，婚礼的仪式从户外改到室内，大家都坐在一起，你要是万一碰到周周妈妈坐在你隔壁，千万不能跟她斗嘴吵架，不管她说什么，就是打你，你也忍着！"秦湖从腰间挖出装睡的人的脑袋，点着他额头一字一字地拖长声音撒娇，"听——到——没？！"

"……知道了。"李彦生一面笑，一面叹气。

"好了，你再赖一会儿，不用急着起来，我去看看周周那里。"秦湖从床上坐起来，窸窸窣窣地扎头发，与寻常人家恩爱夫妻一样的晨间好时光，她笑着闲聊八卦，"要是你没那么心急，现在知道沈再也是单身，我们周周嫁给他怎么样？"

李彦生半张脸埋在枕头里，睡眼惺忪地半睁着眼睛，意味不明地懒懒笑，说："你就那么喜欢沈再啊？"

"嗯。"秦湖点头，惋惜不已，"可小桥不喜欢他啊，一门心思地喜欢顾庭岸，怎么会那么喜欢？庭岸……要是自家儿子，我也不赞成他娶小桥那样的女孩，这两个人在一起，难免磕磕绊绊地过日子，性格都烈，又爱得太浓。"

这说得也正是道理。李彦生懒散地趴在那里，手指闲闲地绕她睡衣上的带子，慢声说："沈再跟周周恐怕也不搭……周北虽然有点小浑蛋，但有小桥在，他怕顾庭岸，也就不敢对周周不好。"说到这里，他到底还是惆怅的，"我也没办法，其他事可以嘱咐好了交给元周办，周周的婚事不行，她妈妈自顾不暇，只有我还能护着周周了，她现在不结婚，以后万一有变数，配给比周北糟糕十倍的人，那我就是痴呆了也不会开心。"

"啧！"秦湖皱眉回头责怪他。

李彦生笑着朝她眨眨眼，算认错赔罪了。

"太太。"家里阿姨知道秦湖已经醒了，隔着门轻声地来叫，"小桥小姐说，顾先生来了，买了 C 大对面美食街上的菜煎饼来，还是热的，她问您要不要下去一起吃一点。"

"好的，请她稍等我两分钟，我马上来。"秦湖扬声答，神情里一瞬间高兴起来。

李彦生也知道那个菜煎饼，就是一堆蔬菜和肉炒熟了，卷在一个面饼里，据说蓝桥从小吃到大，连秦湖偶尔都会想起那一口。

李彦生也曾在夜里独自驱车去 C 大对面那条满是吃食的街，混在下晚自习的大学生中排队，买一份不加肉，要黑椒辣酱的全素菜煎饼，趁热带回去哄秦湖开心。

顾庭岸真是……要不是上赶着给他当女婿来，李彦生可能会放着家里一堆儿子，跑去收他个干儿子。

"我下去啦！"秦湖整理好自己，弯腰给李彦生脸颊上一个响亮的吻。

李彦生挑眉看她，无情嘲笑，"嘴里说着不喜欢，身体倒是很诚实嘛！一个菜煎饼就高兴成这样。"

"你噢！"秦湖作势拧他嘴巴。

李彦生"哎呀哎呀"叫得很无赖。

顾庭岸住了这么久的医院，人清减了不少，肤色也白了一度，今天因为参加婚礼穿了正装，越发显得挺拔清俊，气质高冷，他从车上下来时蓝桥正好在窗口看到，瞬时有种即便失去了记忆，也会第一眼就爱上这家伙的幸福感觉。

要不是他身后还跟着沈再，蓝桥可能会大庭广众之下扑倒他，上下其手。

沈再一见蓝桥眯眼睛看他，急忙高举双手做投降状，"今天休战好不好？大好的日子！"

蓝桥背着宾客如云，用手指捅沈再的肚子，"好不好好不好好不好，你说好不好……"

沈再又痛又痒又不能动，脸都快憋炸了。

"行了。"顾庭岸把蓝桥拉开，不满地说她，"有完没完？"

蓝桥转手就想捅他的肚子，刚戳上去就想起来他肋骨的伤，于是改为摸一把腹肌，"你们吃早饭了吗？我让厨房给你们开个小灶吧！"

沈再已经飞快溜了，顾庭岸说"不用"，从车里拿下一个袋子，他另一只手牵着蓝桥，往里走。

蓝桥其实喜欢吃 C 大美食街上的任何一家店，只是早读课时间开门的只有菜煎饼。顾庭岸亲手挑选了一只金线圈边的骨瓷盘子，将菜煎饼郑重其事地摆好造型放在上头，预备孝敬师母 & 未来岳母大人。

而蓝桥握着被油浸透的纸袋子，已经吃掉一整个，伸手去拿第二个了。

"你吃一个够了吧？！哪有女孩子一大清早吃两个菜煎饼的？"顾庭岸虎口夺食，"小肚子都凸出来了，你自己低头看看。"

这东西不好消化，她又狼吞虎咽，顾庭岸担心她胃不舒服。

蓝桥委屈地看着他手里的饼，真的真的……还想吃！

"真是……"顾庭岸被她那小可怜的样子气笑了，低头飞快在她唇上亲了一下，"我去外面给你拿块蛋糕吃……乖哦！"

哎呀……最受不了他用低音炮轰炸她了！

蓝桥邪念丛生，抱上去踮着脚跳着亲他，嘴里小声急切地说："再亲一下！"

顾庭岸手指抵住她的额头，嫌弃不已地问："你嘴巴有多油你知道吗？"

"你刚才不也亲了吗！"蓝桥抗议。

"所以我知道有多油了啊，一股大白菜的味道，我亲不下去。"

"那……去我房间吧！我刷牙然后你亲我！嘿嘿……"蓝桥抱着他的腰，身体蹭蹭蹭，一脸饥渴地看着他。

"……"顾庭岸心里笑翻了天，却一抬手，捏得她脸都变形，"你是淫魔吗？！"

蓝桥喊痛，踮着脚尖跳着想打他的脸，顾庭岸抓住她的手作势咬，被高高兴兴赶来吃菜煎饼的秦湖撞了个正着。

秦湖顿时嗓子眼都堵住了，眉目间笑意全消，稍稍偏过脸回避，轻咳了一声。

顾庭岸一惊，火速松手放开蓝桥！

可是晚了。

秦湖等他俩整理得差不多了，走过来轻声说蓝桥，"外面那么多人，你在这儿干吗呢？"

她只字不提顾庭岸，只说蓝桥，顾庭岸顿时腿都软了！

"咳……"顾庭岸双手奉上一盘文质彬彬的菜煎饼，恭恭敬敬地献媚，"师母，您尝尝这个！还是以前那个戴眼镜的大叔在摆摊子……呵呵！"

念点旧情好歹给个及格分吧，求您了！

然而——"不用了，我早晨不习惯吃这些。放着吧。"

秦湖对他温柔却只是隔壁家长辈温柔的一笑，又看了小桥一眼，就出去了。

顾庭岸懊恼得不行，一转头恨恨瞪蓝桥，蓝桥却正试图偷菜煎饼，顾庭岸气不打一处来，伸手就在她爪子上打了一下。

"对了……"秦湖又那么恰到好处地回头，刚好看到顾庭岸凶神恶煞打蓝桥的手……她深深吸气。

"……"顾庭岸，"师母……师母！"

九点零九分时，周家来人说，新郎官的车队从周家出发，来接新娘子了。

李家的亲戚里有人问蓝桥："伴郎是谁啊？周北自己开影视公司，是不是哪个男明星啊？"

蓝桥对着外人的时候可有礼貌，可讨人喜欢了，"是啊是啊！是——Mars哦……"

她故意拖长声音，吊足了胃口，果然赢来群众一片嗷嗷叫的喝彩声！

"天哪天哪，Mars！"

"只要伴郎舌吻我！不要开门红包！"

"快把给新郎提问的纸条都撕掉！重新写！问Mars尺寸！问他有没有喜欢的女孩子类型！"

今天的婚礼宾客，风格真的是甚合蓝桥的心意啊……蓝桥笑眯眯。

一旁顾庭岸从听到Mars的名字开始就冷冷盯着她看了，这时俯身在她耳边轻声说："你不许参加堵门。"

蓝桥被耳边低音炮轰得浑身一酥，过了被电的那阵哆嗦后，她斜眼看他，"凭什么啊？我等着开门红包买包包呢！"

"看你手机。"顾庭岸早知道她会这么回答。

蓝桥从包里拿出手机一看，锁屏上显示一分钟前刚转进来一笔令人心旷神怡的数字。

哎呀……蓝桥嘴巴都快咧到耳后根去了，手悄悄往后勾他衣角，眼睛朝他忽闪忽闪的，谄媚又邪恶。

顾庭岸朝她倾身贴近，一脸冷冷的禁欲之色，却向她耳朵里呵气，"老实点！否则今晚肯定弄死你……"

噢……蓝桥差点没当场软倒，眼睛里的春意更加盎然，简直要从眼里也伸出手去勾他……

可怜顾总一向清高又稳重，风评甚佳，硬生生被勾引成当着一屋子人的面不庄重的禽兽。

但是好幸福啊……自甘堕落真开心！

楼下沸反盈天着集体 YY 伴郎的时刻，楼上新房里，新娘子妆毕，正一个人坐在房间里。

秦湖敲门进来，见李倾周就那样呆呆坐着，她奇怪地问她："周周，你怎么一个人在这儿？"

李倾周转头，勉强牵出一个甜甜的笑，"秦姨……我妈本来说过来，我就想跟她单独说会儿话的……刚才她来电话，说有点事，一会儿直接去会场。"

李倾周说得含糊，但秦湖了解她那位前任的做派，恐怕压根没有把女儿温柔又可怜的小心思放在心上。

放作平时，秦湖已经温柔一笑转身离开了，但今天……女孩子初次身披嫁衣，一生最美好的日子之一。

"周周。"秦湖走到她身后，手轻轻放在她肩上，从镜子里笑着望向她，"今天以后就真的是大人了，你和他组成了一个你们两人的家庭，你占二分之一，凡事都想想你在这个家里有百分之五十的责任。孩子呢，要是你喜欢就早点要一个，早点生了对你身材恢复有利，如果还没想好要孩子，就得做好措施，千万千万，绝对不能伤害到自己的身体，你是最重要的，知道吗？"

李倾周茫然地看着镜中，声音轻得像身处梦中，"我做不到的……我从来都不重要。秦姨，我害怕，周北是被我骗着结婚的，以后他不喜欢我了怎么办？"

"看你啊，你要是觉得过不下去，就回家来，你有这么大一个娘家，四个那样的哥哥，你怕什么呀？"秦湖温柔地替她理婚纱，笑着柔声说，"而且周周，别人喜欢你，不喜欢你，没那么重要。重要的是你喜欢，你不喜欢。"

周周听了这话，神情渐渐变得难过，小鹿斑比一样纯洁好看的大眼睛，浮着盈眶的泪，又是那样强自忍着的表情，偏偏还披着幸福纯洁的白色婚纱，令人看着心都要碎了。

秦湖抽了张纸巾，小心翼翼地在她眼角处吸走泪水。

"还没到哭嫁的时候呢。周周你记住，你远远没有自己想象中的那么不好，那么不幸，不许妄自菲薄。"秦湖整理好周周的妆容，满意地看着她笑，又俯身拢着她的肩，给了她一个拥抱，"好啦，我们漂亮的新娘子，开开心心地出嫁，好吗？"

周周抿着唇笑，虽然还是沉静的，却已显得如释重负了。

"秦姨。"她不好意思地看着秦湖，"对不起，我以前偷偷在心里讨厌过你。"

因为你太好了，漂亮、温柔、知书达理，我从第一面开始就很喜欢你，但那样实在对不起我妈妈，所以只能怪罪于你，在心里一再地责怪你勾引了爸爸和哥哥们，又来勾引我。

对不起，曾经强行讨厌过那么好的你。

"没关系。"秦湖温柔笑的时候最好看了，漂亮的眼睛像两泓湖水，令人沉溺，"人生很长的。"

第二十九章

2014-11-22 09:11 来自 蓝桥几顾的 iPhone

一定要用力告别，一定要后会无期。

周北虽然明面上被个"义"字逼着结婚，但周周毕竟是从小揪着他衣角玩到大的女孩，是他的"小尻包"，虽无蓝桥的明艳张扬之美，可是有深厚情分在，娶回家一起过日子，他也挺开心的。

所以婚车一路敲锣打鼓地来迎亲，新郎官进门时满脸高兴，喜气洋洋的。

李家楼下大厅里都是上年纪或者自重身份的亲戚朋友，周北散了一圈糖就过了，直奔二楼新房。

二楼走廊和新房门口，一群姐姐妹妹们堵在那里，一见新郎官上来，却都集体狂叫着伴郎的名字，"啊啊啊啊啊啊，真的是 Mars！"

"好帅！天哪！我晕倒了，要 Mars 亲亲才能起来！"

周北一看乐了，哦，这样子啊，那简单啊！他反手就把冷酷冰山脸 Super star 揪到面前推给她们，"姐妹们！别客气！都是自家亲戚！随便开心哈！"

Mars："……"

周北牺牲了一个伴郎和半打红包，就打开了新房的门。

周北真的好佩服自己的机智脑袋！

不过新娘子的鞋子真的怎么都找不到啊！周北把整个房间都翻过来了，急得一身汗！

最后，他把目光移向李家男子天团 L4……泰山大人真是一代传奇啊，周北心里啧啧啧地想，生儿子跟玩似的！难怪他家老爹一辈子只能吃醋，他爹就他这么一个儿子，离婚时抚养权还归了周北妈。

"大哥！二哥、三哥、四哥！"周北一张英俊的小脸，笑得人畜无害的好模样，红包一沓一沓地往李家四兄弟手里塞，"以后就是一家人了哦！"

红包照拿，身姿不动。三胞胎都憋着笑，元周挠挠头，站出来说："那个……妹夫啊，不是哥哥们不疼你，鞋是小桥姐亲手藏的。"

周北心里大叫一声：妈的！蓝小桥！

嘴上却说的是："哎？咱们小桥姐人呢？怎么不见她老人家亲自来堵门？"

李云周"嘿嘿嘿"笑，朝正穿过人群走进新房的顾庭岸努努嘴。

Mars 对蓝桥一见钟情，念念不忘，周北是知道的，但他没想到这种娱乐圈 Top 机密八卦，顾庭岸居然也已经知道了。

望着顾庭岸挺拔清俊的背影，新郎官打了个小哆嗦。

"周周。"顾庭岸走到新娘子身边，递上一个礼盒，温和地对新娘子说："祝贺你。"

李倾周正和女伴们嬉闹嘲笑周北，一回头猛地看到顾庭岸那张俊朗出众的脸，她心头一甜，笑眯眯地说"谢谢"，接过他给的新婚礼物，打开一看，是一条红宝石项链，成色极好，宝石起码有五克拉。

李倾周小心翼翼地合上盖子，星星眼望着顾庭岸，"谢谢姐夫！"

哎？顾庭岸听得心头一跳，整颗心都荡漾起来……

周北受到了这一幕的启发！跑到顾庭岸面前"嘿嘿嘿"地妇唱夫随，"姐夫！"

"……"顾总荡漾得都快压不住嘴角的笑意了，勉强维持着高贵冷艳气质，"嗯？"

"小桥姐把鞋子藏得太好了，我找不到！姐夫！"周北摇着尾巴，渴望地看着顾庭岸。

周北毕竟是北横娱乐大 Boss，看周周看不真切，看别人还是一眼就能识破的。他瞧顾庭岸啊，现在就跟旧时的小妾、姨太太一样的心思，越得不到名分越想要名分。

果然，顾庭岸眼神里和煦地拂着春风，跟当初两顿狂揍把周北打得躺在ICU里的那个变态狂魔完全不能同日而语。

"喂？蓝桥，你把周周的鞋子藏哪里了？"顾庭岸微笑着打电话。

蓝桥因为收了不准堵门的钱，此刻正在厨房里陪李彦生吃早饭，嚼着培根，她含含糊糊地说："周周婚纱裙摆后面。怎么啦？"

"没什么。"顾庭岸向周北做手势指路，微笑着对电话里的人说，"踩你上位。"

他说完挂了电话，刚把手机收起，一抬眼，三胞胎和元周不知什么时候站到了他面前。

"姐——夫！"四个小弟，还记着长姐的吩咐，跑来叫人了。

哎呀！这……顾总简直要划船不靠桨，靠浪了！

只见顾庭岸轻咳了一声，神情冷静自持，一贯的一本正经，然后从口袋里拿出封给周北和周周婚礼的红包——厚厚一大包啊，递到元周手上，他矜持地说："今天没带现金在身上，这个你们先分，改口费另算，好吗？"

元周厚道地一笑，被三胞胎扯着分钱去了。

顾庭岸站在原地，若无其事地抬手整理领带，转身离开时，眼角眉梢都染上了笑意。

蓝桥在楼下厨房里，一边喝粥一边向李彦生抱怨，"……我成了穷光蛋！才知道吴老太在医院所有费用都挂在青山制药的账上！"

李彦生边听边笑，像是关注一个几十亿的案子那样感兴趣。

因为时间还早，他还没换上正装，穿着黑色纯棉的短袖居家服，就那么随随便便坐着对她笑，都令蓝桥讲着讲着就忘了自己在说什么。

"嗯？"李彦生看她一眼不眨地盯着自己，他也低头看看，"怎么了？我穿错衣服了吗？"

"没！"蓝桥知道他最近偶尔会把衣服弄错，连忙出声否认，"就是看你穿家居服……好好看啊！"

像这样穿着家居服坐在厨房里，面对面地吃早餐说话，像一对感情很好的父女，还是第一次呢！

还有啊，蓝教授要是穿这一身，又会是另外一种味道的帅气大叔了。

"小桥。"李彦生趁她高兴，拉近关系，"我可以给你发零花钱吗？我也会用支付宝哦！"

蓝桥被他说最后那句话时的小骄傲神情逗笑了。

但……还是会有点尴尬，从蓝教授、顾庭岸、沈再以外的男人手里拿零花钱，她会觉得尴尬。

"下次吧。"虽然尴尬，蓝桥也没有舍得回绝他，调皮地朝他眨眼睛，"今天有我的追求者在场，顾总吃了大醋，刚给我发了一大笔零花钱！"

李彦生对她永远是温柔周到的，看她不自然的神情，他立刻便揭过不提，顺着她说起顾庭岸，"你家顾总，又卖命又贴钱，到底是图什么啊？"

蓝桥耸耸肩，甜蜜地得意笑。

这孩子，真正高兴的时候，像个小太阳，眉眼间都能发出光来。

"你就那么喜欢他啊？"李彦生笑话她。

蓝桥鼓着腮帮子害羞了两秒，点头说："嗯……真的……真的很喜欢。"

她和顾庭岸之间极少说起"爱"，绝大多数时候都是感觉"很喜欢"。可能是因为"爱"这个字有慎重的意味，但他们之间总是像两只小动物，凭本能喜欢着彼此。

听说爱情荷尔蒙只分泌二十一个月，然而蓝桥这一生都过了快三分之一，从来没有一个人像顾庭岸，令她如此喜欢。

她这样眉目清朗地说着喜欢，雀跃又小小害羞的样子，令人看着都很高兴。李彦生心情舒畅，却故意要逗她，"可是你妈她好像不太喜欢。"

蓝桥耸耸肩，"我们选择男人的眼光本来就很不一致，她喜欢她的，我喜欢我的，大家互不干涉比较公平。"

"嘶……这话好像是有影射我的意味？"李彦生故作疑惑。

蓝桥哈哈哈笑，前仰后合。

"当心摔下去……"李彦生站起来伸手捞了她一把，他吃完了，要去换衣服了，临走前揉揉蓝桥的脑袋，欢喜地说，"还好长得漂亮，不然真像个傻小孩……"

蓝桥对他扮鬼脸，看得李彦生直到走出厨房很远了，都还在笑。

蓝桥恋恋不舍地收回目光，桌上的手机正好响了，亮起的屏幕上显示着一个陌生号码。

"喂，哪位？"蓝桥接电话时仍然语气里带着笑意。

"是我。"是贺舒，"你还记得王碧朱吗？ July 就是王碧朱！"

什么碧朱？蓝桥听得一头雾水，"罗志祥？你在看《极限挑战》啊？"

"C 大的王碧朱！美术系的大龅牙！向庭岸表白的时候摔断了一颗门牙的那个！"贺舒的咆哮声隔着电话都震耳朵。

噢……这么说蓝桥就有点印象了，是有一个眼睛很小的龅牙妹，胖胖的很可爱，在一场篮球赛之后当众向顾庭岸表白，那天蓝桥也在，但当时顾庭岸和她还不是男女朋友，她只能站在场边默默地不高兴。

那时候顾庭岸三天两头就会被表白一次，而蓝桥之所以还记得那一次，是因为顾庭岸当时回答王碧朱说："对不起，我不能接受，很抱歉。"

"为什么？"王碧朱失望不已地看着顾庭岸，"你有女朋友了吗？"

"暂时还没。"顾庭岸说完这句，抬眼看向场边的蓝桥，看着她的眼睛，说，"但我有喜欢的人了。"

王碧朱被拒绝后据说是哭着跑出体育馆，从台阶上滚下去，摔得很重。但蓝桥当时为顾庭岸那句有喜欢的人而寝食难安，根本没去打听王碧朱的后续故事。

"她怎么啦？"蓝桥问完，又很不满地说，"你从哪里弄来我的手机号？我跟你是聊大学同学近况的关系吗？"

"是她推了我！我跟你吵架的时候她就躲在一边！你走了之后，是她从我背后推我，让我从楼梯上摔下去的！"贺舒边吼边哭，疯狂极了，还跟鬼叫一样地大笑，"蓝桥！我没有故意冤枉你！我没有自己跳下楼梯栽赃你！我、没、说、谎！

"July全脸整容了，她还换了名字和身份，她处心积虑进入演艺圈，是为了接触到我们，她就是为了报复我们！你和我，还有小岸哥哥！全都是她做的坏事！全都是她！是她要害你！"

盛夏的热风从厨房窗户里吹进来，蓝桥后脑勺一片冰凉地呆站在那里，外面传来喜庆的欢声笑语，电话里贺舒像疯了一样又哭又笑又尖叫。

"你们都会一辈子记得我……就像记得萧尹一样！"贺舒嗓子喊哑了，断断续续喘着气怪笑，"因为你们都对不起他，你们也都对不起我！"

"贺舒。"蓝桥的声音显得很冷静，"你和July在一起吗？她人呢？"

"她快死了。"贺舒说，"我亲手杀了她！"

周北找到了鞋，仰天大笑，然后在围观群众的哄闹嬉笑里，他郑重其事地单膝跪地，为他的新娘穿上嫁鞋。

周北笑起来总有些没心没肺，从小到大都是，虽然生意场上的阴谋诡计他耍起来也溜得很，但是在李倾周面前，他总是那么幼稚不成熟，所以周周从前总在心里瞧不上他，因为对她来说，周北不符合她心目中"男人"的样子。

可是当她陷入婚姻交易的危机，周北却能只犹豫了一下，就同意娶她。

此刻这样单膝跪在她面前，轻轻将她的脚腕握在手里，他笑得还是那样幼稚灿烂，却令李倾周忍不住落下泪来。

人生里真是有许多被打脸的时刻啊，比如年少时剪短发走运动风，看到路上穿连衣裙和细高跟的漂亮大姐姐，心里总是不屑多过羡慕，可后来自己踩着恨天高在职场一路杀过去收获许多喝彩声，一回头才发现自己变成了曾经讨厌的样子。

再比如，李倾周曾经觉得周北根本不算男人，到最后却嫁给了他。

不管以后如何，眼下此刻，全世界没有一个男人比周北更有男子气概了。

"别哭啊！"周北给她穿上鞋，握着她的脚腕轻轻晃，笑嘻嘻的。

李倾周俯身，拥抱了他，又捧起他的脸，在他惊呆的神情里，义无反顾地当众吻了下去。

哇，喜糖发的是狗粮呢！围观群众起哄。

顾庭岸站在哄闹的人群里，却一点也不觉得吵，反常地感觉到热闹带来的幸福感，结婚嘛，多好啊！

话说，顾大状比他小了一辈，否则当伴郎肯定比那个 Mars 吃得开。那就沈再给他当伴郎吧？唔，是不是不太好？曾经携手蓝桥走过教堂红毯，这次站在伴郎位置，有点尴尬……

蓝桥，蓝桥……像今天这样身披婚纱坐在喜床上，一定会美得像梦里才能有的那样。她会不会也落着泪吻他呢？顾庭岸心口发烫地荡漾着。

顾庭岸在欢声笑语中浮想联翩之时，蓝桥和沈再正在飞车赶往 July 家的路上。

路上有些堵，但车行得飞快，沈再平时开车一向是模范行车礼仪遵守者，没想到逼急了会秀出这么帅气霸道的开赛车的技巧。

蓝桥在副驾驶的位置上不停地打电话——报警、叫救护车、通知消防员运气垫过去、委托普纳公关负责这次紧急事件的危机公关。

"蓝桥。"沈再白着脸飞车，坚定地说，"打给庭岸！通知他！不能再晚了，如果真的出什么事，好歹让他见贺舒一面！"

"我留了字条给阿姨，让她在我们出发十分钟后递给顾庭岸。"蓝桥在等待律师接电话的空当里回答他，她一只手握着手机，另一只手插进头发里神经质地揪，"贺舒在电话里说如果我通知顾庭岸，她就立刻从窗口跳下去，所以如果他跟我们一起出现，只会刺激她的情绪！我们先过去，他会及时赶到的……"

"妈的！"手机没电，自动关机了，蓝桥失控地叫出了声。

"师兄。"她紧紧咬着牙关，以防自己哭出来，"她是真的被人从楼梯上推下去了，她没有说谎，她只是误会，我却这么多年一直坚称她诬陷我……"

其实不要说蓝桥，连沈再私下也是怀疑贺舒当年那出是苦肉计。顾庭岸……虽然从来不提起这件事，但是以顾庭岸对蓝桥的了解，绝对也是信蓝桥的。

而被人真真切切从背后推了一把，摔下楼梯的贺舒，这些年来的心情是怎么样的呢？无法想象。

"现在不是想这些的时候。"沈再打断了蓝桥，"你报警多久了？警察会不会比我们先到？"

蓝桥提了一口气，看看手表，说："应该不会，我先打的120和消防大队。"

"是不是应该问过律师再报警？"毕竟贺舒是凶手，又很可能暴力抗拒抓捕，沈再怕她被击毙。

蓝桥接触这些比沈再多，她白着脸却还能镇定地分析，"我是贺舒的亲友，由我报警，贺舒还有可能争取自首情节，这很关键。"

说话间已经到了July住的地方楼下，顾庭岸派在贺舒身边的保镖们早他们一步追过来，蓝桥把他们安排在楼下等待急救车和消防大队前来时指路，她和沈再急急奔上楼。

July住八楼，电梯一出来正对着的那户就是。蓝桥见门是虚掩着的，立刻就要冲过去，被沈再一把拉住。

"跟在我后面！"沈再的神情格外严肃，不容她任何抗拒。

他走在前面，轻轻伸手推开门，里面的景象令蓝桥差点就要尖叫出声。

客厅地板上倒着July，不知生死地闭着眼睛，她身下和周围全是血。

"沈再？"屋子里有人轻轻地呢喃。

沈再和蓝桥抬眼望去，只见贺舒失魂落魄地站在离July不远处的窗户前，也是一身的血，手里还握着一把沾满血的刀，她身后的窗户大大开着，只要她往后退一步再后仰，就会摔下楼去。

"是我！"沈再踏进屋里，向她走去，轻声却坚定地说，"贺舒，把刀放下，好吗？"

贺舒摇头，一面落泪一面对沈再笑，"我没有什么眷恋，也没有什么害怕，我活着没有意义，我想死……你别过来，我不想连累你！"

"蓝桥，你来啦。"望向沈再身后脸白如纸的蓝桥，贺舒从来没有这样面对蓝桥如此自信过，"你看她！"她开心地用刀指着地上的 July，"是她推我的！她躲在一边看到我和你吵架，你走了以后我背对着她，她就冲出来推了我！她害了我们……她还嫌不够，还想害小岸哥哥和沈再！我只能杀了她！"

蓝桥喘不上气，这么多的血，浓重的血腥气令她头晕目眩，还很想吐，她扶着门，咬着牙咽口水，目光死死地盯着贺舒。

沈再仔细观察地板上的 July，这时轻声对蓝桥说："小桥，我看她好像还有呼吸！"

蓝桥立刻走向 July，想为她做急救。可是贺舒突然冲了过来，狂乱地挥舞着刀阻挡蓝桥靠近。

沈再连思考的时间都没有，更别提犹豫了，立刻扑了出去，一手拽过蓝桥，一手准确地握住了贺舒的刀。

"师兄！"蓝桥吓得尖叫。

贺舒也愣了，她最不愿意伤害的就是沈再。过去她被蓝桥逼得快死了也不愿意交出萧尹的遗书，就是因为那里面萧尹提到他向沈再表白被拒的事，她要保护沈再，就只能否认有遗书的存在。

沈再抓住贺舒犹豫的时机，不顾手掌割裂的痛，硬生生握着刀锋将刀夺了过来。

贺舒失了刀，转身便往窗口冲去。

蓝桥大叫一声："贺舒！别疯了！你要拖累我到什么时候？！"

贺舒已经一条腿迈出去，坐上了窗户，这时停下动作，不敢置信地看向蓝桥，迷惑地问："我拖累你什么了？！"

"如果不是你，我和顾庭岸现在孩子都生了一窝了！他当时为什么不肯娶我？是你要挟他对不对？当时警察说我对你故意伤害，你肯撤案不追究我的刑事责任，是因为他答应你会跟我分手，对不对？！"这件事蓝桥从来没对人说过，但她心里一直是笃定的，"July 推了你，但你就真的没有做错任何事吗？你对我的恶意只是来源于你摔下楼那件事吗？！你要吃多少亏才会明白，你的人生是你自己的，你要自己负责的！你干坏事就得挨骂挨打，把原因全推到别人身上没用！"

蓝桥一通狂骂，贺舒气得嘴唇都发抖，骑在窗户上愤恨又狂乱地盯着蓝桥，而沈再趁着她们说话时去救 July，为她包扎伤口。他自己的手被割裂了那么大的口子，血淌得他声音都颤了，"贺舒，你下来，你争取自首情节，其他事有我们！"

"……我不需要。"贺舒面对沈再时，有掉不完的眼泪。

贺舒总觉得这一生处处是错误，她有好声音天赋却没能坚持梦想，她喜欢沈再却执拗地将自己硬扯在顾庭岸身边，最终她一无所有，她将自己的一生活成了一个错误，现在她不再需要任何人的帮助。

贺舒心灰意冷地转身。

"贺舒！"蓝桥和沈再都大叫出声。

"让她跳！"顾庭岸冰冷的声音如有实质，整个屋子里狂热的气氛顿时降了下来，"贺舒！你敢！"

所有人都向门口看去，顾庭岸站在那里，正装挺拔，人英俊，气场却像杀人魔头那么可怕。

贺舒怔怔看着他，她落泪落得更凶，"小岸哥哥……"

顾庭岸脸沉似水，径直朝贺舒走去。

贺舒慌乱起来，"你别……别过来……"

顾庭岸大步流星，毫不犹豫。

他踏进贺舒五步范围之内，蓝桥便知贺舒一定死不成了，她连忙去帮沈再救 July。

贺舒被顾庭岸逼得崩溃，竟然转身真的就要往楼下跳去，可她刚一转头，手腕就被抓住，接着她整个人被从窗台上拽了下来。

贺舒还没站稳，迎面被顾庭岸重重打了一个耳光。

啪!

连正解内衣带子给 July 的伤口止血的蓝桥都惊呆了,她抬眼呆呆看着他们。

"……你打我?"贺舒捂着脸,浑身血污地跺脚大哭,"是你先不认我的,你说以后不许我叫你哥哥了,你不是不管我了吗?!"

顾庭岸沉着脸,甩手又是一个耳光。

"我不许你再管我的事,但你这辈子都是我的妹妹。"顾庭岸语气很冷,"你,贺舒,杀人就得偿命,她没死的话你该坐牢坐牢,该赔钱赔钱!出来了,你还是我妹妹。"

贺舒脸上的癫狂之色此时都退了,她捂着被扇红的脸,愧疚地痛哭出声。

警察和医护人员接连赶到,涌上来,抓人的抓人,抢救的抢救。

"贺舒,做了什么就认,没做的事不要说气话。"顾庭岸眼睁睁看着贺舒被铐上手铐,他语气竭力平静,却额头青筋都暴出,"……别害怕,勇敢一些!"

贺舒过了癫狂劲,此刻茫然着脸,呆呆地被带走了。蓝桥是报案人,也得跟着去做笔录,她刚才和沈再轮流为 July 做心肺复苏,这时也是满手的血,满脸的汗和呆滞。

"庭岸……"她还想着要去安慰顾庭岸,叫了一声名字,却不知道说什么好。

顾庭岸站在原地目送贺舒被警方带走,面上没什么,其实心中已然天旋地转,痛得不知今夕是何夕。

再看看蓝桥,望着她,想到这十年来她卷入那么多危险和伤心事当中,他好心疼他家小桥,所遇非人。

"小桥啊……"顾庭岸轻叹,张臂拥抱她,想说些什么关于这些年的他们,却一开口就红了眼眶。

第三十章

2016-12-31 来自 蓝桥几顾的 iPhone

人世孤独，与你共度。@作者七星

六年后。

可爱的橙色阳光刺破晨雾，清晨雾气里的李宅渐渐轮廓清晰，白色的城堡一样的房子，绿色的生机勃勃的草坪，姹紫嫣红的花园，滑滑梯、跷跷板和高大的秋千架下一溜五个小小的秋千。

"嘿！吼！嘿！吼！"男子汉们晨跑的口号声由远及近。

有个稚嫩的嗓子，一听就十分顽皮的声音，突然开始大声唱，"小白菜啊！地里黄啊！两三岁啊！没懒觉睡啊！"

"哈哈哈哈哈哈哈哈……"几个半大的男孩子鸭子似粗嘎的笑声响起。

元周接手李氏集团后就无法再参加这样温馨的晨间早跑了，现在带队的是三胞胎，后面那堆小萝卜头从高到低分别是：元周家三个儿子、周北和周周的两个儿子、蓝桥家的顾忆蓝。

李云周一边跑一边骂："顾忆蓝！又是你捣蛋！"

顾忆蓝人矮腿短，跳起来才能露出他涨红的脸给李云周看，"我快没气啦！跑死人啦！"

"就你娇气！"

"说什么哪！小爷腿最短，跑的长度跟你们一样，小爷消耗的比你们多几倍知道吗！"

"你在谁面前称爷？！"李云周作势冲过去揍他。

顾忆蓝一溜烟跑了。腿虽然短，但是他承袭了他爸的好体格，跑得飞快，矮矮的一小截，炮弹似的冲进了大门。

"我今天非揍他一顿不可！"李云周还在原地跳着脚骂，"没见过这么皮的！"

"我见过。"澜周说，"你小时候比他还皮。"

李云周不服气，"那我还怵我爸呢！顾忆蓝那小浑蛋怎么就没个怕的人？"

因为是蓝桥和顾庭岸的儿子啊……苍周和澜周拍拍李云周，带着剩下的小萝卜头们跑最后一圈。

顾忆蓝赖掉了一圈，兴高采烈地跑进房子里，闻着香味，直奔厨房。

"外婆！"他蹦蹦跳跳地来到秦湖面前，"早上好啊，大美人儿外婆！"

哎哟……秦湖的心都要化了！这孩子现在就是她的小太阳。

"早上好，小帅哥。"正摆盘的秦湖特地弯下腰来，往他嘴里塞了一块培根，"是不是又偷懒，没跑完？"

小正太脸蛋圆鼓鼓地嚼着东西，占了脸一半的大眼睛扑闪扑闪，"我这么小，又这么可爱，不适合运动过量。"

秦湖笑得像迎着阳光盛开的花朵似的，说："嗯，有道理。我做了你喜欢的小馄饨，待会儿早餐多吃点哦！"

"好的！"顾忆蓝卖萌成功，开始刷懂事技能，"我李外公醒了吗？"

"醒了，你去叫他起床吧。"秦湖快乐地准备着早餐。

小朋友高兴地答应，然后跑上二楼，经过父母房间门前时，很顺便地一脚飞踢。

顾庭岸和蓝桥睡得好好的，深眠好梦中惊坐起！

蓝桥从床上跳起来要去追，顾庭岸伸手揽住她的腰，拽了回来。

“算了，你在这儿动不了他的，回家再说吧。”顾庭岸闭着眼睛把她拖进怀里，舒舒服服地抱好，“嗯嗯，再睡会儿……”

蓝桥烦恼地抱着他蹭，“老公。”她噘嘴撒娇，“我们真的不能把他丢在这里养吗？五岁的男孩子，法律允许独立了吧？！”

“不能。”顾庭岸闭着眼睛，淡定地答。

“可是可是！”蓝桥继续蹭，“你不也不喜欢小孩子的吗！”

是啊，不喜欢，但是他是你生的，不一样。

你怀胎十月，一朝分娩，就是生个蛋下来我也会视作掌上明珠。

顾庭岸翻身把她压在身下，轻车熟路地重重吻下去，在她耳边呼气火热，逗她，“你再给我生一个，也许能生出个女儿来？”

“好啊！”蓝桥跟没骨头似的缠在他身上，“来！”

两个淫魔滚成一团。

咚!

门上又是一声踢门巨响，接着隐约传来顾忆蓝哈哈笑着跑远的声音。

顾庭岸咬牙切齿地昂起头，在蓝桥的闷笑声里跳下床找睡衣。

“你不是说在这儿动不了他吗？”蓝桥卷着被子，幸灾乐祸地问。

顾庭岸套上睡裤，赤着精壮的上身，冷酷脸嗤笑，“我说的是你动不了他。”

顾忆蓝小朋友被爸爸“动”得显然很厉害，吃早饭的时候乖得不行，坐在李彦生右手边，自己低着头默默喝牛奶，沉静自持的样子完全是缩小版的顾庭岸。

“哟。”周北逗他，“咱们家齐天大圣，今天这是怎么了？”

顾忆蓝双手合十，噘着肉嘟嘟的嘴巴，说：“如来佛刚给念了紧箍咒啦！”

这伶牙俐齿对答如流的，一桌子人都笑出了声。

顾忆蓝趁机跟他爹缓和关系，昂着下巴，一脸讨好地对他爹笑。

顾庭岸也报之以微笑，然后说：“好好吃饭。”

“那我好好吃饭，您还让我今天去看小马不？”顾忆蓝喜欢骑马，他家沈再干爹在他今年生日时送了他一匹小母马，现在他天天都要去马场看一眼，跟它玩一会儿。

"顾忆蓝。"顾庭岸微笑着对儿子说，"你是在跟我谈判吗？"

那必须不是啊！哪敢？顾忆蓝把头摇得跟拨浪鼓似的，缩着脖子埋头吃。

蓝桥幸灾乐祸，"儿子！多吃点哟！骑不了马，你还能在家荡秋千呀！"

"……"顾忆蓝心想你也是跟我一样的二等公民，居然同室操戈？好啊，来啊，互相伤害啊，"妈，那您今天庆功宴少喝点酒，早点回家陪我荡秋千噢。"

蓝桥一惊，顾庭岸已经面无表情地望了过来，她连忙也埋头吃饭，心里大骂这小孩跟他爸一样心眼坏得滴水啦！

大家差不多吃完早餐，李彦生慢悠悠站起来，拍拍顾忆蓝的肩膀，"换衣服去吧，我在院子里等你。"

顾忆蓝眨巴着眼睛，"去哪儿？"

"马场啊。"李彦生一本正经，"你今天不去看你的小马了吗？带上我吧，我也想去看看。"

哟哟哟，刚说的犯了错误惩罚今天不能去马场，外公这是又发病忘啦？

顾忆蓝睁大眼睛看向父母。

李彦生这几年来维持得挺好，但偶尔确实会这样发作，记不得刚刚发生的事情。

顾庭岸沉默了，蓝桥心酸地强装无事说："哦……忆蓝，快上去换衣服呀！别让外公等你。"

顾忆蓝一愣，回过神来，小短腿跑得飞快！

去马场的路上，顾忆蓝一身帅气的骑手装，在车里恨不得翻着跟头欢呼的雀跃，李彦生拿水给他喝，小男子汉昂着头喝得咕咚咕咚相当有气势。

"忆蓝，很多事当时一时开心，过后就要承担结果，所以人才应该约束自己。明白吗？"李彦生拿纸巾擦小正太淌了一下巴的水，温和地低声对他说，"今天外公可不是为了包庇你，是为了单独跟你讲这个道理。"

顾忆蓝惊呆了，"所以，你刚才是假装不记得我被惩罚了呀？外公你演技真棒！"

大拇指！赞一个！

难怪顾庭岸都要跟他斗智斗勇，李彦生哭笑不得，这小孩太聪明了，确实难教。

"'人生须知负责任的苦处，才知尽责任的乐趣'，梁启超先生说的，对吧？"小萝卜头神情还是幼稚的得意，却又有一种远远超出同龄孩子的聪明劲儿，"放心啦，我爸能文能武，您还怕他教不好一个我吗！"

哈哈哈哈哈哈……这小子！

李彦生笑得不行，侧过脸去看窗外。

又是一年好时节了，几十年光阴匆匆而过，他错过了蓝桥的成长，岁月却还他一个忆蓝，真是仁慈又慷慨啊。

蓝桥和周周两家都是固定周末带着孩子过来住两天，今天是周一早晨，大家都从李家出发去上班。

顾庭岸和蓝桥打开门走进车库，撞见周北把周周按在墙上强吻。

"噢……本座的少女心！"蓝桥走不动道了，羡慕地摇顾庭岸，"我也要那个！"

顾庭岸一手搂她一手捂她的眼睛，"少儿不宜。"

上了车，蓝桥还在恶趣味地回头看那一对，"啧啧……昨晚还打得跟街边野狗似的呢。"

"你的形容词词库里有没有比较优美文雅一些的？"顾庭岸听不下去，一边发动车子一边皱眉问。

蓝桥说："有啊！"

"昨夜风疏雨骤，今早海棠依旧，知否知否，应是绿肥红瘦！"

"蓝桥。"顾庭岸警告她，"我如果发现顾忆蓝上学后语文不好，你就给我等着！"

"略略略略略……"蓝桥才不怕他，"哦对了！"她把带上车的纸袋子放到车后座，"我买到没有钢圈和扣子的内衣了，底下还有一盒内裤、一盒袜子，你带去给贺舒，别忘了。"

今天是一号，监狱开放探视的日子，顾庭岸每个月风雨无阻都会去看望贺舒。

六年前，July 被贺舒一刀刺成重伤，贺舒因故意伤人罪被判了八年。而 July 自己也因为教唆他人犯罪等罪名被判了十二年，卓越更严重，数罪并罚，无期徒刑。

"师兄快结婚的事，你跟贺舒提了吗？"蓝桥问他，"不要再拖了吧，错过时机，更不好说了。"

顾庭岸点头，"我明白。"

"贺舒她……其实一直爱着我师兄吧？我总觉得萧尹的遗书里有与我师兄相关的事，贺舒是为了我师兄才抵死否认，以及最后刺伤 July。"蓝桥歪着头靠在车窗上，孩子都这么大了，她神情里依然有少女的明澈单纯，"真可惜……"

顾庭岸倒觉得没什么可惜的，沈再对贺舒来说是最后的圣地，这令贺舒起码爱过。

一个人一生一定要爱过，哪怕短暂，甚至所爱非人。

"没关系的，以后日子还长，她现在反而开朗多了。"顾庭岸在一个红灯前停下车，转头看妻子，"上个月她提起你了，我觉得，如果你愿意的话，以后可以去看看她。"

蓝桥歪在座椅里，不正经的坐姿，却是洒脱又认真的神情，"算了吧。"她说，"有过那么多不愉快，何必强行做朋友。"

"那你跟我有过那么多不愉快，怎么还强行嫁我了呢？"顾庭岸挑眉问她。

"因为爱你啊！"蓝桥理直气壮地答。

因为爱你是我最感到愉悦的事。

因为这世上给过我伤害的人那么多，我爱的却始终只有你一个。

微雨卖花声，转过长街左。又与何人一擦肩，可是当初我？轻拢百花裙，小扣青铜锁。往事多于岁月时，买朵蔷薇吗？

——不买，我的往事与当初已经娶了我，我心中岁月长好，遍开蔷薇。

番外篇

七夕

2006 年七夕那一天，周传雄在上海开演唱会。

蓝桥提前一天在学校教室装晕倒，得到了两天的病假。

正好蓝教授当晚就要出差去了，蓝桥高兴得不得了，张着嘴巴很虚弱地躺在床上装病，一面心里扭着秧歌，一面嘴上虚弱地说："爸，我没事的，就是低血糖，我明天睡一天就好了，你快收拾行李出发吧，晚了大家等你多不好啊……咳咳咳……"

"怎么还咳嗽了呢？！"蓝教授急得刚换好的衣服又出了一身汗，淡蓝色的衬衫汗湿后变成深蓝色，贴在他瘦瘦的背上，他在蓝桥床前急得团团转。

演过头了啦！蓝桥好想砸自己的脑袋。

"不行，我告诉他们一声，我不去了！"蓝教授任性起来，叫人一眼就能看出蓝桥的脾气其实是像谁。

"哎哎哎！爸！爸爸爸！"蓝桥简直是从被窝里射出来的，她一把按住蓝教授的手机，着急地大声说他，"你怎么好不去呢？！那么重要的一个墓！别人去你放心吗？上次沈叔叔跟着去，一转身铲子在墓壁上划了那——么——长一道！"蓝桥双手都张开了，蓝教授都看愣了。

"你必须得去！你不去，国家不放心！"蓝桥捂着她爸的手，郑重严肃地说。

蓝教授专业被她骗一百年，她突然间中气十足成这样都没怀疑，皱着眉纠结地说："可是……不行啊，我到了那儿心也还在这儿，说不定就该我碰铲子……"

"不会的！"蓝桥要急死了，"那……这样！叫师兄过来，有他在你总放心我吧？！"

嗯，沈再，蓝教授是信得过的。

话说，看看他家女儿啊！真聪明，而且顾全大局、善解人意、思虑周到、漂亮又可爱……骄傲不已的蓝教授打电话叫沈再过来家里睡一夜，然后欢欢喜喜、放放心心地提着行李走了。

沈再这个时候还远没有后来上市药企二把手的精明能干，书香世家熏陶了二十几年的乖宝宝，又沉迷考古学，性格木讷又迷糊，除了引经据典时能口吐莲花、长篇大论，平时他连话都很少。

蓝桥从蓝教授书房里偷了一匣孤本的墓碑拓本，她想，只要把这匣给沈再，她明天就算从家里搭乘火箭去上海他也不会发现的。

嘿嘿嘿……蓝桥裹着被子满床打滚，嗷嗷嗷地唱："在山的那边海的那边有一个蓝精灵！她可爱又聪明！"

外面一声门响，应该是沈再来了，蓝桥裹着被子继续蠕动着唱："啊啊啊！可爱的蓝精灵！哦哦哦！可爱的蓝精灵！"

"喊……"一声冷冷的嘲笑从房门口传来。

蓝桥当时就一阵寒意涌遍全身！

"靠！"伸出头一看果然是他，蓝桥绝望地大喊了一声。

原本斜倚着门姿势优雅如漫画少年的人脸一沉，走过来用力拧住她的脸颊，"我有没有跟你说过，叫你改掉这个口头禅？嗯？有没有？"

"有……有有有……"蓝桥挺着腰拼命昂着头去就他的手,"疼……疼疼疼疼疼……"

"别光疼了记不住。"顾庭岸一副冷血的表情,"再被我听到一次,你真的会很惨,知道吗?"

"知道了!"蓝桥疼得快哭了!

顾庭岸一松手,她扑通砸在床上,脸朝下,呜呜呜呜呜地哭。

顾庭岸坐在床边看着她哀号,赏心悦目了很久,才慢悠悠地哄:"哎,晚上想吃什么?"

"呜……想吃肉……呜呜……想吃炸猪排和黑椒牛仔骨!"哭得满脸泪和汗的人,抬起沾着乱发却更美更诱人的小脸蛋,眼泪汪汪的眼睛漂亮得不像话,被她这样看着,他真的要用很大的力气才能克制住不去吻她。

顾庭岸调开目光,看着她墙上贴的陈奕迅的海报,不动声色地深呼吸了三次,才语气如常地笑话她:"你不是上周才把老萧的饭卡吃得底朝天吗?怎么又饥渴成这样了。"

他这会儿对蓝桥来说,还只是和沈再、萧尹一样的好友,没性别的那种,所以她一把掀开被子,跪着从床上立起来,挺胸叉腰说:"我长个子嘛!"

她刚才滚来滚去的那个死德行,衣服早滚乱了,这样大大咧咧地叉腰立着,曲线毕露,春光隐现,顾庭岸不经意地一瞥,刚平复下来的呼吸立刻又乱成了野狗……

该死!他咬牙扭过脸,飞快地在脑内计算方程式转移注意力……

蓝家的伙食一到月底就清汤寡水是谁都知道的,蓝桥吃得比猪还多也是谁都知道的,所以每次一到月底,像萧尹这种零花钱有限的都会躲着蓝桥,只有沈再和顾庭岸两个富二代,才能在月底那几天都维持与蓝桥的金贵友谊。

"黑椒牛仔骨、芝士大虾、法式蜗牛、烤翅来两份,炸猪排也要两份,给我一个蘑菇浓汤,她要一个冬阴功汤,米饭三碗,再上一扎橙汁,要鲜榨的。"顾庭岸合上菜单递给服务员。

服务员是个年轻女孩子，笑嘻嘻盯着顾庭岸英俊的脸，说："我们现在有七夕甜蜜套餐，点套餐送玫瑰花哦！"

蓝桥感兴趣地问："我们不要玫瑰花，可以换一罐可乐吗？"

服务员忍着笑，说："不可以呢，套餐里已经包含饮料两杯了，优惠力度很大的。"

"那就加一个套餐吧。"顾庭岸淡淡说。

服务员转身去下单了，蓝桥暗搓搓地打听："哎，我师兄呢？我爸不是叫他来照顾我吗？"

"学生会有活动，他和萧尹带队，走不开。"

"噢……"蓝精灵的小脑袋飞快转动，"那没关系，我身体反正也突然好了，待会儿吃完饭你就回去吧！"

有他坐镇的话，别说上海，她连家门口都跨不出去。

"先吃饭吧。"顾庭岸把端上来的鸡翅放在她面前，趁她双手去抓，毫无防备时，他仿佛不经意地轻飘飘问，"今天是七夕？"

"不是啦，明天七夕！"演唱会的日子，蓝桥记得清楚着呢。

"噢。"顾庭岸点点头。记得这么清楚，看来她明天确实有活动。

"你怎么连七夕都不知道，你没女朋友啊？"蓝桥左右手各一只鸡翅，吃得满嘴油光，一脸嘲笑地看着顾庭岸。

顾庭岸嗯了一声，表情平静地抬手喝水。

"啧啧……"蓝桥心里笑疯了，面上却表现出同情的样子，"上次喝酒玩游戏，你说你有喜欢的人啊，还没去表白？人家女生不喜欢你啊？是啦，你老这么端着，外人看你跟断了七情六欲似的，谁会喜欢你哦！"

她的幸灾乐祸太明显，顾庭岸开始面无表情，看着她说："安静点，再啰唆当心我把你的嘴缝起来。"

"……"蓝桥还是很怕他的，连忙低头猛吃，不敢再说话。

顾庭岸看着她头顶两个旋，目光里有种难以言说的郁闷，一顿饭的时间，他只喝了半杯水和两勺汤。

七夕的清晨。

蓝桥策划了万无一失的逃跑路线——从客厅窗口爬下去。一楼人家扩建了，她很容易就能安全到达地面。

顾庭岸睡在蓝教授的书房里。昨晚他好像心情很不好的样子，跟憋着打雷闪电的夏季雷阵雨天似的，蓝桥不敢惹他，只能眼睁睁看着他代替沈再留宿。

好在书房离客厅窗户最远，蓝桥很小心很慢地一点点推开窗户，内心激动地大笑着，手脚却特别轻地从窗口往外爬。

可是刚刚骑跨在窗户上，背包就被人拽住了，一股不容抗拒的力量将她从窗户上扯了下来。

蓝桥失声大叫，回头一看，吓得更惨，顾庭岸面无表情的脸简直像修罗殿阎王！

"呃……"蓝桥眼睛睁得滚圆，嗓子里发出咕噜咕噜的声音。

顾庭岸穿着蓝教授的半旧蓝色格子睡衣，头发睡得有些松散凌乱，比起蓝教授慵懒文雅的睡衣 style，他怎么竟能将睡衣穿出 T 台型男的冰冷气质？

蓝桥被他单手拎着，毫不客气地摔进了沙发里。

"说吧，什么样的男生。"他站在沙发前，朝阳在他身后的地板上投下他的影子，像把剑。

蓝桥很害怕，也蒙了，怯怯地问："什么啊？"

"成绩那么差，还不知道上进，整天就在嘴上喊'我要考 C 大'，就你那排名想上 C 大，你干脆别念了，回家睡觉做梦吧！"顾庭岸嘲讽技能一开，满室飘雪的低气压，"聪明有什么用？比你聪明还比你努力的人多了去了，你算老几？现在还玩起早恋来了，装病请假去约会？你真有出息啊！干脆别上大学了，早点结婚生孩子，培养你孩子考 C 大也比你考上的概率大。"

蓝桥生在 C 大，长在 C 大，最大的心愿就是能考取 C 大。但她功课真的有点糟糕，靠着每一次考前顾庭岸给她辅导和猜题，年级排名也才一百多，要上 C 大的话起码得进前五十才行。

蓝桥自己也知道，但是这个年纪的贪玩真的是自己都控制不住啊……

她心里难过，被他说得简直羞愤欲死，又委屈得不得了，她扁着嘴忍了半天，还是大哭了起来。

顾庭岸就这么冷眼看着她伤心大哭，心里发誓绝对不哄她。

可是……

"好了，哭得烦不烦？！"顾庭岸脑内狂扇自己耳光，脸都打肿了，却还得把语气再降得柔和一度，"别哭了……"

"别哭了，跟我说说，是什么样的男孩子啊？"他无奈至极地问。

是多该死的一个人，成功令你喜欢上他？我很想知道。

蓝桥哭得整个人都坐在他怀里，头像电钻一样在他胸口转，眼泪鼻涕全抹在他衣服上。

"什么啊？"她抬起脸哭着说，"到底谁跟你说我早恋了？造谣！妈的！"

顾庭岸拧眉，想跟她计较最后那句脏话，却又有更重要的必须先问清楚，"真的不是要去约会？"

"我要去上海看周传雄的演唱会了啦！"蓝桥交代清楚，哇哇大哭，"我赶不上车了！我看不了啊啊啊啊啊啊啊……"

她哭得那么伤心，仰着脸张着嘴号啕，扁桃体都被看得一清二楚。顾庭岸越看越想笑，最后忍俊不禁，笑出了声。

"这样啊……"顾庭岸抱着她像抱着只树熊一样，轻轻拍着她安慰，他心情特别好，但又有许多无法说出口的别扭情绪，想了半天，轻声在她耳边说，"明年吧，你考完试，我带你去香港，看陈奕迅的演唱会。"

哎？哭得跟被揍了的熊孩子似的人，一秒钟停了眼泪，从他怀里蹿出来，惊讶地看着他。

"真的？！"蓝桥喜出望外，但又不敢置信，"你知道陈奕迅是谁吧？！"

电视节目他只看 Discovery，娱乐明星他根本脸都分不清。

"知道。"顾庭岸悠悠地说，"'若这一束吊灯倾泻下来，或者我，亦不会存在'，是不是？"

啊啊啊啊啊啊啊啊他唱粤语好标准好好听啊！低音炮！啊啊啊啊啊啊啊！

蓝桥突然发疯一样搂着他使劲蹦，顾庭岸吃不消，倒吸着凉气说："好了好了，真的带你去，我什么时候骗过你？"

"真的？"

"真的。"

"啊啊啊啊啊我小岸哥哥最好了，啊啊啊啊啊！"

"……行了……快下来！"

"哦……哎？你裤子口袋里装了什么？手机吗？"

"手拿开！"

"喊……碰一下都不行，略略略略……"

July

C大一向是钟灵毓秀之地，年年出 Super star。王碧朱大一入校时，风头最劲的是"制药系双子星"——顾庭岸、萧尹。

C大学校论坛上有一个多达十几页的高楼，时常更新顾庭岸和萧尹参加各种校内外活动的照片，那真是太阳和月亮一样的两个男生啊，萧尹总是笑着的、开怀的、热烈的，闪闪发光的阳光少年；而顾庭岸是月亮，清俊优雅，很少有笑容。

王碧朱是仔细的性格，她发现在顾庭岸偶尔露出笑意的照片里，总是会有一个长头发的女孩子，非常漂亮。

王碧朱也开始暗中蓄长发，她的头发长得和她的旖念一样快，她每次去上公共课，下课都会故意绕路，走在制药系到计算机系大楼的路上。

因为那是顾庭岸最常出现的一条路。

那天也是，王碧朱习惯性地走在那条路上，但那天是她大姨妈第一天，她痛经很厉害，疼得迷迷糊糊的，走到半道上她支撑不住，弯着腰在路边的大石头上坐了下来。

"同学……同学!"有人叫她。

王碧朱转头看去,是个漂亮得很眼熟的女孩子,穿着一身牛仔衣,眉目之间亦是明朗清爽。

"你怎么了?是不是不舒服啊?"漂亮女孩关切地问。

王碧朱喏喏地道谢,因为肚子太疼了,声音很微弱。

"你脸色很不好,我带你去校医室吧,来!我背你!"那么漂亮的女孩子,突然在王碧朱面前扎了个马步,细细的两条腿蹲得开开的,气壮山河,"上来!"

王碧朱当时有一百七十斤,胳膊比她大腿还粗,怎么好意思让她背?

可女孩大大咧咧地拍胸口,拍得咚咚咚的,"没事!我结实着呢!你快上来吧!"

王碧朱惊呆了,被她强行拽起来,眼看都要被她公主抱了,身后不远处突然传来一声清越冷峻的"蓝桥"!

她叫蓝桥,王碧朱脑袋里混沌却清明地想,顾庭岸喜欢的女孩子,叫蓝桥。

"哎!正好!"蓝桥那时候年轻,还没受过伤,笑容像块晶莹剔透的宝石,"你快来!"

年轻的顾庭岸,真人比照片上更加英俊得动人心魄,眼里像是有流转的光,微微扫过来一眼,令王碧朱整个脑袋轰地一下全都麻了。

声音都离得她好像很远,她恍恍惚惚地听到顾庭岸声音如冰雪般地在说蓝桥,"……你再把她给摔了,本来没事,被你摔出个好歹来。"

"哎呀,你废话真多!"蓝桥掏耳朵的样子顽皮得多么可爱啊,她往王碧朱这里推了顾庭岸一把,"Bali bali!"

然后顾庭岸就真的背起了王碧朱!

王碧朱这一生,哪怕后来脱胎换骨成为娱乐圈当红小花旦,她最幸福陶醉的时刻也一直是在顾庭岸背上这一刻。

他多么精壮啊，背着那么胖的她，依然步伐稳健，王碧朱刻意地柔软了自己，伏在他背上，感受他结实的背脊，感受他均匀的呼吸声，感受他身上青青草香似的好闻气味。

说来讽刺啊，她忍着生命危险和巨大痛苦全脸整容，丧心病狂地减肥健身瘦去一半身形和体重，最快乐的却是在一百七十斤的丑女时代。

"同学，这个给你。"蓝桥跑到躺在校医室沙发上的王碧朱身边，递给她一件男款灰色外套，对她做围在腰上的手势，"一会儿你出去的时候，记得把它围在你腰上。"

王碧朱的裤子弄脏了，蓝桥发现后，强行剥下顾庭岸的外套送给她遮挡。

那件灰色的运动服外套后来一直由王碧朱收着，直到她变成了July，拥有一整层的华丽衣帽间，她心痛难过时依然只想披上那件外套，独自静静坐一会儿。

每当这时，她总会想起一百七十斤的自己，满脸油汗，艰难地弯着腰，躲在校医室窗口偷偷看顾庭岸离去的背影。

月光一样清俊优雅的顾庭岸，竟然整个人像熊一样趴在蓝桥背上。他们离窗口很近，王碧朱听到他用一种很不高兴的声音，却是令人甜蜜得起鸡皮疙瘩的语气在说："来啊！扎马步啊！背我啊！"

"滚！"蓝桥亦是人前罕见的粗鲁。

顾庭岸毫不客气地去扭她的脸，"你说什么？再说一遍我听听？"

王碧朱所有的隐秘雀跃都在那一刻消失殆尽了，顾庭岸与蓝桥之间粗暴有爱的互动，像一盆冰水浇得她透心凉。

有个词叫"窝里横"，顾庭岸和蓝桥是都把彼此当作自己窝里的人，横是表达爱意。

蓝桥，蓝桥真的太令人羡慕了！她那么美，连站在顾庭岸身边都丝毫不逊色，那么招人喜欢，顾庭岸、萧尹、沈再……每一个出色的男孩子都对她喜爱有加。王碧朱羡慕蓝桥羡慕得要死，她想着：那我不跟你比，只要待在你身边做你朋友就好了！

可是当她背着精心准备的礼物去找蓝桥，蓝桥压根连帮过她的事都已经忘了。她穿着一身宝石蓝的连体舞衣，纤秾合度的身体美得像艺术品，从舞台后台跑出来，微微歪着头耐心听完王碧朱的话，洒脱一笑，说："不用谢，小事，别放在心上！你身体好点了吗？来，给你一张票，有空来看我们演出哈！"

蓝桥转身离开的姿态好优美，像只天鹅。王碧朱从墙上玻璃的反光里看到自己，苍白、臃肿、泯然众人的一张脸……人与人之间的差距，真的好残酷。

连做蓝桥朋友的机会都没有，就更别提做情敌了。王碧朱心里明白这个道理。贺舒恰好就是那个时候出现的，与蓝桥天翻地覆地斗，为了顾庭岸。

终于有人能压制蓝桥，为难蓝桥，令蓝桥的人生不那么顺遂了！

王碧朱好高兴，跑去接近贺舒，想与贺舒同仇敌忾。

可是贺舒太坏了！不仅没有接纳王碧朱，还嘲笑她丑人多作怪，也配喜欢顾庭岸……所以，当蓝桥与贺舒大吵一架转身离开，贺舒面朝着楼梯生气，王碧朱悄无声息地飞快跑出去，把贺舒推下了楼。

借刀杀人，是她最擅长的事。

推贺舒下楼，嫁祸蓝桥；蛊惑卓越对李彦生下手，以蓝桥为突破口；故意接近贺舒，挑拨贺舒攻击蓝桥……

嗯……为什么一直围绕着蓝桥？

因为蓝桥身边，总有顾庭岸。

顾庭岸，如今王碧朱夜夜躺在监狱的小床上，总是在心里默默地想，你不该让我有机会踏足你的世界里。

如果永远是偶像，如果一直高高在上，远在云端，如果从来都触碰不到，那就不会勾起不切实际的贪念欲望了。

你令我看过那般美好的风景，我如何还能清心寡欲？

只能毁我一生，好歹令你记得我。

沈再

沈再是常见的那一种模范优秀男生，出身书香门第，从小到大从班级到年级都是第一名，长相温文尔雅，性格良善周到，从不爆粗口。

沈再的父亲是书画家，母亲年轻时是大家闺秀，嫁进沈家后一辈子都没出去工作过。这样的一对父母，对沈再这么优秀又早熟稳重的孩子，是很少管教干涉的。

沈再的童年记忆里，家是一个落针可闻的安静地方，父亲永远在书房里，看书或者写字作画，母亲永远在旁红袖添香。除了书，沈再唯一的童年就是蓝桥。

蓝教授和沈再的父亲是莫逆之交，两人每周都要见面切磋，秦湖和沈再的妈妈关系也不错，男人们关在书房里赏画品词，女人们就相伴着出去逛街喝茶。

于是蓝桥就会被交给沈再。

蓝桥……蓝桥是真的很好很好啊，她长大后多少人喜欢她的明艳美丽和爱憎分明，沈再却从她小时候起就喜欢着全部的她。

她爬树翻围墙是活泼，她练字描画是侧颜如玉，她伤心大哭时令沈再心碎，灿烂一笑又倾倒他心中的城池，就连她爆粗口骂人都令沈再默默觉得很解气。

是啊，再怎么喜欢，都一直只是默默的，因为蓝桥身边还有一个顾庭岸。

顾庭岸……当真是公子无双。

怎么会有那么聪明而宽和的人呢？又知世故却不世故，将所有事都处理到最好。不像沈再自己，喜欢蓝桥那么多年，却从来不曾亲口告诉过她，连暗示都没有，连不甘心的蠢蠢欲动都没有，他就那样安静地喜欢着，自己还很欢喜。

"那就是不够喜欢啊！"萧尹在撞破沈再画蓝桥的速写后，猜出了沈再的心思，但是听完沈再的描述，他又不屑一顾，"你没听说过一句话吗，爱情、贫穷和咳嗽，都是遮掩不住的。"

沈再确实没听过，"你少看点言情小说，那都是女孩子们看的，不是正经书。"

"我也不是正经人啊！"萧尹笑眯眯地说。

沈再记忆里，那天阳光和微风都是寻常美丽，萧尹的神色也并没有什么不同，只是可能因为迎着阳光的缘故吧，他看沈再时微微地眯着眼睛，眼底铺着金色暗光似的一闪一闪。

萧尹……是沈再毕生最痛。

他时常独自在萧尹跳下去的楼顶喝酒，不多，一两个易拉罐啤酒而已——看，沈再就是这样连悲伤都克制得很好的人。

如果当初萧尹突然吻上来的那一刻，也能这样克制该多好？沈再迎着风喝着啤酒，总会悲伤地想起：如果他没有慌乱地推开萧尹，恼羞成怒地骂出那句"恶心"，萧尹是不是不会自杀？

到了后来的后来，沈再也没有弄明白自己对萧尹的感情，萧尹用死亡将一切戛然而止，留下那么深的遗憾，令人对他念念不忘，以至于有时候沈再觉得自己也是喜欢萧尹的。

"你就那么喜欢顾庭岸啊？"沈再有一次问蓝桥，"那么强烈的喜欢，是什么感觉？"

蓝桥那时正筹备与顾庭岸的婚礼，秦湖还是不赞成，蓝桥虽然嘴上刻薄，其实心里很在乎妈妈的想法，压力大了她就抱着沈再哇哇地哭。

沈再耐心地被她抱着，抽纸巾给她擦眼泪鼻涕，好奇地问她："真的会为爱舍生忘死吗？"

蓝桥哭得两眼红肿，却被他问得笑起来，"嘿嘿嘿"地一脸痴汉相，伏到沈再耳边悄声回答。

"……"沈再脸都红了！

"你一个女孩子！"他红着脸，不好意思地小声训斥着蓝桥。

蓝桥却很坦荡，"舍生忘死根本就不是能承诺的事情啊，人一辈子能遇到几次为爱舍生忘死的机会？但那个就不一样了。"蓝老司机的神情，就差伸出舌头来舔嘴唇了，"反反复复持续多年地一看到他就想睡他，不是爱也差得不远了。"

沈再全力克制自己伸手去捂耳朵，红着脸试图与她争辩，"那柏拉图式的爱情怎么说？！"

"唔……"蓝桥瘫在沙发里，跷着脚抖啊抖，"你知道蔡琴吗？"

她扬起一只手，压着嗓子唱："是谁——在敲打我窗——"

"她当年结婚，那个男的对她说：'我们应该保持柏拉图式的交流，不让我们的感情掺入任何杂质，不受到任何亵渎和束缚。'蔡琴答应了，因为坚信两人之间的爱情。然后就这样过了十年无性婚姻，十年后那个男的出轨了，快乐地跟小三生了两个孩子。"

蓝桥耸耸肩，"这是我唯一知道的跟柏拉图爱情有关的爱情故事。"

沈再无言以对。

蓝桥拍拍他的肩膀，感慨地说："师兄啊，不吃饭人会死，但是不看书的人活得很好的比比皆是，这说明了什么？这说明人类应该先满足身体的欲望，再满足心灵的需要。"

"……"沈再的思路被她引着跑，逻辑思维节奏全部歪掉，他喃喃地挣扎，"你这话好像有哪里不对……吧？"

"哪里不对？！从科学角度来说，爱情的本质就是人类繁衍的本能；从感性的角度来说，孩子为什么被称作父母爱的结晶？"蓝桥在沈再眼前打了个响指，跟唤醒催眠的人似的，"师兄，相信我，遵从你的本能。"

遵从本能吗？那沈再的确没爱过萧尹，甚至没有爱过蓝桥。

到后来，他遇到张靖渝，他们相处，恋爱，求婚前沈再曾经犹豫，他甚至问张靖渝："你爱我吗？"

靖渝当时正为他牵缰绳，教他骑马，听到后转头看骑在马上的他，她笑得似乎有些意外，"怎么会突然这么问？"

沈再有些惆怅，靖渝和蓝桥太不一样了，她永远漂亮端庄，从不慌张，连男朋友问她爱不爱他，她都能如此镇定地发起反问。

沈再把蓝桥那番爱欲本能的话加工得优美婉转，但再婉转也还是有些赤裸，他说完后越来越尴尬，从马上跳下来，牵过靖渝的手认真地看着她，试图说些什么来缓解气氛。

然而张靖渝对他微笑，"学得很快嘛，刚才那个下马的动作很漂亮。"

"哦，谢谢。"沈再条件反射地道谢，谢完又觉得更加尴尬而且好笑，他无措地站在那儿，挠挠头。

沈再自己一定不会知道，他专注看着别人的时候，眼神有多么难能可贵的真诚。

"我认为，从来没有人能准确定义爱情，相比之下，意气相投要好分辨得多。"靖渝温柔地笑，"人不吃饭会死，不看书却能活得好好的，这说明生活本身趣味无穷啊，书里的故事虽然高于生活，但都是来源于生活。"

沈再听着，静静地看着她，失神不已。

"怎么了？"靖渝轻轻摇晃他的手，笑着问。

沈再摇摇头，呼了一口气，轻声赞叹："我的女朋友，三观很正呢。"

"你这么说，参考人物是蓝桥吗？"

"你怎么知道？！"

"因为我想跟她找个时间掰扯一下三观问题很久了。说起来，你是怎么忍她的？"靖渝困惑地问，"你们不是青梅竹马吗？她诡辩瞎扯的时候，你在做什么？"

"被她带着跑。"沈再老实答。

靖渝叹气，又理解地点点头，拍拍沈再的肩膀，娇小玲珑的女孩子，此刻像大姐大似的，"等着，下次我来给她正一正，你在一旁围观就好。"

"……哦，好啊。"

那么，余生也请你多指教。

高考

蓝桥高考那年，是国家最后一届 3+2 模式，这意味着如果她考不上，要复读，难度会非常大。

这么背水一战的事，真不适合当年还没看《甄嬛传》的蓝桥啊。

蓝教授心疼女儿的时候是毫无三观底线的，看蓝桥压力那么大，竟然跑去对她说："没关系的，你随便考，本科上不了 C 大不要紧，考研究生的时候你报名考我的，我给你专业课打最高分，这样只要其他科目你有个及格，保准能上！"

蓝桥蹲在窗前正吃瓜，被她爹一番话惊得西瓜都掉了，整个人炸到半空中！

"我在你眼里就这么没出息吗？！你就这么瞧不起我吗？！我有这么差吗？！啊？！"

蓝教授吓死了！举着双手狂摇，"不不不！没没没！"

"是是是！有有有！"蓝桥仰天大哭，"啊啊啊啊，连我爸都看扁我啊！我要去死啊啊啊啊啊啊！"

顾庭岸进来，就见到这样的场景：蓝教授一脸惊恐，手足无措地站在当场，一身睡裙的蓝桥蓬着头发干号，嘴上一圈西瓜汁，两脚分开蹲在榻上的丑姿势，粉色小内裤鼓鼓的一条醒目极了。

顾庭岸立刻扭过脸，却还是从心里到脸上火辣辣的一片。

"庭岸来了！"蓝教授犹如溺水之人抓到了浮木，抓过顾庭岸的手用力摇了摇，"那我就先去准备上课了！你们好好学习！啊！"

在蓝桥"蓝清意遗弃未成年少女"的哭号声中，蓝教授几乎是夺门而出的。

门一关上，蓝桥立刻不号了，哼哧哼哧地又啃西瓜。

顾庭岸丹田内蹿起一股邪火！这两年来总是这样，他时时刻刻想见到她，也时时刻刻想对她发脾气。

就像现在看她啃瓜那样子，明明丑萌丑萌的，但不知什么缘故，看着就莫名其妙觉得生气！

"别吃了。"顾庭岸走过去敲她的脑袋，"坐好！看看你像什么样子，丑死了。"

"我是想死来着。"蓝桥挑眉斜眼看他，一副死猪不怕开水烫的吊儿郎当的样子。

顾庭岸的脸开始变得面无表情，就这么静静地看着她，没撑过十秒蓝桥就一败涂地，放下啃得血肉模糊的西瓜，嘟嘟囔囔地从榻上下来，准备借洗手之名躲他一躲。

但是被顾庭岸拎着领子拽了回来。

"哎呀……"蓝桥心里发虚，嘴上却装得很烦他一样，"知道了知道了！不吉利的话不要说！不死行了吧？一辈子抱着您大腿烦着您行吗？"

一辈子什么的……顾庭岸心里的火气莫名其妙消下去一些，原本要揍她一顿的，也没那么想揍了。

"多烦？"他冷着脸确认。

蓝桥"嘿嘿嘿"，用沾满西瓜汁的黏糊双手在他手臂上搓，"这么烦……这么烦！"

"滚。"顾庭岸冷冷丢给她一个字。

蓝桥痛快地滚去洗手，他却也跟进来，站在她身后，侧着身将胳膊凑到水龙头下方。

哎呀……这姿势好像他从身后拥着她呀！蓝桥晕乎乎地偷乐，心里荡漾不已。

"昨天留给你的题都做完了吗？"低音炮在她耳边轰。

蓝桥软着腿，嗯嗯啊啊的，"做……做完了……吧？"

"做完了——吧？"顾庭岸侧目看向她。

他离得也太近了，鼻息热热的都扑在她脸颊上了！蓝桥的脸轰一下热了！

顾庭岸长得真好看啊，眉目之间总是像有星辰在闪烁。

沈再的儒雅是古玉的温润光泽，萧尹的帅气是太阳炙热的光芒，只有顾庭岸的英俊是冷月星辰，拒人于千里之外的冷冷气场，是照沧州的凉月，是夜里飘落悬崖的雪。

总之，中二少女超级无敌喜欢这个装逼少年。

"……"蓝桥娇羞得话都说不出来了，抿着唇疯狂地搓洗着手。

十八九岁的女孩子，比早晨沾着露水的花骨朵还美，红着脸，垂着眼睫，贝齿轻咬唇，美得能令人一秒入梦。

顾庭岸在心里按着蠢蠢欲动的那个自己，猛扇耳光，面上却还能保持着高冷的神情，连语气都是冷冷，"连做没做完都不记得，记性差成这样，还考什么高考？"

蓝桥心里那点旖念像被刺破的肥皂泡，啪一下全碎了。

她委屈负气，一时狗胆包了天，掬了一把水，泼他一脸！

顾庭岸："……"

"我错了我错了！"蓝桥借机迅速投入他的怀抱，紧紧抱住他，"呜呜呜……我压力太大！失心疯啦！"

噢……身材好结实好精壮，腰上一丝赘肉都没有，硬邦邦！

顾庭岸被她猛然入怀的那一下给撞蒙了，回过神来后还是心跳欲狂，他试图拉开她，"松手！耍什么流氓！"

"嗯嗯嗯嗯嗯……"蓝桥发出了一串每一个鼻音都高低不平的声音。

"……"顾庭岸口干舌燥，什么照沧州的月，什么悬崖上的雪，此刻都化了，只能低声威胁，"你再这样，后果自负！"

蓝桥这时还太年轻，后果自负对她来说只意味着一顿胖揍，连忙就松了手，却不忿又挑衅地瞪着他。

顾庭岸一脸的水，怦怦跳的心，还要勉力维持冷酷脸，即便是他也觉得很辛苦啊。

"你真的……"他咬牙切齿的。

"什么？！"蓝桥哀怨又不满地问。

顾庭岸深深地呼吸，最后说出一句："你要是考不上 C 大，你就等着死在我手里吧，蓝小桥！"

蓝桥耸耸肩，意兴阑珊，"走吧……今天给我补什么？"

她垂头丧气的样子像泄气瘪了一圈的卡通氢气球，顾庭岸忍不住揉揉她的头，说："后大就考试了，今天开始，你只要背熟我押的题。"

蓝桥歪着头怀疑地看他，"你能押得准吗？"

"百分之三十吧。" C 市曾经的高考状元，语气淡淡地说。

"你只要发挥正常，加我押中的题，C 大不成问题。"顾庭岸拉住她，认真地对她说，"所以，如果你没考上 C 大，就是我那百分之三十的责任，你没考好，我就负责你的未来。"

他认真的脸更帅了，眼睛望着人，像是随时能使出摄心术来，蓝桥感觉有股醉意，脚底发轻，脑袋也昏昏的，只觉得整个人莫名其妙地特别欢喜。

她语无伦次，却觉得此刻应该说点什么，"哦……那……那你早点干吗不押题？我做了那么多模拟卷，好辛苦！"

"呵呵，你这种人，要是让你知道能不劳而获，这一年不知道浪成什么样子。"顾庭岸鄙夷地说。

蓝桥不醉了，不高兴地回呛他，"那你现在为什么给我押题？！"

顾庭岸捏着她的后颈，推着她往书房走，语气淡淡，"因为我也要为我自己考虑。"

这话蓝桥听不明白，她考不考得上 C 大，跟他有什么切身关系？

蓝桥被他推进书房，推到桌边坐下，他拖过纸笔刷刷刷地写题目和答案，低着头专注书写的样子全宇宙第一英俊。

蓝桥迷恋地欣赏着宇宙第一英俊，畅想成为他小师妹之后的幸福时光，"嘿嘿嘿"地浪笑，"哎，顾庭岸，等我上了 C 大，你要罩着我尽情地浪！"

正写题的人笔尖一顿，抬眼望向她，冷声问："你叫我什么？"

小气死了……蓝桥捏着鼻子喊："小岸哥哥！"

顾庭岸警告地冷冷看了她一眼，低下头继续写。

半晌，蓝桥都已经忘了刚才说过什么，他突然声音低低的，隐含着某种他罕见的情绪，"只能在我的海面。"

"……啊？"蓝桥以为自己幻听了。

顾庭岸慢慢停下笔，抬眼看着她，重复了一遍，"可以浪，但只能在我的海面。"

两个人都静默在那里，面面相觑。盛夏的蝉鸣和外屋西瓜水的香味都无限扩大，以至于后来顾庭岸时常回想起这一天的这一刻，耳边鼻端都还有真切的回忆，只是那时蓝桥已远去他国几千里，顾庭岸的海面死寂多年，连日升月落都不再有了。

所以最好，当时年少。

少女脸一点点地红，类似秋天层林尽染的美好景象，她眼睛很美，慌张害羞看着别处时尤其。顾庭岸望着可爱的少女，一向不信鬼神的人，也开始心中默默祈祷。

愿他的小桥永远如此天真快乐，一生健康平安，喜欢的事物都长久，所经历的风浪都在他能保护她的海域之上。

愿桨向蓝桥易乞，许一生一世一双人。

SHE

"顾庭岸！"蓝桥站在路边的一块石头上，居高临下，张牙舞爪地生气，"你敢带她去欧洲玩，我们就分手！"

"说了几百遍了，是带她去看学校。"男男女女陷于情爱纷争，吵起架来都差不多，明月千里的顾庭岸，也一样面带怒意地生气与不耐烦，"你能不能不这么幼稚？动不动拿分手来威胁我，你觉得很有意思吗？"

"对！"蓝桥倒是不玩套路，干脆利落地一口承认。

顾庭岸更生气，冷了脸转身就走。

"我数到三你不回来，我们就分手！"蓝桥跳脚大骂。

还没骂完呢，人就摔下来了，结结实实一个屁股墩，尾椎骨顿时裂开一般地疼。

蓝桥眼泪都疼出来了。

"……"顾庭岸连忙回来抱她，整个人抱在手里，也不管是在人来人往的校园里，伸手就去摸她的尾椎骨。

"我尾巴那里好像断了……"蓝桥哭丧着脸形容给他听有多疼。

顾庭岸吓出一身汗来，但确定她没摔伤，他又生气，竖着眉毛骂："你活该！"

"起来走两步。"顾庭岸扶着她站起来。

蓝桥乖乖走了两步，除了疼没别的，可她心里更难受，毕竟还小，难过了就想逃，连他也不要了，"说真的，我们分手吧，我真的很讨厌贺舒啊！你又不可能不管她。趁我还没睡了你，关系没那么深，我们分手吧！"

这话说完，蓝桥觉得天色突然阴了下来。

可是抬头看看，还是万里无云的盛夏热辣天气，再看看身边的人，原来是他一脸暴风狂雪。

他气得脸都发青了，蓝桥有点后悔，虽然在一起之后他很疼她，但毕竟以前那么多年的积威仍在，顾庭岸依然是全世界唯一一个敢动手教训她的人。

蓝桥怯生生地向后退，双手捂着屁股，皱眉挤出一脸痛苦，"我会不会是脊椎摔断了？好疼啊……哎呀，我摇摇欲坠了。"

顾庭岸静静看着她，也不知道在想什么，神情竟然渐渐转了阴天。

"我背你回去。"他说。

蓝桥怀疑有陷阱，警惕地看着他，"你不会是想把我背起来扔湖里去吧？"

"我需要把你背起来才能扔到湖里吗？"

"哦，那倒也是！"

蓝桥开开心心地跳上他的背，路人们的眼神她才不管，这恋爱的酸臭味，她要传播个几万里。

"庭岸。"蓝桥伏在他背上，欢欢喜喜又心酸难忍地在他耳边小声问，"你是不是不高兴了？"

顾庭岸心里已经打定了主意，所以没什么不高兴的，但是他说："你觉得呢？"

"我觉得……反正一向是我喜欢你比较多，既然我都愿意分手了，你应该不会太难过。"

年轻的蓝小桥，自卑、温柔、容易满足，顾庭岸是她的梦中情人与完美男友，她自以为得手了，谈过一场恋爱就此生无憾，没敢奢望太多长久的未来。

小时候谁都相信童话故事，可那么般配融洽的父母突然离婚，连自己都被告知不是蓝教授的亲生女儿，蓝桥再也无法相信一生一世这种话。

人世间的一切都有尽头，没有什么能够天长地久。

"老师，她这是童年阴影折射进成年三观了吧？"听完蓝桥的哭诉，沈再担忧地问蓝教授。

蓝教授说："不可能啊，我和她妈妈离婚的时候，她都上初中了。"

"那是不是受了父母离异的重大刺激，所以中二病一直到现在没痊愈？"

"呜呜呜……"蓝桥哭着揪沈再的头发，揪得他嗷嗷大叫。

蓝教授也不敢救爱徒，只能引开火力，"那你这么说，小岸是怎么回答你的？我看他刚才送你回来，脸色还算好啊，没有特别生气伤心的样子。"

蓝桥一愣，沈再趁机逃窜，蓝桥"呜呜呜呜"仰天哭起来，"他什么也没说……啊啊啊啊啊啊，我失心疯了吗，我为什么要提分手？我不要跟他分手啊啊啊啊啊啊啊……"

"爸啊……"蓝桥作天作地地扑在蓝教授怀里，"我不能没有顾庭岸啊……没他我活不下去了啊……"

蓝教授："……"

"是我听故事不够仔细认真吗？难道不是你提的分手吗？被抛弃的人不应该是顾庭岸吗？"蓝教授满脸问号。

蓝桥哭着说："不管不管，我不管。"然后继续号啕。

这不是中二病没痊愈，蓝教授一边心肝宝宝地哄她，一边心里吐槽，这就是作。

因为蓝桥太伤心，晚饭蓝教授请她出去吃饭店了。

全市最高的旋转餐厅，八面墙都是落地的钢化玻璃，只在晚上开放，是蓝桥最喜欢的餐厅。

一进门就是烛光海洋，餐厅中央有个小小的人工景色湖，湖里水上漂浮着无数蜡烛，波光粼粼里烛光点点，好看极了。

蓝教授去洗手间回来，发现烛光璀璨里他家宝贝女儿却泪目了。

"怎么了？"蓝教授搂过她轻声问。

"顾庭岸也最喜欢这儿了……"蓝桥难过地扁嘴。

蓝教授想笑得不行，强行忍着，拍拍她的肩膀把她带去餐桌前。

晚饭点了蓝桥喜欢的麻辣肥腰、水煮鱼、酸辣土豆丝和肉糜鸡蛋羹，"再来三碗米饭，这位小姐吃两碗。"蓝教授指指他那强行单方面失恋的女儿。

服务生离开后很快又过来，给蓝家父女上了两个凉菜拼盘、一扎鲜榨西瓜汁，然后示意蓝教授看远处一桌的一家三口，"蓝先生，那边梁氏集团李总的太太说，曾经在C大上学时听过您的公开课，对您仰慕多年，这些是她的小小心意，祝您用餐愉快。"

蓝教授笑着向那位容貌美丽的李太太举杯，一回头却又看见女儿两行眼泪……

"她这么年轻，儿子就这么大了，一定是嫁给初恋了。"蓝桥哗哗哗流泪，"她老公看起来好温柔的样子，对她一定很好，就算她说分手也不会答应的那种。"

"小桥啊。"蓝教授忍不住语重心长地劝，"庭岸不是心里没主意的人，你做不了他的主，但你能决定自己，这很好，但后悔就不太好了。"

"我妈还不是后悔了？"蓝桥垂着眼睛，不服气地嘟囔。

蓝教授有些不好意思地挠挠头，"她并没有吧？她说过，做蓝太太的这些年，她最开心。"

"那是骗你的啦！"蓝桥忍不住翻白眼，"开心她干吗还要离婚嫁给别人？"

"因为喜欢啊。"蓝教授平静而理直气壮，"她又没有出轨，我们是协议离婚的，是我同意跟她分手，之后她才离婚又再婚。"

蓝教授对秦湖有种九死不悔的痴心维护，哪怕对方是他视若珍宝的宝贝女儿，也不能说秦湖半点不是。

"在与我的这段婚姻里，你妈妈辛苦持家，从来没抱怨过一句清贫，从来没反对过我一件正经事，我们相互尊重和爱着对方，共同为我们的家庭努力付出。她是我的满分太太，即便在婚姻结束的时候和结束以后，她都是我最好的妻子和全部的爱情。"

烛光里的蓝教授认真说着一生所爱，当真是柔情似水、佳期如梦的深情与心碎。

蓝桥又是泪流满面，"爸，我能不能直接嫁给你？"

"……"温柔如梦如蓝教授，都觉得此刻自己是煮鹤焚琴，对牛弹琴。

"来，吃吧，给你倒果汁。"蓝教授放弃了治疗女儿，给她夹菜，倒果汁。

蓝桥捧起杯子，跟小孩子似的双手捧着咕嘟咕嘟喝，鲜榨西瓜汁清甜爽口，她喝得心情舒畅。

蓝教授把剥了鱼皮、挑了刺的水煮鱼片放到她碗里，看她一口气喝完一杯西瓜汁，欢欢喜喜地开始吃鱼，他心想他家宝宝就是好！就是乖！

手机这时突然响起，蓝教授接起，"喂？"

"老师，我是庭岸，蓝桥不接手机，她和您在一块儿吗？"

"哦哦！在的！我们在吃饭！"蓝教授向蓝桥比画，手指在空中滑过一座桥，然后指了指岸边的位置。

蓝桥一秒 get，顿时两眼发光！

"给我给我！"女孩子的矜持都没有了，雀跃地抢电话，"喂？小岸哥哥！"

顾庭岸原本语气憔悴，也幻想她情绪低落，却被她这欢欣鼓舞的亲热一声给弄蒙了，沉默几秒，才语气冷冷地问："你喝酒了？"

"没有呀！我乖乖的！"蓝小桥语气里甜得腻牵丝了。

蓝教授搓着手臂上的鸡皮疙瘩，低头扒白米饭吃。

"嗯……嗯……嗯！"蓝桥乖得跟喝了衣物柔顺剂似的。

挂了电话，蓝教授嘲笑女儿，"你这是烽火戏诸侯，却一骑红尘妃子笑啊！"

蓝桥容光焕发，年轻的脸在烛光中美得灿若明珠，一点也没有害臊，她明朗欢欣地坦荡高兴着，皱着鼻子，却满脸的笑，"对不起嘛！我没分过手，不知道会这么难过啊！"

"唉。"蓝教授又喜又忧地叹气，"你就这么喜欢顾庭岸啊？"

"唔……嗯！"蓝桥咬着吸管，半张脸躲在饮料杯子后面，眼睛里却像盛了两碗星光在里头，"喜欢得不得了啊……"她轻声欢喜地说，"爸，就像你对妈妈那么满意一样，我爱过顾庭岸，在感情上面，我这辈子都已经足够啦！"

"你年纪还小，不要说这样过满的话，不吉利。"蓝教授摸摸女儿的脑袋，这时候乖巧得像只猫了……他家宝宝真是可爱！

蓝清意不愿意告诉她：爱情很重要，但会有其他东西比爱情更重要。比如对他来说，他的小桥。

蓝教授希望他的小桥这辈子都没有明白这个道理的机会，一直这样在爱情的海洋里小风小浪地甜蜜活着。

"庭岸说下周带我去香港看 SHE 的演唱会！"蓝桥的眉飞色舞里，全是青春不解愁绪，"S、H、E 哦！"

"去吧。"蓝教授笑着捏捏女儿的脸。

去爱吧，去在人生最好的年华里勇敢，去相信，去风里雨里期待阳光和彩虹。

毕竟我家蓝桥，天下第一好。

SHE 是蓝桥最喜欢的天团，高三时学校规定剪短发，她拿 Ella 的照片去发廊剪了个一样的回来，问沈再和蓝教授，"我与 Ella，孰更美？"

女儿控狂魔蓝教授喜滋滋地抢答，"你！"

"胡说！我家爱豆天下第一美！"蓝桥凶她爹。

沈再一看，那只剩一个选项了啊，信心满满，"Ella！"

蓝桥赏他一记飞毛腿，"我在你心中难道不是最美？！"

这题顾庭岸后来也答了，但他全身而退。蓝教授和沈再很好奇他的答案，问蓝桥，蓝桥一副惆怅又欢喜的神情，学着顾庭岸的冷冷语气，"Ella 是谁？"

"……"蓝教授和沈再啧啧称奇，沈再说，"顾庭岸这孩子，好像就没什么特别喜欢的，吃喝玩乐，都淡淡的。"

坐在香港红磡体育馆嘉宾席，蓝桥突然想起这话，转头问身边正在用手机处理英文邮件的人，"庭岸，你没有什么特别喜欢的吗？吃喝玩乐、偶像明星这种。"

"没有。"顾庭岸准确地回答。

蓝桥放下手里的荧光棒，伸手把他的脸捧过来，惋惜又疼爱地看着他。

"……"顾庭岸不明白这是什么情况。

"好可怜哦……"蓝桥凑上去，在他唇上端正地吻了一下。

吃喝玩乐一把好手的蓝小桥，很怜悯不知生活乐趣的顾庭岸。

顾庭岸其实正在处理一封很要紧的邮件，但是被她吻得手都麻了，人也愣在那里。

背后那排窃笑的声音传来，顾庭岸回神，先将蓝桥的手拿下来捧在掌心，然后转头去瞪后排的男孩子。

容家那位长房长孙，生来小太阳似的脾气，长得好又笑容多，见顾庭岸的冷眼也不怵，笑嘻嘻地朝顾庭岸眨眼睛，"小表舅，虐狗犯法的。"

"我就不该牵你出来遛。"顾庭岸嫌弃地看着他。

容易连忙做了个把嘴巴上拉链的动作，可顾庭岸转脸过去，他立刻学蓝桥刚才的样子，双手捧住身旁睿睿的脸，"好可怜哦！"

顾庭岸捏着拳头转身，靳睿却比他早一步，面无表情地一拳打得容易脸都歪过去……

演唱会在全场的尖叫和欢呼声里，以一首 *Super Star* 开场。

蓝桥在前奏响起时就已经泪流满面，以尖叫的方式跟唱整首歌，容易激动地蹿到了前排来，抓着蓝桥的手，两人疯狂地举高手齐声喊："SHE is the one！"

"……"

顾庭岸与靳睿一模一样的面无表情状态端坐，在两个上蹿下跳的疯子身旁和身后。

整整三个小时啊！

蓝桥与容易抱在一起感动痛哭的时候，台上那三个蹦蹦跳跳闹得顾庭岸脑袋疼的女孩子终于不再安可了，顾庭岸把容易的爪子从蓝桥身上剥下，扔回给靳睿。

"呜呜呜，太感人了……"蓝桥嗓子叫得全都哑了，趴在顾庭岸怀里痛哭，"我的青春，呜呜呜……"

"你的青春是她们三个？那我呢？"顾庭岸忍耐一整晚，很不满。

蓝桥满脸泪水地从他怀里抬起头，牵他的手擦自己的鼻涕，委屈脸却很乖巧的样子，"你是我能想象的最好晚年。"

"……"虽然比喻得乱七八糟，酸得牙都要倒了，但心里怎么甜丝丝的？顾庭岸把包和人都背起来，"走了！"

香港的夜景。

"庭岸，这里的风和我们C市的不一样，对吧？"哑着嗓子的人叽里咕噜地在顾庭岸耳边说话，"奶奶当初是因为不愿意回内地，才跟爷爷离婚的吗？爷爷一直还是喜欢奶奶吧，要不然南山那么多老太太喜欢他，他怎么一个都不愿意啊？"

"情不知所起，一往而深。到了结束时也一样，婚姻可以分离，人心里的感情注定一生一世。"顾庭岸背着她走在街头，秋天的风对异乡的情侣很温柔，他背上和心中都沉甸甸的，很安稳，"当然了，有些人会例外，比如有事没事找我分个手的某人。"

"哎呀……"蓝桥就知道他要说这个，搂着他的脖子拼命地撒娇，"那我难过嘛！每次听她喊你'小岸哥哥'，我都恨不得一脚把她踢飞！顾庭岸！"蓝桥负气大叫，"以后我再也不叫你小岸哥哥了！她喜欢叫就让给她好了！"

"称呼不重要。"顾庭岸淡淡地说。

无论谁出现，喊我什么，反正我待你如初。

"小桥！庭岸！"一辆宾利缓缓停在小情侣身边，车窗降下，是顾庭岸的姑姑，"容易他们都到家了，你们还在这儿浪呢，小年轻就是浪漫！"姑姑虽然在香港出生长大，但最爱的节目是东北二人转，跟着学了一口东北腔的普通话，"快上车！"

顾奶奶在家等得翘首以盼，顾庭岸和蓝桥一进门就被她埋怨，"外间风冷，小桥衣裳这么单薄，怎么还迟迟不知道归家？"

"嫲嫲！"蓝桥说着蹩脚的广东话，兴高采烈地挂在顾奶奶身上，把她演唱会带回来的小恶魔耳朵戴在奶奶头上，"靓——女！"

顾奶奶笑得早忘了刚才说什么，她真是太喜欢小桥这孩子了，她家金孙性格太冷清，就该与蓝桥这样活泼可爱的善良女孩在一起。那个贺舒就太阴沉了，看眼睛就知道，心术不正，贪念太多。

"乖宝！"顾奶奶牵着蓝桥去餐桌旁，给她拿炖得喷香的甜汤喝，"早点嫁庭岸，嫲嫲还有力气给你们带宝宝。"

蓝桥一口甜汤差点喷出来，害羞得放下碗就奔回房间了。

"啊。"奶奶拉着姑妈幸福地感慨，"看小桥的屁股，男孩子一生一窝的屁股！"

"腰也是啊！一看就有力道生！"姑妈也看得很陶醉。

顾庭岸在餐桌边坐下来，捧起蓝桥吃了两勺的甜汤慢慢地喝，餐厅灯光柔和，照得他眉目清楚，眼神里的柔光比甜汤还蜜意浓情。

顾家客房里睡了容易和靳睿，蓝桥就被安排到顾庭岸的房间。

顾庭岸虽然不常来，但房间里摆满了他的照片。顾奶奶很多年前和顾爷爷离婚了，但顾庭岸爸爸和顾庭岸是她唯一的儿子和孙子。

蓝桥洗了澡准备睡了，睡前游荡，绕着偌大的房间看墙上顾庭岸从小到大的照片，饶有兴趣。

从她有记忆起就有顾庭岸在身边，但对这个人总是无限地有兴趣。别人家青梅竹马都会了解得巨细无遗，她对顾庭岸却有没完没了的好奇。

可能是因为太喜欢他的缘故。

大半夜的，蓝桥在顾庭岸的床上打着滚独自兴奋。

生了宝宝她要自己带！她没有什么个人梦想，也没有特别想成就的事业，她喜欢自己的生活状态，唯一还没实现的愿望就是与顾庭岸结婚生子。

哎呀！没有恋爱之前想着只要被他爱过就已足够，现在又想着结个婚生个孩子，以后分开也此生无憾。

"谁？"沉浸在对孩子好样貌畅想中的蓝桥，听到了敲门声。

"我。"是她家庭岸那天籁一般冷冷清清的好听声音，"给你送一盏夜灯。"

顾庭岸拧开门进来，看床上一片狼藉，她揪着被子跪坐着，一脸红晕地望着他。他反手关上门，走到墙边插夜灯，神色自如地问："这个亮度可以吗？"

蓝桥怕黑，昨晚没有夜灯，她开着顶灯睡，没睡好。

"可以可以！"蓝桥迫不及待地催他，拍拍身边的床，"你来陪我聊会儿天！"

顾庭岸走到床前，双手插口袋，挑眉看着她，说："夜深人静，孤男寡女，聊什么？"

蓝桥伸直腿，用灵活的大脚趾夹他的裤子，用力往回勾，一脸荡漾地咬着唇，眨巴着眼睛勾引他。

顾庭岸被逗笑了，捞她的脚握在手心里，提得她半个身子从床上起来，哎呀哎呀地求饶。

"还敢吗？"他跪上床，从背后压着她问。

蓝桥被他扭痛了，恼羞成怒地骂："装什么贞洁烈女啊！你把我拐到香港来过夜，不就是想做羞羞的事情吗？！"

"……"顾庭岸心里一荡，整个人压上去，贴着她耳边低声问，"那你既然知道，还跟我来？"

"啊！"蓝桥趁他心神荡漾挣脱了他的手，灵活地在他怀里转身紧紧抱住他，饥渴地蠕动着蹭他，开心得像要过新年了，"我也很想睡你啊！"

顾庭岸："……"

蓝桥看他的脸色开始变得严肃，眼角眉梢的软和之意都开始消退了，她心知不好，狗急跳墙，手从他裤子里猛地插进去……

"蓝——桥！"只亮着夜灯的昏暗卧室里，顾庭岸咬牙切齿的低吼声性感无比。

"嘻嘻……"蓝桥发现了新大陆的可爱笑声。

"放手！"顾庭岸恼羞成怒的语气。

"我想看看！"蓝桥兴奋不已地祈求。

"看你的头！"

"我头在这儿啊！喏，你看啦！现在换我看！"

"……"

夜深。

橘黄色的小夜灯很乖地在墙壁插座上发光。

送小夜灯来的人，年轻结实的身体缠在凌乱的床单里，全是汗，人趴在那里，还在轻轻地喘。

他身下还趴着一个人，喘得更厉害，还带着浓厚哭腔，"我觉得……我像个破碎的洋娃娃呢！"

顾庭岸低头，缓缓咬她赤裸的肩头，声音里的情好爱意浓得像酒，"你活该。"

"不许这样跟我说话了！"蓝桥撑着身体把他掀翻，趴到他的胸口，皱着眉，欢喜地看着他，"你是我蓝大桥的男人，以后要三从四德，视我为尊！"

她其实很害羞，此刻——顾庭岸知道，他的小桥害羞或者尴尬的时候，就会说些自大的话来试图掩饰。

"小桥啊。"他将手轻轻盖在她眼睛上，"我呢，不是没有爱好，我只是爱好得很专一，我，从小到大都只喜欢你。"

手心里湿漉漉的，她哭了。顾庭岸收回手，看她跟只小鹿似的睁大眼睛感动地看着他，脸上红红的，眼睛也红红的，全世界第一美好。

"来……"顾庭岸把她抱到身上，叹着气吻她的额头和泪眼，"我爱你。"

蓝桥喷着鼻涕泡一边哭一边笑，脸和身体都紧紧贴着他，"我讨厌你！"

"没关系。"顾庭岸笑着吻她，"我依然爱你。"

我的爱是希望你一直这样美好快乐，可以身旁不是我。

我的爱是一生只许你一人，为你相信有来生。

我叫顾庭岸，性别——男，爱好——蓝桥。

蓝桥的微博

因为新郎不是你，所以这是我一个人的婚礼。

2010-3-28 11:30 来自 蓝桥几顾的 iPhone

再见，愿此生不再与你相见。

2010-10-20 12:10 来自 蓝桥几顾的 iPhone

看了一个电视剧，一群青梅竹马的好少年，有人平时冷酷霸道，却连唯一的表白都借玩笑之名才敢说出口，也有人温柔善良却总在关键时刻男友力爆棚……我好羡慕德善啊，不是因为她有狗焕和阿泽，而是因为她的东龙没有死。

2010-12-12 23:20 来自 蓝桥几顾的 iPhone

武则天有个男宠，人称六郎，傅粉施朱，衣锦绣服，当时曾有人说：大家都说六郎漂亮得就像莲花，依我看应该是莲花漂亮得就像六郎。说这话的人，要不是个超级马屁精，要不就是深深爱过一个人。

2011-9-1 04:00 来自 蓝桥几顾的 iPhone

听说国内下了今冬的初雪，我有请雪花带去我的诅咒，请你一定要收下！拜托你，不要在我缺席的今生幸福哦！

2011-12-31 23:11 来自 蓝桥几顾的 iPhone

与人花前月下不难，世间那么多好男儿，总有与我趣味相投的。可我要的不只是这些。我还希望他能明白我的笑点，希望他知道我笑的时候有可能是很不开心，希望他看见我杀人就立刻放火掩盖，事后又训我……说来说去，要再找到一个你，真的很难。

2012-2-4 22:50 来自 蓝桥几顾的 iPhone

吃辛拉面的时候可以放好多东西，超市有卖那种下火锅的鱼豆腐、龙虾丸、芝心年糕……都可以放！如果什么都没有，那至少要放一个鸡蛋，敲进去之后立刻搅碎，辣辣的汤里面满是鸡蛋花，吃完面条后扣一碗冷饭进去也很好吃！唉，我这么好养活，难怪你不在乎我。

2012-6-25 16:07 来自 蓝桥几顾的 iPhone

想点开粉丝那一栏，挨个问问那些关注了我的人：为什么喜欢我呀？喜欢我什么呀？是因为你也爱过，或者受伤过吗？是因为你也等了一个明知不会来的人多年吗？抱抱你，我也是。

2012-10-20 23:20 来自 蓝桥几顾的 iPhone

有时候挺烦别人不由分说灌我鸡汤的，道理谁不懂呢，但情绪谁没有呢？这点上我只服气你一个人，从来我对你说我要打雷了哦，你就会告诉我就算大雨让这座城市颠倒我会给你怀抱……啊我真的好无聊哦……

2012-12-18 15:10 来自 蓝桥几顾的 iPhone

"这人间，苦什么？怕不能遇见你。"陈升这人，一定深深爱过，狠狠伤过。

2013-3-28 14:15 来自 蓝桥几顾的 iPhone

偶像是赐予人心积极意义与能量的人，门槛很高的好伐？砸那么多钱有什么用啊，扶不起的阿斗糊不上墙。我买只黄鹂鸟给你啊，捧起来红得更快哦！

2014-2-2 04:15 来自 蓝桥几顾的 iPhone

我啊，哪怕是在最敏感细腻的青春期，与你一道低着头在食堂吃免费汤泡五毛钱的大米饭，也从来不觉得自卑难过。因为有全世界最好的你，做我的爸爸。Miss you，天下第一帅气蓝教授！

2014-4-5 01:00 来自 蓝桥几顾的 iPhone

今天 Party 上有个人谈吐气质很像你，可惜已经结婚了，手里抱着他一头卷毛的小女儿，非常可爱，小女孩告诉我说："姐姐，我爸爸要带我们去看极光哦！"还好你不喜欢小孩子，否则想到你也会这样疼爱另一个女孩，哪怕是小女孩，我都觉得很难过。

2014-4-20 20:52 来自 蓝桥几顾的 iPhone

只怪当时太年轻，是人是狗分不清。

2014-6-28 01:10 来自 蓝桥几顾的 iPhone

努力吃成胖子，就有一颗更大的心装更多的思念。想你，想你想你想你……

2014-12-4 23:35 来自 蓝桥几顾的 iPhone

我那个 UCLA 重逢的中学同学，跟老公分手了两年又复合，她老公摇着尾巴对她说：你不在的时候，我都是一个人睡的。我同学居然感动得不行！天哪，守身如玉已经不是标配了吗？被我发现你睡别人试试看！

2014-12-30 23:50 来自 蓝桥几顾的 iPhone

照耀我整个青春的两个男人啊……我未能挽你手步入教堂，周董今天也娶了别人。

2015-1-17 23:11 来自 蓝桥几顾的 iPhone

想给师兄办一个比武招亲，能打得过我的就行。

2015-2-4 19:30 来自 蓝桥几顾的 iPhone

只有你曾陪我在最初的地方，只有你了解我的梦从来不大，我们没有在一起，为什么还要像情侣一样？

2015-2-28 22:10 来自 蓝桥几顾的 iPhone

"我还是很喜欢你，像风走了八万里，不问归期。"——我还是很喜欢你，像卖火柴的小女孩等待太阳升起，至死不渝。

2016-7-31 20:20 来自 蓝桥几顾的 iPhone

大头大头，下雨不愁，人家有伞，护舒宝有贺大头。

39 分钟前 来自 蓝桥几顾的 iPhone

浆向蓝桥易乞，药成碧海难奔。爸，你给我取名的时候，就不能找喜庆一点的典故吗？

刚刚 来自 蓝桥几顾的 iPhone

偏执成狂，不如退而结网。意思就是打了鱼上来就有吃的，有吃的就一切都好解决。

刚刚 来自 蓝桥几顾的 iPhone

"我爱的人一哭，天气预报会告诉我全世界都下大雨。"隆重推荐我心中最会写情话的作者：@作者七星

刚刚 来自 蓝桥几顾的 iPhone

"行善和作恶并不能相抵，行善和作恶应当各有所偿。"所以我喜欢那种即便是主角也会受到报应的电视剧，因为那更真实。

刚刚 来自 蓝桥几顾的 iPhone

"你要一直站在最光明的地方，永远意气风发，不要陪我这样的人在夜晚中沉沦。虽然这夜晚真的很美。"——拜托，既然夜晚很美，那就沉沦了一起high 啊！现在的言情小说作者，三观真矫情啊……

刚刚 来自 蓝桥几顾的 iPhone

想把我师兄剁成人彘，或者剁成肉酱，或者推倒在地，用脚爆踩他的头！天杀的，知道我每次睡顾庭岸的时候多有负罪感吗？！

刚刚 来自 蓝桥几顾的 iPhone

听了一天的商界大佬八卦，快笑死了，梁氏那几位超级传奇，个个人中龙凤我承认，但是梁氏六少这种名字也太中二了吧？你们年轻时候那么酷炫霸气，你们家孩子都知道吗？

刚刚 来自 蓝桥几顾的 iPhone

第一最好不相见，如此便可不相忘。

刚刚 来自 蓝桥几顾的 iPhone